谷崎潤一郎伝

堂々たる人生

小谷野 敦

中央公論新社

まえがき——大谷崎と私

私は、二十四、五歳のころ、谷崎潤一郎に心酔して、「谷崎先生」と人前でも言っていたくらいだった。ただし、そうなったのはあまり早いことではない。高校時代、家にあった改造社の円本で、『痴人の愛』ほかの作品を読んで「お国と五平」以外はあまり感心せず、ほかのものを読まなかったのだが、大学時代に『細雪』を読んで感嘆し、『吉野葛』『蘆刈』などを読んで谷崎宗徒になってしまったのだ。

しかし、なぜか私は谷崎に関する論文の類を書かなかった。カナダのブリティッシュ・コロンビア大学に行ったときも、谷崎で博士論文を書くつもりでいたら、論文執筆資格自体がとれずに挫折した。その後も、かろうじて、長谷川三千子の「やまとごころと『細雪』」(『からごころ』中公叢書所収)に触発されたエッセイを書いたり、「恋愛及び色情」という谷崎の随筆についての論文を書いた程度で、作品論は書かなかった。漱石論は随分書いたけれど、谷崎論は書かなかった。大阪大学を辞めるころ、ある院生から、谷崎論を書くべきですよ、と言われたけれど、書かなかった。というのは、第一に、谷崎の作品論といえば、マゾヒズム、母恋い、関西体験などと相場が決まっており、八〇年代以降流行した文学理論を使えば、誰でも似たような作品論になることが分かっていたからだ。事実私は、『細雪』が、注射で始まって下痢で終わることについて、ジュリア・クリステヴァの理論を使った論文を考えていたが、群像新人賞優秀作になった丸川哲史の「『細雪』試論」がほぼそれと同じで、誰が書いても作品論は大同小異になるという私の予想が当たったと思ったものだ。谷崎のみならず、文学理論の流行以後、古典的文学作品の「解釈」や「分析」が、みな似たようなものになることが、九〇年代半ばには分かってしまった。なかんずく谷崎の作品は、解釈するより味わうべきものだ、と私には思われた。それはやはり私の好きだった泉鏡花にも言えることだった。

その一方で私は、作品以上に、谷崎潤一郎という人物に、不思議な親近感を覚えることが少なくなかった。たとえば谷崎は、「男嫌いの女好き」と言われるが、私にもその傾向が強い。あるいは、運動神経が鈍かったが、私もそうである。そして何より、『青春物語』に描かれた、若いころの谷崎が、十年近く罹《かか》っていたという鉄道恐怖症に、私も、阪神大震災の前後に罹ったのである。短い区間なら何とか我慢できるが、長時間止まらない電車（谷崎の場合は汽車）に乗っていると恐ろしいという谷崎の感覚が、私にはよく分かった。今でこそ、パニック障害などという言葉も広く知られるようになったが、その当時はそういう言葉もなく、苦しい神経症の中で私は、あの大谷崎もこの病気に苦しんだのだ、と考えて、一縷の慰めとしていた。そして谷崎の母性思慕や、唯一の私小説と言われる「異端者の悲しみ」に描かれた、野心と釣り合わない惨めな現実も、わがことのように感じられた。だが、谷崎の小説が大輪の花を咲かせるようになる昭和期以降の谷崎の、妻譲渡や、第二の妻を捨てての、二人の子供のいる根津松子との恋愛と結婚のあたりになると、三十代半ばだった私には、その堂々たる歩みぶりは遠い存在に見えて、中年以降の、あの鋭い眼光と坊主頭の谷崎先生に親近感を覚えるのは難しかった。

　だが、四十を過ぎ、著書も二十冊を越えた頃、ふと私は谷崎の詳細な年表を作ってみようと思い立ち、早速着手した。作品のことはひとまず措いて、ひたすらその人生を再現すべく、谷崎の書簡、来簡を読み、随筆類から実人生を再現していくと、谷崎が私の中で次第に形をなし、息づいていった。遂には、その体臭すら感じられるようになった。その体臭は、決して芳香とは限らず、時には、好色な中年男の嫌な体臭まで感じられた。だが、私はようやく、むろんかねてから感じていた谷崎の魅力の中心を僅かながら捉えたと感じ、作品論でも作家論でもない、谷崎潤一郎という一個の人間像を

内田巌による肖像画

描いてみたいと思い立つに至ったのである。

谷崎の伝記と言えば、古いものながら今なお標準的な野村尚吾の『伝記　谷崎潤一郎』（六興出版、一九七二）があり、現在は、実証研究の第一人者とも言うべき細江光氏が、続々と谷崎伝記の調査を進めている。だから年表のほうは、いずれ細江氏のものが刊行されるものと考えよう。ただ、多くの伝記研究は、細江氏にせよ秦恒平氏にせよ、作品、文学を理解するためと謳っている。私は、そうではなく、たまたま作家であった一人の興味深い人物である谷崎を描きたかった。いわば、中野好夫の『蘆花《ろか》徳冨健次郎』や、佐伯彰一の『自伝の世紀』を始めとする評伝のような、人間研究の企てと言えようか。それは時にゴシップ風に見えるだろう。だが、私はゴシップというのは文藝の源泉のひとつだと考えている。日本の最も偉大な文学作品たる『源氏物語』にしても、宮廷ゴシップの文藝化である。谷崎に関して、ゴシップ風の『聞書谷崎潤一郎』、さらに奥深く抉った『秘本谷崎潤一郎』全五巻を著した稲澤秀夫氏は、米文学者である。中野、佐伯と並べると、私が、ゴシップ風でいいではないかと思うのは、英文学を学んだせいかもしれない。

目次

谷崎潤一郎伝

堂々たる人生

第一章　作家の「誕生」

谷崎潤一郎が、昭和四〇年（一九六五）七月に没したあと、谷崎と縁の深かった『中央公論』十月号が谷崎追悼特集を組んだが、その中で、戦後の谷崎が最も親しくしていた舟《ふな》橋《はし》聖一と、谷崎の礼讃者だった三島由紀夫が対談している。まず舟橋が、「大谷崎《だい》」というけれど、大《おお》谷崎じゃないか、と言うと三島が、それについては評論を書いたことがあって、「だい」は間違いで、「大《おお》近松」というし、漢語読みじゃない、「大《おお》谷崎」だ、と答えている。三島が書いたというのは、昭和二十九年の「大谷崎」というエッセイのことだ。舟橋も、そうだろう、「大成駒《おおなりこま》」というように、と返している。

しかしこの二人も、他の人々も、なぜ谷崎潤一郎が「大谷崎」と呼ばれてきたか、忘れているように思える。たとえば「大近松」というのは近松門左衛門だが、浄瑠璃作者の中には近松姓を名乗る者が幾人もおり（半二、柳など）、彼らと区別して「大近松」なのであり、「大成駒」といえば、成駒屋を屋号とする歌舞伎役者が何人もいる中で、その筆頭に位置する者、たとえば六代目中村歌右衛門を大成駒というのである。「大南北《おおなんぼく》」というのもあるが、これは有名な鶴屋南北は四代目だからであり、孫の五代目南北を「孫太郎南北」と呼ぶのに対して言われたものだ。

どんなに偉大な作家でも、他と区別する必要がない場合は、一般に「大」をつけたりはしない。大芭蕉、大馬琴、大漱石、大鷗外などとは言わないのである。「大トルストイ」というのも、アレクセイ・トルストイという別の作家がいたからだ。そして谷崎が大谷崎と呼ばれるようになったのは、弟の精二も作家だったからである。精二は早稲田の教授になり、英文学者として、ポオの全集翻訳で評価を固めたが、戦後すぐの頃まで、現役の小説家だった。だから、昭和戦前、まだ潤一郎が「文豪」の評価をほしいままにする前から、精二との区別のために「大谷崎」と言われたと考えるべきなのである。「大谷崎」という語は、昭和二年の『現代日本文学全集　谷崎潤一郎集』（改造社）の月報に載った木村毅《き》の「大谷崎の文壇への擡頭」という小文に既に現れているが、この月報には谷崎精二も「家兄のこと」という文を寄せている。その他、三島がどう言おうと、昭和初年の谷崎関係の記事で「大谷崎」には「だいたにざき」とルビが振ってあるのだ。ところが昭和六年の小林秀雄「谷崎潤一郎」では「今日ではもう大の字がついてゐる、大谷崎。大の字がついた事は、既に一流の表現が完了されてゐる事を示すもので」とあって、もう小林も、「大」がついた所以《ゆえん》を忘れているのである。そうではなく、アレクサンドル・デュマ父子を「大デュマ」「小デュマ」、ピット父子を「大ピット」「小ピット」と呼ぶように、潤一郎を大谷崎、精二を小谷崎と呼んだのであって、だから本来は「だい谷崎」だったのだが、その起源が忘れられ、偉大な作家だから大谷崎だと思われるようになったのである。

谷崎潤一郎に、精二を含めて六人の弟妹がいたことは、あまり知られていない。というのも、谷崎はこれら弟妹を小説のモデルにすることが、まったくといっていいほどなかったからでもある。そして、松子夫人との結婚後、松子の一族があまりに有名になってしまったからということもある。だが、谷崎の前半生は、これら弟妹との関係に、かなりのエネルギーが注がれているのだ。潤一郎は、その名が示すように、長男である。その誕生の前年、早産で死んだ熊吉という男児がいたが、届け出はされなかった。そして、谷崎の文学は、彼が長男であるということと不可分だと、私は考えている。たとえば、太宰治のことを考えてみればいい。太宰の、「生れて、すみません」という有名な言葉がある。これは、太宰――津島修治が、昔は恥かきっ子と言われた、母親が年とってから生まれた子であることと、やはり不可分の関係にある。しかし谷崎には、自分が生まれて申し訳ない、という感覚は、微塵もない。むしろ、自分がいなくなっ

弟精二と　人形町の写真館にて
明治30年

たら後に残った者たちはどうなるか、という懸念のほうが強いくらいだ。山崎正和は、森鷗外を「闘う家長」と呼んだが、谷崎もまた、意外なことながら、谷崎家の家長として、長男として振る舞っていた。そして、三番目の夫人となった松子との結婚後も、松子の前夫との子供たち、松子の妹重子とその夫渡辺明などからなる「谷崎・渡辺家」の家長として振る舞っていたのである。

谷崎というのは、母方の姓である。後に谷崎は、この姓は珍しいとして、それが戦国時代の蒲生氏郷《がもううじさと》の家臣のなかに見つかり、徳川期に近江から江戸へ出てきたらしいという文章を書いている（「私の姓のこと」昭和四年）。母方の祖父・谷崎久右衛門《きゅうえもん》は、天保二年（一八三一）生まれの「俄成金《にわかなりきん》」で、維新後、霊岸島に真鶴館という宿屋を購入して経営、米の仲買店やまじう（⌃十）商店を出し、米穀に関する活版印刷所「谷崎活版所」を作るという風に手広く事業をしていた。花、半、関《せき》の三人の娘の下に四人の息子がいたが、次男以下はみな養子に出した。次男萬平《まんぺい》は谷崎という同姓の家へ養子に出したが、これはいずれも徴兵逃れだったようだ（小瀧、一九七〇）。その代わり、花と関に婿養子をとり、次女半は江尻氏へ嫁入らせたが、真鶴館を持参金代わりにつけてやった。婿になったのが、酒問屋を営んでいた十一代目江澤藤右衛門の次男久兵衛と、三男倉五郎で、いずれも谷崎姓となる。つまり兄弟で姉妹に婿入りしたわけで、弟の倉五郎が、潤一郎の父である。江澤家は、屋号を玉川屋という酒問屋の一族で、代々続いており、商人としての格は谷崎家より上だったが、明治二年（一八六九）に九代目と十代目の藤右衛門が相次いで没し、十代目の弟の秀五郎が十一代目を継いだのだが、これも二年後の明治四年（一八七一）、三十歳そこそこで没したため、家は没落しつつあった（細江、二〇〇四b「谷崎家、江澤家とブラジル」）。

潤一郎が生まれたのは、明治十九年（一八八六）七月二十四日、日本橋区蠣殼町《かきがらちょう》二丁目十四番地（現中央区日本橋人形町一―七）の祖父の家でのことで、父は二十七歳、母は二十二歳だった（いずれも数え。本稿では数え年を用いる）。ここには現在、谷崎生誕の地の碑がある。両親が結婚したのはおそらくその二年前で、夫婦で蠣殼町の祖父宅に住んでいた。父倉五郎は、はじめ久右衛門から洋酒屋を任されたがうまく行かず、次に点燈社という、人夫を雇って街灯に灯を点して回る仕事を任されて、舅の家からそこへ通勤していた。母せきは姉妹の中で最も美しく、美人絵草紙の大関にされるほどだったという。中年になってからの写真が残っているが、なるほどそうもあったろうか、と思わせられる。明治二十一年（一八八八）、

父倉五郎と母関　明治20年頃

潤一郎が三歳の年、祖父久右衛門が五十八歳で死去し、長男の庄七が二代目久右衛門を継いだ。明治二十二年（一八八九）二月、大日本帝国憲法発布。倉五郎はこの年、胃病の治療のため群馬県の四万《しま》温泉に滞在している。谷崎は自伝として『幼少時代』と『青春物語』を残しており、それによると、幼い頃から母や伯父に連れられて歌舞伎をよく観に行っていた。当時、九代目市川團十郎、五代目尾上《おのえ》菊五郎、初代市川左團次の、團菊左と呼ばれる明治の名優らが生きていて、彼らを実見している。この年六月二十三日から七月まで浅草鳥越の中村座で上演された「那智瀧祈誓文覚《なちのたきちかいのもんがく》」が、潤一郎が初めて観た歌舞伎だという。この狂言（歌舞伎作品）は、『源平盛衰記《げんぺいじょうすいき》』その他に出てくる、遠藤武者盛遠《もりとお》が渡辺党の源渡の妻である袈裟御前《けさごぜん》に恋をして、一度は契りを結ぶのだが、さらに関係を続けようとし、袈裟の母を脅しさえしたので、袈裟が、それなら夜半忍んできて夫を切ってくれ、濡れ髪でどこそこに横になっているのが夫だから、と盛遠に頼み、盛遠が教えられた首を切るとそれは袈裟で、盛遠は前非を悔い、出家して文覚上人となって伊豆へ赴き、源頼朝に父左馬頭義朝の髑髏を示して平家追討の旗揚げを勧めるという物語である。この文覚―袈裟御前ものは、徳川時代の浄瑠璃や歌舞伎では、その通例として、盛遠の恋や袈裟の死は実は敵方（平家）を欺くための計略だった、という作られ方をしていた。それを、歌舞伎近代化の流れのなかで、原典通りに戻すことを、当時の碩学・依田学海が着想し、川尻宝岑《ほうしん》が書いたものを、團十郎と中村福助（後の五代目歌右衛門）が演じた「活歴」も

谷崎幼年時代関連東京地図

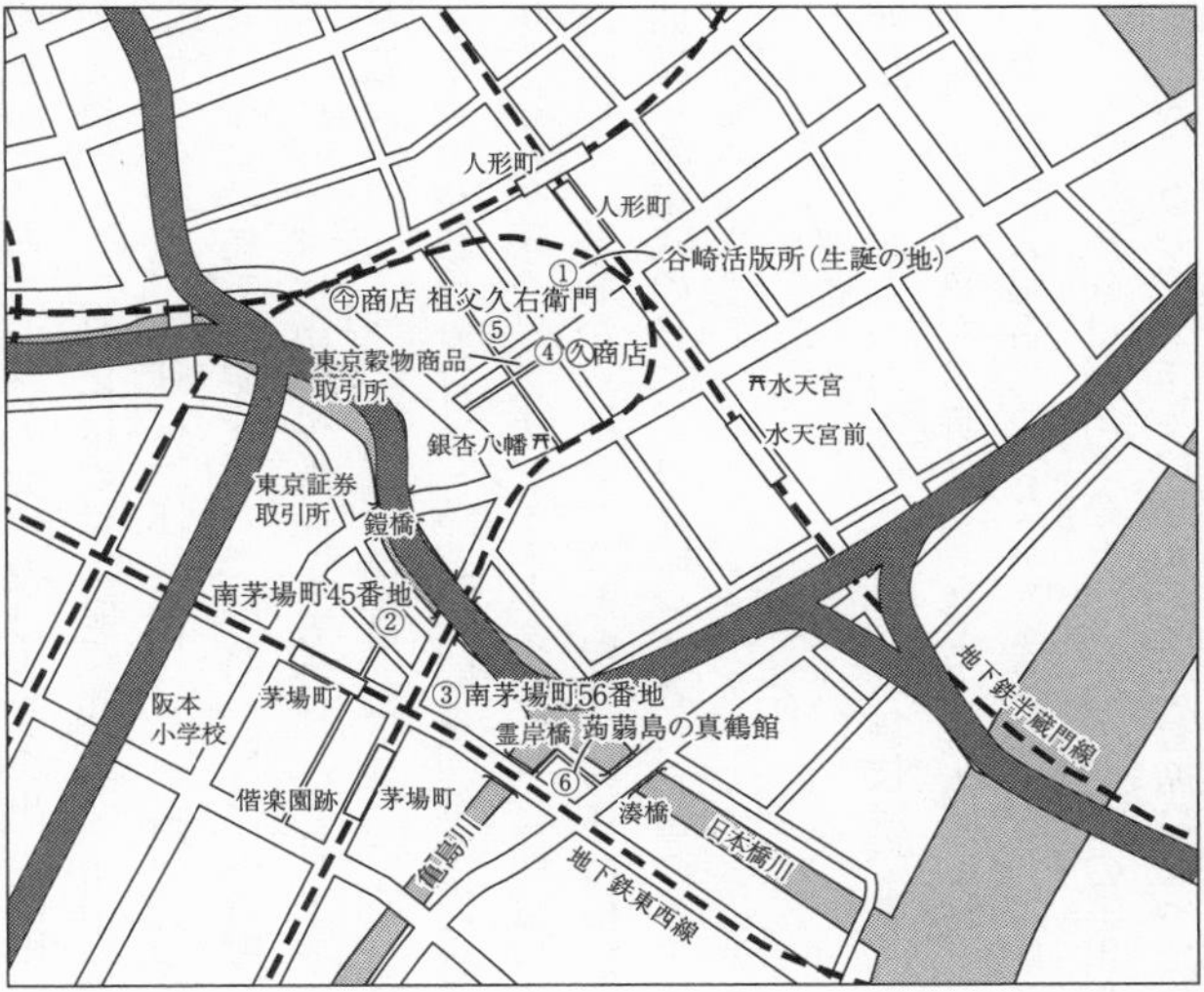

のだ。谷崎が初めて観た歌舞伎が恋する男の物語だったことは興味深い。同年十一月二十一日、歌舞伎座が開場し、それまでの、守田座、中村座、市村座の三座体制は次第に崩れてゆく。

明治二十三年（一八九〇）には、五月から六月にかけて上演された團菊左の「勧進帳」を観ている。この夏、両親は大磯の松林館という宿へ静養に出かけている。倉五郎は久兵衛の援助で、蠣殻町一丁目の裏通りに(久)商店を持ち、米穀取引の仲買人となった。いわば「株屋」である。七月一日、第一回衆議院議員選挙。十二月十九日に、弟・精二が生まれた。明治二十四年（一八九一）、倉五郎一家は本家を出て浜町二丁目十一番（現日本橋浜町二―三四）に家を持った。三月には歌舞伎座で團十郎、市川権十郎《ごんじゆうろう》らの「出世景清」などを観、六月には歌舞伎座で福地桜痴《おうち》作「春日局」その他、また寿座《ことぶきざ》で「義経千本桜」を観たが、これは後に「続雪後庵夜話《せつごあんやわ》」で触れられる、『吉野葛』にもつながる谷崎思い出の舞台である。秋、一家は南茅場町《かやばちよう》四十五番地（現日本橋茅場町一丁目）に転居し、ここから霊岸橋を渡った蒟蒻島《こんにやくじま》（霊岸島、現新川一丁目）にあった小岸幼稚園に短期間通った。明治二十五年（一八九二）九月から、潤一郎は、日本橋区坂本町の阪本尋常小学校（現在、阪本小学校）に入学する。本来は数え七歳になれば四月に入学なのだが、四月からの通学を嫌がったため、二学期からになったという。担任は稲葉清吉だったが、お坊っちゃん育ちの潤一郎は、始業式の日に、付き添ってきた乳母のみよの姿が見えなくなるとたちまち泣き出して学校から逃げ帰って来たという。それからも学校へ行くのを嫌がって欠席が多く、落第してしまった。

明治二十六年（一八九三）三月、歌舞伎座で團・菊の芝居「東鑑拝賀巻《あずまかがみはいがのまき》」を観たが、この時、実朝の首が公暁《くぎよう》に切り落とされるのを見て、エロティックな興奮を覚えたという。のちの『武州公秘話』につながる逸話である。四月から一年生をもう一度やり直すことになり、今度の担任は野川誾栄《ぎんえい》という人で、この野川先生によって潤一郎はようやく学校がおもしろくなり、二年生に進んだ時は首席になっていた。この年、三男の得三が生まれるが、千葉県葛飾郡の小泉家という薬種屋へ里子に出され、後に正式に養子となった。この頃はまだ、父の事業も何とかやっていたので、子供を里子に出したのは、貧しいからではなく、お嬢さん育ちの母が子育てを嫌がったからだとされている。念のために言えば、憲法発布の年に兵役法が改正され、長男でも兵役を免れないことになったので、こちらは徴兵逃れではない。もっとも、日本は養子制度の盛んな国で、跡取りのできない家に、子だくさんの家から子供を譲ることは、当時としてそれほど珍しくはなかったのではないかとも思われる。明治二十七年（一八九四）、二月十一日の紀元節の日に、軍人に連れ回されたという逸話が『幼少時代』に出てくる。

私は、少年時代に女に可愛がられた経験はないが、あの頃の東京は薩摩人が幅を利かしてゐたせゐか、美少年趣味が流行してゐたので、男の児に追ひかけられたことはしば〳〵あつた。

（略）〔紀元節の式の後、みよが迎えに来て帰ろうとする途中〕金モールの礼装をした堂々たる恰幅《かっぷく》の、中尉か大尉ぐらゐに見える軍人が通二丁目の方から来て、

「坊ちゃん」

と、私を呼び止めて、

「さ、僕が抱いて連れて行つて上げよう」

と、いきなり抱き上げて、橋の途中から引き返して、日本橋の方へ歩き始めた。ばあやはびつくりして後から食つ着いて来たけれども、「すぐ返すから心配するな」と、片腕で私を軽々とかゝへて、そのまゝ日本橋通りを越えて呉服橋にかゝつた。

ようやく、軍人が立ち小便をしている間に、交番の巡査が不審に思って声を掛けてくれたので逃げ出した。その軍人は「野津鎮武」という名刺を渡したという。有名な野津将軍の一族に違いないと父が言ったとあるのは、薩摩出身の野津鎮雄《のづしずお》、道貫《みちつら》兄弟のことだろう。しかし野津鎮武《しずたけ》は、その十年後の韓国保護条約の際に陸軍中佐で軍部顧問となり、日韓併合に関わった人で、おそらく谷崎はそのくらい知っていて、そ知らぬ顔で実名を出し旧悪を暴いたのだろう(山辺)。『幼少時代』は戦後の作だからこんなこともできたのである。戦前、こんな実名を挙げたら軍人誣告《ぶこく》罪に問われてしまう。

四月、二年生に進んだ。この時知り合ったのが、生涯の親友となる笹沼源之助である。笹沼は、日本で最初の本格的支那料理店・偕楽園の一人息子で、潤一郎は笹沼の両親の源吾と東《とう》にもかわいがられた。潤一郎は笹沼から、赤ん坊がどこから生まれるか教わって驚いたという。しかし、㊇の営業はうまくゆかず、家は南茅場町五十六番地の路地裏に引っ越した。この年八月、日清戦争が始まるが、潤一郎はその前哨戦たる七月の牙山《がざん》陥落に際して漢詩のようなものを書いたという。明治二十八年（一八九五）には、潤一郎が耽読することになる『少年世界』が創刊された。明治二十九年（一八九六）、十一歳の年に、妹の園が生まれた。これは、谷崎の唯一の私小説とも言われる「異端者の悲しみ」（大正六年）に、病気で死にかけている妹として登場する。潤一郎の弟妹の中で、小説中に出てくるのは、この園だけだろう。園は、初めての女児だったために家に置かれたという。「神童」（大正五年）という小説は、境遇などを変えてはいるが、ほぼ少年時代の潤一郎自身のことを描いたとみていいだろう。主人公は際立った秀才で、小学校四年生の時に、題を与えられてたちまち平仄《ひょうそく》の合った漢詩を作り、かつ数学的方面でもずば抜けた成績を収めていたという。自伝ではさすがに謙遜してそういうことはあまり書いていないが、「神童」の主人公春之助が、自分はいずれ偉大な人物になるのだ、と思っているのは、当時の潤一郎の意識そのままだろう。

阪本小学校高等科の学友と　後列中央谷崎、前列左から二人目稲葉清吉先生、右端親友の笹沼源之助　明治33年頃

　十二歳の明治三十年（一八九七）四月、阪本尋常小学校高等科に進み、再び稲葉清吉が担任になるが、

この稲葉が、文学、哲学、宗教の素養が深く、生徒たちにそういった話をしてくれたので、潤一郎に大きな感化を与えた。四月には歌舞伎座で観た芝居に出ていた、後の六代目菊五郎、丑之助《うしのすけ》に注意を引かれたという。谷崎がのちに「似ている」と言われ、自分でもそれが自慢だったらしい名優である。六月二十八日に、尾上菊之助が三十歳で没した。村松梢風《しょうふう》原作の『残菊物語』の映画などでその悲恋が有名な役者である。潤一郎は三十日にその葬列を見に出かけている。「その日は日曜だつたのか、それとも葬式の時刻が遅かつたのか、孰《いづ》れかであつたらう」と書いているが、その日は水曜日である。明治三十一年(一八九八)一月号から十一月号まで、巌谷《いわや》小波《さざなみ》の『新八犬伝』が『少年世界』に連載され、潤一郎は耽読した。これは曲亭馬琴の『南総里見八犬伝』を、狗張子《いぬはりこ》を主人公に子供向けに書き換えたものである。私も数え十三歳の年に、NHKの人形劇『新八犬伝』を夢中になって観るようになり、そこから日本の古典や時代ものに関心を持ち、原作まで読むようになったのだから、谷崎の閲歴との奇妙な偶然の一致を喜ばしく思わずにはいられない。

三月、同級生の橋本市松、野村孝太郎が始めた筆記回覧雑誌『学生倶楽部』に、笹沼、脇田甲子之助《かしのすけ》らと加わり、これに毎月文章を載せるようになる。それらの一部は全集に収められているが、漢文を基調とした美文である。「学生の夢」「蒙古の襲来」「一休禅師」(二号)、「楠公論」「東京」「日本歴史雑話」、小説「五月雨」(三号)などだが、それ以降も続けられたものの、当人の手元にもなく、古書店で書誌学者・斎藤昌三(一八八七—一九六一）が三号まで見つけて谷崎に贈り、発見された。何しろ一冊しかなかったものだ。この年あたり、ばあやのみよが、脳溢血で死んでいる。六十八歳。

明治三十二年（一八九九）、日本橋亀嶋町にあった漢学塾・秋香塾に、脇田とともに通い、京橋区築地明石町にあった英国女性サンマーが経営する欧文正鴻学館、通称サンマー塾に通って英語を学んだ。後に苦学生になるとはいえ、こうした境遇はやはり裕福な家の息子のもので、四歳年下の精二はこのような境遇で育つことはなく、遥かに苦労した。それが後年の兄弟の疎隔の遠因になったことは否定できまい。十一月五日、次女・伊勢が生まれたが、葛飾の農家に里子に出された（林、一九七八）。明治三十三年（一九〇〇）三月、笹沼は高等科を三年で修了し、府立尋常中学校の築地分校に通うようになった。後の府立三中、現在の両国高校である。潤一郎は、幸田露伴の「ひげ男」や「二日物語」を読んでいたというが、初めて読んだ大人の小説は、村井弦斎《げんさい》の『桜の御所』だったという（「直木君の歴史小説について」）。明治三十四年（一九〇一）には、伯母・花が四十四歳で死んでいる。この三月、阪本尋常小学校高等科第四学年を二番の成績で卒業した。だが父は、潤一郎を商人にするつもりで、商人にそれ以上の学問は不要だと考えており、家計も苦しかったので、丁稚《でっち》奉公に出そうと考えた。「神童」にあるように、潤一郎は、上の学校へ行かせてほしいと懇請し、担任の稲葉先生も、これほど成績のいい子を丁稚に出すのは惜しい、と父親を説得したので、伯父久兵衛の援助を受けて、四月、麴町区日比谷の府立第一中学校（現在の日比谷高校）へ入学するのである。ここで潤一郎は、終生の友人たちを得る。一級上に辰野隆《ゆたか》、吉井勇《いさむ》、土岐善麿《ときぜんまろ》がおり、同級に大貫雪之助《おおぬき》（晶川《しょうせん》）、土屋計左右《けいぞう》、伊庭《いば》孝、恒川陽一郎がいた。大貫は若くして没するが、潤一郎が文学関係で最も親しくしていた友で、岡本かの子の兄である。土屋は後に実業家になり、経済面でさまざまに谷崎の力になった。伊庭は、この年の六月、政治家の星亨《ほしとおる》を暗殺した伊庭想太郎の息子で、後に俳優になる。恒川は大正二年、赤坂の有名藝妓《げいぎ》・萬龍《まんりゅう》と激しい恋の末に結婚し、新聞ダネにもなって名を挙げたが、その三年後に若くして没した。

潤一郎は文藝部員となり、十月から『学友会雑誌』に文章を寄稿し始め、漢詩「牧童」（十月）、「護良王」など（十二月）を載せた。明治三十五年（一九〇二）には『少年世界』にも投稿して「時代と聖人」「日蓮上人」などが掲載された。三月には『学友会雑誌』に、当時の文壇・ジャーナリズムと直接係わる「厭世主義を評す」が載る。辰野は、当時を回想して書いている。「僕は小学から大学を卒《お》へるまで幾多の秀才にも会つたが、凡《およ》そ中学時代の谷崎ほど華やかな秀才には未だ嘗《かつ》てお目にかゝつた事がない」。その頃、府立一中に三人の秀才がいて、五年生市河三喜《さんき》の語学、四年生竹内端三の数学、二年生谷崎潤一郎の文章だったという（辰野）。市河は英語・英文学で名を挙げたが、今でも、英語学会の新人賞・市河三喜賞に名が残っている。しかしこの年六月、父の事業はさらに苦しくなり、潤一郎は廃学の危機を迎える。漢文担当の教師渡辺盛衛《もりえ》の斡旋《あっせん》で、貴族院議員・原保太郎

府立第一中学校の学友たちと　左端、谷崎。後列中央、大貫晶川（雪之助）　明治35年頃

を紹介され、原の世話で、築地の精養軒の経営者・北村重昌宅に、住み込みの家庭教師になって、主人の弟二人を教えることになり、勉学を続けることができるようになる。むろんこの時、笹沼の偕楽園で使ったらどうかという提案もあったが、笹沼自身が、それでは谷崎と主従の関係になってしまうから嫌だと拒否したのだという。だが北村宅では、後に小説「鬼の面」などに描かれたように、書生か召使のように使われたこともあって、潤一郎としては屈辱の日々だったろう。しかし、その九月に、成績抜群のため飛び級して二年生の一学期から三年生の二学期に編入され、辰野らと同学年になるのだが、それでもなお首席を保っていたという。しかし、そんな潤一郎も、運動だけは苦手だった。鉄棒をやらせれば皆で寄ってたかって押し上げなければならず、時には平行棒から転落して顔をしたたかに打つというありさまだった。後に、第一高等学校卒業の際、辰野・津島寿《じゅ》一《いち》ら友人たちと塩原に旅行に行った時、熊に出会った。その夜、「もし熊が飛びかかって来た場合われわれは逃げおおせるが、谷崎は脚が遅いから逃げ切れず、熊につかまっただろう」と意見が一致したという（津島）。

　この年、三女・末（戸籍では須恵）が生まれたが、「生れると直《す》ぐ桂庵《けいあん》の手から或る家へさとにやられたが、其の家の主人と云ふのは養育料を目当にして方々の赤児を引取らうとする悪者であつた為め、彼の女は碌に乳も与へられず、営養不良に陥つてからもう少し放つて置かれたら死んでしまふところだつた」（精二「さだ子と彼」）ので、両親が慌てて取り返し、別の家へ里子にやった。明治三十六年（一九〇三）二月、尾上菊五郎が六十歳で死去、すぐに丑之助が六代目を継いだ。五月二十二日、一高生の藤村操《みさお》が、遺書「巌頭《げんとう》の感」を残して華厳《けごん》の滝に飛び込み自殺をした。エリート青年の厭世自殺として当時話題となり、その後潤一郎が行方不明になった時も、両親は自殺でもしていやしないかと心配したという。六月、『学友会雑誌』に「道徳的観念と美的観念」を掲載、九月には学友会会幹となる。同月、九代目市川團十郎死去、六十六歳。明治三十七年（一九〇四）二月、日露戦争開戦。三月に弟の精二は阪本尋常小学校高等科を卒業し、東海銀行（後年のそれとは違う）の給仕になり、九月から夜は工手学校（現在の工学院大学）予科に学び、翌年本科に進んだ。だが二年目に本郷の支店へ回され、仕事が忙しくなって夜学へ行けなくなったため、父に頼んで銀行はやめたという。十二月、潤一郎は『学友会雑誌』に「起《た》てよ、亜細亜」を掲載し、対露戦熱を鼓吹《こすい》しているが、これは当時の学生としては一般的なもので、特に潤一郎が好戦的であったことを示すまい。大江健三郎でさえ、少年時代には皇后礼讃の作文で賞を貰っているのである。

明治三十八年（一九〇五）三月、府立一中を卒業したが、成績は八番まで下がっていた。

その理由は、「神童」に描かれている通りとみていいだろう。はじめ潤一郎は、哲学書、宗教書を読みあさり、聖人あるいは哲人として世を救おうと考えていた。だが、思春期を迎えると性の衝動に悩まされるようになり、オナニーに耽って、その罪悪感に苦しむようになる。「彼は昼間でも便所へ這入《はい》つて三十分ぐらゐ顔を見せない事さへあつた」(「神童」)というのは、潤一郎自身の体験だろう。「神童」は、自分は天才ではあるが、それは宗教的方面に発揮されるべきではなく、美の方面に向けられるべきものだと、主人公の春之助が覚るところで終わっているが、おそらく潤一郎にも、この頃、そういう転換があったと見ていいだろう。谷崎は、後に小説家として立ってからも、哲学者の名を出したり、抽象的な議論に溺れるようなことが一度もなかった。それは、多くの他の青年より遥かに早く、それが自分の領分でないことを悟っていたからであろう。

精二の小説「妹」(大正六年)は、かなり事実そのままの作品だと思われるが、ここに、明治三十八年五月十八日の日付で、長女の園が書いたという日記の一節が引かれており、名前が変えてあるだけでほぼ実物のままだろう。「お定」とあるのが、伊勢のことである。

夕方家へ帰つて来るとわあ〳〵声を掲《ママ》げて泣いて居る者があるので誰だらうと思つて馳け込んでみると妹のお定ちやんが今迄さとにやつてあつた本郷の家から今日引取られて来て泣いて居るのである。本郷のさと親が唯遊びに行くと云つて欺して連れて来てこつそり裏口から帰つてしまつたのでお定ちやんは「お母さん、うちへ帰るんだよ――」と云ひ乍ら大声で泣き喚いて居る。（略）かあいさうにお定ちやんは今年六つになる迄さと児にやられて居たものだから本当のお母さんを知らないで、さとのお母さんが生みのお母さんだと思つて居るのである。

これによれば、伊勢はそれから二た月後、葛飾小松川（現在江戸川区）の叔父萬平が、子がないからというので養女にして、そちらへ連れていかれる。それから二、三年たって、末もまた、萬平の養女になっている。萬平は、地下の水脈や鉱脈を探り当てる仕事をしていた。潤一郎と精二はのちにこの萬平から、あたかも漱石の『道草』の建三のように悩まされることになる。没落したのは倉五郎家に限った話ではなく、この谷崎、江澤という、母方、父方の両家とも、祖父久右衛門が没してから、社会的に成功を収めた人物は、潤一郎と精二以外にはいないと言っても過言ではない。十二代目江澤藤右衛門は、晩年になって家族とともにブラジルに移民し、二年後に没しているし、二代目谷崎久右衛門は、最初に迎えた妻を追い出して藝者を妻にし、大正十年頃死んだらしい。伯父の久兵衛は、大正四年（一九一五）、長男が無謀な投機で借金を拵《こしら》えたことを苦に、伊豆大島行きの船から投身自殺してしまった。

七月、潤一郎は、第一高等学校（場所は現在の東大農学部）英法科へ入学する。文学を志しながら法科を選んだのは、北村氏の勧めによるという。ここでは、後に政治家になる金森徳次郎と知り合う。八月、ポーツマス条約締結。この条約に不満を抱いた者たちが、九月、東京で暴動を起こす。この日比谷焼き討ち事件を、精二が実見している。明治三十九年（一九〇六）春、潤一郎は大貫の妹、かの子に初めて会った。さて、この頃潤一郎は、恋をする。相手は北村家の小間使い、穂積フクである。フクの写真が一枚だけ残っているが、特にどうということのない顔だちである。ところで、潤一郎自身の体格風貌はどんなであったかというに、背は一五八センチ位で、当時としても低いほうだ。かなり強い縮れ毛だったことが、幼年時代の写真を見るとよく分かる。成長してからは、ポマードなどで撫でつけていたようだが、中年以降丸刈りにしてしまったのはそのせいだろう。大正二年と四年の写真でも坊主刈りにしているが、これは、当時西鶴に心酔していて、その容姿をまねたのである。目は、後年もそうだったが、大きくてぎろりとしている。それから、唇が真っ赤だったともいう（今東光）。六代目尾上菊五郎に似ていると言われたようだが、乱杙歯《らんぐいば》を気にしていた。しかしその当時、一中、一高生といえば、若い女にとってはそれだけで憧れの的である。小間使い程度の身分の少女にとって

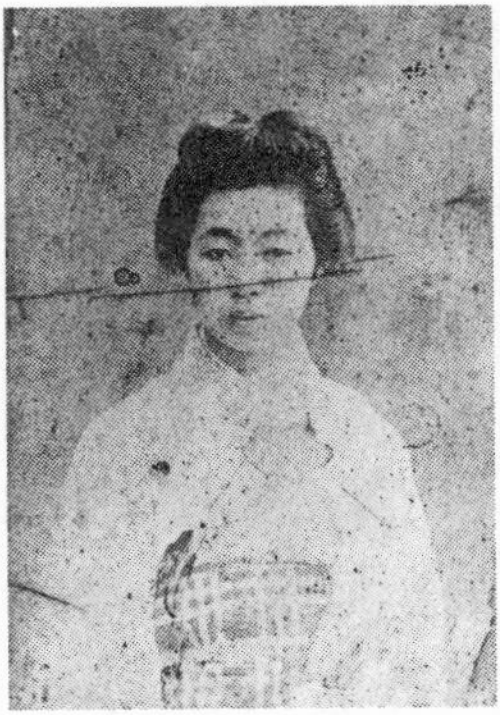
初恋の人、穂積フク　明治44年

は、潤一郎は十分恋の相手たりえただろう。明治四十三年の大貫宛の手紙（書簡番号九）によれば、五年前というから三十八年夏、二人で銀座の町を手に手をとって歩き、翌年五月、フクから「恋ひしき〳〵谷崎様へ」という手紙が来て、本格的な交際が始まったという。潤一郎二十一歳である。潤一郎は、二十歳以前には女を知らなかったと書いている。当時の学生が初めて女を知るといえば、家の女中か娼婦だが、谷崎家は貧しくて女中はいなかったし、友達に誘われて遊廓へ上がって娼婦と同衾しても、神経質のため実事に及ぶことができなかったと言っている。おそらくフクが、初めて知った女だったろう。

この頃、潤一郎は大貫とともによく萬平宅へ妹たちに会いに行ったという。いちばん下の終平が生まれたのは、潤一郎二十三歳の年（明治四十一年）だから、母は四十五歳になっていた。末とか終平とか、これで終わりにしたいと思ってつけた名である。結局、ずっと実家で育ったのは、十六歳で夭逝した園と、潤一郎、精二、終平の男三人だったことになる。昭和二十七年三月、『毎日新聞』に谷崎は「或る時」という随筆を載せている。それは、潤一郎が十二、三歳から十五、六歳頃のある日、朝七時頃土蔵の前を通ると、土蔵の中で両親が交合しているのを目撃したという話だ。それを見たのは「後にも前にもその一度きり」だったと言い、「私は生涯に一度でも、父と母のさう云ふ光景を見た記憶のあることをたいへん有難く思ふのである」としている。貧苦に悩み、夫婦喧嘩の絶えなかった両親だからだ、と言うのだが、『毎日新聞』では、こういうものを載せていいのかと問題になったという（山口廣一）。しかしこの随筆は、まさに谷崎の面目躍如だと思う。

　もう一つ、昭和三十六年一月に『東京新聞』に掲載された「親父の話」という随筆がある。父の思い出話だが、終平もまた、生まれた時に里子の先が決まっていたが、睾丸のヘルニアに罹り、そのせいかどうか、養子にも里子にもやられずに済んだ、とあり（園の遺言によるという説もある）、母親が「しやうがないねえ終平は。折角里にやらうつて云ふのに大事な所が脹れちまつて」と言うと父親が「い、ぢやあねえか睾丸が脹《ふく》れてゐたつて。これがほんとの持参金だあな」と洒落たと言い、「こんな剽軽《ひようきん》な言葉が、こんな際どい場合にヒヨイと口から出るところは、親父もさすが江戸つ子だつた」とされている。もっとも、この随筆が出た当時五十代だった終平は、同僚から冷やかされて困った、と書いている（終平、一九八九）。その後に、潤一郎がふと茶簞笥の引き出しを開けたら、コンドームが二、三枚入っていた、とあるから、両親ともそれなりに産児制限の工夫はしていたのだろう。コンドームもそう易々とは手に入らない時代だった。

笹沼源之助による撮影　明治42年

　三十九年九月、笹沼は高等工業学校電気工学科に入学し、和辻哲郎、九鬼周造、立澤剛《たちざわたけし》、大貫、春山武松らが一高に入学してくる。一中で一緒だった大貫は、潤一郎が飛び級をしたため一年遅れたわけだが、都下二子玉川《ふたこたまがわ》出身で、晶川《しょうせん》と号して短歌で文名を挙げつつあった。明治四十年（一九〇七）二月、潤一郎は、岸巌《いわお》、杉田直樹《よしき》らとともに文藝部委員になり、『校友会雑誌』の編集に当たって、北村家での体験をもとにした「狆《ちん》の葬式」（三月）という小品を発表している。精二はこの頃、工手学校電気科を卒業して逓信省《ていしんしょう》の通信技師に採用され、発電所に勤務するようになるが、やがて兄と同じように文学を志して、早稲田の受験準備を始める（精二、一九六七）。当時の精二は「過度の心労とまた睡眠不足のため、著しく健康を害してしばしば死を思う」と、妻富士子作成の年譜にある。三月十七日、偕楽園の主人・笹沼源吾死去。ついで六月、フクから潤一郎に宛てた恋文が北村家で発見され、父倉五郎が呼び出されて、潤一郎は暇を出されてしまう。フクは、箱根塔之沢で温泉宿を営む実家に帰された。

当時一高は全寮制で、潤一郎は特殊事情のため入っていなかったのだが、これによって向ケ丘の一高朶寮《だりよう》に入り、伯父久兵衛と笹沼の援助で学校を続けることになる。潤一郎はこの寮で、津島寿一（後の蔵相）、君島一郎（のち朝鮮銀行副総裁）、藤井啓之助（のち外交官）らの友人を得て、後に『羹《あつもの》』という長編のネタにする。ここでのことは、君島の『朶寮一番室』に詳しい。一般に、谷崎は女好きの男嫌いで、例外的に笹沼とだけ親しかったと言われているが、実際には、十分有用かつ有能な人物だと思えば、男とも親しくしている。さてフクだが、こうして引き裂かれれば、情熱はかえって燃え盛り、たびたび箱根や東京で逢瀬を重ねた。ある時はフクが実家から逃げてきて、当時菊坂《きくざか》に下宿していた津島に匿《かくま》ってもらったり、またある時は、両親の留守に実家にフクを引き入れ、精二の部屋で二人で語らっているところを、帰ってきた精二に目撃されたりもしている。また、精二が帰ってくると、机の上に潤一郎の置き手紙があり、「My Dear brother, An evil accident which happened to me and her, obliged me to go to Hakone as soon as possible.」（弟よ、大変な事件が私と彼女に起こったため、私はすぐに箱根へ行かなければならない）と書いてあったという。両親が見ても分からないように英語で書いたのだろう、と精二は回想している。九月、三中から後藤末雄が一高へ入学してくる。十二月の『校友会雑誌』に潤一郎は、フクとの体験を元にした「死火山」を載せた。

第一高等学校校友会雑誌委員の新旧交代記念写真　前列左から二番目谷崎、校長新渡戸稲造、顧問教員杉敏介、和辻哲郎。中列左から田中徹、岸巖、大貫晶川（雪之助）。後列左から杉田直樹、立沢剛　明治41年5月

明治四十一年（一九〇八）一月、文藝部委員が交代し、和辻、大貫、立澤らが新委員になる。新旧委員交代の記念写真が残っている

が、中央に校長新渡戸《にとべ》稲造《いなぞう》と顧問教員の杉敏介《びんすけ》、その左に谷崎、右に和辻が座っている。後に『新思潮』に係わってくるのが和辻と大貫である。同月十五日、洋行から帰った二代目市川左團次が、松居松葉《しょうよう》作「袈裟と盛遠」を明治座で上演し、潤一郎も観に行ったが、上演は失敗に終わった。三月末から四月にかけて歌舞伎座で上演された「伽羅先代萩《めいぼくせんだいはぎ》」も観にいき、仁木《にっき》弾正《だんじょう》を演じた市川團蔵に感心している。四月には、一中同窓会如蘭会評議員として、『学友会雑誌』に「増鏡に見えたる後鳥羽院」という評論を書いている。七月十日、一高を卒業、九月、東京帝国大学文科の国文科に入学する。数えで二十三歳である。当時の帝国大学は、今で言えば年齢的には大学院に相当するだろう。この頃潤一郎は、既に創作家として立つ決心をしていた。一高では将来のことも考えて英法科にいたが、背水の陣を敷くべく文科に入り、国文科ならば授業もさぼりやすいだろうと考えたのだという。だが同時に、潤一郎は当時、日本の古典にかなり引かれていたことは、後鳥羽院論を書いているのでも分かる。近代日本というのは、今でもそうだが、人文系に野心を持つ学生は、新しい西洋の文人や哲学者に傾倒し、日本の古典などやっている者は馬鹿にされる傾向がある。だから、文学的野心を持つ若者は英文科あたりへ入るのが普通で、国文科などというのは時代遅れだとされていた。しかし潤一郎は、同年七月十二日の大貫宛の手紙で、最近は『十六夜日記』『更級日記』『大和物語』を読んでいる、と書いている（『志賀直哉と谷崎潤一郎』展図録）。当時大貫は、植村正久の影響でキリスト教に傾いており、潤一郎は、神とは事実を直視する勇気のない者が拵える偶像に過ぎないと熱心に説いている。谷崎は終生、キリスト教に関心を持つことはなかった。だから潤一郎が国文科へ行ったのは、しかるべき信念があってのことだと思う。その一方、一高時代、弁論部主催の木下尚江講演会に行ったら、前座として出てきた東京帝大の安倍能成《よししげ》が「クオヴァディスを読む」という話をしたのに感銘を受けて、英訳の『クオ・ワディス』を一週間で読破したともいう。なおこの年まで、夏目漱石が一高と帝大で教えていたが、潤一郎は一度廊下ですれ違って、会釈したことがあるだけだという。

若くして文壇に出るには詩歌のほうが有利である、と谷崎は後に言っている。大貫、恒川、吉井勇など、潤一郎と同年輩の者たちが、既に詩歌をもって世に出ていた。谷崎は、後年いくつかの短歌を作っており、ボドレールやタゴールの翻訳もしているが、自分で漢詩以外に詩を書いたことはない。己れの才に自信のある潤一郎としては、焦らざるをえない。いざ大学へ行っても、潤一郎のような文人肌の者に、古典の訓詁《くんこ》中心の国文科の授業が面白いはずもなく、一年ほどで行かなくなったようだ。当時は、田山花袋、島崎藤村、正宗白鳥、徳田秋聲らの自然主義文学が全盛だった。これに対抗すべく、明治四十二年（一九〇九）一月、森鷗外を中心に、北原白秋、石川啄木、平出修《しゅう》、吉井らの『スバル』が創刊された。

この年潤一郎は、戯曲「誕生」を書いて『帝国文学』に投稿するが没になった。志賀直哉の「網走まで」もその前年、この雑誌で没にされている。『帝国文学』は、帝国大学文科大学の機関誌で、創作を載せることもあったが、評論や哲学論文が主で、創作であっても「文学士」の肩書が付いていたという。この頃の『帝国文学』には、林久男という人が創作や翻訳をよく寄稿している。ドイツ文学者だが、昭和三年、谷崎と関わりを持つことになる。今なら、各種文藝雑誌の新人賞があるが、当時文壇に出ようとしたら、投稿以外にはコネを求めるしかない。さらに、白樺派の者たちのように、実家に資産があれば、悠々と大学を卒業して機会を待つことができるが、潤一郎は、早く創作家として金を稼げるようになる必要がある。これも今なら、アルバイトをしながらということもあるが、当時そういう仕事はなかったし、潤一郎自身、大学を出て勤め人になる気はなかったようだ。潤一郎は、目上の人に対してひどくはにかみ、恐れる性質で、後にそれで上田敏の好意を無にするのだが、漱石などを訪ねて伝手《つて》を求めることはできなかったと書いている（『青春物語』）。もっとも、大貫の方は藤村に心酔していてよく訪ねており、潤一郎も二度ほど行ったらしい（「亡友」）。

そこで今度は、自然主義に妥協して「一日」という短編を書き、恒川を介して平出修に見せると、面白いと言って『早稲田文学』の相馬御風《ぎょふう》に掛け合う、と言ったのだが、返事がないので恒川と一緒に平出を訪ねると、御風からの、どうも乗り気でない手紙を見せられたようだ。なお平出は弁護士でもあり、翌年大逆事件が起きると、被告となった大石誠之助の旧知の與謝野鉄幹に頼まれて弁護をし、これを小説にした人物である。この「一日」という短編は、残っていない。これで潤一郎は、失意と焦燥から強度の神経衰弱に罹る。数年後に神経衰弱が再発するのだが、現在の病名で神経症と呼ぶことにしたい。そして、笹沼の紹介で、茨城県助川（現日立市）にあった偕楽園の別荘に転地して療養したのが二月かららしいので、「誕生」が没になったのはその前年だろう。そしてここで永井荷風の『あめりか物語』を読み、自然主義とは違う作風に感銘を受け、希望をもった、ということになっている。神経症のほうだが、この時既に潤一郎は、数年後に再発する汽車恐怖症に罹ったらしい。これについては後で触れるが、その激しい地震恐怖症も含めて、谷崎には神経症（質）と死の恐怖が強い。これは自分の才能に対する自信と、にもかかわらず文壇へ進出できない焦りがあったとしても、先天的素因らしく、精二も四十八歳の頃ひどい神経症に罹って、「死ぬより外仕方がないと覚悟した程だった。／私の母は病的に神経質だったので、私は遺伝体質を備えていたらしい」と書いているし（精二、一九六〇）、潤一郎の晩年、熱海を訪ねる時も精二は汽車恐怖症で大変だったという。

この年精二は、早稲田大学高等予科に入学した。七月十六日盂蘭盆《うらぼん》の日、潤一郎は、笹沼、大塚常吉らとヨットで品川沖へ出て、帰途墨田川を遡って曳舟川《ひきふねがわ》へ入ると、源森橋《げんもりばし》（現在の枕橋）で荷船と接触して、危うく死ぬところだったと、のち笹沼の追悼文集に寄せた「『しのぶ草』の巻尾に」に書かれているから、この時までには東京に戻っていたことになる。同月笹沼は、高等工業学校を卒業し、家業を継ぐため、十一月二十八日、十七歳の喜代子夫人と結婚し、潤一郎は新婚の家庭へずいぶん邪魔しに行ったらしいが、この一家とは終生深い親交を持つことになる。九月、和辻は東京帝大の哲学科へ、大貫は英文科へ入学した。この年十一月、帝大出身で五つ年上の小山内薫が、二代目左團次と始めた自由劇場の第一回公演「ジョン・ガブリエル・ボルクマン」（イプセン）を観にいき、挨拶する小山内の颯爽たる風姿に感銘を受け、後に小山内を先輩として仰ぐことになる。

しかし、「誕生」が没になって神経衰弱になった、という従来の説明は疑わしい。むしろ潤一郎自身、あまり「誕生」に満足していなかったのではないか。今でもそうだが、いくつかの創作を文藝雑誌に載せたからといって、それで作家になれるわけではない。はっきりと、その実力を見せつける作品を書かなければならないのだが、それはまだ書けていなかった。それが潤一郎の悩みではなかったか。

明治四十三年（一九一〇）始め、潤一郎は、新聞記者になって時節を待とうと思い、山形のある新聞社への就職が決まったという。ただし精二の回想では山形ではなく秋田になっていて、「寒い国だからというので母は兄のために綿を沢山入れた綿入れの着物をせっせと縫っていた。『東京に生れて、わざわざ田舎の新聞記者になるなんて情ないね。みんな心懸けが悪いからだよ。』母はそう愚痴をいった」と書いている。結局これは取りやめになった。しかし、この話には謎が多い。最初にこのことを書いた精二は「原稿が売れるようになった」のでやめたと書いているが、それならもっと後のことだし、帝大に籍のある潤一郎がなぜ東北の新聞社へ勤めるほど追い詰められたのか。以下は、私の想像である。潤一郎は、フクとの交際を続けつつ、悪所へ出入りし、あまり家にも寄りつかずに放蕩生活をしていた。それも、己れの文才を恃み、バイロンのごとく一朝にして文名のあがることを期待していたからである。ところが、それがうまく行かず、自分の才能にも自信を持てなくなった。気弱になった潤一郎は、周囲の人々や家族、特に母に、同情してもらいたくなったのではないか。そこで、いかにも都落ちという風情のある東北へ行くことにした。先の、母が綿入れをせっせと縫ってくれたというのは、まさに潤一郎が、してほしかったことではないのか。

実家はこの頃貧窮を極めており、四月には、精二が早稲田と発電所へ通う便宜のため、南神保町十番地へ引っ越す。現在、洋書店北沢書店がある所の裏手で、精二によれば、税務署の役人が調査に来て、こんな裏長屋で息子二人が大学生なのか、と驚いたという。同月には学習院出身者らの『白樺』創刊、三歳年長の志賀の「網走まで」が載った。五月には慶応の『三田文学』創刊と、新しい文藝の動きは起こっているが、潤一郎は迷走気味である。同月には、偕楽園の女中「おきん」に恋をして、フクを捨てての結婚を考える。十六日に、岸巌にこのことを打ち明けたら批難されたと、十八日の大貫宛の手紙で書いている。「今更他の女に眼を移しては済まぬ、済まぬ、と思ひながら先月来抑へに抑へて、一時は抑へ得たやうに思つて居たが、此の頃頻繁に其の人を見るやうになつても早やirresistable《ママ》になつて来た」(番号九)。しかし、『幼少時代』によれば、母に相談して許諾を受けるが、当人にあっさり断られた。母せきは、それほど潤一郎を可愛がってはおらず、特にこの頃は、放蕩息子として嫌っており、むしろ精二のほうを信頼していた。

さて、帝大文科でも、前に出た『新思潮』の第二次を出そうという話が出たのは、和辻、後藤、大貫、英文科の小泉鐵《まがね》、帝大生ではないが後藤の小学校以来の旧友で、裕福な牛肉屋の息子の木村荘太《そうた》からだったが、実はその前年、和辻と小泉とで発刊計画があって、いったん流産していた。それを今度は後藤が中心になって再び持ち上がったというのだが、もともと『新思潮』は、小山内がやっていた普通の文藝雑誌で、同人誌になったのはこの第二次からだという。そして大貫が、谷崎も入れることを提案したという。六月十日の和辻宛書簡(番号一〇)に、もっと詳しく教えてくれ、それから後藤には面識がないので紹介してくれ、とあり、最後に「サヨナラ、/潤一、/哲、君」となっているから、和辻とは一高の文藝部当時からの親しい仲だったのだろう(あるいは同性愛的傾向もあったか)。雑誌を出すに当たっては金が要るので、木村が出資したが、潤一郎は、偕楽園からの資金調達を頼まれて、笹沼から二百円の提供を受けたという。この金額については諸説あるが、それはともかく、後になって後藤と木村が、実は同人たちは、谷崎といえば国文科に行くような頭の古い怠け者だが、金づるになるから入れようというので入れた、と話して皆で笑ったという。心安立ての冗談でもあろうが、中学時代、「文章の谷崎」と呼ばれた潤一郎も、その後の放蕩生活でその程度に思われていたのだろう。辰野は、帝大では法科へ進んでいた（後に仏文科）。潤一郎はその頃までには、後々まで初期の代表作とされる「刺青」を書いていたのだが、創刊号に出したのは、「誕生」と、漱石の作品を批判した評論「『門』を評す」で、和辻は戯曲「常盤」を載せた。しかし発売後数日で創刊号は発禁になった。小山内がこの号にだけ書いた「反故」が原因だったと言われていたが、実は届け出に不備があったからだという説もある（小瀧／野村、一九七二）。

谷崎は『青春物語』で、「刺青」を木村に読ませたら絶賛されたといい、なのになぜ「時勢に合はない『誕生』の方を先にしたのか、今其の理由を解するに苦しむが、恐らく私の天の邪鬼がさうさせたものに違ひない」と書いている。「誕生」は、『栄花物語』に題材を採った、藤原道長の娘の中宮彰子《あきこ》が、道長邸で、後の後朱雀《ごすざく》天皇となる皇子を産み、道長が狂喜するという筋である。しかし、「時勢に合わない」と言えば、自然主義ではないという点で「刺青」も同じだし、古典に材をとったといえば、和辻の「常盤」も同じである。谷崎は『栄花物語』が好きだったようで、後に戯曲「法成寺物語」（大正四年）で再び道長を登場させ、小説「兄弟」（大正七年）では、その親の世代の兼家と兼通の争いを描いている。「誕生」は、藤原道長の、これからの栄華を予告する作品だから、潤一郎としては、いずれ文壇に君臨する自分自身の「誕生」としてこれを第一作にしたのではないか。潤一郎は自信家で、むろんその通りになるわけだが、いかに不遇の境地にあっても、自己の将来の作家としての大成功を確信していたにちがいない。谷崎は、いずれ自分が第一級の文学者になることを確信していたと考えるべきである。その自信はいったんは揺らいだが、「刺青」が書けた時点で蘇ったのである。「誕生」を先に出したのは、その自信のあらわれだと、私は見る。

第二章　汽車恐怖症前後

谷崎精二は明治四十三年（一九一〇）、『萬朝報《よろずちょうほう》』の懸賞小説に当選して賞金十円を得、七月二十五、二十六日に受賞作「十二歳の時の記憶」が同紙に掲載されたが、これは毎日のように載っていたもので、それほどの価値はなかったようだ。精二は、作品の発表についてその後何度か兄に相談の手紙を出している。

九月七日、『新思潮』創刊号ができたので根津娯楽園で同人慰労会を開いたが、潤一郎と木村が泥酔して木村が嘔吐したりしたので、参加を希望して初めて出席した立澤剛が呆れて、数日後に脱会の通知をよこし、潤一郎も弱ったようだ。立澤は洗礼を受けたキリスト教徒だから我慢ならなかったのだろう。後に一高教授、東大講師を務め、昭和二十一年に没している（立澤、一九五七）。十月の第二号に谷崎は戯曲「象」「The Affair of Two Watches」の二作を載せているが、後者は「J、T」の署名で、立澤の穴埋めだったらしい。そして十一月の第三号にようやく自信作「刺青」を載せ、大反響を期待したがそれほどでもなく、しかし十二月の『ホト、ギス』では安倍能成の時評で取り上げられた。また十一月二十日に谷崎は、日本橋の三州屋で開かれた「パンの会」の集まりに出かけて、初めて永井荷風に会い、酔った勢いで近づき、「先生！ 僕は実に先生が好きなんです！ 僕は先生を崇拝しております！ 先生のお書きになるものはみな読んでおります！」と言ってお辞儀をしたという。この会では、長田《ながた》秀雄から「刺青」を褒められ、木下杢太郎、北原白秋、秀雄の弟の幹彦に会っており、この三人とは以後親しくつきあうようになる。

ところで谷崎は、大正十五年に新潮社から出た『現代小説全集　谷崎潤一郎集』のために自筆年譜を作ったのだが、関東大震災で資料が焼けたせいもあって、『新思潮』創刊を明治四十二年と一年間違えており、以後この年譜が踏襲され、『青春物語』を書いたときも春陽堂の『明治大正文学全集』の自分の巻の年譜を見て書いたらしく、この辺の記述が乱れており、明治四十二年のこととして書いてあるのは、四十三年のことで、その年十二月に自由劇場の第三回試演「夜の宿」（ゴーリキ）があり（谷崎は第二回と書いている）、その有楽座での稽古に、小山内と和辻に連れていかれ、左團次を紹介された。左團次は小学校の先輩だったが、終生の友となった。また別の日だろうが、やはり稽古に出かけていって、荷風が来ていたので、何とか「刺青」の載った『新思潮』を渡そうと思って廊下をうろうろし、荷風が食堂へ入った機会をつかまえて、ツカツカと入っていき、「先生、十一月号が出来ましたからお届けいたします」と言って渡したという。自由劇場の試演は十二月二日だから、パンの会から十日内外の出来事ということになる。

『新思潮』十二月号には「麒麟《きりん》」を発表して注目を集め、翌四十四年（一九一一）、『スバル』の同人になり、一月号に戯曲「信西《しんぜい》」を載せて、初めて原稿料を貰ったという。もともと笹沼には、『新思潮』は三号だけ出すと言って金を出してもらったのだが、二月に未完長編「彷徨」を載せて、三月に出した第七号が、後に首相になる芦田均の翻訳「パンテオンの対話」のために再度発禁になり、結局これを最後に廃刊になる。しかし谷崎は刊行資金集めのため、金を出してくれる人がいるというので、岸巌と連れ立って、青森県の浅虫、鯵《あじ》ケ沢《がさわ》あたりに旅行に出ている。三月二十日の和辻宛書簡は、その旅行から帰って出したもののようで、「新思潮のあと始末でいろ〳〵御話したい」とある（番号一九）。いま『新思潮』といえば、文学史に必ず出てくる重要な誌名だが、それは第二次『新思潮』が谷崎を世に出し、第四次『新思潮』が芥川龍之介や菊池寛を出したからである。谷崎自身、「バイロン卿の例を引くのも烏滸《おこ》がましいが、由来私は最も花々しく文壇へ出た一人であるとされてゐる。しかし、それでも世間に認められるやうになつたのは」、明治四十四年六月の『スバル』に「少年」を書き、九月に「幇

永井荷風　明治末年頃

間」を書いた「前後からだつた。その時分になつて、鷗外先生や上田敏先生が「麒麟」や「幇間」を褒めて下すつたといふ噂が、ポツポツ私の耳に這入つた」（『青春物語』）。この頃精二も、処女作「おびえ」を発表して、『国民新聞』で片上伸《のぶる》（天弦、ロシヤ文学者、評論家、一八八四―一九二八）に褒められている。しかし、この年六月二十四日、妹の園が腸結核のため数え十六歳で死んでおり、ちょうどこの当時が、あの「異端者の悲しみ」に描かれた、陰鬱な日々だったのである。

この「異端者の悲しみ」は、谷崎らしくない、リアリズムのつまらない作品だという評もあるが、私はそうは思わない。依然として経済的に苦しく、神経症も治りきらずに不安発作が起きると台所へ行って酒しおを飲む大学生章三郎と、不治の病に伏す妹、「文学」などという得体の知れないもののために折角入った大学にも碌に行かずに遊び暮らす長男の姿を嘆く両親の描写は、自分自身の若い頃を思い出させて胸を打つ。章三郎は、ふと自分の意識の流れが、ベルクソンのいうそれではないかと思いつく。

何と云つたつて此の裏長屋に、幾百人と云ふ住民の居るこの八丁堀の町内に、ベルグソンの哲学なんかを知つて居る者は己を除いてありはしない。若しも人間の思想と云ふものが、行為と同じく外《そと》から観る事が出来るものなら、此の近所の人々はどんなに己の頭の中の学問にびつくりするだらう。

「己は今こんな立派な、こんな複雑な事を考へて居るのだぞ。」
かう云つて章三郎は、誰かに自慢してやりたいくらゐであつた。

古今東西、多くの若く不遇な知識人が、一度や二度は胸のうちでこんなことを考えたにちがいない。そのくせ、蓄音機の操作ひとつ出来ずに、教育のない両親の前で恥を掻くという、章三郎の自負と、それに見合わない境遇は、滑稽ですらある。この作品が嫌いだと言う人は、こうした描写に自分自身を鏡に写すようなものを感じさせられるからだろう。むろん、谷崎がこの短編を発表した大正六年には、新進作家として確固たる地位を確立しており、この情景が完全に過去のものになったからこそ、書けたのである。谷崎は、最後の作品『瘋癲老人日記』に至るまで、己れを客観視して滑稽味を与える能力を持ち続けた。ただ、こんな風に思っていても、結局のところ大した才能のない知識人には、この描写は不快でしかない。「異端者の悲しみ」は、その主人公に重ね合わせられる作者が、真に才能を持った若者だから名作なのであり、そのことを踏まえた上で読ま

大正５年

れるべきものなのだ。大正六年の時点で谷崎は、知識人の若者の自意識を客観視することができるほどに、己れの才能に自信を持っていたのである。これは、谷崎潤一郎の作品として読んで、初めて感動的であるという、例外的な作品なのだ。

さて、明治四十三年に、大貫晶川の妹かの子は岡本一平と結婚、翌年は晶川がハッという妻を得る。妹園の死に先立って、潤一郎を可愛がった笹沼東夫人が死去している。谷崎はこの年、授業料を滞納しているという報せを大学から受け取っていたが、いっそ大学を止めてしまおうかと考えているうちに、明治四十四年（一九一一）七月十一日、退学処分になる。もっとも、二十二日の大貫宛書簡では、笹沼に聞くと、学長に依願すれば復学も可能だそうだが、これを機に止めてしまおうかと思っている、と書いているから、どのみち大学へ戻る気がなかったのである（番号二二）。この月、吉井勇の戯曲集『午後三時』が刊行され、鷗外が序文を寄せたが、何だかからかうような口調で書かれていて、「さあ〳〵吉井君の藝当を御覧なさい」とあったので吉井が憤慨していたが、遥か後年、「雪後庵夜話」を書く際に調べてみたら「藝当」ではなくて「技倆」とあったので、別の版があったのか、誰か教えてほしい、と書いているが、谷崎の記憶違いだろう。八月、荷風が『三田文学』で「少年」を褒めた。九月、平塚らいてうが『青鞜』を創刊。同月十七日には、白秋の『思ひ出』出版記念会で、上田敏が「少年」「幇間」を絶賛し、かたわら鷗外が「麒麟」などを褒めてくれたと耳に入った。十月には『三田文学』に、荷風に頼まれて

「颷風《ひょうふう》」を載せたが、風俗壊乱とされて発禁となった。その十一日には、『東京日日新聞』に、記者・小野賢一郎による「文壇の彗星谷崎潤一郎」という記事が出ており、谷崎はしばらくこの小野と親しくすることになる。

その頃、『中央公論』の瀧田樗陰《ちょいん》（哲太郎）が南神保町の裏長屋の谷崎宅を訪れた。精二は回想している。「ある日の朝八時頃、学校へ行くために私が家を出ようとすると、格子口に赤ら顔の、太った男が立って、『潤一郎さんにお眼にかかりたい。』といいながら『中央公論記者滝田哲太郎』という名刺を出した。兄はまだ寝ていたので急いで揺り起し、取敢えず滝田氏を私の部屋へ通して私は学校へ出かけた。文学青年であった私は無論滝田氏の名を知っていた。『これで兄も有名になるかな』と私は思った」。これが、職業作家谷崎潤一郎の、以後五十四年にわたる中央公論社との深い関係の始まりの朝であった。

瀧田樗陰

『中央公論』は、明治三十二年創刊で、はじめは宗教色の強い雑誌だった。瀧田は谷崎より四つ年上で、三十七年に同社に入社したが、社主の麻田駒之助を説いて、文藝欄を拡充させ、次々と作家を発掘していき、遂に瀧田の発言権は社主をも凌ぎ、菊池寛は『半自叙伝』で、当時の樗陰の文壇における勢威はローマ法王の半分ぐらいあるように思えた、と書いている。大正八年に山本実彦《さねひこ》の改造社の『改造』が創刊されてからは、『中央公論』と『改造』は、知識階級の必読雑誌になり、谷崎はこの両方に次々と小説や戯曲を発表することになる。

谷崎はさっそく、『中央公論』の十一月号に「秘密」を発表した。「刺青」と並んで、初期の代表作として今日まで読み継がれている短編である。同じ頃、『三田文学』十一月号に荷風が「谷崎潤一郎氏の作品」という堂々たる評論を載せて谷崎を絶賛し、これでほぼ谷崎の文壇的地位は約束された。十二月には、それまでの短編を集めた『刺青』が籾山書店から刊行された。文学史の教科書にその函のカラー写真が載る、よく知られたものだ。籾山書店は、籾山仁三郎（庭後）経営の書肆《しょし》だが、それまでは経営や株式の本をもっぱら出しており、『刺青』を皮切りに文藝路線に転換し、荷風、鷗外、泉鏡花、久保田万太郎など、反自然主義の作品を出版したが、大正半ばから目ぼしいものがなく、衰退していった。谷崎はこの最初の本を、わが子のように可愛がってくれた笹沼東夫人の墓前に捧げた。

ところで、他家へやられた弟妹のことだが、得三は辛酸を嘗めていた。得三の養母が死去し、悲しみに暮れた養父は酒びたりになり、ために家業も家屋敷も人手に渡って、得三は浅草の店へ丁稚奉公に出されていた。四十三年頃になると、数え十二歳の少女になった伊勢は、たびたび実家を訪れるようになっていた。精二が後に書いた小説「骨肉」によると、四十四年後半、得三は実家を訪ねている。しかしその後、悪い仲間に誘われて、奉公先の品物を盗み出すという罪を犯して警察に捕らえられ、以後、行方不明になってしまう。

明けて明治四十五年（一九一二）一月三日、谷崎に捨てられた穂積フクが、急性肺炎で死去した。潤一郎が、読売新聞社主催の新年会に出るのは、その翌四日のことで、フクの死は知るよしもない。これまではだらしのない恰好でうろうろしていたのが、羽織袴縞御《しまお》召《めし》の二枚襲《がさ》ね一式を借用して、瀧田が迎えに来て、りゅうとした身なりで乗り込み、横山大観、鏑木清方《かぶらききよかた》、長谷川時雨《しぐれ》、森田草平らに紹介され、四方八方から讃辞や激励を浴びせられ、有頂天になって徳田秋聲（四二歳）に挨拶に行くと、秋聲は「其処へ蹣跚《まんさん》と（よろよろと）通りかゝつた痩せぎすの和服の酔客を呼び止めて、「泉君、泉君、いゝ人を紹介してやらう――これが谷崎君だよ」と云はれると、我が泉氏ははつと云つてピタリと臀《しり》餅《もち》を舂《つ》くやうにすわつた。（略）「ねえ、泉君、君は谷崎君が好きだろ?」と云はれる。（略）けれども残念なことには、泉氏はもうたわいがなくなつてゐて、「あゝ谷崎君、――」と云つたきり、酔眼朦朧たる瞳をちよつと私の方へ向けながら、受け取つた名刺を紙入れへ収めようとされた途端に、すうつと後ろへ仰《の》け反《ぞ》つてしまはれた」。「私は、自分の書くものを泉氏が読んでゐて下さるかどうかと云ふことが始終気になつてゐた」（『青春物語』）というのだが、何しろ鏡花は他人の作品評など書かない人だ。鏡花は後に岡本の谷崎宅に立ち寄ったり、娘鮎子《あゆこ》の結婚の媒酌をしたり、養女・名月《なつき》を谷崎の弟子にしたりしている。

この月、大貫晶川に女児鈴子が生まれる。遥か後年、谷崎はこの鈴子の成長した姿に会うことになる。続けて二月号『中央公論』に「悪魔」を発表。これは、叔母の家に寄宿している大学生佐伯が、従妹の照子という悪女に翻弄されるという筋だが、伝記的に興味深いのは、その冒頭に、谷崎の汽車恐怖症の体験が描いてあるからだ。


「あゝ、これで己もやうやう、生きながら東京へ来ることが出来た。」斯う思つて、ほつと一と息ついて、胸をさすつた。名古屋から東京へ来る迄の間に、彼は何度途中の停車駅で下りたり、泊つたりしたか知れない。今度の旅行に限つて物の一時間も乗つて居ると、忽ち汽車が恐ろしくなる。（略）

「あツ、もう堪らん。死ぬ、死ぬ。」

かう叫びながら、野を越え山を越えて走つて行く車室の窓枠にしがみ着くこともあつた。いくら心を落ち着かせようと焦つて見ても、強迫観念が海嘯《つなみ》のやうに頭《あたま》の中を暴れ廻り、唯わけもなく五体が戦慄し、動悸が高まつて、今にも悶絶するかと危まれた。さうして次の下車駅へ来れば、真つ青な顔をして、命《いのち》から〳〵汽車を飛び下り、プラットホームから一目散に戸外《おもて》へ駈け出して、始めてほつと我れに復つた。

「ほんたうに命拾ひをした。もう五分も乗つて居れば、屹度己は死んだに違ひない。」

（略）豊橋で泊まり、浜松で泊まり、昨日《きのふ》の夕方は一旦静岡へ下車したもの、、だんだん夜になると、不安と恐怖が宿屋の二階に迄もひたひたと押し寄せて来るので、又候《またぞろ》其処に居たたまらず、今度はあべこべに夜汽車の中へ逃げ込むや否や、一生懸命酒を呷って寝てしまつたのである。

実は谷崎は、この「悪魔」を書いた頃には、いったんこの恐怖症は治っていたのが、翌年関西滞在中に再発する。それについては後で書くが、「悪魔」には、照子が風邪を引いたといって洟《はな》をかんだ手巾《ハンカチ》を、佐伯がぺろぺろ舐《な》めるという場面があり、おかげで「汚い」と評判が悪かった。一種のスカトロジーだが、むしろ感心するのは、照子が洟をかむ場面の、

「こんな女は、感冒《かぜ》を引くと、余計 attractive になるものだ。」
と思つて、佐伯は額越しに、照子の目鼻立ちを見上げた。寸の長い、たつぷりした顔が、喰ひ荒した喰べ物のやうに汚《よご》れて、唇の上がじめじめと赤く爛《ただ》れて居る。

という描写で、汚れた顔が魅力的な女がいるということは、多くの男が無意識には気づいているけれど、明治文藝はおろか、古今東西の文藝を通じて、それを言語化したものは、ほかに見たことがない。

こうして谷崎の文名は上がってゆくが、先輩の小山内薫はこれに嫉妬したらしく、売文

磯田多佳女

家だと悪口を言っているのが耳に入り、谷崎としては気にしないように努めていたが、ある集まりであまりに突慳貪《つっけんどん》な態度を取られて、結局気まずくなってしまう。それから、小山内が若くして急死するまで、二人の関係は、いくぶんおっかなびっくりのままだったようだ。さて、この四月に、『東京日日新聞』と『大阪毎日新聞』に、京阪見聞記を書くよう依頼されて、社会部長の松内則信（冷洋）から金を貰って関西へ出かける。当時、『朝日新聞』も、東京と大阪に別れており、後に『毎日新聞』として合併するこの両新聞は、「大毎東日《だいまいとうにち》」と称されていた。谷崎の連載もだいたいこの両新聞に併せて掲載されたので、以後、大毎東日と書くことにする。新聞社の中では、谷崎といちばん縁が深かったのがここである。しかし谷崎は、まだ汽車恐怖症再発の恐れを感じていたので、四月二十日東京を発って、名古屋で一泊し、翌日京都へ着いたため、その日行われた花魁道中《おいらんどうちゅう》を見損ねた。たまたま京都には長田幹彦が逗留していたので、さっそく訪ね、祇園その他の藝妓の藝を見たり、都をどりを見たりと遊び暮らし始めた。

この京都遊びで谷崎は、「文藝藝妓」として有名になる磯田多佳女《たかじょ》と知り合う。多佳は、

上田敏　大正３年

当時三十四歳、茶屋「大友《だいとも》」の女将《おかみ》の娘で、当時岡本橘仙《きっせん》という愛人がいた。のち、大正四年に漱石が京都を訪れた際に親しくし、短冊や軸を書いて贈ったというので知られている。谷崎が京都へ着いたのが二十一日で、二十七日から「朱雀日記」を大毎東日に連載し始めている。ところが、どうやら多佳に直接会う前に書いたらしく「祇園の新橋には磯田と呼ぶ四十近い老妓が居て」と新聞に出たので、いざ会ったときに多佳に怒られたという。もっともこの箇所は、訂正もされないでそのまま全集にも残っている。しかし多佳とは、後に『青春物語』を書いた時に資料提供を頼んだのが縁で交遊が復活し、多佳の死後、追悼の文章を書いたのみか、これを『磯田多佳女のこと』という単行本として出している。他に橘仙の甥の金子竹次郎とも知り合い、大阪で新聞記者をしていた岩野泡鳴とも遊んだ。

　大毎の東野という記者から、当時京都帝国大学教授だった上田敏（三九歳）が、是非会いたいと言っているから案内する、と言われた。幹彦は行こう行こうと言うのだが、谷崎は、はにかみ屋だし、あまり期待されて裏切ることになるのも嫌だしというのでぐずぐずしている内に引っ張っていかれ、岡崎の自宅を訪れて一、二時間話して辞去し、後日また南禅寺の瓢亭《ひょうてい》に二人で招かれた。敏としてはこれからも谷崎をかわいがってやるつもりでいたらしいが、それからちっとも寄りつかず、ある時敏の方で訪ねてきたが留守だった、ということがあり、結局敏の死まで会うことはなかった。谷崎は、昭和三年の「敏先生のおもひで」でも『青春物語』でも、これを「はにかみ」のせいだ、と書いているが、晩年の「雪後庵夜話」に至ってようやく「はにかみやのせゐばかりではない、鷗外先生が恐かつたやうに敏先生が恐かつたのである」と正直なところを書いている。瓢亭での会食の時、敏がふと酔余の加減か「さういつも〳〵クラフトエビングのやうなものばかり書いてゐないでね」と言ったそうで、「私に対する激励と好意とを此の僅かな一句のうちに籠められたのであつたらう」と『青春物語』にはあるが、実は内心震え上がったというのが本当だろう。もっとも、二十四歳年長の鷗外ならいざ知らず、わずか十二歳年長の敏を怖がるとは、時代である。今の生意気な大学院生なら、十二歳くらい年上の教師を友達扱いしかねない。

ところが、そうして遊び暮らしているうちに、神経症が再発した。再び汽車や電車に乗れなくなり、阪神電車で大阪から御影《みかげ》へ行く途中で怖くなって降り、それから少しずつ乗り継いで大阪へ戻り、汽車でなく電車で京都まで帰ったという。汽車と電車は、今でもJRと私鉄がそうであるように、駅間の長さが違う。

汽車や電車に乗ること、芝居や活動小屋へ這入ること等、すべて禁物であつた。（略）電車は「変だ」と思ふと直ぐに降りられるからいゝが、汽車は停車場と停車場の間が長いので、尚更乗る勇気がなかつた。活動写真などは、それでも恐々見に行つたものだが、三等席の出口に近い所にゐて発作を感じると急いで飛び出した。（飛び出してしまふともう何ともなくなるのだが、這入ると又恐くなるのであつた）その外、床屋へ行くことがイケなかつた。じつと腰掛けて、首の周りを締められて、髪を刈られてゐると、きまつて不安になつて来る。それを職人に悟られまいとして一生懸命にこらへる。そのために尚恐くなる。鏡に映る自分の顔が土気色をして、死相を湛《たゝ》へてゐる。見る〳〵うちに赤くなつたり青くなつたりする。とてもじつとしてゐられないので、エヘンと咳をしてみたり、体をごそ〳〵動かしてみたり、しまひには首を彼方へ向け此方へ向けする。そして「気分が悪いから」とか何とか云つて、刈りかけの頭で外へ出てしまふ。いつたいに、一つ姿勢を持続することがむづかしかつた。

これは閉所恐怖症が悪化したものだが、谷崎はそういう捉え方をしていない。実は筆者もこの電車恐怖症に罹ったことがある。各駅停車なら何とか乗っていられるのだが、長い間停車しないと思うと、そのことに恐怖を感じるのである。しかしひどくなると、その各駅停車でさえ、一駅乗っては降りて休憩、次のに乗っては一駅で休憩という具合になる。

散髪も決死の覚悟で出かけたし、劇場も、出ようと思えば出られるのだが、やはり恐怖だった。その後、パニック障害などという言葉も広まり、こういう病気もよく知られるようになったが、当時は、こんな病気に罹る自分を情けないと思いつつも、谷崎の文章を読んで、大谷崎と同じならと思って慰めにしたものである。しかしこの病気は、その素質がない人には話しても分かってもらえず、何が「怖い」のか理解されないので、人に話すと笑われたりして、よけい苦痛が増す、そのため人にはあれこれ言ってごまかす、ということになる。だから、谷崎が話せずに苦しむ様子も、私にはよく分かるのである。

ところが谷崎は、帝大中退後一年たつ七月で徴兵検査の猶予期限が切れるので、東京へ帰って区役所へ出頭するか、こちらで検査を受けられるよう手続きをしなければならない。ところが汽車に乗れないので帰れない、父からは「一年志願をするならするで願書を出さなければならないが、放つておいたら期限に後れる、い、加減に帰つて来たらどうだ」と催促してくる。一年志願というのは、一年だけ兵営に入って、谷崎の場合は高等学校を出ているので、あとで士官になることもできる制度だ。「半年か、るか一年か、るか、或は二三年も先になるか、再発した神経衰弱が完全に治癒してしまふ迄は、故郷の土を踏むことは到底望めないやうな気がした」。そこで、京阪のどこかで検査を受けられるように手続きをして、兵庫県の今津で受けることにした。この時のことは、「恐怖」という短編に詳しく書いてある。いざ京阪電車の五条の停車場まで出かけると、今津へ行く電車に乗るのさえ怖くて、意気阻喪してスゴスゴ戻ってくるということを繰り返し、今日行かなければ期限が切れるという日に、改札口の前で躊躇《ためら》いつつ、ようやく改札口を通って電車に近づくとまた恐怖が押し寄せてきて、「君、君、僕は今切符を切って貰ったんだが、少し待ち合はせる人があるから、此のあとへ乗るんだ。」と言ってまた出てしまう。

「私は汽車へ乗ると、気違ひになるか、死ぬかしますから、検査まではとても東京へ行かれません。」こんな理由を、区役所の兵事掛《へいじがゝり》へ書いて送ったら、どうするだらう。「死んでも、気違ひになつてもい丶から、是非検査までに帰つて来い。」と云ふだらうか。さうなれば、意地にも汽車へ乗つて、気違ひになつて帰つてやりたいやうな気もする。「そら御覧なさい、君達があんまり無理を云ふもんだから、僕は此の通り気違ひになつたぜ。嘘ぢやない、ほんたうに気が違つちまつたんだ！」かう云つて、泣きツ面をして、検査の当日に暴れ込んでやりたい。

其の時、臨場の軍医は何と云ふか知らん。

「いや、よく帰つて来た。よく気違ひになつてまで帰つて来た。お前は義務に忠実な、感心な人間だ。」

と、冷やかな弁舌で褒めてくれるだらうか。

私は尚もヰスキーを呷《あふ》りながら、愚にもつかない連想の絲を手繰《たぐ》つて、其れから其れへと馬鹿々々しい考へを頭に浮べ、独りで笑つたり、怒つたり、業《ごふ》を煮やしたり、いまいましがつたりした。

このユーモラスな筆致が嬉しい。結局、金子竹次郎に出会って、どちらへと訊かれ、ちょいと大阪まで、と答えると、では私も伏見まで行くのでご一緒しましょう、と乗せられてしまい、恐怖に震えながらも乗ることはできた。ところが、いざ駆けつけると、もう時間は過ぎていた。仕方なく、知恩院の住職だった小野法順に名古屋まで付き添って貰い、各駅停車の汽車に乗って東京へ帰る、というのが、『青春物語』の終わりである。「恐怖」には、「実際真面目に思案して見て、死ぬか、狂ふか、当分東京へ戻らずに居るか、此の三つ以外に差しあたつての道はないやうであつた」とある。夏目漱石の『行人』の最後の方で、主人公一郎は不安神経症の症状を呈して、「死ぬか、気が違ふか、夫《それ》でなければ宗教に入《い》るか。僕の前途には此三つのものしかない」と言っている。「恐怖」は、大正二年(一九一三)一月に「大阪毎日新聞」に掲載、『行人』のこの箇所は、同年十月頃に東西「朝日新聞」に載ったもので、当時この種の言い回しが流行っていたのだろう。それにしても、「当分東京へ戻らずに居る」と「宗教に入る」との違いは、漱石と谷崎の、神経症への対し方、ひいてはその文学の違いを、見事に表しているように思う。この「恐怖」は、この病気を経験した人でないと分からないだろう。

それにしても、再発の原因は何だったのだろう。前回は、失意と焦燥からだったが、この時のそれは、やはり徴兵への恐怖とみていいだろう（山口政幸）。七月に東京で検査を受けて、脂肪過多で谷崎は不合格になるが、運動神経の鈍い谷崎が、たとえ一年でも兵営に入るのは想像するだに恐ろしいことだっただろう。東京へ帰ると、『東京日日新聞』に「羹《あつもの》」の連載を始める。これは一高時代の経験をネタにしており、初めての連載長編だったが、未完に終わっている。翌年になると、「続悪魔」を『中央公論』に載せるが、「悪魔」でせっかく完成していたものをぶち壊したような出来である。そしてそれ以後は、時に佳作もあるとはいえ、凡作や中絶作品が延々と大正末年まで続くのである。谷崎は後に回想して、三十代に書いたものはみな恥ずかしいものばかりだ、と言っている。しかし、そのことは、章を改めて論じよう。

この頃谷崎は、住居が一定していなかった。裏長屋で両親や精二と顔を合わせるのが嫌だったのだろう、向島の偕楽園の寮などを転々とし、夕方になって、今日はどこへ泊まろうか、などと考える日々だったという。そこで京都から帰ってくると、真鶴館へ逗留して、ここで「羹」を書いていた。真鶴館は、谷崎の母の姉、お半が、江尻家へ嫁入りする際に持参金代わりにつけられたものだが、その後お半は離婚し、息子の江尻雄次、つまり谷崎の従兄が経営していた。七月には天皇が崩御し、年号が大正と変わった。しかし雄次は留守だったため、谷崎は雄次の妻・須賀と親しみを増していく。八月十二日に、従妹のイネと結婚していた澤田卓爾（英文学者）宛の手紙（番号二八）に、怪しげな記述がある。

真鶴館へ来てから一と月半程の間に、お須賀さんも小生も追々化《ば》けの皮を脱ぎ、お転婆と腕白者と、目下のところ本音《ね》の吐きくらべを致居る始末、あらまし後想望下され度候。尤も御転婆と腕白者とハ gender が異るのみにて、一味の相通ずる所無きにしもあらず、御案じなさる程仲の悪い訳にハ無之候間、御懸念下さるまじく候。

ゆふ《ママ》べはお須賀さんが小生の悪口を書いて浜松へ送ると申し、長い手紙を認められたる結果、手紙の奪ひ合ひと云ふ一場の活劇を演じて、大格闘を惹き起し候。驚いた事にはお須《ママ》さんのお転婆は、殆んど巴御前板額の塁を摩して、腕力にかけてもなか〳〵小生如きぶくぶく太りの男子の企及する所に無之、（後略）

仲が悪いことを心配するどころか、いい年をした男女が取っ組み合いをしているのだから、逆の心配をせねばなるまい。君島一郎が、この時のことを書いている。「谷崎が、われわれが大学に居た時だったが、人の女房と通じた一件で、二人〔君島と藤井〕は一緒にこの話を聞かされた。その相手を俺は知っていた。淫らで不真面目のもので、彼は例によって口のなかにつばきをたぎらかせながら今にもよだれをたらさんばかりに得々と語る。俺はたまらなく厭な感じがした」（君島、五七頁）。果して、数カ月後には谷崎は真鶴館を逃げ出し、お須賀は江尻から離縁される。ちょうどその七月に、北原白秋が隣家の人妻・松下俊子と恋をして、俊子の夫から姦通罪で告訴され、下獄している。谷崎は、両親に知られることを恐れているが、姦通のみならず、その相手は従兄の妻なのだからなおさらだ。

七月十五日、谷崎は大貫晶川宛に手紙を書いているが、晶川はその五月、伝染性腸疾患で生死の境をさまよい、なお病中だったので、父親からその旨手紙が来て、初めてこれを知った。晶川はそのため、帝大の卒業試験を受けられなかったのだが、追試験を受けると言って、妻に支えられるようにして秋に試験を受けて卒業はしたが、十一月二日、急性丹毒症で死去した。谷崎にとっては、文学上の最大の友人を失ったことになる。大正二年五月頃から、谷崎は小田原早川の旅館「かめや」に滞在していたが、辰野隆が訪ねると、珍しく厭世的になって、自殺を考えている、と漏らしたという。谷崎の全生涯を通して、「自殺」の語が出てくるのは、この時だけである。その九月に、谷崎はお須賀事件をもとにした「熱風に吹かれて」を発表しているが、谷崎とお須賀らしき男女が、相愛を確認し、夫とは別れることにし、主人公輝雄が喜ぶところで終わっている。それまでの作風とは違った、まったくの恋愛小説である。

大正元年九月、早稲田の文学青年の間で、同人誌『奇蹟』が創刊され、精二、広津和郎《かずお》、葛西善蔵らが参加する。翌年秋、精二は早稲田の文科を卒業し、成績優秀のゆえをもって大隈重信総長夫人から賞品を授与され、発電所を辞して、島村抱月の推薦で『萬朝報』の

小田原地図

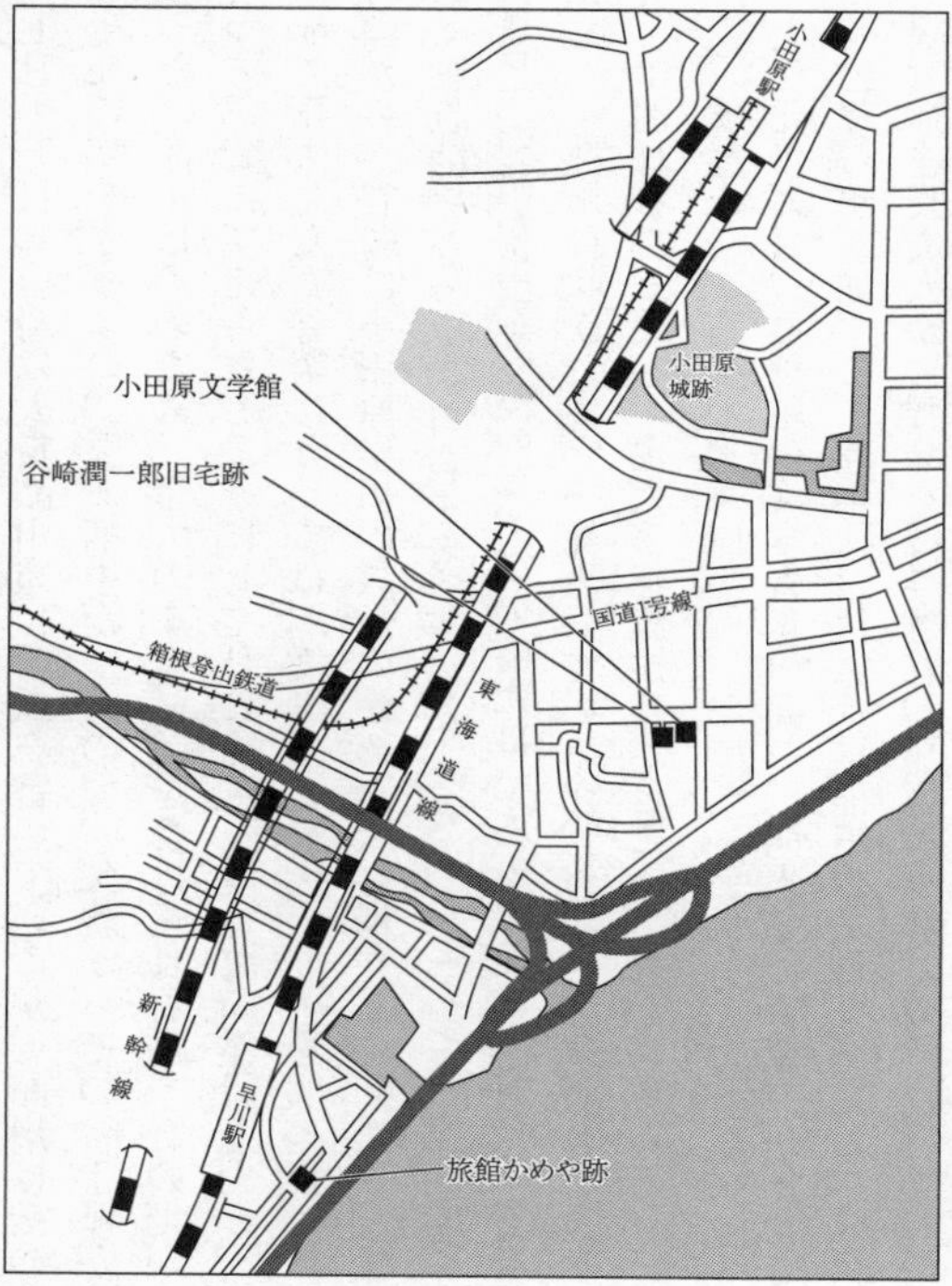

記者になり、ポオ『赤き死の仮面』を翻訳刊行し、作家・新聞記者・英文学者として歩みはじめている。その精二が、卒業試験の翌日、かめやへ兄を訪ねている。住所を、たまたま遇った瀧田から聞いていたという。すると辰野に会った時とは打って変わって潤一郎は、

「M・Nは通俗作家だ、M・Kは英語もろくに読めない」と意気軒昂だったという。しかし十月二十三日付の精二宛書簡（番号三〇）では、自分は親兄弟には打ち解けることができず、お前の手紙にも返事をしなかったし、あまり物を言わなかった、また笹沼以外にはあまり男の友達を持たないことにした、としんみりした調子で書いている。

『青春物語』は、東京へ帰り着いたところで、ぷつりと切れたように終わっている。恐らく、谷崎の青春は、お須賀事件をもって本当に終わったのだ。ただそれが書けないために、切れたように終わったのだろう。四十五年六月二十七日、高瀬照と結婚した和辻哲郎は、七月に帝大を卒業して大学院に進み、大正二年十月、五百七十頁余の大著『ニイチエ研究』を上梓して注目を集めた。和辻は夏目漱石に紹介され、漱石山房へ出入りを始める。和辻が創作家を断念したについては逸話があり、ワイルドの『ドリアン・グレイの肖像』の原書を谷崎に貸したが、あちこちアンダーラインが引いてあった。返す時谷崎は、君がアンダーラインを引いたところ以外が面白かった、と言ったという。和辻は、自分は警句のようなものに感心したが、谷崎は小説としての面白さを感じたのだと思い、自分は創作家の才能がないと思った、というのだ。谷崎による追悼文「若き日の和辻哲郎」には、この話をそれから数年後、鵠沼《くげぬま》で聞いたと書いてあるが、昭和八年八月、『青春物語』執筆のための手紙のやりとりの中で、「アンダライン云〻の語が大兄に左様な影響を及したかとは今まで思ひ寄らざりしことに御座候」（番号一四二）と書いているから、谷崎の記憶違いで、この時初めて和辻が手紙で打ち明けたのだ。谷崎と和辻はだいぶ親しかったようで、画家の上野山清貢《うえのやまきよつぐ》に和辻宛の書簡を託したり（四十四年十二月三十日）、萱野二十一《にじゆういち》という筆名を使っていた劇作家の郡《こおり》虎彦と「鴻の巣」で痛飲しながら和辻へ寄せ書きの葉書を書いたりしている（四十五年二月十三日）。あるいは、四十四年六月から文部省が文藝委員会を設置して、七月三日、鷗外、敏、露伴、島村抱月らが選考委員となってその年の代表作品を選ぶ企画の中に「刺青」も入ったが、この企画は流れ、四十五年、前年の業績によって文藝功労者として坪内逍遥に何千円かが贈られ、文藝委員会は解散した。その頃関西に旅行していた和辻から谷崎宛に葉書が来て、「谷崎潤一郎に賞金一千円を授与す。文藝委員会」とあり、「馬鹿野郎ヤーイ」と書き添えてあったという（精二、一九六七）。「若き日の和辻哲郎」には、田中榮三の『新劇その昔』に載っている話として、次のような逸話が紹介されている。大正六年、田中が新劇場第四回試演のうちに、和辻が昔訳したショーの戯曲を使わせてほしいと頼んだところ、次のような葉書が来たという。

お手紙拝見しました。私の旧訳がお役に立つのなら誠に結構と存じますが、しかし私としては甚だ苦痛を感じます。（略）誤訳なども随分あるだらうと思つて居ます。出来ることなら、どうか私の訳は使はないで下さい。（略）今更変更しにくいといふ様な事情がおありならば、どうか貴兄の方で一応原文と対照して、直す所を直して、あなたの訳としてお使ひ下さい。（略）とにかく私にあの脚本の翻訳者といふ責任を負はせないで下さい。これだけ申上げても、なほ強いて私の訳をお使ひになる様だつたら、私はあなたの所へ喧嘩しに行きます。命がけの事だと思つて下さい。

谷崎は「和辻がいかに劇団や文壇関係から手を抜かうとしてゐたか、さう云ふ社会の人々をいかに激しく嫌悪してゐたか、一と口に云へば小山内薫の影響下から一日も早く脱却しようとしてゐたかゞ（略）この手紙の文句で察しがつく」と書いている。だから谷崎との交遊も途絶えたのだが、震災後に復活している。しかしそれを言うならば、同じ時期の谷崎は、学者という人種を嫌悪していたように思える。漱石を嫌い、精二も嫌ったのは、それが半分学者の文人だったからではないか。谷崎もまた、昭和に入って、この学者嫌いを緩めていったようだ。

和辻と同じように、いったんは交遊が途絶え、昭和に入って復活したのが後藤末雄である。第二次『新思潮』の同人で、フランス文学の翻訳をしながらも最後まで創作を続けたのが後藤だが、当初の「女の哀話」ものを「遊蕩文学」として赤木桁平《こうへい》に攻撃されてから自伝的小説に転じ、それも大正八年に筆を折って慶応義塾フランス文学の教員となり、博士論文『支那思想のフランス西漸』に結実する研究者としての生活に入り、第二次『新思潮』から出た新人では、谷崎一人が作家として残った（後藤については矢部彰）。

「刺青」がこうして話題になる頃には、親戚うちでも、潤一郎が何かえらいことをしたという話が広まったようだが、叔父の谷崎久右衛門がこれを「アオザシ」と読んだというので、以後この叔父は「アオザシの叔父」と呼ばれ、大正十年六月三十日の佐藤春夫宛書簡にも、「目下『アオザシ』の伯父が危篤なので、僕もお千代も看病のため日参してゐる」とある（書簡7）。「伯父」は「叔父」の間違いだろう。

ところで、谷崎が精二に悪口をいった「M・N」「M・K」とは誰か。後者は久保田万太郎だが、前者は長田幹彦である。当時、谷崎と幹彦は併称されており、幹彦も将来大作家になると思われていたが、『青春物語』では、京都で仲良く遊んでいたものの、神経症になってからはそれを幹彦が理解できず不和になったと書かれている。しかし今東光によれば、この時谷崎は、幹彦が大した者ではないことに気づいて見限ったという。幹彦は、祇園ものとも言うべき小説群をその頃から書いており、「かにかくに祇園は恋し寝《ぬ》る時も枕の下を水のながるる」という有名な短歌を詠んだ吉井勇は、谷崎の終生の友となるが、大正五年、漱石門下の赤木桁平（本名池崎忠孝）から、幹彦と吉井は、近松秋江《しゅうこう》、後藤末雄、久保田万太郎と併せて「遊蕩文学」として攻撃を浴びる。この「『遊蕩文学』の撲滅」は、赤木の最も有名な評論だが、不思議なことに、荷風と谷崎が入っていない。遥か後年、谷崎はこの評論に触れて、小山内が当時赤木に反駁した中に「谷崎君を挙げてないのは不公平だ」という文句があったのを覚えているが、「桁平君が永井荷風氏と私とを遊蕩文学者の数に加へなかつたのは、どう云ふ理由によるものか詳らかでない。しかし桁平君が前から私に特別の好意を寄せてゐたことは、私にもよく分つてゐた」云々と書いている（「野崎詣り（池崎忠孝回想）」昭和三七年）。しかしむしろ、赤木の背後に谷崎がいたのではないか。赤木の主たる攻撃目標は秋江である。万太郎に至っては、当時攻撃されるほどの理由が見当たらない。後藤は、のちに『青春物語』で厳しい書かれ方をして以来、『新思潮』の資金が谷崎からも出たことを隠蔽して、もっぱら木村荘太から出たと言いつづけていると、小瀧瓔子が指摘しており、当時、谷崎と後藤の間には何かわだかまりがあったことを感じさせる。もし赤木の近傍に谷崎がいたと考えれば、後藤、万太郎、幹彦の名が付け加えられ、荷風と谷崎が除かれた理由がよく分かるのである。

箱根にて　後ろに立つのが谷崎。二列目左から久米正雄、田中純、柴田勝衛、徳田秋聲、二人おいて中村武羅夫。前列左二人目から里見弴、長田幹彦、近松秋江
大正９年夏

幹彦は、以後も多くの小説を書いたが、次第に通俗作家と見なされるようになり、昭和期にはビクター専属の作詞家になって、なお昭和十一―十二年には全十五巻の全集を出しているが、

いまその作品を顧みる者はいない。

大正元年八月、土屋計左右は東京高等商業専門学校を卒業し、三井銀行に入社した。七月、谷崎の両親は日本橋箱崎町四丁目二十八番地に転居した。潤一郎はこの頃住居不定だったというのが定説だが、江口渙《きよし》は大正三年（一九一四）一月、谷崎の下宿へ行ったら、家賃滞納者の名前が張り出されていて、そこに谷崎の名もあったと書いている。どこのことだろう。大正三年の創作は、「饒《じよう》太郎《たろう》」（『中央公論』九月号）、「金色《こんじき》の死」（『東京朝日新聞』十二月四日から十七日）、「お艶《つや》殺し」（『中央公論』大正四年新年号）などだが、第一次世界大戦が始まったこの年の谷崎の動静は漠として不明である。「お艶殺し」は今でも歌舞伎で時おり上演されるが、鷗外が「谷崎があゝ云ふ調子の低いものを書いてはいけない、あゝ云ふものを書くやうになつてはおしまひである」と言ったというのを、鷗外の子供たちのフランス語の家庭教師をしていた後藤から聞いたという（「雪後庵夜話」）。四月には、十五代目市村羽左衛門が歌舞伎座で助六を演じ、四十度の熱があるのに水入りをやったのを観たという（「直木君の歴史小説について」）。五月には、北原白秋の弟・鉄雄の始めた雑誌『ＡＲＳ《アルス》』に「華魁」第一回を載せるが、風俗壊乱で発禁になり、その後を書いていない。これはまったく発端だけの、中絶したとも言えない作品である。後に谷崎は、壮年時代の十年ほどを汽車恐怖症に苦しんだため、あまりあちこち旅行できなかったと書いているから、この間あまり精神状態が良くなかったのではあるまいか。

第三章　長男としての潤一郎

ここでは、谷崎伝をいったん中断して、弟妹たちのその後を最後まで書いてしまおう。大正四年（一九一五）、谷崎精二は、五月に「蒼き夜と空」を、十月に「地に頰つけて」を『早稲田文学』に載せて文壇に認められ、小説家として立つ自信を持った。八月、伯父久兵衛は、先述したように、長男が事業で借金を拵えたのを苦にし、倉五郎と末弟の終平を呼んで、お宅は息子が二人も立派になって羨ましい、男の子は貧乏させたほうがいい、と言い残して、船から入水自殺してしまう。潤一郎は小田原にいたので、遺体の引き上げに立ちあったという。久兵衛の蠣殻町の家があいたので、倉五郎一家がそこに移った。それまでとは打って変わった大きな家で、電話が三つもあったと、終平が回想している。この年の五月、潤一郎は石川千代と結婚したが、精二が、萬朝報社の同僚と結婚を考えている、と言ったため、九月十七日付の手紙で、結婚はしない方がいい、私は後悔している、と書いている（番号三三、全集では大正五年とされているが、四年とする細江光説に従う）。しかし精二はその年、郁子と婚約、七月に萬朝報を辞めて作家専業になり、五年から六年にかけて長編小説『離合《りごう》』を『読売新聞』に連載した。七年二月に結婚し、牛込弁天町に妻の母と三人で住む。ところが、姑と妻が揃って天理教の熱心な信者だったため、「兄は結婚してみて失望したようだ」と終平が書いている。

一方、伊勢と末を養女にした叔父萬平は、よその女に男児を産ませて家に入れ、家庭はすさんでいた。大正六年（一九一七）一月、精二が『新潮』に、「妹」という小説を発表し、変名で伊勢のことを書き、不幸なようだが早逝した園よりは幸福だ、とした。これを千代が伊勢に知らせ、伊勢（一九歳）は精二に手紙を書き、萬平家の事情も告げて、自分は少しも幸福ではない、と告げた（精二「さだ子と彼」）。精二はこれを見て、父に、伊勢を引き取るように言うのだが、そうすると萬平に養育費などを払わなければならないからと退けられた。この件以来、精二と伊勢は親しみを増すことになる。実家は両親と終平の三人暮らしになったが、この年、母が五十四歳で急死する。潤一郎は、娘鮎子が生まれて、小さな家で創作に没頭できないため、伊香保《いかほ》や塩原へ出かけて仕事をしていたが、これを機に妻と娘を実家に預け、養育費は毎月渡すと言いながら、最初の一月分しか渡さなかった。

大正八年（一九一九）一月、父も死んだため、蠣殻町の家は人手に渡して、潤一郎は本郷区曙町に一戸を構え、父の看病のためやってきて、そのまま実家にいついた伊勢と、終平も引き取った。ほかに、千代の妹せい子と、千代の養母も同居していた。この年五月頃、一家で伊香保温泉へ行った時に、三井物産社員の中西周輔という男が伊勢と親しくなり、一家が塩原へ移ると後をついてきたりして、帰京してからも交際していた。この年七月五日付の精二宛書簡（番号四二）で「おいせの結婚のこと、当方にても心がけては居るが、そちらにも心あたりはなきか、心配してくれるやう頼む」とあるが、その年十一月頃、中西から、伊勢と結婚したいと申し込んできた。中西は伊勢より十歳年上の、一度結婚して二人の子供がおり、離婚した男だった。精二の「さだ子と彼」（大正九年）によると、潤一郎から精二に相談の手紙が来て、潤一郎が小田原へ引っ越す前に、潤一郎宅に、萬平、伊勢、精二が集まって相談したというから、十二月始め頃のことだろう。萬平はその時、中西が老後の保証をしてくれればいい、と言ったという。潤一郎は、旧友の土屋計左右が三井銀行に勤めているので、中西のことも聞いてもらったが、それほど不実な男でもないというので、結婚を決めた。翌大正九年（一九二〇）一月二十九日付精二宛書簡（番号四二）では「今日小松川より来書婚結《ママ》の事に相定まり節分までに先方にて可然《しかるべく》媒酌人を立て結納取り交はす事に相成《あいなり》候」とあるから、この時までに決まったのだ

潤一郎と弟精二　大正６年頃

ろう。三月十四日、偕楽園で、伊勢と中西の豪華な結婚披露宴が行われ、潤一郎はこの披露宴のために随分借金をし、長く苦しんだという。「さだ子と彼」によると、精二はその二日前に盲腸炎を起こして出席できなかったというが、長年一緒に暮らした姉の嫁入りを寂しく見送る末の姿を哀れ深く描いている。ところが、京都、奈良、箱根をめぐる新婚旅行を終えて新居に落ちついてみると、中西は先妻との間もまだ片づいておらず、谷崎の愛読者だと言っていたのに書棚には文学書などひとつもなく、伊勢は失望のあまり帰ってしまおうかと思ったという。

ところで、当時唯一の文藝雑誌『新潮』は、「某々氏の印象」という特集を組んでいて、作家に対する他の人々の印象記を集めていたのだが、大正八年九月号に、「谷崎精二氏の印象」特集を組み、潤一郎も寄稿している。「性質の違つた兄と弟」という題で、これは「標題は何とでも都合のいいやうに附けて下さい」とあるから編集部で付けたのだろうが、「精二の事に就いて、私に何か書けと云ふ。しかし其れは無理な註文である。／私と精二とは随分性質が違つて居るやうに思ふ」と書き出されている。そして、兄弟であまり話をすることはない、と書き、

だが世間の兄弟と云ふものは、——少くとも年齢のあまり違はない兄と弟との間に於いては、——多くは私たちの兄弟のやうに不自然な疎遠な関係にあるのではなからうかと

云ふ気がする。いつであつたか正宗得三郎君〔白鳥の弟、画家〕に白鳥氏の事を尋ねたら、
「兄貴の事なんぞ僕は知るもんか。」
と云つて済まして居られた。〔長田〕秀雄君と幹彦君との間にも随分へんな関係だと思はれる所がないでもない。

実際、そんなものであろう。それに対して、姉妹というのは、恋愛の相談までするようだが、兄弟ではそんな話はしないものだし、洋の東西を問わず、カインとアベルや、海幸彦と山幸彦、頼朝と義経、足利尊氏と直義など、不仲な兄弟というのは少なくない。

大正十年（一九二一）四月、精二は、片上伸の推薦で、早稲田大学文学部英文科の非常勤講師に就任する。三十一歳だった。同時に、作詞家として知られる二歳下の西條八十が英文科講師になっているが、これは吉江喬松《よしえたかまつ》の推薦だった。早稲田の文学部には、片上派と吉江派があったようである。精二は二年後には専任講師に採用されるが、以後も小説を書き続け、八十は作詞を続けた。その年の五月十四日、伊勢は長女道子を出産するが、潤一郎は、夫を嫌がっているのを聞いていたから、離婚するなら子供が一人くらいのうちがいい、と言ったというが、伊勢は逡巡して、居座りつづけた。これが、後で潤一郎の怒りを招くもとになる。終平は、大正十一年まで潤一郎宅に住んでいたが、この年早稲田中学

に入学し、潤一郎宅は当時横浜だったので、通学の便のため、精二宅へ寄宿することになった。しかし潤一郎の家では、一家をあげてダンスを習ったり、周辺に西洋人もいたりして楽しかったが、精二の家は陰鬱だったという。

私も賑かな事は好きだし、土曜となると一泊で、牛込の次兄の家から横浜に帰るのだが、早大教師の次兄は、真面目な性格の人で、私が横浜に行きたがるのを好まず、「横浜に行って何が面白いのだ。勉強しなさい」と叱られる。三度に一度は控えて諦《あきら》めるのだった。

終平は精二が嫌いだったようで、精二にはこの頃までに女児二人、男児一人がいたのだが、「そんなに仲の悪い夫婦なのに、何故、子供が三人もいるのだと私は思った」と書いている。とはいえ、潤一郎も離婚を考え、佐藤春夫に譲ろうとして、惜しくなって佐藤と喧嘩して絶交している。それでも潤一郎からすれば、精二も伊勢も、なぜ不満な相手と離婚しないのか、それが歯痒かっただろう。「本当に忘れる事の出来ぬ思い出がある」と終平は書いている。

兄は嫂の母親をひどく嫌った。ちょっと陰気な人だし、天理教の熱心な信者だったので尚更いやだったのか……。

この人が癌で近くの病院に入院していたが、遂に亡くなった時、兄は家へは引きとらぬと拒絶した。嫂は姉妹二人だけの長女だから困った事だろう。幸い妹は十八、九だったが可愛い人で、Yという洋画家のクリスチャンと結婚して池袋で暮していた。この人達が引取って呉れたのだ。（略）

私は嫂と二人で、牛込から池袋まで、その遺骸〔を乗せた車〕を押して行った。まだ小石川の目白坂は急傾斜だったし、青白いガス燈が一個坂の中ほどに点《つ》いているだけだった。あとはまっ暗な夜道である。それだけでも淋しいのに仏様は苦しんだのだろう、蒼白い足が黒い裂《きれ》から喰《は》み出して、両足の指が重なっていて、足先が苦悶の表情を見せたまま、ガス燈の下で、くっきり見えた。車の後を押している坂道だから、嫌でも見えてしまう。私は恐怖の念に震える思いだった。兄の代理として行かねばならず、しかも義弟が引取り、兄は知らん顔とは何たる事かと思った。まだ十五くらいの時だった。

あるいは人は、谷崎潤一郎伝にこのような引用は不要だと言うかもしれない。その文学とは関係ないと言うかもしれない。だが私はむしろ、谷崎という人物に関心がある。その背後にはこうした暗闇が広がっていて、潤一郎はそれらとも戦いながら、自分の文学を作り上げていったのだ。

大正十二年（一九二三）九月、関東大震災が起こり、潤一郎はそれを機会に関西へ移る。ちょうどその頃、終平は肺尖カタルと診断され、転地療養のためと称して、精二の家を出て関西の潤一郎の許へ戻るが、むしろ長兄のところへ行きたかったのではないか。阪神間には、もと横浜に住んでいた西洋人などが移ってきていて、横浜で谷崎家と知り合いだったマラバー夫人という日本人女性の前の婚家先が別役《べっちゃく》といい、そこの息子の別役憲夫と、終平は親友になる。この人は寺田寅彦の姉の孫だが、後年、東京外国語学校を卒業して満州へ渡り、そこで生まれたのが劇作家の別役実《べつやくみのる》だという。

同じ年のことか、伊勢は長男を出産するが、その後、二児を残したまま、精二の許へ逃げてきた。大正十三年（一九二四）一月にこの男児は死亡するが（細江、二〇〇四b）、三月九日の、潤一郎の精二宛書簡（番号四八）に、伊勢の離婚問題が書かれている。「おいせの事は、中西に誠意があるなら何とか云つて来さうなものだとさう思つて待つてゐた。ところがやつと一昨日手紙が来たが、お前の方へよこした手紙も、どつちを見ても私には誠意があるとは思へない」。謝罪の言葉もなく、離婚に同意しないとは「全くおいせの意志を、人格を、蹂躙してゐるものではないか」。だが、自分は伊勢に離婚せよと言ったことはない、自分で決めろと言ってきたが、「私の一己の感情としては中西を甚だ不快に思ふ。そしておいせが別れると云ふのは正当と思ふ。子供が可哀さうなことは重々尤もではあるが、さればと云つて子供のために犠性《ママ》になれとも云ひかねるし」伊勢自身が決めることだが、伊勢はどうしても別れると言っている、といった長い手紙だ。十八日付の精二宛書簡は、上京する伊勢に持参させたものだが（番号四九）、「中西からは昨日始めておいせへ電報が来て、子供が病気だからすぐ帰れと云つて来た。僕はそれで益々不愉快を感じてゐる」云々とある。これは残った長女のほうだろう。ところが伊勢は、子供への気持ちに引かされてか、中西の許へ戻ってしまい、九月には次女ヨーコを産んでいる。その後、二児を連れて潤一郎の許へ逃げてきて再び離婚を申し出るのだが中西は許さず、しかしその間、こっそりと先妻宛に、復縁を申し込む手紙を書いていた。

大正十四年（一九二五）、伊勢や終平が潤一郎の家にいた六月、行方不明だった得三から手紙が来て、訪ねてきたという（精二「骨肉」）。その八月、谷崎は京都帝大教授になっていた和辻哲郎に手紙を書いており（番号五九）、その数日前に訪ねたらしいが、妹の末（二四歳）が体のある箇所の発育不良（全集で伏せ字）なので大学の専門医師に診てもらいたい、と書いている。その後、府立医大の加治博士に診てもらった、と追って手紙を出している。この頃谷崎は、京都に仮住まいしていた。一般的な伝記には書かれていないが、潤一郎には、家長としてのさまざまな重荷が掛かっていたのだ。のみならず、妻千代の妹せい子が、この頃俳優の前田則隆と葛飾で同棲しており、前田に稼ぎがないので、そちらへも何度か送金している。その上、九月九日の精二宛書簡（番号六二）では「おいせは先日自分の方から中西氏方へ帰りたいと云ひ出して、向うがあやまりにも迎へにも来ないの

に行つてしまつた お前の方へも当然知らせてある筈と思つてゐた」とあり、ほかに末と終平の病気のことも書いてある。終平は肋膜炎になって、六甲のサナトリウムに入院していた。

実はこの間に、妻千代と和田六郎の情事が起きている（後述）。大正十五年（一九二六）はじめ、谷崎は上海へ旅行するが、その四月五日の精二宛書簡（番号六六）では、終平の病気は八九分通りいいけれどまだ治りきらないので、勉学のことをどうするか、末も京都で入院中、得三はこの頃又大阪へ帰ってきて、病気だといって時々使いが金を借りに来る、とある。よくこうも面倒を起こす弟妹が揃ったものだと思うが、逆に言えば、元来冷酷なところのある潤一郎が、弟妹には精一杯の対応をしているのだ。そして、この経験から、昭和期谷崎の、実務家的なふてぶてしいまでの立ち回りの度胸が形作られていったのだと思う。

さて、谷崎の従兄の平次郎が、火事で家が焼けたのを機に、ブラジル移民として出立し、伊勢と中西もそれを見て、十五年九月頃にはブラジルへ行くことにしたのが、二十四日付の佐藤春夫宛書簡で分かる（番号二五）。ところが昭和二年（一九二七）五月五日の精二宛書簡（番号八四）では「おすゑの事ハ其後きいたかも知れぬが本人どう考へちがひをしたのか結婚するのハやめる気になり藤枝へもその旨云ひ送つたとの事、思ふに私がズベラをして早くきめてやらなかつたのでヒネクレた事と思ふ」とあり、「おいせの件ハ、私ハ始めから離縁には賛成なのだが子供まで引取るのハイヤだ、況んや中西が承知しなければ別居にしても子供ハ永久に中西のものなのだから。／お前が呼び返すのハ勝手だが、子供を連れて来るなら私ハ後の責任ハ負はぬ、お前が何処までも見てやる気なら呼ぶがよからう。／猶〻先日平次郎氏帰米の節　おいせへやる金を預けてやつたところが途中使ひ込みをして御いせの手へは一文も渡らなかつたさうだ、平次郎と云ふ男も、別に私から旅費やら小遣ひやら五六百円も持つて行きながら怪《け》しからぬ奴だ。御いせは飛んだ災難だ、いづれ又為替で送つてハやるが帰りの旅費になるほどハ送らない」とあって、末は纏まりかけた縁談を断り、ブラジルにいる伊勢に与える金を、一時帰国した平次郎に預けたら遣い込み、と散々で、結局は、有名作家谷崎だから金はいくらでもあるだろうと思われてこういう目にあうので、まさに谷崎の嫌いだった漱石の『道草』の世界である。伊勢やせい子など、夫がある者にまで援助しなければならないのだから、たまったものではない。

さらに九月一日の精二宛書簡（番号九〇）では「おすゑのこと、実に何とも飛んだ事になつた、可哀さうなことをした、しかし当人も萬平さんもそれほどの事になつてゐるなら、何とか前にもつと事情を打ち明けて相談をしてくれてもよかつたと思ふ、（略）今となつてハ仕方がないからその相手の男が悪い人間でさへなければバ、そして将来独立して生活出来る資格さへあれバまるく収めた方がいいと思ふ、（略）おいせの事ハ、もう一度私から直接ブラジルへ手紙を出してきいてみる、（略）私は自分でも子供がきらひで避妊してゐるくらゐだから、他人の子を引き取るのハどうしてもイヤだ」とある。つまり末には、縁談のほかに恋人がいたらしい。ところが十月九日の精二宛書簡（番号九二）では、「おすゑの文面で見ると、萬平氏が例のくせで、娘をくひものにし、娘の婿に頼らうと云ふ腹があ《ママ》あるので、それでその男が註文にはまらないので、無理に別れさせた者《ママ》とおもふ。何にしても亭主の留守に無理につれて来てしまふなぞはあまりと云へば乱暴だ。（略）兎に角、相手の男が相当の人物で、おすゑにも愛情があるなら、萬平氏が何と云はうと一緒にさせてやるがいい」とあり、相手の男に資産がないので、養父の萬平が末を連れてきてしまったらしい。その後、萬平から末を通して頼まれ、三、四十円貸してやったが、それ以上は断る、とあって「今年になつてから、平ちやんに五六百円、善三郎氏に千円、堀江町の方へ三百円、と、親類の方へこれだけ出した。その外、苦学時代に世話になつた恩人や先生たちにも困つてゐる人があつて、私としてハ此の方へ尽すのが第一の義務だ。で、とてもさうさうは余裕がない」と内幕をぶちまけている。とはいえ、この年、いわゆる「円本」のおかげで作家たちが俄か成金になっており、実際この翌年、谷崎は梅ノ谷に土地を買って豪華な邸を建てている。精二は、先の年譜によると、昭和二年、「この頃より創作に親しむ日ようやく少く、教鞭を執ることに意を注ぎ始めたるがごとし」とあり、作家としての才能に見切りをつけつつあったから、兄に金がないなどと言われても、釈然としないものがあっただろう。この手紙の翌日、伊勢の娘ヨーコが死んでいる（細江同）。

さて末は、その男（後の手紙を見ると、「水間」という姓らしい）と一緒にはなったが、うまくゆかず、妊娠して潤一郎の所へ戻ってきたようで、翌昭和三年中頃、男児を出産しており、庶子として届け出られたようだ。谷崎秀雄である。秀雄の「鞆の津」という小説がある。「この作品は十年程前、母の直話を基に書き留めて置いたものを、今回小説風に書き改めたものである」とあり、昭和四年二月末、末の前の夫の実家から義母が手紙をよこし、跡取りとして秀雄を引き取りたいと言ってきたという。夫は定職を持たずふらふらしていたので義母も心もとなく思ったのだろう。潤一郎に相談すると、先方へ行って事情を確かめ、これなら大丈夫と思えば渡したらどうか、と言うので、潤一郎が付き添って、秀雄を連れ、広島県の福山まで行き、秀雄を渡してきたという。

ところがその二月二十一日の精二宛書簡（番号九六）は「萬平さんの事はそれでは少々話が違ふ」と始まっており、萬平とは去年、これでおしまいだと取り決めて金を送ったのに、まだ解決していないという。二百円というのはこれまで全然聞いていない。千円やそこらの金で老人が小松川の家をなくすのは惜しいから出さないとは言わないが、今すぐには出来ない、とある。二月二十七日の手紙（番号九七）では、萬平の件と合わせて、「それからお末の件で水間の方へ直ぐにもかけ合ひに行く約束になつてゐたのに、此の方はどうしたのかときいてみてくれ」とあるが、秀雄の文章との整合性は推定することしかできないので、このままにしておく。さらに六月二十九日付精二宛書簡（番号一〇〇）では、

「七月二日が証文の期限と云ふことを私は今日はじめてきいた、なぜそれならあの時に知らせないのだ、だから此の前お前自身が直接立ち合へと云つたのではないか、然るにお前は立ち合はないで（略）」と冒頭から怒っている。精二は、潤一郎の死後二年、自らこれらの自分宛の手紙を公開して注釈をつけている。それによると、萬平は事業がうまく行かず谷崎兄弟を頼ってきたが、潤一郎から借りるについては精二を介して頼んだので、精二は板挟みになって困ったとある。しかしこの一〇〇番の手紙は精二自身は公開していない。萬平は遂に家を債権者に譲り渡すことになるのだが、精二は「前の手紙で私と兄と連帯で借金の証文を書いてもよいと兄が云ってきたのに、どうして私がそれを実行しなかったか、今考えてもわからない。先方がそれでは困る《ママ》。すぐ全部の金が欲しいとでも云ったのではなかろうか」と書いている。もっとも、他の所で、兄は平気で借金をするが自分は気が小さいからそんなことはできない、と書いているから、金をめぐるやりとりが鬱陶しくて精二が手を抜いたと考えたくなる。

十二月三十日精二宛書簡（番号一〇二）では、萬平の家は人手に渡ってもやむなし、とあり、「かてて加へてお末事昨日男の郷里福山へ無断にて出奔本日書状着これにも手をやいてゐるところ也」とある。先の秀雄の文章に、その後、末の懇請で秀雄は取り戻されたとあるから、母として耐えられなくなり、発作的に秀雄を迎えに行ったのだろう。翌昭和五年五月二十八日の佐藤春夫宛書簡（番号一〇四）では「本日精二より来書、おすゑの縁談こゝろあたりある由有がたい、早速写真を取らせて送る」とある。春夫が提案した結婚相手というのは、その前年離婚した萩原朔太郎（四五歳）で、六月三日付佐藤宛書簡（番号一〇五）には「朔太郎大人を義弟に持つこと小生に於て八賛成なり」、都合がついたら朔太郎来阪願うとある。しかしこの見合いはうまく行かなかった。後に谷崎は末について「何処か性質に扱ひにくいところがあり（略）頭の程度も兄弟中で一番後れてゐる」（「初昔」）と書いていて、生きている妹についてこう書くのもひどいが、そう思っている妹を朔太郎と結婚させようというのもひどい。谷崎は概して礼を失するようなことをしない人だが、朔太郎に対してだけは、妙に礼儀を外しており、後年朔太郎が再婚した昭和十三年の十一月に、君が新しい夫人とうまく行かず別れたと噂に聞いたが本当ですかと手紙を出している（番号一八三）。あまりそういうことは当人に尋ねるものではなかろう（朔太郎の二番目の夫人は、姑に嫌われて、翌年別居している）。早逝した園のことは分からないが、伊勢も末も、母親の美貌を受け継がなかった。特に末の若い頃の写真は、中年以後の潤一郎そっくりである。

しかし谷崎らは知らなかったが、この頃、ブラジルの伊勢は、中西が先妻に宛てた復縁の提案の手紙への返事が、住居移転のためあちこち転送されて、三年も掛かってブラジルへ届いたのを見ており、それが原因かどうか、耐えられなくなって家を飛び出し、鉄道自殺しようとしているところを日伯新聞の記者に抱き留められ、その男の紹介で、日本人経営の上地旅館で炊事仕事をしていた。後に伊勢はその時のことを書いているが、「私は、実は、私のことは、すべてをあったままに書いてはいない。といっても、私は、おおよそは、ここに書いたような日々を送ったのであり、私のみじめさを決して誇張してはいないつもりである。事実は、私はもっと愚かで、もっとみじめで、もっと醜かった」（林伊勢）としている。二十六歳の石川達三は、この頃、ブラジル移民の群れに加わって、半年ほどで帰るのだが、その時の経験を描いた「蒼氓《そうぼう》」で昭和十年に第一回芥川賞を受賞する。その石川が、五月か六月、この旅館で邦字新聞の記者と碁を打っていて、その男から、あれが谷崎潤一郎の妹だ、と教えられて驚愕し、そんなことがあるはずがない、と思って信じなかったが、二、三年後、早大で教わった精二にその話をすると、精二は「君、会いましたか」と言ったという。石川は、潤一郎が死んだ後の一九六八年、このことを『心に残る人々』（文藝春秋）に書き、伊勢はそれを読んで、「とりわけ、『君、会いましたか』と言うあたり、次兄のせき込んだ様子が眼に見えるようで、私の胸は痛んだ」と書いている。

昭和五年（一九三〇）、潤一郎は千代を佐藤に「譲渡」し、翌年春に古川丁未子《とみこ》と結婚するが、豪華な暮らしのため借金だらけになり、税務署にも悩まされ、新妻とともに高野山に上って『盲目物語』の執筆を始める。終平は京都の中学校を卒業し、東京の大学を受験するため、また精二宅に寄宿し、法政大学へ入ったようだが、いつのことかはっきりしない。だがその昭和六年（一九三一）五月十八日付精二宛書簡（番号一一四）で、「小生今度負債整理のため暫く家をたゝみ夏中ハ高野山へ引こもつて（略）詳しき事ハ近日お末上京いたし候間きゝ取被下度候　右やうの次第にてとても〳〵御い勢の事までハ手廻りかね候まゝ気の毒ながら今暫く辛抱して貰ふより外無之候」、終平がまた健康を害しているようで、三味線を習わせてはどうか、また末を偕楽園へ預けるについて笹沼宛書簡を持参させる、とある。この直後か、中西から早稲田大学気付で精二宛に「イセキトクカネオクレ」という電報が届く。精二はすぐ潤一郎に手紙を出すが、二十八日付で、「唯今電報落手いせ危篤之趣まことに痛心のいたりに候電文送金せよとあるも幾何《いくら》入用なるにや、かう云ふ事にならぬうち何とかしてやりたかりしも前文之通りの事情にて」金がなく諸雑誌社にも借金が多い、と書いている。

谷崎が中央公論社などに前借りをするのが常だったのは確かだが、この二通は、どうもこれまでの精二宛の手紙に比して妙に慇懃な調子で、精二は内容もさることながらその調子に腹を立てたか、自分は雑誌社から百円借りて送ったのだ、妹が危篤だというのに一文も出せないということがあるか、あなたの方が収入が多いはずだ、それでも長男か、首をくくって死んだがよい、と手紙を書いたが、読み直して、「首をくくって死ねとは弟として余りに無礼非常識だと反省し、その文句だけ消して、翌朝速達を出すつもりで床に就いたが、眼が冴えて眠られず、又床から起き出して消した文句を書き入れた。朝起きて三度手紙を読み返し、『首をくくって死ね』という不穏当な文字を又削ったと思うが、はっきり覚えていない。或いはそのまま出したかも知れない」と書いている。精二にしては珍しく、ユーモアが漂う文章だ。潤一郎としては、中西のような男が「危篤金送れ」と言ってきても、にわかに信用できなかったのだろうし、危篤なら金を送っても仕方がないようなものだ。

しかし、精二によれば、その手紙の剣幕にさすがの潤一郎も恐縮したのか、六月三日付書簡（番号一一六）では「御いせへおくる見舞の金八五十円昨日お末宛の手紙の中へ入れておくつた、前便文意をつくさなかつたかも知れないが、山上で実際金がなかつたから立てかへてくれと云ふ意味であつた」と書いている。続けて「元来僕は係累がきらひで、自分の子まで生まないやうにし、ただ一人の子とさへ今は別居してゐる。（略）不人情であるかもしれぬが、さうしなければ到底仕事らしい仕事は出来ないと思つてゐる、少くとも僕はさうだ。終平のやうに修業中の者は仕方がないが成人して後までも妹たちの面倒を見ることはなるべく早くのがれたい」。「仕事らしい仕事は……」のところで、これではまるで精二の小説が仕事らしい仕事でないと言っているようなので、慌てて「少くとも僕は」と付け加えたのが分かる。そして「昨日偕楽園より来書、すゑの来ることを迷惑がつてゐるらしいからこれは断つた方がいゝ」とある。「お須恵と云ふ出戻りの妹がゐたのだが東京の或るアパートへ預けることにして」（「初昔」）と後に書いており、十五日の精二宛書簡（番号一一七）では「大塚同潤会アパートへ行くやう」とあるから、同潤会アパートへ入れたのだろう。この年、精二は教授になっている。

昭和七年（一九三二）一月十三日、俳優の前田と別れたせい子が、後藤和夫の媒酌で大阪で和嶋彬夫《わじまあきお》と結婚式を挙げた（注・松本慶子の取材には昭和六年と言っているが、その年一月十三日には谷崎は東京なので、七年の誤りではないかと細江光氏のご教示による）。『痴人の愛』のナオミのモデルと言われるこの義妹も、ようやく片がついた。この年五月十五日と六月一日の精二宛書簡（番号一二四、一二五）を見ると、秀雄をこちらへ引き取ることにし、籍をこっちへ入れておかないとまた取り戻しに来られても面倒なので、弁護士に相談したら、庶子または末の私生児として届けてしまえばいいと言うので、私生児として届けて後で萬平方の養子にすることにしたようだ。ただ末は自分の籍に入っているから、一旦はこちらに入れなければならないが、「小生の家のあと、りにされてハ困る」とある。潤一郎の実子は鮎子一人しかおらず、男子を養子にすることもなかったため、死後ややこしいことになる。

この頃潤一郎は、根津松子との恋愛が深まって、丁未子を離婚するという騒ぎになるのだが、昭和八年六月には、末は、「古くから家に出入りをしてゐた或る商人の近頃つれあひと別れたのと急に縁が纏り、打出の方に店を持つてゐるその人の所へ貰はれて行つた」（「初昔」）。これは、京染悉皆屋《しっかいや》「張幸《はりこう》」の主人、河田幸太郎である。しかしこれを挟んで、四月七日、五月五日、八月七日の、精二宛の手紙（番号一三七、一三八、一四一）を見ると、伊勢の援助についてまた頼んできたらしく、離別したといっても子供はついているし、当方も金がない、かつ終平のことを先に片付けねばならないと書いている。この時、精二と激しい手紙での論争があったようで、十一月十一日付の潤一郎書簡で、絶交が申し渡されている（番号一四三）。

僕は勿論弟妹たちに十二分な義務を果たしてゐるとは思はない。このことは嘗て高野山の時にお前に書いてやつた通りだ。しかし二十六歳にして尚前途の見すゑさへつかぬ弟〔終平〕と、三十二歳にして連れ子まである妹〔末〕とを負担してゐる上に、結婚から渡米の旅費その他時〻の生活費まで作つてやつた妹〔伊勢〕を援助することに多少の遅疑があつたからとて、不義理呼ばゝりをされる理由はないと思ふ。

（略）

○云ふ迄もないが、人を責めるにハ自分が先づ十二分の義務を果した後でなければならぬ。しかしお前はどうか。打ちあけて云ふが、お前は弟妹思ひのつもりでも、弟妹たちはさう感じてゐないらしいのだ。

（略）

○僕は老年に及びお前と衝突して弟妹達にも不幸をかけることハ本意でないと思ひ、今日迄忍んでゐたが、もはや此の上忍耐し難く、（略）もはやお前とは交渉を断ちたい。

（略）今後当分返事は上げない。お前から手紙を貰つても開封せずに送り返す。

精二は、これに返事は出さなかった。ところが細江の調査によれば、この前の八月二十四日、伊勢はサンパウロで、林貞一という人と再婚している。つまり、伊勢と末と、二人の身がようやく片づいた頃に、潤一郎と精二は彼らをめぐる争いから絶交していたのだ。争いの原因は、精二が伊勢の肩を持ちすぎることにあったようで、中西のような男と別れもせずにブラジルへ渡った伊勢の面倒をなぜそこまで見なければならないのかという潤一郎の言い分は尤もである。なおこの手紙に、終平を追い出すのはひどい、とあるが、結局終平は大学を止め、清元梅吉のもとで三味線の稽古を始め、昭和十年始めにはまだやっていたことが分かる（雨宮庸蔵宛谷崎書簡、書簡10）が、そこも飛び出して、今日出海の世話で、菊池寛が関係している『日本映画』という雑誌に勤めたという。昭和十一年創刊の雑誌のことだろう。終平はもともと映画監督になりたがっていた。絶交の翌年、精二を中心に第三次『早稲田文学』が創刊され、その創刊号に精二は「谷崎潤一郎論」を書き、「此の作者」「潤一郎」と他人扱いで、近作を酷評し、『青春物語』のようなだらしのない昔噺が「直ぐ一冊の本に纏つて出版されるのは羨ましくもあり、無遠慮に云へば作者のために恥づかしくもある」と書いている。

精二は、潤一郎と違って背が高かった。顔だちは兄弟姉妹の中に二系統あって、精二は父親似で、伊勢もその系統だったが、末と終平は潤一郎に似ていて、終平はそっくりだったという。昭和三十五年、古稀を記念して編まれた『谷崎精二選集』の後記に「私の母は病的に神経質だった。そして現存する六人の子供の中、私だけが母の病的な素質を受け継いで、若い時代から自分の病的な神経と戦ひ続けてきた」と書いている。潤一郎も神経症に苦しんだことは先述の通りだが、その後は治ってしまった。絶交から六年たった昭和十四年六月、精二の妻郁子が、往来で突然倒れて急死した。終平が駆けつけると、精二は別室で文学部長の吉江喬松と碁を打っていたという。潤一郎には何も知らせなかった。その頃、『潤一郎訳源氏物語』の刊行が始まっていたが、訃報を新聞で知った谷崎は、告別式に姿を現し、精二は「わざわざ有難うございました」と例を述べたという。精二がそのことを吉江に話すと、「他人でも、兄弟でも、喧嘩をしたらまづ目上の方から折れて出るものです」と言われたと、精二は書いている。その後は手紙のやりとりもするようになったが、他人行儀なものしか残っていない。

その翌年、吉江も死去するが、吉江が晩年胃病に悩んでいたので、精二は辞職を勧告したと、自分で書いている（精二、一九七二）。ところがこの後昭和二十年、精二が、吉江派の西條八十、日夏耿之介を辞めさせ、自分が学部長になる政治的工作をしたという説がある。もともと八十が言いだしたことで、会津八一も嫌がらせをして辞めさせたとある（八十『私の履歴書』――ただし、谷崎精二の仕業とは書いていない）。この件には詳しく立ち入らないが、筒井清忠『西條八十』（中公叢書）には、精二は人気のある作詞家の八十に嫉妬したのではないかと書いてある。しかし八十どころか、精二には、もはや文豪の名をほしいままにしている兄がいたのだから、心中深い劣等感があったのは間違いあるまい。精二は妻の死後、富士子と再婚し、昭和十九年に次男の昭男が生まれている。

ここで、今東光が伝える逸話を紹介しよう。精二に愛人ができて家庭が揉めたことがあるというのだ。その時潤一郎は、単行本『愛すればこそ』がよく売れたので、その印税を精二に取りにやらせ、愛人と同棲でもすれば金がいるからというので、くれてやるつもりだったが、精二は律儀に全額送ってきたので呆れたというのだ。もっとも東光はこれを、谷崎が阪神間の岡本にいた頃のこととしているが、『愛すればこそ』の刊行は大正十一年だし、その印税を改造社へ潤一郎自身が取りにいったことは「『九月一日《いちじつ》』前後のこと」に書いてあるから、増刷分の印税かもしれないし別の本かもしれない。しかし、精二のように才能のない者が小説を書くことを苦々しく思っていた潤一郎にも、東光は愛情の片鱗を感じて胸が切なくなったという。

精二は昭和二十一年、文学部長に就任、二十五年、文学博士となり、三十四年には「ポオ小説全集」翻訳の功績で日本探偵作家クラブから表彰されている。「長兄も世間的な出世を喜ぶような処もありまして、精二も文学部長になったとか、文博になったとかいって喜んでいた」（終平、一九六六）とあるのも、その人情だろう。精二は、先に触れた「骨肉」

で、「一人の弟と二人の妹、これが両親が長兄に残した遺産の凡《すべ》てだつた。つく〳〵長兄もなかなか大変だと思ふ」と書いているから、潤一郎の苦労も頭では分かっていたのだろう。戦後終平は、時事通信社に勤め、その担当雑誌『読物時事』の座談会に潤一郎も出席している。終平は、木下順二、水木洋子らの戯曲研究会・三月会に加わっていたこともある。

精二の長男・英男は大正十二年（一九二三）生まれだが、戦争中に静岡で軍隊にいて、反軍的な日記を上官に見られ、脱走するという事件があったらしく（終平、一九八九）、のち昭和二十四年の潤一郎の、中央公論社宮本信太郎《のぶたろう》宛書簡（番号三七一）に、栗本和夫（専務取締役）に伝言頼むとして、「先般御願致候小生甥谷崎英男儀もし入社試験にパス致候節ハ御採用被下事《くださること》に相成るやと存じ候小生も勿論それを希望致候へ共《ども》同人思想は多少左傾致居《いたしお》り候やうに存ぜられ候ニ付《つき》此点についてハ小生責任を負ひ難く何卒《なにとぞ》そちらにて十分御取調べ被下度《くだされたく》候」とある。英男は昭和二十三年東大卒、その後早稲田の商学部講師から教授まで務めてドイツ語を教えていた。おもしろいことに、ブロッホ『性愛の科学』、ハヴロック・エリス『性の心理学的研究』など性科学の翻訳があり、伯父の仕事と無関係でもない。

ここにしかし、不気味な話がある。先の石川達三の本は、続けて、昭和三十二、三年頃、和歌山市に出かけて新和歌の浦の旅館に泊まったら、玄関で女中が、あそこにいる下足番の老人は、谷崎潤一郎の弟だ、と囁いたというのだ。小泉得三である。石川は、その老人の背格好が精二にそっくりだ、と思ったと書いているが、事実それは得三で、伊勢は昭和三十六年（一九六一）、久しぶりに日本を訪れ、兄弟妹に会っているが、その際、神戸の秀雄の家で、得三、末、終平の四人で顔を合わせている。昭和三十七年（一九六二）には、潤一郎から秀雄宛の手紙二通が残っており、得三を老人ホームに入れる件で相談している（細江、二〇〇四b）。しかし、石川達三がなぜ二度も似たような事態に遭遇するのか、偶然に過ぎる。憶測を逞《たくま》しゅうするなら、この女中は、誰にでも話していて、石川はそれと風聞を耳にして何かのついでに確認しに行ったのではないか。昭和三十二年といえば、谷崎の『鍵』を石川が「不潔な非藝術」と難じ、文壇では石川の小市民的感覚が攻撃されていた時期である。石川はその後も、性表現に対して厳格な立場を取りつづけ、節は曲げなかった。

昭和三十七年七月九日、潤一郎の喜寿の祝いが開かれたが、その時終平に宛てた手紙は「谷崎家からはお前一人だけを招きます」と終わっている（番号六四二A）。晩年、谷崎が熱海にいた頃、面会には予約が必要だった。ある日、予約なしでやってきた精二を、潤一郎は追い返したと、舟橋聖一が書いている。舟橋によれば、潤一郎が死んだ時、納棺されたのを見た精二が突然、「兄貴は死んでまで、意地のわるい顔をしてぼくを睨みつけている」と言い、松子夫人が貧血を起こして倒れかかったという（舟橋、一九七五）。弟妹らは、みな潤一郎より長く生きた。一九七一年十二月、精二死去。一九八八年五月、小泉得三死去。一九九〇年十月、終平死去。一九九四年六月、林伊勢、ブラジルで死去。

精二の次男昭男は、東京教育大学大学院修士課程修了、相模女子大学学芸学部長を務めたが、戦後、檀一雄の同人誌に加わって評論を書き、保田與重郎に師事して、保田全集を編纂、全巻に解題を書いた。一九九一年五月に小学館から刊行された『群像日本の作家谷崎潤一郎』は、巻頭にこの谷崎昭男の書き下ろしのエッセイ「『退屈』の造型について」を載せている。「論をしるすには、血縁の一人として作者を知りすぎているという訳ではない。むしろ谷崎潤一郎そのひとを殆ど知らないといった方が正確である」と、保田ばりの文章で書かれたそのエッセイは、『細雪』を家庭小説と呼び、『台所太平記』と対をなすものであって、「これが成功を収めた主要な理由は、退屈をたんなる退屈とはしないで、というよりはまた、退屈を退屈そのままに一箇の作品に造型し得た、比類のないその文章に帰せられる」と述べている。昭男がここに巻頭エッセイを載せえたのは、その二月に、谷崎遺族代表として君臨してきた松子が没したからであることは想像に難くない。私たちは長いこと、松子の夫としての谷崎像ばかりを聞かされてきたのである。これは、それとは異なる「谷崎家」の「家族の肖像《カンヴアセイシヨン・ピース》」である。

第四章　結婚と支那旅行――大正中期の谷崎

谷崎潤一郎は、大正四年（一九一五）五月二十四日、笹沼源之助夫妻の媒酌で、浅草田圃の草津亭で結婚式を挙げた。相手は十歳年下の石川千代子だった。なお明治生まれの女性は、「千代」であれば、「お千代」「千代子」などと適宜呼ばれることが多く、以後は千代とする。千代は、群馬県前橋の出身で、小林巳之助とはまの間に生まれたが、母が一人娘だったため、伯母石川サダの養女になり石川姓だった。きょうだいは多く、早逝した者を除くと、一番上が初子、ついで倉三郎、次が千代、下にきみ、せい子、四郎、すゑがいた（松本慶子）。千代は小学校卒で、サダが藝者置屋「菊小松」を営んでいたので、十五、六歳で藝者に出た。姉の初子も藝者だったが、この頃は向島新小梅で「嬉野《きの》」という料理屋を営んでおり、谷崎は元藝者で小万といったこの姉のほうに親しみ、情人にしていて、結婚したいと思ったが、初子には旦那もあり三つ年上だったので、上京して同居していた妹のほうと結婚したのである。初子という、姉の名で藝者に出ていた千代は、一度は男に落籍《ひか》されたが、その男が死んだため、上京していた。谷崎数えで三十歳である。

石川千代との結婚写真　大正４年５月

結婚を機に谷崎は放浪生活を終え、本所区向島新小梅町四番地（現墨田区向島一―八）に所帯を構えた。しかし九月には、先に触れた精二宛の手紙で、結婚を後悔しており、金のために「お才と巳之介」という「悪小説」を書いてしまった、と言っている。事実「お才と巳之介」は歌舞伎芝居の小説化のようだが、やはりその頃書かれた戯曲「法成寺《ほうじょうじ》物語」と併せて見ると、長さの点でも骨格の点でも、谷崎のエネルギーが久しぶりに充実しているのを感じるから、やはり結婚に伴うそれなりの高揚感はあったのだろう。八月には、伯父久兵衛が、倉五郎と終平を呼んで別れの盃を交わした後、伊豆大島行きの船から投身自殺、小田原にいた潤一郎は、遺体の引き上げに立ちあった。倉五郎一家は、それまでの箱崎町の家を引き払って、この伯父の蠣殻町の家に移り住んだ。

十一月末、二十三歳の東京帝大英文科の学生、芥川龍之介が成瀬正一《まさかず》と帝劇のフィル・ハーモニー会へ行ったときのことを「あの頃の自分の事」（大正七年）に書いている。そこで久米正雄に会い、途中の休憩時間になると、我々は三人揃つて、二階の喫煙室へ出かけて行つた。するとそこの入口に、黒い背広の下へ赤いチヨツキを着た、背の低い人が佇んで、袴羽織の連れと一しよに金口の煙草を吸つてゐた。久米はその人の姿を見ると、我々の耳へ口をつけるやうにして、「谷崎潤一郎だぜ」と教えてくれた。自分と成瀬とはその人の前を通りながら、この有名な耽美主義の作家の顔を、偸むやうにそつと見た。それは動物的な口と、精神的な眼とが、互に我を張り合つてゐるやうな、特色のある顔だつた。

芥川はそこで、谷崎の「悪魔主義」に、その傾倒するポオやボドレールの切迫した感じが欠けており、享楽的な余裕がありすぎて、むしろテオフィル・ゴーチェを思わせる、と書いている。確かにその通りで、大正期の谷崎作品の「悪魔主義」には、ポオのような徹底したところが欠けていた。

谷崎は扶養家族ができて貧苦に苦しみ始めたようで、十二月二十七日の中根駒十郎宛書簡（番号三二一A）では、何の話か不明だが、話がダメになったそうで落胆している、債鬼が押し寄せて困っており、沼倉忠兵衛という者をそちらへやるから、『お艶殺し』の印税を前借りで渡してやってくれ、と書いているし、翌年六月八日の中根宛書簡でも、今月一杯に『新潮』に何か書くから三十円送ってくれ、『中央公論』は九月号に何か書く約束で既に借金済みだ、と書いている（番号三二B）。『新潮』に書いたのは、九月号の「美男」で、しかし発禁になり、『中央公論』は十一月号になってようやく「病蓐《びょうじょく》の幻想」を載せている。この頃、ドイツ映画、パウル・ウェゲナーの『ゴーレム』を観て感心し、生涯にわたる映画への関心が始まる。大正四年末には「神童」を『中央公論』新年号に発表し、大正五年（一九一六）一月から五月まで「鬼の面」を『東京朝日新聞』に連載している。しかし後者は、北村家での体験に基づいたもので、冗長な失敗作である。谷崎は、のち「饒舌録」に「うそのことでないと面白くない」と書いたこともあって、虚構的な作家だと思われているが、実体験に基づいたもの、事実を脚色したもの、時代ものでも体験を変形したものが多い。『中央公論』三月号には、戯曲「恐怖時代」を載せているが、これも歌舞伎仕立てで、徳川末期の退廃的歌舞伎劇の影響が濃い。

大正五年一月には、芥川、久米、菊池寛らの第四次『新思潮』が創刊された。中央公論社からは、嶋中雄作を編集長として『婦人公論』が創刊された。三月十四日、谷崎に女児が生まれた。谷崎は子供が欲しくなかったので避妊をしていたが、新婚第一夜から避妊をするのもおかしかろうと思ってその日だけはしなかったら、それで妊娠してしまったという（佐藤「この三つのもの」）。まだ千代の籍が入っていなかったので、庶子として届けられ、鮎子と名付けられたが、命名は岸巌らしい（今『十二階崩壊』一五二頁に、陸奥の素封家の息子で、一高時代から谷崎と親しかったとある）。だが、後に聞いてみると、漢語では鮎は鯰《なまず》を意味するというので、「あゆ子」と書くようにしたという（伊藤甲子之助）。しかしその五月号の『中央公論』に谷崎は「父となりて」という随筆を書いた。これは平塚らいてうの「母となりて」と併せて、「初めて人の親となりて」という小特集だったのだが、ここで谷崎は、子供は欲しくなかった、妻に恋をして結婚したわけではない、と書いたのである。

兎に角私が、現在の妻に恋ひをした為めに結婚したのでない事は、あの当時から明瞭な事実であつた。全体私は或る作品の中でコンフエツスしたやうなアブノオマルな所があるので、今迄自分が夢中になつて熱愛する程の女に出会つた例《ためし》がない。二三の女と恋ひをした事はあつたかも知れぬが、今考へて見ると、其れ等はみんな affectation に過ぎなかつたやうな心地がする。

だが、遥か後年、千代を佐藤春夫に譲った事件の時に、千代の兄・小林倉三郎は、当時谷崎は千代に夢中だった、と姉が言っていたと書いている。恋云々についてはともかく、少なくとも当時、谷崎が家庭向きの人でないことは衆目の一致するところだったようで、長田秀雄は「どうも君が親父になつたと云ふのは滑稽だ」と言ったそうだ（「雪後庵夜話」）。「父となりて」は続けて、これから後も子が生まれるのではないかということが第一の心配だ、とある。これを読んだに違いない某作家が、「我が子を疎じて自ら快とするやうな私の非人道的態度に、我慢のならない憤激を抱いたらしく」「はつきり名を指して」はいなかったが、谷崎「を激しく攻撃してゐる文章」を書いたという（同）。

谷崎の作品はたびたび発禁処分に遭っている。その同じ号に谷崎は「発売禁止に就きて」を寄せて、当局の曖昧な発禁の基準に抗議している。これは「出版物取締に関する当局の態度を論ず」という小特集で、岩野泡鳴、中村吉蔵も寄稿した。六月には、小石川区原町十五番地（現文京区白山五丁目）に転居している。谷崎は終生、転居を繰り返し、「引っ越しの名人」と言われているが、作家だから蔵書の移動が大変だろうと思いきや、今東光によると、家具類は転居に際して叩き売り、転居先で新しく買い揃えるのみか、本棚というものをほとんど見たことがなく、押し入れにでも当面必要な本が置いてあるかと思うとそれもなかったという。それでいて、生じっかな文学青年など寄せつけぬ和漢洋の教養を備えていたというのだから、おそらく中年以前の谷崎は、抜群の記憶力をもって、一度読んだ本は売り払っても覚えていたのだろう。

七月九日、上田敏が四十三歳で死去、谷中斎場での葬儀に出席した。八月頃、「異端者の悲しみ」を脱稿したが、発禁の恐れがあるというので中央公論社で掲載を留保にされ、警視庁警保局長・永田秀次郎に内検分をしてもらい、翌年発表されることになる。昭和期になってからとは違い、警察も普通に協力してくれた時代だった。この間、単行本も次々と出しているが、同じ作品が別の短編集に二回以上出てくるのは普通で、とにかく金が必要だったことがよく分かる。十二月九日、夏目漱石死去、五十歳。「無韻長詩　人魚の嘆き」を『中央公論』、「魔術師」を『新小説』のそれぞれ新年号に発表。大正六年（一九一七）一月六日には、対話体の「既婚者と離婚者—対話劇」を『大阪朝日新聞』に載せているが、谷崎の離婚願望が現れたもので、おそらく大阪の新聞に載ったので千代は読まなかっただろうし、その後も、離婚するまで単行本には収録されなかった。この月、佐藤春夫が名編「西班牙《スペイン》犬《けん》の家」を『星座』に発表し、谷崎は密かに佐藤の才能を認めていた。芥川がこの頃訪ねてきて、二人とも菩提寺が同じ（慈眼寺《じげんじ》）であることが分かった。この一月には『福岡日日新聞』に「種　dialogue」、三月には「小僧の夢」を発表しているが、この二作はその後埋もれ、最近になって発見された。生活のために福岡の新聞にまで書いていたのだ。三月はじめ、吉井、長田秀雄と吉原に遊び、その足で、葛飾の紫烟草舎《しえんそうしゃ》に、二番目の夫人江口章子《あやこ》と住んでいた北原白秋を訪ねた。白秋は、姦通事件の相手、俊子と結婚したが、贅沢に慣れた俊子とうまく行かずほどなく離婚、次に白秋のファンで九州出身の歌人・章子と一緒になったが、章子もまた、精神に異常を抱えた女だった。この時の経験は、「詩人のわかれ」（『新小説』四月号）に描かれるが、これは佳作である。この頃、谷崎と同年の萩原朔太郎から初めて手紙が来て、交遊が始まる。

三月二十三日に千代との婚姻届を提出。当時は結婚式を挙げてもなかなか入籍をしないことが多かった。その際、石川家から籍が抜けるので、千代の弟の四郎を石川家の養子にした（松本慶子）。千代の養母だったサダも同居していて、千代との離婚まで谷崎と居をともにし、「石川のお婆さん」と呼ばれていた。しかし早くも四月九日の精二宛書簡（番号三五）で、実は今度、生活をシンプルにすることにし、妻の養母を田舎へ返し、妻と子を蠣殻町の実家へ預け、女中に暇を出し、書生を置いて暮らすことにした、と言っている。同日、瀧田樗陰にも同趣旨のことを書いているが（番号七二五）、そこでは妻に「己の胸には藝術的感興が漲《みなぎ》つて居るやうな気がして居るが、貧窮に追はれて居る為めに、落ち着いた気持ちで創作に従ふ事が出来ない」と言ったとあり、「まづ体《てい》のいい一家離散」だが、週に一度は妻子を訪ねるつもりだ、と書いている。

この春、両親と終平とで飛鳥山へ花見に出かけたが、帰宅後、母の顔に腫れ物ができ、血清注射をしてもらったのが悪かったらしく、母は病の床につく。一方、鮎子に種痘を受けさせると、その後脇の下の淋巴腺が腫れてきた。四月には『人魚の嘆き』を刊行したが、これが名越国三郎の挿画と口絵のために発禁になる。四月三十日以後数日間のことは「晩春日記」に文語体で詳しく書いてある。*二十七日には帝劇へ「ハイ・ジンクス」を観に行き、二十八日には、下谷の洋画家Kから使いが来て、昼過ぎに出かけていって数人で花札、夕方いったん帰宅して、この日は帝劇のモーリス・バンドマンの喜歌劇を観に電車で出かける。日本画家の山村耕花（三二歳）と高村光太郎（三五歳）に会って久濶《きゆうかつ》を叙する。その日の演《だ》し物は「田舎者兄弟の倫敦《ロンドン》見物」だった。幕間《まくあい》に、K、Tと、ブロンドのコーラス・ガールをどこかのホテルへ呼ぼうと相談し、三河屋のバアの主人に相談すると、去年は帝国ホテルに泊まっていたが、今年は横浜から通っているから無理だろうと言われて落胆する。廊下で小山内薫に会って相談すると、やはり同意見だ。ここで、その年始め、上《かみ》山草人《やまそうじん》を捨てた衣川孔雀に会う。友人とはぐれ、一人で洋食を喫して電車で帰ると、母が丹毒だと父から手紙が来ており、悄然となる。翌二十九日、母の見舞いに出かけようとすると、千代も同行すると言ったが、来なくていいと止めていると父から再度葉書が来て、千代は来なくていい、とあった。一人で出かけて、笹沼宅を訪ねると夫人に慰められ、それから実家へ行くともう千代が来ているので怒り、一時間ほどいてからいったん家に戻り、それから後藤末雄の茶話会に行くと、豊島与志雄《とよしまよしお》（二八歳）も来た。帰宅は夜十一時。

五月一日、鮎子は淋巴腺が腫れて泣きわめいており、日本橋葺屋町《ふきやちょう》の医学士のところへ連れていくと、旧友の医師に会い、大学病院で切開するといいと言われ、千代と鮎子を帰してから実家へ行くと、岩田屋の伯母が来ていた（半か）。母が、鳥のソップ（スープ）が欲しいと言うので、偕楽園へ行って作ってもらい、届けて帰宅すると、鮎子は一晩中泣きつづける。二日、千代、下女とともに鮎子を医科大学（東京帝大）へ連れていって切開手術。三日昼過ぎ、西片町の長田秀雄を訪ねると不在で、吉井勇がおり、昨夜は小山内と長田が有楽座を観てから姿を消したと言う。吉井とともに森川町の徳田秋聲を訪ねると、泡鳴、中村孤月、中村武羅夫《むらお》（三二歳）がやってきて、花札。午後四時から田端の自笑軒で武林無想庵《むそうあん》（三八歳）の「たべる会」に出かける。正宗白鳥（三八歳）、小山内が現れ、長田は（多分吉原で）流連《いつづけ》していると言う。それからまた秋聲宅に行くと、泡鳴らが花札中で、また加わり、帰宅は十二時。四日、母の容態が安定したと聞いたので、明日から伊香保へ執筆に出かけると告げると、千代は、十日ほどで帰ってくれ、と言う。無想庵を訪ねて伊香保の旅館の待遇を訊いて、二人で秋聲を訪ねて昼飯、それから旅費を借りに春陽堂へ行くと、無想庵がついてきて応援してくれる。帰宅して床に入ると、

深更に及びたるころ、妻われを呼び起してさめざめと泣き、いつごろ東京へ帰りたまふや、君は妾を疎んじたまふにあらずや、つれなしなど云ひてさま〴〵に掻き口説く。おろかなりと云へどまた哀れなり。妻が涙と我が涙と、一つになりて我が頰を流る。

ここで「晩春日記」は終わっている。ただし後に佐藤からこの一節を指摘された千代は、そんなのは嘘で、まったく取り合ってもくれなかったと言っている。この日記は意図的に、デカダン作家の放蕩と娘や母が病む家庭や実家を対比させて、自然主義風、後年の太宰治「ヴィヨンの妻」風である。当時は電話が発達していないので、人はいきなり友人を訪ねて、不在なら帰るということが多かった。それだけ、今の文京区、台東区あたりに住む者

が多かったということだ。

千代について、谷崎はマゾヒストだからナオミ型の悪女が好きで、姉の初子がそうだったので千代もそうかと思っていたら、おとなしい家庭的な女で、しかも要領が悪く、性的な面でもつまらなかったので失望したと語っている（佐藤「この三つのもの」）。その上、作家というのは集中と孤独を必要とする仕事で、妻子と老女がいるような家で仕事をするのは不可能に近く、だから伊香保へ出かけて仕事をしたりするのだが、漱石、鷗外から、遡れば馬琴に至るまで、家庭が作家生活にとって邪魔ものであると嘆じなかった者は少ない。後年、松子と結婚してからのように、広い邸《やしき》に書斎を設け、仕事中は邪魔をしないよう厳命できればいざ知らず、生活のために次々と創作をせねばならないのに、日本家屋《かおく》は一室を隔離して持つようにできていない。ヴァージニア・ウルフは、女は自分一人の部屋を持てないから作家になるのが困難だと書いたが、それは西洋の裕福な男性作家と比べての話であって、日本の貧しい作家は、男でも、自分一人の部屋を持つのは難しいのだ。しかし温和な千代は、谷崎の両親からは好かれていた。

五月十一日、伊香保の千明《ちぎら》温泉に滞在して仕事をしていると、朔太郎が室生犀星を連れてきて、初めて対面した。だが十四日、母危篤の電報を受け取り、急いで駆けつけたが、母は午後一時、心臓麻痺で死去しており、潤一郎はその最期に間に合わなかった。五十四歳だった。「母を恋ふる記」や「吉野葛」のような母恋いものを書いた谷崎だが、特に潤一郎をかわいがらなかったこの実母の死について、谷崎が衝撃を受けたという資料は見当たらない。ちょうど一カ月たった六月十四日、従前からの思惑通り、谷崎は妻子を実家に預け、月三十円を養育費として送ると父に約束したが、最初の一カ月分しか送らなかった。しかし谷崎宅には、書生と千代の妹・せい子が住んでいた。この書生というのは、谷崎の筆耕をしていたと今東光が書いている木蘇穀《きそみのる》だろう。木蘇は明治期の漢文学者・岐山木蘇牧の息子で、大変な醜貌だったため、谷崎はこれをモデルに「人面疽《じんめんそ》」を書いたと今東光は書いているが、「人面疽」は大正七年の作だから、木蘇は当時二十六歳。その後、少し探偵小説を書いたりしたようだ。せい子は明治三十五年生まれ、数えで十六歳である。

五月末から六月始め、芥川の最初の本『羅生門』の出版記念会の発起人になってもらう件で、芥川と、佐藤春夫、江口渙、久米、赤木が訪ねてきて、初めて佐藤と相知った。ただし、六月十三日に生田長江《ちょうこう》夫人の葬儀で、無想庵から紹介されたという説もある。二十七日に「鴻の巣」で記念会が開かれた。ほかの面々は、豊島、樗陰、和辻、後藤、武羅夫、泡鳴、有島生馬《いくま》、松岡譲《ゆずる》、小宮豊隆、加能作次郎、久保勘三郎、田村俊子、日夏耿之介、北原鉄雄である。この頃、久米は、漱石の長女・筆子の花婿候補者として鏡子夫人に認められていた。鉄雄は大正四年から阿蘭陀《おらんだ》書房を経営し、『ARS《アルス》』を刊行していた。『中央公論』七月号にようやく「異端者の悲しみ」掲載。九月、阿蘭陀書房から『異端者の悲《かな》しみ』刊行。『中央公論』九月号には戯曲「十五夜物語」を発表、『新小説』に「活動写真の現在と将来」を掲載し、後の映画活動への意欲を見せている。この頃、六つ年下の芥川、佐藤との交際が次第に密になる。自然主義全盛の時代は過ぎ去り、第四次『新思潮』から、芥川、久米、菊池、山本有三らの作家が登場していた。しかし久米が『新潮』十月号に載せた小説で、あたかも自分が既に夏目筆子の婚約者であるかのように書いたため、鏡子未亡人の怒りをかって破談、筆子が、松岡譲が好きだと意中を漏らしたこともあって、翌年二人は結婚し、失恋した久米は松岡を敵視して大騒ぎを起こした。「破船」事件である。谷崎は『中央公論』十一月号に「ハッサン・カンの妖術」を発表。九月からは『婦人公論』に「女人神聖」を連載している。この十二月、倉田啓明という者が、谷崎の戯曲と称して「誘惑女神」を中外情勢研究社に持ち込み、原稿料を詐取した。ほかにも坪内逍遥の偽作も行っており、十七日、倉田逮捕の報

芥川龍之介『羅生門』出版記念会　日本橋鴻の巣で　右端谷崎、左手前芥川　大正６年６月

が新聞に出た。しかしこの事件は忘れられ、一九八五年九月、谷崎の未発表作品「誘惑女神」が発見されたという新聞記事が出て、水上勉《みずかみつとむ》らが谷崎作として評したが、八八年、当時東大院生だった細江光が、偽作であることを明らかにした（細江、二〇〇四b「偽作『誘惑女神』をめぐって」）。

大正七年（一九一八）三月から九月まで、谷崎は神奈川県鵠沼の「あづまや」別館に滞在して仕事をしたとされているが、一月二十五日の芥川の岡栄一郎宛書簡に、鵠沼の谷崎を訪ねて一泊したとあるから、もっと早くから出入りしていたのだろう。四月二十五日には、松岡と夏目筆子の結婚式があった。久米はあちこちに失恋の悲しみを書き綴り、松岡を呪っていた。芥川の結婚したばかりの妻文子は、筆子を裏切り者とみて、新聞記事からその写真を切り抜いたという。ちょうどこの頃上山草人が、漱石の『虞美人草』の上演を計画したが、鏡子夫人、松岡、弟子の森田草平らが難色を示したので、谷崎に周旋を頼んできた。それで一旦は許可が下りたのに再度ぐずぐず言いだしたため、谷崎は森田を怒鳴りつけ、草人にも、しっかりしろと叱りつけた。五月二十日付で伊香保の谷崎から久米に宛てた手紙があり、脚色を頼んでいる（中谷）。漱石嫌いの谷崎が久米と親しくしていたのが興味深い。

芥川に比べて、佐藤春夫は今ではあまり読まれていない。後に、佐藤が谷崎より一年早く死んだ時、谷崎は追悼文を書いて、世間では芥川を佐藤より上に置くが、自分はそうは思わないと書いている。佐藤というと、老いてからの写真が流布しており、あの顔のせいで敬遠する人がいるという冗談を聞いたこともあるが、若い頃の佐藤は、長身でやや憂い顔の青年である。佐藤は谷崎の後援を受け、大正七年七月号の『中央公論』に、谷崎の推薦で「李太白《りたいはく》」を載せ、谷崎は九月号の『新小説』に、童話風の「魚の李太白」を載せて佐藤に献じた。この夏、鈴木三重吉が童話運動として『赤い鳥』の創刊を計画、谷崎も賛同者になり、九月の創刊号には谷崎作として「敵討」が載り、代作ということで、後に三重吉作「珊瑚」になるが、小島政二郎《まさじろう》によると、これは三重吉作でさえなく、当時出入りしていた小野浩という文学青年のものだろうということだ。九月から翌年二月号まで、『中央公論』に「嘆きの門」を連載したが、未完で中断。佐藤の最初の著作『病める薔薇《そうび》』に序文を書き、『中外』に斡旋して、佐藤の「田園の憂鬱」を載せた。

この頃谷崎は支那旅行を企て、九月上旬、上京して、澤田卓爾のいた愛宕下《あたごした》の下宿青木に一カ月ほど滞在、十月七日には草人と佐藤が発起人となって、送別会が鴻の巣で開かれ、九日午後四時、中央停車場から下関行き急行で単身出発した。谷崎の二度にわたる支那旅行については、西原大輔『谷崎潤一郎とオリエンタリズム』に詳しいので、それによって記すと、十日夜下関着、九時三十分の関釜《かんぷ》連絡船に乗船、十一日朝九時、釜山《プサン》着。急行に乗って夜京城（現在の首爾《ソウル》地域）着。当時日本領だった朝鮮の京城では、岸巌宅に泊まって生まれたばかりの女児を見た。さらに平壌、ついで十七日頃、新義州を経て満州奉天着、南満医学堂教授だった木下杢太郎（太田正雄、三四歳）宅に滞在、杢太郎の案内で劇場や料理屋へ行った。二十一日頃汽車で奉天を発ち、翌日山海関《さんかいかん》の日本旅館に宿泊、二十三日汽車で天津《てんしん》へ行き、二十四日にはフランス租界のインペリアルホテルに滞在。ここでも劇場を見て回った。二十六日頃、北京着、ここでは梅蘭芳《メイランファン》らの出演する京劇を観て感心し、多くの支那戯曲を買いあさった。十一月四日頃、北京発、汽車で漢口《かんこう》へ向かい、六日頃到着、八日には漢口から船で長江（揚子江）を下り、九江《きゅうこう》に向かい、九日着、租界に宿泊。当時の中国は、辛亥《しんがい》革命で清国を倒したものの、孫文は袁世凱《えんせいがい》に追放され、軍閥の争いが続いていた。この年、軍閥の一人、徐世昌《じょせいしょう》が大総統に就任したが、依然軍閥割拠の時代であり、各地には西洋列強と日本の租界ができていた。十一日、盧山《ろざん》に向かい、翌日盧山観光をした。この時のことは「盧山日記」に詳しいが、日付を十月と間違えて書いてある。十九日頃、船で南京へ向かい、翌日到着、石板橋南の宿屋に泊まった。二十二日、鉄道で蘇州に着、日本租界に泊まる。二十四日には、画舫《がぼう》を雇って天平山へ観光に出かけた。この時のことは「蘇州紀行」に詳しい。二十六日頃、上海に向かい、ここでは三井銀行上海支店に勤めていた土屋計左右の下宿に泊まった。月末から十二月始め、鉄道で杭州へ向かい、舞台を観て、女優・張文艶に感心している。上海へ戻り、十二月七日、船で上海発、十日、神戸上陸、鉄道で東京へ向かい、十一日、東京帰着。

芥川は大正十年に、佐藤も二度にわたって支那旅行に出て、芥川は『支那游記』を書いているが、こうした大正期文人の支那旅行において、谷崎は先駆者だった。とはいえ、彼らが見に行ったのが、古い支那の面影だったのは言うまでもあるまい。その点で、明治日本に、古い日本を見ようとしたラフカディオ・ハーンと似た立場にある。谷崎はこの後、いわゆる支那趣味にとりつかれるのだが、横浜時代の西洋趣味と同じように、通り一遍の異国趣味に終わった観がある。谷崎は元来、徳川期趣味に、西洋世紀末デカダンの味付けをした作品で世に出たが、この頃は明らかに素材に詰まり、新しい創作の源を求めて支那や西洋に凝ってみただけではないだろうか。唯一、大正八年に発表した、紀行とも小説ともつかない「秦淮《しんわい》の夜」は、秀作である。これは南京の秦淮で藝妓を買おうとして、日本語の巧みな案内人を雇い、俥を走らせ、美しい藝妓を見出すのだが、値段が高いからというのでやめ、別の妓館へ行くのだがいい妓がおらず、案内者が、素人で春を鬻《ひさ》ぐ者がいると言ってそういう家へ連れていき、花月楼《かげつろう》という女に会うという話である。谷崎は、荷風を崇拝してはいたが、売春の情景を描いたものは、これくらいしかない。そして全体に、女を買うことへの谷崎の逡巡が見出される。

果して谷崎は、女を買ったことがあるのか。吉原に遊んだという話は出てくる。他にも、梅毒が再発したという精二宛の若い頃の手紙もあるが、梅毒に罹ったから薬を買う金が欲しいと言って家から金を貰って、それは嘘だったことがあると精二が書いて《(ママ)》いる。しかし今東光によれば、大正期の谷崎は薬瓶を携えて外出し、「電車の吊り皮につかまったり、階段の手摺りに触れたり、風邪を引いた人とすれ違ったりすると、たちまち血相を変えて携えたオキシフルで消毒するという臆病なほど神経質」(『十二階崩壊』一六六頁)だったと言う。東光は、浅草十二階下の淫売窟、魔窟の話を谷崎に聞かせるのだが、谷崎は面白がりながら足を運んではいない。もう一つ、「熱風に吹かれて」にこんな一節がある。

京都へ来てからいろいろの附き合ひで、娼妓を買はされる機会はあつたが、一度も関係を結ばなかつたのは、あながち彼が Prostitute を嫌つて居る為めとばかりは云へなかつた。彼の瞳は常に異性を凝視しながら、彼の生理状態は、いつしか放埒の報いを受けて性の欠陥を来たして居るらしかつた。しかし、彼は此の矛盾を一向苦にしないばかりか、却つて何の愛情も起らぬ旅先の女に、謂はれなく肌を犯される心配のない事を、寧ろ喜ばしく感じて居るのであつた。——もと〳〵神経の病的な作用に起因する現象であるから、自分の生命を打ち込む事の出来るやうな、立派な、価値のある目的物さへ見付かつたなら、自然と此の病弊は矯正されるに違ひなからう。

あるいは遥か後年の「雪後庵夜話」には、
私も遊廓や花柳界に足を蹈み入れて悪い遊びをしたことはあるが、決して世間が思ふほどそれに耽溺し、うつゝを抜かし、自己を忘却して恍惚となつたことはない。悪い遊びをする時は大概誰かに誘はれて、ついうか〳〵と引つ張つて行かれるのが常であつた。そして、大して面白くもなかつたのに友達の手前面白さうな顔をして、妙にちぐはぐな気持を抱いて帰つて来たことが多い。

とある。ところが、横浜時代のことを描いた随筆「港の人々」に、梶原覚造という謎の男が出てくる。昭和四年、岡本に住んでいた頃、『卍《まんじ》』を大阪弁に直すために雇われた高木治江の『谷崎家の思い出』に、こんな一節がある。

横浜から見るからにエロ漢という一言でつきる風貌の、頭のはげた赤ら顔の馬鹿太りのした五十がらみの貿易商人がやって来た。どうも本牧《ほんもく》で先生好みの女を探し出して来ては紹介する心面白からぬ人のようで、震災以来根城が神戸に移った。

「先生にピタリのが見当りましたよ」

と千代夫人の前で大ぴらに話し出した。

「覚さん！　あなた自身は女中専門でいてよくまあ、まめまめしく探せるわねえ」

「女中は一番美しい。血液は全く鮮血だからねえ。その段商売女はドス黒くっていかんですよ。……久しく無沙汰していましたが、先生近頃、この方はどうかね」

とニヤニヤしながら小指を差し出して夫人にぬけぬけと聞く。(六二頁)
これが梶原だろう。昭和十二年の、左團次・荷風との座談会では、梅毒がないはずはない、と発言しているから、やはり買ったことはあるのだろうが、極力得体の知れない娼婦を相手にしたくないというのが谷崎の本心で、だからこそ妻を必要としたのだろう。
ところで「秦淮の夜」は、「南京奇望街」の題で『新小説』三月号に出たのだが、『中央公論』四月号に、志賀直哉の「憐れな男」が発表されている。これは後に『暗夜行路』前編第二の末尾に組み込まれるのだが、時任謙作が苦悩の果て、娼婦を買ってその乳房を摑みながら、「豊年だ！ 豊年だ！」と叫ぶ場面で終わっている。志賀は谷崎の三つ年上だが、大正中期から、一部で尊敬されていた。昭和に入ってから、谷崎と志賀は親しくつきあうようになるが、谷崎が嫌った漱石以上に道徳的なその作風をどう思っていたかは、まったく分からない。谷崎の他人への評価は、追悼文を見ると分かることが多いが、志賀は谷崎より長生きしてしまった。一方、翌大正九年になると、芥川が、谷崎の支那趣味に影響されて、「南京の基督」や「杜子春」を発表した。「南京の基督」は、明らかに「南京奇望街」の影響を受け、しかもそれを道徳化したものだ。芥川は、谷崎の「ハッサン・カンの妖術」に刺激されて、ハッサン・カンやマティラム・ミスラという作中人物がそのまま出てくる「魔術」を書いた。しかしこれも、少年読物という性質もあり、教訓的な話になっている。谷崎は芥川の、和漢洋にわたる教養は認めていたが、こうして自作が教訓的・道徳的に作り替えられていくのは、不快だったのではないか。そして最大の問題は、日本古典に材を採ったものも含め、後世まで読み継がれたのは芥川の作品の方で、長く生きた谷崎は、それを自ら目睹《もくと》しなければならなかったことだ。

なお谷崎は、『中央公論』昭和三十年新年号に「老いのくりごと」（後に「老いのくりこと」と改題）という随筆を書いて、こう言っている。

昭和廿一年頃の或る新聞に、郭沫若《かくまつじやく》氏の言として、「日本人がわれ〳〵中国人のことを支那人と呼ぶのは不愉快である。これは彼等が中国人を馬鹿にしてゐる証拠であつて、今後は宜しく改めてもらひたい」と、――言葉の通りには覚えてゐないが、さう云ふ意味のことを書いてゐるのを読んだことがあつた。そして私は、日本の事情に精通してゐる郭氏のやうな人でも矢張さう思ふのかと、意外に感じた。中国人がそんなに不愉快に思ふものなら、われ〳〵は何も好んで支那と云ふ言葉を使ひたくはないし、戦後は努めて「中国」の語を使つてゐることも事実である。しかしわれ〳〵、少くとも文壇人は、欧米人がチヤイナと云ふのと同じ気持で支那と云つてゐるので、戦争前だつて決してその言葉に軽蔑の意味を含ませてはゐなかつた。それに、「中国」と云ふ地名は古くから日本内地にあるので、それと紛れ易くもある（後略）

私も同感だが、同文同種の誤解を避けるため、当時の表記に合わせる場合以外は、シナと片仮名表記をする（本文庫版では近代については中国を使うことにした）。

さて、大正七年末に帰国した谷崎が、どこに住んだかはっきりとは分からないが、本郷菊坂の菊富士ホテル、当時文士や藝術家が投宿するので有名だったホテルにいたようで、石井漠夫人の八重子に、リスの毛皮を土産に持ちかえって、オーヴァーに仕立てさせたという（近藤）。しかし八年（一九一九）一月には、父が脳溢血で倒れたため、蠣殻町の実家にいたのは確かだ。五日から二月三日まで、「美食倶楽部」を『大阪朝日新聞』に連載。谷崎自身は美食家というより健啖家で、糖尿病だというのに晩年まで猛烈な勢いで食べたという。また一月から二月まで、「母を恋ふる記」を大毎東日に連載。この頃上山草人は米国へ渡ることにしていて、最後の公演「リア王」をやっているので観に来てくれと連日電話が掛かったが、とうてい行けなかったという。二月二十四日、父は死去するが、その二日後、草人は妻の山川浦路《うらじ》とともに米国へ渡って行った。倉五郎、享年六十一、「お関」と妻の名を呼びながら死んだという。父の死によって潤一郎は谷崎家の戸主となり、終平の親権者となったが、父の看病に来ていた伊勢もそのままこちらにとどまった。三月、蠣殻町の家は親戚に渡して、妻子と終平、伊勢を連れて、本郷区曙町十番地（現文京区本駒込一―一七―一八）に転居した。妻子はかくして、一年半放置されていたことになる。

面白いのはこの月、久米正雄が『痴人の愛』と題された短編集を出していることだが、中にこの題の短編はない。後に谷崎が長編の題名に借用したのは周知の通りだが、当時、ストリンドベルィの長編が木村荘太によって『痴人の懺悔』として翻訳されており、これに倣ったのだろう。「痴人」の語自体は、明治二十年の須藤南翠《なんすい》の小説『痴人の夢』に既に現れている。

新居は現在の東洋文庫のあたりで、近くの駒込神明町に佐藤春夫が住んでいた。果して佐藤は足繁くやってきたが、そこで見たのは、癇癪を起こして千代をステッキで撲《なぐ》る谷崎の姿だった。今なら紛れもない家庭内暴力だが、当時、夫が妻に暴力を振るうのは、知識人であってもさほど珍しくなかったようで、「熱風に吹かれて」の中に、夫が妻を衣紋竹《えもんだけ》で撲る場面がある。それを見た友人が「一体どうしたんですね」と訊く、その呑気な言い方でも分かるし、夏目漱石が、幼い息子を杖で殴りつけたのも、よく知られている（夏目伸六『父・夏目漱石』）。『中央公論』の五月号に載せた「呪はれた戯曲」は、劇作家を主人公に入れ子構造になっているが、妻殺しが主題で、この後谷崎は、「或る少年の怯れ」（同年『中央公論』九月号）、「途上」（大正九年『改造』一月号）で妻殺しの主題を繰り返し、それは実生活での千代への嫌悪の反映であった。

この頃、前後して二人の美青年が谷崎の許を訪れている。一人は今東光、二十二歳、一人は高橋英一、十七歳である。東光の父は、日本郵船の船長今武平《こんぶへい》で、日本人で初めてヨ

今東光

ーロッパ航路を開いた人だが、東光はその長男、本名である。関西《かんせい》学院に通っていたが、喧嘩と女遊びに明け暮れる不良で、谷崎らの文学に心酔して上京、佐藤春夫が谷崎に紹介したのだ。十一月に『新潮』に発表された谷崎の「秋風」は、塩原温泉で家族とせい子で滞在していると、後から東光がやってきて（それと名は書いていないが）、千代と鮎子は東京へ帰り、せい子、東光と遊び戯れるという牧歌的小品である。しかしこの牧歌の裏には、悪夢のような現実があった。

佐藤は谷崎と絶交した後に、その経緯を書いた小説「この三つのもの」を『改造』に連載しており、仮名を使ってはいるがほぼ佐藤が見聞きした通りに事実を書いたものだ。それによれば、谷崎は、おそらく妻子を実家へ預けた頃、十六歳のせい子と情交を結んでいた。せい子は「まだほんの小娘だつた。少年とも少女ともつかないやうな肉体をしてゐた。僕には女ではあのころの中性的な様子が最も魅惑的なのだ」と谷崎は言ったという。さながら、光源氏が若紫に対する、あるいはナボコフの『ロリータ』のようだが、一九五八年に『ロリータ』がニューヨークで出版された際は（パリでは五五年）、ドナルド・キーン宛書簡（番号六〇一）で、近いうちに日本でも紹介されるだろうから楽しみだ、と言っている。せい子は長姉の初子に似た妖婦型の性格で、それを谷崎は助長し育てたのだという。このことに千代はまったく気づかなかった。気づいたのは、初子、石川サダ、笹沼夫人くらいで、千代にそれとなく言ってみたが取り合わなかったという。しかも東光もせい子が好きで、結婚したいという旨を佐藤を通じて谷崎に伝えたが、谷崎は東光とせい子の仲いいのをよいことに千代をごまかし、自分は横浜にいる女優を愛人にしていると思わせていた。

　大正八年五月二十六日、三十日には、芥川と二人で遊び歩いた様が、芥川の「我鬼窟日録」に描かれている。七月七日には、小村雪岱《せったい》宛書簡で、短編集『近代情痴集』の装幀について相談し、八月四日には荷風を訪ねてその序文を頼んでいる。この月、水島爾保布《にほふ》挿画の『人魚の嘆き　魔術師』を刊行。さて、谷崎とせい子の関係に遅まきながら気づいたのが佐藤春夫である。佐藤は当時、米谷《まいや》香代子という女優と同棲していたが、彼女と別れたいと思っており、むしろ千代への同情が募っていた。この年七月頃か、北原白秋が小田原に「木菟《みみずく》の家」を建てて移り住んでいる。今も残る

『近代情痴集』新潮社　小村雪岱による表紙装画

『人魚の嘆き　魔術師』春陽堂　水島爾保布による装幀および挿画　大正8年

伝肇寺《でんちょうじ》の隣で、今は「みみずく幼稚園」が建っている。十二月、谷崎一家は、白秋の勧めで、小田原十字町三丁目七〇六番地（現小田原市南町二―三）に転居している。娘の鮎子が気管が弱かったので療養を兼ねてのことだという。現在その近くに小田原文学館が建っている。大正九年（一九二〇）一月から、支那趣味を用いてバルザック風の長編をめざした「鮫人《こうじん》」を『中央公論』に隔月連載し始めた。三月、伊勢の結婚式。四月から『改造』に、評論「藝術一家言」の連載を始め、名作とされていた漱石の『明暗』を厳しく批判した。

四月に、東洋汽船社長・浅野総一郎の息子良三が出資者となって大正活映という映画会社が作られ、谷崎はその脚本部顧問として参加した。新しもの好きの谷崎は、当時活動写真といった無声映画に強い関心をもち、しかし日本では、目玉の松ちゃんこと尾上松之助の出る、お笑い時代もの映画が全盛だったため、ハリウッド映画のようなしっかりした藝術的な映画を作りたいという野心を抱いていた。もっとも、谷崎が脚本を書き、米国帰りの二世の監督トーマス栗原喜三郎が監督した「アマチュア倶楽部」は、若者たちのドタバタ喜劇風である（大正九年十一月封切）。その主演をしたのが、葉山三千子の藝名を与えられたせい子で、お転婆娘の役だったが、谷崎はまず、せい子を女優デビューさせたかったのだと言われている。この映画に端役で出演したのが、高橋英一（岡田時彦）と、後の内田吐夢《とむ》であった。

＊　ただし「晩春日記」の日付には、ずれがあるので修正した（細江、二〇〇三）。

第五章　小田原事件——佐藤春夫と妻千代

この頃起きた小田原事件については、佐藤春夫が「この三つのもの」に書いているが、佐藤の記述は、時期がはっきりしない。はっきりしているのは、大正九年（一九二〇）五月二日に北原白秋家で起きた「地鎮祭事件」である。白秋の妻章子《あやこ》は、いくぶん精神に異常があったようで、白秋が家を新築し、その地鎮祭を行ったのだが、妙なお祭り騒ぎになったため、眉を顰める者もあり、その日、弟鉄雄や友人山本鼎《かなえ》が、章子が白秋をダメにしていると責め、白秋と口論になった。その間、章子は、前から好もしく思っていた雑誌記者の池田林儀《しげのり》と車で「駆け落ち」し、近くの谷崎家へ転げ込むのである（北原、瀬戸内晴美）。白秋は、谷崎にとりなしを頼むが、谷崎がさっさと離婚させてしまった（離婚届二十五日）ので、白秋は谷崎に不快を抱いたという。章子は、終生、男とくっついたり離れたりを繰り返したが、谷崎家に滞在中、目敏く谷崎とせい子の関係に気づき、千代にこれを告げたという。五月九日、岩野泡鳴死去、四十八歳。同じ頃、上山草人夫婦が日本に置き去りにした娘袖子が死んで、谷崎、白秋、佐藤の三人で葬儀の手配をしたという。白秋と谷崎が「絶交」したという見解もあるが、そうではなく、何となく疎遠になったというだけだろう。二十九日に谷崎は新宮《しんぐう》の実家に帰っていた佐藤宛、袖子の葬儀の費用について手紙を書き、「西村伊作君によろしく」と付け加えている（書簡7）。西村は佐藤と同郷の建築家で、文化学院の創設者である。大正八年、小田原に「世界人の家」という藝術家が住む理想郷の建設を考えており、谷崎、白秋とともに土地を見て回ったという（加藤百合）。この構想が変化して十年の文化学院創設になる。この頃佐藤は谷崎宛に「千代よこせばなほ結構」と冗談交じりに書いてきたという。六月、佐藤は、台湾・福建旅行に出発した。

佐藤春夫　大正末年頃

六月三十日に、谷崎は箱根塔之沢で久米、長田秀雄、近松秋江、秋聲、里見らと遊んで一泊しており（秋江「函嶺浴泉記」）、七月十二日に箱根宮之下の紅葉館から楞陰宛に手紙を書いており、八月十日には大阪朝日新聞の春山武松宛に、五月から健康が優れず二カ月ほど箱根で静養していたと書いているから、この間ずっと箱根だったのかもしれない。そのせいか、「鮫人」は構成に破綻を来たし、十月号で中絶した。「アマチュア倶楽部」の撮影は、七月から鎌倉由比が浜で始められたとされているが、だとすると谷崎が顔を出したのは八月以降ということになる。

十月、佐藤は大阪港へ帰ってくると、小田原へ直行した。そして千代からせい子のことを訊かれ、二十二日、千代と佐藤は連れ立って白秋を訪ねて確認しようとするが、白秋は逆に、佐藤の千代への気持ちを探ったという。佐藤が「この三つのもの」で書いているのは、この旅行から帰った後のことだろう。佐藤は谷崎から、千代を譲ってもいい、自分はせい子と結婚すると言われる。それまでは、せい子は妾のような状態にしておくと言っていたのだ。十一月十七日に、佐藤と千代を小田原へ呼ぶ谷崎書簡があり、ということは千代は、京都の江口章子のところか、新宮の佐藤のところにいたのではないかとたつみ都志は推定しているが（たつみ、一九九三）、佐藤のところではちと問題だろう。佐藤は香代子との関係を清算し、鮎子の面倒も見ることで話がつき、谷崎とせい子は箱根で、佐藤と千代は小田原で話し合いをする。「この三つのもの」は、その辺で中断しているが、その後のことは、いくつかの証言や文章と、一九九〇年代に発表された佐藤と谷崎の往復書簡によって分かる。谷崎は、せい子から結婚を断られた。せい子は高橋英一が好きだったようだ。そこで千代が惜しくなった谷崎が話をなしにした、と言えば簡単だが、それだけではない。佐藤が千代を口説き始めると、性は知っても恋を知らず谷崎に連れ添ってきた千代は、初めて恋の味を知り、見違えるような美しさを湛えるようになった。それを見て、惜しくなったのだと谷崎は言う（「佐藤春夫に与へて過去半生を語る書」）。この時の話し合いの後の様子が、十二月四日の谷崎から佐藤への手紙に書いてある。

あれから暗い濠端の道を歩きながら、お千代はシクシク泣いてゐた。家へ帰るまで泣き通した。君のことを思つてゐるのではあるが、やはり彼女は悪魔ではない、イジラシイ女だと云ふ気がした。

僕は君に済まない事をしたと思ふ、つくづく済まなかつたと思ふ。その感じが、帰る路すがら本当に強く涌き上つた。淋しく、独りで帰つて行つた今夜の君の様子を思ふと、おせいに別れる時と同じやうに辛かつた。どうぞ許してくれ給へ。（略）

余り君に対して堪へ難い気持ちがするので、此の手紙を書く。お千代も傍に居て、この手紙を読みながら泣いてゐる。（千葉、一九九三）

しかしこんな風に同情されたのでは、佐藤は怒るに決まっている。向こうから憐れまれた上、千代が傍らで泣いているなどと言われて、納まるはずがない。谷崎ほどの者でも、己れの感傷に溺れて、佐藤の立場を顧慮できなかったのだ。佐藤は怒り、しかし千代への思いを断ち切れずに、澤田卓爾が滞在していた小田原の養生館に青木貞吉の変名で泊まって翻訳の仕事などをしていたが、十二月、いったん新宮へ帰った。同月、泉鏡花の原作を谷崎が脚色した映画「葛飾砂子《すなご》」が封切られ、滅多に映画を観ない鏡花も観て「大変結構です」と言ったという。

翌大正十年(一九二一)一月から、『潤一郎傑作全集』全五巻が春陽堂から刊行され始める。二十二日、佐藤は小田原へ帰ってきて、千代と会った。その後の書簡から推定すると、その日千代は上京し、翌日、佐藤も後を追って上京、二十五日に佐藤が小田原へ戻ると、千代から電話が二度かかってきたと聞き、待っているとまた電話があるが、二、三日うちに行くと言われてがっかりしている。もう、すぐにでも千代に会いたいほどに佐藤は熱していたのだ。『定本 佐藤春夫全集』に収められた一月二十八日の手紙は、恐るべき長さで、封筒がないから、実際に出されてはいないのだろう。もう六日、千代に会えない苦しみが綴られている。

あなたは私がどんなにあなたにこがれて居るかを察してくれないと見えますね。私の今生きてゐるのぞみは、あなたを一目見ることです、あしたは来てくれるか、その次の日にも来てくれるかとそればかり考へて、外の事はちつとも手につかないのです。私は五分間とあなたのことを忘れたことはないのですよ。私は一さう忘れてしまひたい。胸がいつぱ〔い〕で鉛か何かでも飲んだやうに重くるしくて、こんな日が半年もつづけば自然と死んでしまひさうに思へる。死ぬなら死んだ方がいい。若しこの苦しさが忘れることが出来ず、それで自然死にもしなかつたら私はこの苦しさからのがれるために死んでしまひたい。私はよく自分で死ぬことを考へる。——ほんとうにあなたなしに私はどうして生きて行けばいいだらう。私は一年半以上もあなたの事を思ひつづけて来た。そ〔の〕うちで半年はあなたの事を思ひつめて来た。あ〔な〕たに私の心をうちあけてからもう三月になる。私はその三月の間、操を守つてゐる。女のそばへよつた事はない。これでも私の恋は浮気でせうか。

この後に、それまでの経緯が綿々と綴られており、

ずい分へんな手紙で何のことを言はうとしたのだかわからない事になつたが、私がどんな風にいつもこの事を考へつづけてゐるかといふその心の働きぐあいでもわかつてもらへるでせう。私がつつましくひかへ目にしてあなたのことを思ひつづけて来たことは、自分で自分を考へても涙ぐましくなるほどです。書きたい事で書かずにしまつた事は沢山ありますが少しほつ〻としたからもうやめます。口で言はねば思ふやうには言へません。唯一つこのことだけは書き加へます。谷崎が今どんなにあなたを愛してゐるからと言つて、私のあなたに対する愛は決してそれより弱いものではないといふ事です。何しろ、

逢ひたい。逢つて話したい。それにつけてもいつもあなたをそばへ置いて、勝手な時にあなたをよびつけて話したり、それ以上の何でも出来る谷崎といふ男はなんといふ幸福な男だらう。あんなにあなたをいぢめてさんぐ〵な事をして置いてしかもなほあなたから愛せられてゐるのです。私はこれだけ一途に思ひつめて、あなたのためには何を言はれ何をされても笑つて忍んで来たのに、それでもなほはかりにかけて谷崎よりも私の方が軽いのですか。私はこの上にも、何でもします。世間の名誉、何も僕はほしくはないのです。えらくなりたくも何ともないのです。ああ、ただあなたの愛がほしい。思ふ充〔存〕分あなたを愛して見たい。しかしその望も何もないのか。私はかうして、あなたを気の毒に思ひ、さてはあなたを恋しいと思つたばかりに破滅しなければならないのだらうか。僕にはわからん、その理由がわからん。僕は神をも仏をもないものだと思ふ。あるものなら呪ふ。呪つて、呪つて呪ひが自分に返つてくるものなら身に返つて来い。こんな苦しい、悲しい目に会ふより呪ひを受けて死ぬ方がまだしもいい。また胸がくるしくなつて来てもう書くのもいやだ。

佐藤、二十九歳である。翌二十九日、続けて書いている。

谷崎を一人ぽつちにして置くのは可愛さうで私を一人ぽつちにして可愛さうでないのか。

なるほど私には親がある。しかしどこの親が三十にもなつた男が失恋して仕事が手につかぬといふのを聞いて同情するものか。ただ叱るだけだ。

そして、谷崎が自分をあちこちで笑い物にしていると憤り、

あなたが谷崎に、金さへいつまでもくれれば、いつまでも谷崎が自分に帰つて来てくれるのを待つと言つた時に、谷崎はそのことを僕に告げて、面のにくいほどやにさがつてゐた、僕はその時谷崎といふ男の品性をいやな男だと思つた。自分がすてた女がいつまでも自分を思つてゐるといふことに苦しみを感ぜずに、反つて得意さうにしてゐたからである。しかしその反対に、僕はあなたをゆかしく思ひ、そんなに深くあなたから思ひ込まれてゐる谷崎をねたましく思ひ、それにつけても僕の女房になつたことのある女たちのことを考へ出すとくやしくさびしくてならなかつた。

（略）

私はあなたと夫婦になつて、あなたに僕の子を生んでもらつて、静かに平和に一生をおくりたい。それより外には何の希望もない。私はそれを今日や昨日思ひついた事ではない。あなたと谷崎とは子供のことをいふ、それはちようど人生の幸福の戦で敗けてゐる人間の前で戦利品を見せびらかすやうなものだ。それだけはどうぞやめて下さいあまり

無慈悲だ。

ところがその翌三十日、千代から、佐藤が小田原にいることを谷崎に教えたという手紙が来たようで、佐藤は嬉しくなり、三十一日朝、千代が来ないかと海岸の方を見ていて、それから白秋の所へ話に行き、夜、再び手紙の続きを書いている。

ただ恋しい。恋しいあなたのために廃人になつてもいいやうな気もする。あなたが僕のそばに居てくれない一生は、僕にとつて結局それだけで破滅なのだ。涙が出て来て思ふことが書けない。僕はあなたの恋しさと、谷崎に対するくやし〔さ〕と、自分の一生がこうして無駄になつてしまふと思ふ切なさとで毎日すくなくとも二度は泣く。ひとりで泣くのだ誰も僕と一緒には泣いてくれない。さびしい。かう書いてゐるとまた涙が出てくる。あまり切ないからもう書くのはやめる。

まだ続くのだ。「今度谷崎からどんな手紙を貰つても私は、谷崎と和解するつもりはない」「谷崎といふ字を書くのも腹が立つ。この〔れ〕からあの男といふ」。

ところが翌二月一日、千代が会いに来た。短い逢瀬だったが嬉しくなった佐藤は、手紙を書き足し、いろいろ邪推して悪かったと言っている。

さうさう。今朝がた夢であなたと夫婦になつた面白いたのしい夢を見たつけが話すのを忘れてゐた。（略）僕の夢といふのはあなたが十八九でね——そんなに若いけれどもやつぱりあなたなのだ。さうして僕もやつぱり二十三四位に若いのだ、と思ふとやつぱり僕だけが今ぐらゐの年なのだ。さうして二人はどうしてだか、紀州の僕の家にまだ夫婦ではなく住んでゐて、紀州の家といふのは紀州の家とそつくりの石の門や玄関がありながら（略）………何だか目がさめた。それでもお千代さんと夫婦約束のあることは本当のやうな気がしてうつとりと半分寝てゐて目がさめた——さめて非常にさびしく、涙が少し出たが、それでも何となくそんな夢でも見たのがうれしく、お千代さんに逢つた時話さう。この夢は忘れてはいけない——と思ひながらまた眠つたら忘れてゐた。

三日、千代は、今度はせい子とともに会いに来たが、佐藤に色よい返事は与えなかった。佐藤は再び手紙に続きを書き「病気をあれほど恐れてゐる男が病気のおせいにやすやすと、さう誘惑される筈はない」「あなたは一日一日と僕を去つて、谷崎としつかり結びついてゐる。何のことはない、僕は谷崎とあなたとの仲のよくなる道具につかわれてゐるやうなものだ。（略）そんな事をするほどなら殺して下さい」。この後佐藤は、新宮へ帰って心の疵《きず》を癒していたらしい。

その二月末頃、『新小説』三月号に発表された荷風の「雨瀟瀟《しようしよう》」を読んだ谷崎は、荷風の独身生活の孤独陰惨さを察して慄然とし、「当時私は、家庭の事情から自分も或は孤独生活に入るのではないかと思はれたので、四十過ぎてのさう云ふ佗びしい遣る瀬ない独身男の哀れさを、人事ならず身に沁みて読んだ」(「『つゆのあとさき』を読む」)と後年書いているから、佐藤の肉迫で千代が行ってしまうのではないかと恐れていたようだ。谷崎は、千代が嫌いだと言いつつ、いざ独身生活をするとなると耐えられないようで、それが後年千代を佐藤に譲った後の行動に現れている。その辺は、一般の我が儘亭主とあまり変わらない。

葉山三千子ことせい子は、谷崎が高橋と結婚させようとしたが、高橋が土壇場で紅沢葉子と逃げて成立しなかったと言う(松本慶子)。真偽の程は定かではない。江川宇礼雄という美男俳優とも恋仲だったらしいが、後に前田則隆という売れない俳優と東京で同棲していたことは前に書いた。昭和六年、映画に端役出演して、女優としては終わった。谷崎の映画の方は、二月頃、「邪教」という脚本を書いていたが、大本教《おおもときよう》弾圧事件があったため中止し(終平、一九八九)、続けて、鮎子を主演させた『雛祭の夜』(大正十年三月)、上田秋成の原作を脚色した『蛇性の婬』(同九月)と製作が続いたが、十一月に大正活映が松竹に買収されて経営方針が変わったので、谷崎は手を引いた。谷崎が直接関わった映画は四本だが、いずれもフィルムは残っていない。『葛飾砂子』はシナリオもない。『雛祭の夜』も、鮎子を主演させるためのようなたわいない童話劇で、一番成功したのは『蛇性の婬』だろうが、後の二作は谷崎自らカット割り台本を書いており、身の入れ方が分かる。なお高橋英一は、「雛祭」と「葛飾」に、野良久良夫《のらくらお》というふざけた藝名で出演しており、谷崎が岡田時彦の藝名を与え、二枚目俳優として活躍したが、昭和九年、三十三歳で没し、谷崎は戒名を与え、弔辞を読んだ。一人娘の鞠子が後に女優になった時、岡田茉莉子の藝名を与えたのも谷崎である。

大正十年、『改造』四月号に、谷崎は、後に自ら、最も自信があると書いた（「春寒」）短編「私」を載せた。なお江口章子と駆け落ちした池田は、この頃ドイツに渡っており、以後の章子の遍歴の生涯は、瀬戸内晴美『ここ過ぎて』などに詳しい。四月、白秋は、三度目にして終生の妻となる佐藤菊子と結婚した。五月半ば、谷崎はドイツ表現主義の映画「カリガリ博士」を観て「『カリガリ博士』を見る」を発表している。二十日頃、谷崎から東京の佐藤へ、会いに来いと手紙をやったが、行かないと返事が来て、二十五日、千代宛に、冷淡な調子で、「先日は、御はがきで御主人が話があるから来いとの仰せでしたが」と始まる手紙を出し、「私はまだあなた方と絶交するだけの考は持ちません。併し、あなた方は私をただの友だちとお思ひにならないやうに願ひます」とある。二十八日、谷崎は手紙を書き「僕は此の頃、君に対する反感と憎悪から出来るだけ逃れ出たいと思つてゐる」「一度会つて見たいと思ふ」「そして此の間のやうなゴマカシの和解でなく、真の和解が成り立てば猶結構だが、不幸にしてさうならないにしてもゴマカシのまゝ放つて置くよりは僕には気持ちがいゝ」としているから、この間に、何らかの交渉があったのだろう（書簡7）。

三十日、佐藤は、長い手紙を書いたが終わらないので書き直し、君は口がうまいから会って話すのは嫌だ、手紙なら書こう、としたが、翌日書き足し、「谷崎君、やはり僕は君と永遠に戦はう。（略）ゴマカシの和解がいやならどんどんぶち壊さう」云々と書き、千代宛に「お千代さん。この手紙と一緒に谷崎君へ僕から絶交状と挑戦状とを兼ねたやうな手紙を上げました。従つてあなたともこれつきり敵味方になるわけです」云々と書いて出した。六月六日、谷崎から、せい子が来て、今度の問題を君が発表すると聞いたが、事件や人物がそれと分かると困る、もう一度会ってゴマカシでも何でも和解の努力をしたい、と書いている。七日、佐藤は、君はおせいにかつがれているのだ、僕は事件を発表するつもりはない、今しばらくゴマカシの和解で勘弁してくれ、お返事を待つ、と答えている。おそらく谷崎はその返事を待たず、九日に、留守中にやってきて、おせいの監督が足りないだの僕に会って忠告してやるだの、伯父さんのような口を利くのはやめてくれ、という手紙を書いているが、佐藤の返事を受け取り、十日に、なるほどせい子を信じたのは軽率だった、いま江口章子が来ているから落ち着いたら相談しよう、と手紙を書いている（『定

本　佐藤春夫全集』註）。十六日に再び佐藤宛に手紙を出し、雑誌『人間』に自分らのことが出たが、文壇というのは下劣な連中の集まりだ、里見弴《とん》はもう少し分かった男かと思っていた、なお精二の所へ行っていろいろ話さないでくれ、とある。『人間』は、里見と久米が出していた雑誌で、その六月号の演劇をめぐる座談会で谷崎と佐藤の作品評が出ている。佐藤は精二を訪ねて、いかに谷崎が千代に対して横暴か話していたようだ。だが十八日、谷崎は、「君がお千代によこした手紙を見た。お千代が君に通信していゝか悪いかは別問題として、あゝ云ふことを直接僕の妻に云つてよこすこと、それ自身が僕には面白くない」と怒っている。

この間に佐藤は、文化学院で講師を務めていた與謝野鉄幹・晶子夫妻に会いに行くと、白秋から話は聞いているからすべて語れ、と言われたようだ。佐藤はおそらく谷崎の手紙を見て、二十日に谷崎に、「相手の自分に対する気持ちを無視して或は見やうとせずに自分だけのいいやうに振舞うといふこと、相手の心持が後にわかつて狼狽するといふのが君の悲劇の根本ではなかつたらうか」と挑発的に書いている。二十二日、箱根から帰ってきて手紙を見た谷崎は激怒して、すぐ返事を書いている。「友人の妻たる人を思つてゐること、並びに今後もその人との通信を継続して、いつ迄もそれを忘れまいとすることを、而《しか》も僕に無断で、僕の妻に云つて来ることが、不正でなくて何だと云ふのだ、お千代もあの手紙が尋常でないことを認めて居る」「お千代はお千代の自由意志で返事を書かないだけのことだ。僕が干渉したと思ふのは、気の毒だが君のヒガミだ。君はヒガミをもとにして長〻と貞操論を書いたりしてるんだ」「僕は君を臣下扱ひにした覚えはないが、君がソンナ気がするなら、絶交するがい丶」、しかし、会うなら東京で会おうと、谷崎はなおも和解を模索していたが、翌日、追って手紙を書き、「君は僕を頼りに文壇に出たいと云ふ動機があつたと思はれる。（略）あの時分、君がどんなに僕にお世辞を使つたか、そして後になつてポツポツ悪く云ひ出したか、君自身で考へて見給へ」「僕はこの手紙を、君に耻をか丶せるつもりで書いた」と言う。これに佐藤が返事を出したようで、三十日、谷崎から「絶交か和解か、腑に落ちるまでは何遍でも会はう」と手紙を出したが、これ以降の書簡は見つからず、佐藤が絶交を宣言する手紙を書いたと見られている。これを小田原事件という。佐藤はその年七月、代表作とされる『殉情詩集』を刊行、序文に「情痴の徒と呼ばるるとも今ははた是非なし」と書き、中には、千代への思いを歌った「ある時人に与へて」も入っている。十一月号の『人間』には、千代を思う絶唱「秋刀魚《さんま》の歌」を発表し、大正十四年（一九二五）六月号『改造』から、「この三つのもの」の連載を始めた。

この間谷崎は、『中央公論』七月号に「鶴唳《かくれい》」、『改造』八月号に「AとBの話」を発表している。「鶴唳」は、その冒頭の、不思議な家と、鶴と少女に出会うという展開が、佐藤の「西班牙犬の家」に似たところがある。佐藤は西村伊作の建築論・コミュニティー論の影響でこの作品や「美しい町」を書いたとされるが、谷崎もやや伊作に影響されるところがあったのではないか（加藤百合）。七月には『蛇性の婬』の撮影で京都に行き、その古典美に感じるところがあったという。

第六章　関東大震災前後──横浜から関西へ

大正十年（一九二一）九月、谷崎一家（終平、せい子、石川サダを含む）は、潤一郎が小田原から横浜の撮影所へ通うのが不便だったため、横浜市本牧《ほんもく》宮原八八三（現中区本牧宮原）に転居した。このあたりは西洋人街で、右隣にはエマールというフランス人の独身者、左隣にはボリス・ユルゲンスというロシヤ人と、十六、七歳でその愛人のY子、後ろにはポルトガル人のメデイナというダンス教師の一家が住み、その後ろにトーマス栗原が住むという環境で、さらにその向こうには、西洋人相手の料理屋で、売春も営むキヨ・ハウスという卓袱《チャブ》屋があり、一家は西洋人とつきあったり、ボリス・クルッピンというロシヤ人にダンスを習ったりして、西洋風の生活に明け暮れた（「港の人々」）。川口松太郎はキヨホテルと呼んでこう書いている。

チャブ屋というと陰惨な感じに聞えるが、その実は大変に明るく普通のキャバレーと大差なく、広いホールがあってそのまわりに椅子テーブルが並び、女たちに頼めば何の酒でも持って来てくれる。売女ではあっても気に入らぬお客に呼ばれるとそばへ行かない。お客が泊って行きたいといっても相手にはならず、他の女を選ばせる。どの女も承知をしないとお客は怒って帰ってしまう。（川口、一九八三）

後に、せい子をナオミのモデルとした『痴人の愛』が、ここでの生活を写して書かれることになる。Y子については、「港の人々」に書かれているが、せい子が仲良くなったため一家でつきあい、千代らはその将来を心配していた。暮れか翌年一月、ボリスとY子は山下町に転居したが、それからも時々遊びに来たという。谷崎は戯曲「愛すればこそ」の第一幕を『改造』十二月号に、その第二、三幕に当たる「堕落」を『中央公論』一月号に発表した。

明けて大正十一年（一九二二）春、千代とせい子の末妹のすゑも同居するか出入りしていたらしく、古木《こぎ》鐵太郎という作家が編集者として原稿の催促にやってきてすゑと知り合い、後に結婚している（『古木鐵太郎全集』年譜）。今東光すら、これを谷崎の末妹の末と混同しているので注意されたい。この頃谷崎は、長崎の貿易商・永見徳太郎に初めて手紙を出している。永見は藝術家の生原稿や色紙を集めているパトロン的人物で、谷崎はのち上海旅行の途次永見宅に立ち寄っている（大谷利彦）。六月、戯曲「お国と五平」を『新小説』に発表、この生原稿を永見に贈っている。七月九日、森鷗外死去、六十一歳。同月谷崎は、帝国劇場で自作「お国と五平」の演出をしている。お国は河村菊江、五平は阪東寿三郎《じゅうざぶろう》、友之丞が十三代守田勘弥だった。しかし台本は検閲であちこち削られ、谷崎は検閲係の三木という者に会って話を聞いた。

谷崎は大正期に戯曲を多く書いており、特に大正十一年には四編書いていて、当時舞台監督と呼ばれていた演出の仕事にも意欲を持っていたようだ（観世）。大正期は新劇運動が盛んだったし、他にも山本有三、久米正雄のように、戯曲から出発した作家がいたが、華やかなことの好きな谷崎は、戦後も女優との対談や交遊を楽しみにしていたし、女優目当てということもあったかもしれない。「お国と五平」は、今でも歌舞伎で時々上演される。作家との交遊には熱心でなかったが、演劇人とはよく行き来しており、新派の花柳《はなやぎ》章太郎とも親しく、ヘンリー小谷という米国帰りのカメラマンの夫人を、今東光と三人で張り合ったりした。谷崎の戯曲中、最も堂々とした作は「法成寺物語」だろうが、昭和二年の上演に際して、演出の小山内薫に、どんどん余計な台詞は削ってくれと手紙を書いており（番号七九）、後に回想して、いざ上演してみると冗漫なのが分かったと言っている。演劇の方の才能はないものと諦めたようで、昭和八年の「顔世」を最後に、戯曲は執筆しなかった。戦後、三島由紀夫の戯曲の才能には感嘆したらしい。

大正十一年六月に『愛すればこそ』がベストセラーになったことは前にも触れたが、これは戯曲「愛すればこそ」ほかの作品集で、表題作は谷崎らしいけれど特にどうということのない三角関係ものだ。明治四十一年から日本に滞在していた日本学者のセルゲイ・エリセーエフ（一八八九—一九七五）は、ロシヤ革命後パリに亡命していたが、一九二四年にいち早く谷崎の短編集をフランス語訳し、翌年、この「愛すればこそ」を Puisque je l'aime として翻訳刊行しており、昭和に入ってから、ロシヤの日本学者ニコライ・コンラドが、これを露訳したいと言って来日し、谷崎と会い、『痴人の愛』を勧められて訳出している（エルマコーワ）。なぜ『愛すればこそ』がそんなに売れて、谷崎の代表作のように思われたかというと、時代背景があるだろう。大正十年九月から、英文学者厨川白村《くりやがわはくそん》が、『朝日新聞』紙上に「近代の恋愛観」を連載して大きな反響を呼び、十一年一月に改造社から単行本が刊行されてベストセラーになっている。これは、後々まで、あるいは今日なお支配的な恋愛至上主義を説いた評論で、その熱気の中で刊行されたために売れたのだろう。しかも「愛すればこそ」は、真の愛のために身を引くという犠牲的恋愛を描いており、その題名も良かった。当時、「愛すればこそ」は流行語にもなったという。

なお後に「佐藤春夫に与へて過去半生を語る書」（昭和六年）で、「大正十一年の春には、僕は彼女（千代）と娘とを伴つて両親の白骨を高野山へ納めがてら吉野や京洛の地に遊び、その翌年の春にも、娘の学校を休ませてまで京都から奈良へ連れて行つた」とある。しかし千葉俊二によると、この「十一年」は記憶違いで、谷崎の吉野における定宿《じょうやど》だった「サクラ花壇」（現在は「桜花壇」）の宿帳を見ると、大正十二年四月二十六日の条と五月十二日の条の間に、谷崎、外三名の名が見えるという。またこの年は母の七回忌に当たるので、その骨を納めに行ったのだろうという。そうなると「翌年」というのは、関西へ移ってからのことになるが、サクラ花壇の宿帳では二度目の吉野行きは大正十五年四月十五日以降、その時書いた色紙に「大正丙寅四月」とあるから四月だという（千葉、一九八〇）。なお大正十五年四月二十日には、京都の吉初《よしはつ》から、里見弴と遊んでいるという濱本浩宛の葉書が出されているから、十五日から十九日の間ということになろう。ところが二〇〇一年の『谷崎潤一郎必携』に載った千葉の「編年体・評伝谷崎潤一郎」では、やはり大正十一年吉野、十二年京都と奈良となっている。これは千葉の考えが変わったのではなくてかつての研究を忘れておられたのだそうで、千葉先生から訂正を頼まれた。ともあれ、小田原事件の傷を癒し、家族の絆を深めるために旅行に出たことは確かで、谷崎は続けて「大和路を法隆寺から帰る道すがら、とある草原に親子三人がうづくまつてげんげの花を摘んで暮らしたうららかな一日」とノスタルジックに書いている。

大正十一年『改造』七月号に戯曲「本牧夜話」を発表しているが、またしても妻殺しものである。小田原事件を経て、妻との和解に努めていたようだが、妻殺しのオブセッションは相変わらずだったらしい。『婦人公論』同月号に、「妹」という写真と谷崎の説明文が載っているが、「波多野女史が此れを出せと云はれたので出す気になりました」と書いている。波多野秋子のことで、こんなふうに記者の名を出すのは、谷崎が気に入っていたからだが、この頃は既に有島武郎との関係はできていたはずだ。なお妹といっても、これは小林せい子の写真である。八月に、尾上菊五郎一座で、谷崎の「永遠の偶像」を上演する予定だったが、検閲でまたあちこち削られたため、帝劇の今城や長田と警視庁へ行って、三木、林警部に面会し、理由を糺した。保安部長の笹井幸一郎が、上演中止にしたら、と勧告したので、それならはっきり禁止にしてくれ、と言ったという。谷崎としては、上演できないほどに検閲の手を入れておいて、はっきり上演中止としない当局側の曖昧な姿勢に腹を立て、「『永遠の偶像』の上演禁止」「脚本検閲に就いての注文」の二つの談話を発表している。八月十日の中根宛書簡では、この暑さと海水浴客がうるさいのとで仕事ができない、『新潮』の水守氏に原稿が遅れると伝えてくれとある（番号四五B）。これは作家の水守亀之助（一八八六—一九五六）のことだろう。

「妹」の表題で谷崎が撮影した小林せい子　『婦人公論』大正11年７月号に掲載

この月末、台風で家が被害を受けたため、また転居を考えはじめた。

九月十五日、ルビニ夫人という人物が訪ねてきて、声楽教師の職を見つけたので十月一日に神戸へ移るが、その前に最後の音楽会をやりたい、と援助を頼んできた。谷崎の聞くところでは横浜の人はみなルビニ夫人に困らされており、ゲイティー座へアンナ・パヴロヴァの一座が来るしほかにも音楽会はあるから成功は覚束ないと伝え、いったいいくら欲しいのか訊ねると、二百円要ると言う。ほかに有島生馬にも頼むと言っていたが、後は小野哲郎くらいしか思いつかず、その日箱根ホテルへ出かけて投宿した谷崎は、翌日生馬宛書簡でこのことを報せ、二百円の三分の一を出してくれと言っている（番号七二六）。しかし二十七日の生馬宛書簡（番号七二七）では、事情はよく分かった、とあるから、金がなかったのか。小野哲郎は、生糸貿易の小野商店を起こした小野光景の次男で明治二十三年生まれ、兄が早逝したので大正八年から家業を継いでおり、本牧に住んでいた。

十月、「わたしのやつてゐるダンス」を『女性改造』に掲載し、同月、一家は横浜山手二六七番A（現中区山手町）に転居した。これは谷崎が英語を習っているマラバー姉妹が住む家を借りたものだ。終平は早稲田中学に入り、牛込弁天町の精二宅に寄寓するが、たびたび横浜を訪れた。十一月に、「アヹ・マリア」を執筆しているのは、こういう西洋風の環境の影響が大きかっただろう（『中央公論』新年号に発表）。この頃、里見弴、吉井勇が幇間を連れてやってきたので聘珍楼《へいちんろう》に案内すると、その座敷に「多情仏心」という聯が掛かっていて里見が感心し、翌十二月から『時事新報』にその代表作「多情仏心」の連載が始まったという。『改造』新年号には、戯曲「愛なき人々」を発表。十二月二十四日、谷崎とせい子は梶原に招待されて横浜五十番の食堂のクリスマス・パーティーに出かけた。せい子はチャイナドレス姿で、アカシヤのお千代という美人の女将とその愛人の内藤らが客で、そこで踊ったという。夜九時半にはオリエンタル・ホテルの舞踏会が始まり、フランス人のピエールという男がせい子を待っているというので三人で出かけ、深夜二時三時まで踊りつづけた。大晦日には、グランド・ホテルで徹夜の仮装舞踏会が開かれるというので、千代と出かけた。千代も小田原事件でひと皮むけたのだろうか。ただし運動音痴の谷崎のダンスは、突進型だったそうだ。この時、撮影技師のアイリッシュという男と知り合った。

大正十二年（一九二三）が明けた。一月から『婦人公論』に、小田原事件を題材にした「神と人との間」の連載を始めた。また『東京朝日新聞』に「肉塊」の連載も始めた。同月、「神と人との間」の原稿を書くために箱根のフジヤ・ホテルに滞在中、市川猿之助夫婦、市川八百蔵、市川團子（後の三代目段四郎）と会い、みなで自動車で長尾峠へ行った際、地震があった。三、四月のある晩、「われわれの倶楽部」の観があった尾上町のアカシヤへ行くと、女将のお千代から、今年八月一杯のうちに、横浜が全滅するような地震があると小野哲郎が言っていたと聞かされた（『九月一日《いちじつ》』前後のこと」）。子供の頃からの地震恐怖症の谷崎である。谷崎のサロンには岡田時彦、内田吐夢、竹村信雄（俳優）、井上金太郎（映画監督）らが集まって、その頃上映されたチャップリンの『巴里の女性』が絶賛されたという。四月末から五月始め、家族と恐らく終平を連れて吉野へ遊んだ。五月には帝国劇場で「白狐《びゃっこ》の湯」が初演され、結婚前に初めて上京した森田松子が、この舞台を観たという。六月には川口松太郎（二五歳）が、花柳、喜多村緑郎《きたむらろくろう》とともに初めて訪れ、谷崎の自己の信念に従って生きる姿勢に感銘を受け、後々まで谷崎を敬慕し、第三の弟子と称するようになるが、「ただ一つだけ意外だつたのは、先生がそれほど美男ではなかつたこと」で、美しい文章を書く谷崎の顔は「美しさからは、はるかに遠かつた」と書いている（川口、一九五九）。喜多村一座の新派が、翌月「本牧夜話」を上演するので、その稽古を見に行った谷崎は、役づくりの参考に横浜へ行こうと、花柳、瀬戸英一、演出助手の川口、藤村秀夫、石川新水、松本要次郎を誘って出かけ、チャブ屋で酒を呑みダンスをしたという（大笹）。

七月四日、一カ月前から行方不明になっていた有島武郎と波多野秋子の心中死体が軽井沢で発見された。谷崎は秋子について「名妓の持つ眼」という追悼文を『婦人公論』に寄せた。谷崎は武郎とは特に親しくはなかったようで、親しかった弟の里見弴は、兄貴は女を知らないからあの程度のことで死んだのだ、と言っていた。後の左團次・荷風との座談会で荷風は、瀧田樗陰が手をつけていると思ったから、秋子とは飯を食う程度に止めていた、などと軽口を叩き、谷崎も荷風も、自分ならあれでは死なないなと言っている。

その月、千代、鮎子、せい子を連れて、萩原朔太郎とその二人の妹とともに榛名山に遊んでいる。八月二日からは、千代、鮎子、終平と、箱根小湧谷《こわくだに》のホテルに一月ほど滞在し、谷崎は仕事に、家族は遊びに夏を費やした。この時、新しく創刊される『女性改造』に原稿を頼むため、改造社の濱本浩（三四歳）が訪ねてきて、初めて谷崎に会った。以後、親しくつきあうようになる。二十七日、一家で横浜へ戻り、二十九日、『愛すればこそ』の印税を受け取りに改造社へ向かい、新橋駅で降りて歩いていくと、向こうからくる「H」に会ってしまい、「H」はその頃谷崎をモデルにした小説を書いたところだったので、お互い気まずい顔で行き過ぎたと書いているが、これは佐藤春夫だというのが定説だ。三十日夕刻、谷崎一人で、仕事のため箱根へ戻った。この時見送りに出た千代は、胸騒ぎを感じた、と泉鏡花が書いている（「玉造日記」）。小湧谷ホテルに一泊したが、飽きたので試験的に芦の湖畔の箱根ホテルに泊まったのが三十一日で、しかし洋室がなかったので不満に思い、翌一日朝十一時半に元のホテルへ向かうバスに乗った。バスが山道を走っていると、ひどく揺れる。谷崎はそれが大地震であることに気づき、「しめた」と思ったという。「汽車か電車で遭遇したいと願つてゐた私の希望は、自動車に依つて充たされたのだ。私は最初の一撃の来た瞬間を知らずに済んだのだ」。しかしこの運転手は怜悧で、いきなり止めるのは危険だというので、もっと安全な所まで敢えて走らせて、乗客を降ろした（「『九月一日』前後のこと」）。谷崎は小湧谷ホテルへ帰ろうとしたが道が壊れていたので間道を通ってたどりつくと、ホテルの外形は残っていたが、今にも崩れそうだったので、野宿すると、小田原の大火が見えたという。一般に「関東大震災」と呼ばれるこの震災は、被害が一番ひどかったのは神奈川県方面で、京神大震災とでも言うべきではなかろうか。

翌朝、横浜での知り合いのミス・マールマンと出会って、家族のことを心配しつつも、東へ向かう列車は不通のため、三島を越えて沼津まで出て、ようやく西行きの汽車に乗ったが、途中、遭難した場所を見たら、よく助かったと思ったほどで、箱根ホテルの部屋なども潰れていたという。谷崎は、運動神経は鈍いが健脚である。十七キロくらいは歩いただろう。当時、マスコミは現在のように東京に集中していなかった。五日朝、谷崎は大阪へ着き、芦屋にいた旧友の伊藤甲子之助を頼り、『大阪朝日新聞』に、地震遭遇体験を書いた「手記」を載せた。神戸から船で東京へ行こうとしたが乗せてくれる船が見つからず、二三日うろうろして、大阪朝日の内山から、同社神戸支局の岡成志《しげゆき》を紹介された。以後、岡の死去まで、浅からぬ縁を結ぶことになる（「三つの場合」）。九日、ようやく上海丸に乗って東京へ向かい、*十日、横浜に上陸、本郷西片町の東光宅に避難していた千代、鮎子、せい子と会い、十一日、杉並の谷崎平次郎宅へ移った。精二宅は無事だったが、終平はこまで会いに来た。それから、大森、荻窪など知人宅を泊まり歩き、二十日、品川から上海丸で家族を連れて神戸に上陸、二十七日に、京都市上京区等持院《とうじいん》中町の借家を、映画監督の牧野省三《しょうぞう》（マキノ省三）に保証人になってもらって借りて住んだ。石川サダは前橋へ帰った。この仮住まいの時期に、市川左團次が「浅利君」と一緒に訪ねてきてくれた、と

「旧友左團次を悼む」に書いてあるが、この浅利君というのは、左團次の妻で元藝者の浅利登美の姉、浅利たけの息子の浅利鶴雄（一八九七―一九八〇）で、後に三田英児の名で映画俳優になった。現在の劇団四季代表・浅利慶太の父である。二代目左團次には実子ができなかったので、慶太を三代目にする話もあって、幼い頃は市川家にいたそうである。登美、たけ姉妹の祖父は、剣豪として名高い浅利又七郎義信（一八五三年没）である。以上、浅利慶太氏のご教示を得た。

それから、震災を期に改造社京都支局に勤めていた濱本浩に家探しを頼み、あちこち見て回って、十一月に、左京区東山三条下ル西の要法寺塔頭《たっちゅう》に移った。この月、後に谷崎の妻となる森田松子が、根津清太郎と結婚式を挙げている。「神と人との間」は連載を中断したが、『婦人公論』十一・十二月合併号に「横浜のおもひで」、『女性』十一月号に「港の人々」を発表した。いずれも横浜時代を回顧する随筆で、のち併せて「港の人々」とされた。『女性』は大阪の出版社プラトン社の雑誌で、当時の編集長は直木三十五。震災を機に、文化人の中には関西へ移住した者も多く、小山内薫や川口松太郎もプラトン社に勤めるようになっていた。十二月、兵庫県武庫《むこ》郡六甲苦楽園《くらくえん》万象館（現西宮市苦楽園四―六―八）に転居し、長い阪神間の生活が始まる。なおこの地は、今は西宮市で、阪急苦楽園口からバスでずっと行ったところで、六甲ホテルというのが近くにあったが、今はないらしい。今神戸のほうにある有名な六甲山ホテルではない。『改造』新年号に戯曲「無《む》明《みよう》と愛染《あいぜん》」第一幕を発表。

大正十三年（一九二四）三月には、武庫郡本山《もとやま》村北畑字《あざ》戸政（現神戸市東灘区本山北町三―九―十二）に転居、これは現在の阪急岡本駅の近くである。この月、佐藤春夫が、赤坂の藝妓小田中タミ（多美）と結婚して、周囲を驚かせている。むろん佐藤としては、千代を思い切ってのことだったろう。そして三月二十日から、『大阪朝日新聞』に「痴人の愛」の連載が始まるのだ。これは連載中から大人気だったが、検閲当局から注意を受け、六月十四日を最後に中絶した。風俗壊乱が理由だが、当時、米国の排日移民法のため反米感情が強まっており、そのバタ臭い風俗描写が嫌われたのではなかったか、と後に谷崎は書いている。その連載中、山陰旅行へ向かう途次の泉鏡花が訪ねてきて、犬を怖がった。芥川も犬が嫌いだったという。それから鏡花を案内して大阪南地で小村雪岱《せったい》も呼び、案内役の井阪らと一席設けた。鏡花は七月から紀行「玉造日記」を『大阪朝日新聞』に載せ、千代の容姿、接待ぶりを褒めた。また谷崎は、六月二十八日、改造社から出す『新選谷崎潤一郎集』の校正を、「校正の神様」と呼ばれた神代種亮《こうじろたねすけ》に依頼する書簡を出している（永栄『評伝谷崎潤一郎』）。永井荷風の『濹東綺譚』の「作後贅言《ぜいげん》」を見ると、「去年の春神代帚《そう》葉翁《よう》の訃を聞いて」とある。この人である。七月にはタゴールの詩の翻訳「世界は書籍なり」を『女性』に載せた。英訳からの重訳である。これ以前にも、芥川との共訳で、ゴーチェの「クラリモンド」をラフカディオ・ハーンの英訳から重訳している。この七月には、

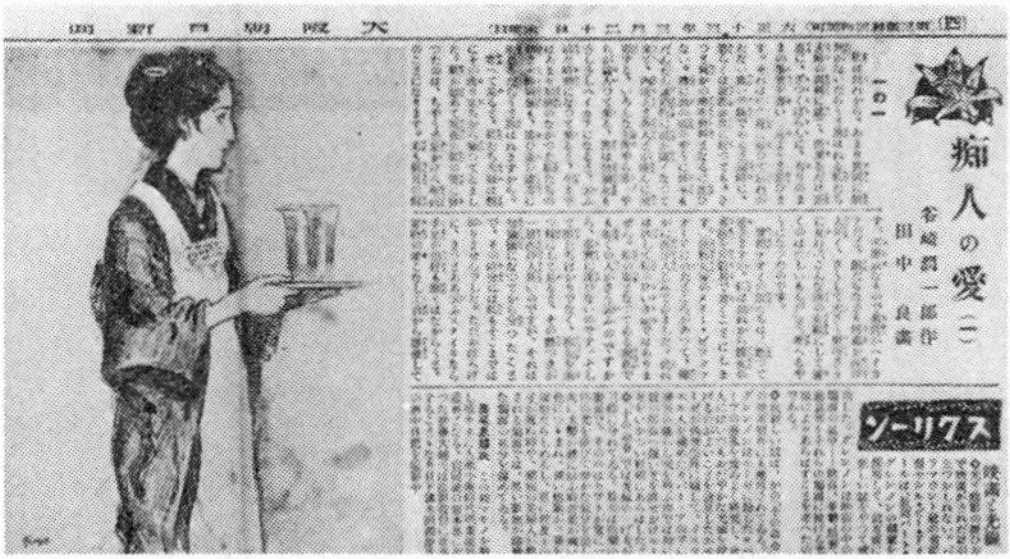
痴人の愛（一）
谷崎潤一郎作
田中良畫

「痴人の愛」連載第一回　田中良による挿画　『大阪朝日新聞』大正13年3月20日

宝塚大劇場が完成した。

ところで前年、小湧谷のホテルで谷崎一家は、鉱物学者として名高く、三年前に没した和田維四郎《つなしろう》の一家と親しくなっていたが、この年の夏、谷崎が、妻子と、前に触れたとおり病気で関西へ来ていた終平を連れて有馬温泉へ行くと、その維四郎の息子の一人、六郎が来ていた。東京薬学専門学校の学生で二十一歳の美青年、千代以下四人でよく遊び、終平は六郎と親友になった。後に大坪砂男の筆名で探偵作家になる人物である。東京は復興が進み、九月には小山内が東京へ戻った。他の文化人も漸次帰るなか、谷崎は関西に残ったのである。九月一日には、木下杢太郎がヨーロッパ旅行を終えて神戸港へ帰国した。肺尖カタルに罹って転地のため谷崎宅へ来ていた終平は、この頃肋膜炎で、甲南ホームというサナトリウムに入所していた。この九月から十月までの濱本宛書簡を見ると、佐藤紅緑《こうろく》が何か頼んできて、谷崎も当初は協力したのだが、紅緑の手紙で腹を立てたらしく、手を引くと言いだし、もともと紅緑は認めておらず、濱本への義理で推薦しただけだ、と言っている。『女性』に、十一月号から翌年七月号まで、「痴人の愛」を続きから連載した。雑誌と新聞では検閲の厳しさも違うということか。またこの頃『女性』が映画の筋書きを一般公募し、谷崎と小山内が選考委員になったが、最終選考に二作が残り、谷崎が見ると「影」というのが優れているので、これが当選した。渡辺温《おん》という二十四歳の青年のものであった。十二月、断続的に連載されていた「神と人との間」がようやく完結した。

大正十四年（一九二五）三月一日、和辻哲郎が京都帝国大学講師として着任した。『改造』四月号には「蘿洞《らどう》先生」を発表した。ここに出てくる気難しい教授の蘿洞先生は、十五、六歳の少女に自分をつねらせたり鞭打たせたりして喜んでおり、谷崎らしいマゾヒズム小説だが、この少女のモデルはせい子ではなく、谷崎家の女中で、のち谷崎が求婚した宮田絹枝らしい。七月、『痴人の愛』を改造社から刊行。同月二十五日、京都へ行き、九月十一日末まで、岡崎黒谷《くろだに》西住院に滞在した。この頃和辻は助教授に昇任した。八月始め、鹿《し》ケ谷《しだに》の和辻を訪ねたのは、久しぶりのことだったろう。それから末の件での一幕があって、二十八日には木下杢太郎が名古屋から着いて和辻らと会ったが、谷崎は行けなかったらしく、翌日の和辻宛書簡を使者に持たせて、杢太郎に電話したら和辻と一緒に来てくれと言われたから、とある。ただし『木下杢太郎日記』には、谷崎に会ったという記述はない。どうもこの夏の京都滞在は、京都では避暑にはならないし、和辻との旧交を温めるのが目的ではなかったかと思われる。関西にはまだ知人も少なかったということもあろうが、あまり他人を認めない谷崎が、和辻に対しては、やや「片思い」めいた感情を抱いていた節がある。不思議なことに、『和辻哲郎全集』には、谷崎宛の書簡はひとつも入っていない。十月二十七日、瀧田樗陰死去、四十四歳。十一月には、東京の客を案内して大阪文楽座の「蝶花形名歌嶋台《ちょうはながためいかのしまだい》」を観に行ったが、子供がいじめ殺される陰惨な舞台なので辟易した。十二月二十六日、三井銀行上海支店長になっていた土屋計左右に手紙を出して上海旅行について相談し、将来は上海と日本に家を置いて行ったり来たりしたい、と言っている。

大正十五年（一九二六）一月六日、家族とともに神戸を発って長崎に四、五日滞在し、八日に永見徳太郎を訪ね、ここで広東狗《かんとんいぬ》（チャウチャウ）を見かけて、欲しいと思う。十三日、単身日本郵船の長崎丸で出航し、翌日上海着、一品香《イーピンシャン》ホテルに滞在した。現地の新聞には谷崎来滬《らいこ》の記事が出た。「滬」は、上海を表す字である。その間土屋宅で日本人らの歓迎会が開かれ、ここで内山書店の内山完造と知り合い、七年前に来た時とは違って、日本の文藝に詳しい文学者たちが谷崎に会いたがっていると聞かされ、謝六逸《しゃろくいつ》は『万葉集』と『源氏物語』の翻訳をしており、田漢《でんかん》（一八九八―一九六八）は「日本現代劇選」を翻訳中で今は菊池寛劇選が出ており、郭沫若は福岡大学出身の医学士で日本人の妻がいると聞かされ、内山書店の二階で顔つなぎの会が開かれることになった。谷崎は大毎の村田孜郎《つねお》と一緒に出かけ、郭沫若、謝六逸、田漢、早大出身で新劇運動の旗手の欧陽予倩《おうようよせん》といった面々が現れた。謝は、早大で谷崎精二に教わったという。田はかつて日本留学時代に「アマチュア倶楽部」を観たという。日本では原稿で行替えをしても一枚いくらで原稿料が出るが、中国では一字いくらなので安いとか、現在中国は西洋列強に侵食されて地方も混乱しつつあって、とうてい独立国ではないとかいう話を聞いた。二十九日には谷崎を歓迎しての文藝消寒会が開かれ、新少年影片公司という映画会社で、煙草の煙がもうもうと立ちこめる中、大勢が歌ったり踊ったりして一夜を過ごした。広東の富豪の息子で東京美術学校出身の陳抱一《ちんほういつ》とも会い、紹興酒で大酔した谷崎は、膝をぶつけて血を流し、ホテルへ戻ってとうとう吐いてしまった。

その日知り合った映画監督の任衿蘋《にんきんひん》に招かれて、三十一日、フランス租界のエンパイア・シアターでその作「新人的家庭」を観、任と語り合った。二月十二日には、旧暦の大晦日に当たるというので、田漢に欧陽宅へ連れていかれ、一晩中欧陽の家族と過ごした。十四日にはやはり田と陳抱一宅を訪ねて、広東狗二匹を譲ってもらった。しかし、「上海見聞録」(『文藝春秋』五月号)では、上海も七年前とは変わって悪く西洋かぶれしていて、失望したと書いている。ただ、『女性』の五月号から八月号まで連載された「上海交游記」(のち「上海交遊記」と改題)の最後の部分は「田漢君に送る手紙」と題され、欧陽宅で、大晦日に家族みなが徹夜するという、今の日本では廃れた習慣を目にし、欧陽の母に自分の母の面影を見出したと言って、妻を亡くした田漢について「恋人もなく家庭もない君は、毎日のやうに僕の所を訪ねてくれた。さうして多くの方面へ引き廻してくれ、案内してくれた。君がなかつたら、消寒会を始めとして、あゝまで貴国の人々と交遊することは出来なかつたに違ひない」と書いて、感謝の念を表している。二月十七日、長崎丸に乗船し、十九日、神戸港に着いた。

谷崎の彼らとの交遊はその後も続き、なんとか新中国の文学にも親しもうとしたようだが、遂に、新しい文学に親しむことはできず、一番感心したのがパール・バックの『大地』という有様だった。また、これ以前からフランス行きを希望していたが、多忙のため遂に果たせなかった。谷崎が外国へ行ったのは、この二度の支那旅行だけだった。谷崎と中国との関係は、うまく位置づけることができない。それは、その後の日本と中国との関係が悪化し、相携えて西洋と戦うという理想が、アジア相戦うという悲劇に変わってしまったからでもあり、戦後再会した欧陽や郭沫若が、共産党の宣伝員と化していたからでもあろう。あるいは谷崎は、彼ら日本に留学した若者たちに、自分自身の若い頃の姿、近代の青春をみたのでもあろう。

この間、一月号から五月号まで『主婦之友』に「友田と松永の話」を連載、四月十五日の土屋宛書簡では、バートン版『アラビアン・ナイト』の購入のお礼を述べており、淫本だが大丈夫だろう、と書いている。この『アラビアン・ナイト』の猥褻な箇所を斯波要《しばかなめ》が探す場面が『蓼《たで》喰ふ蟲』に出てくる。岡成志は二月末、岡山県真庭《まにわ》郡から衆議院議員補欠選挙に立候補するが、敗れて供託金を没収され、朝日新聞は退社していたので神戸又新《ゆうしん》日報に入社した。この四月、二度目の吉野旅行をしたことがサクラ花壇の宿帳で分かる。『改造』八月号から十二月号まで「青塚氏の話」を連載。八月には初めて淡路島へ旅行し、洲本《すもと》の旅館なべ藤で随筆「都市情景」を脱稿した（大谷晃一、一九八四）。この頃、淡路人形浄瑠璃は途絶えていた。『中央公論』九月号に戯曲「白日夢」を発表、これは一度も上演はされていないが、歯科医を舞台に、美しい令嬢の患者を見た青年患者が、歯科医と令嬢の情事と、令嬢を殺してしまう自分を白日夢にみるという、ドイツ表現主義に倣ったものだ。のち武智鉄二によって、谷崎存命中の昭和三十九年（一九六四）と、一九八一年に二度映画化された。最初のものは観ていないが、シナリオによると前衛的な手法のものらしい（武智、一九六四）。二度目の映画化も大胆な性表現で話題を呼んだが、これは原作とはまるで違う、裸体とセックスシーンだらけのひどいものだった。

『文章倶楽部』九月号に神代種亮が、谷崎の幼少期を語る文章を書いているのを見つけた谷崎は、古い友人でもないのになぜこんなことを書くのか、これは笹沼から聞いたに違いないと思い、新潮社の中根宛に、次号で訂正をしたいと申し入れ（書簡番号七二A）、釈明文を書いていると神代から手紙が来て、確かに笹沼から聞いたことで、連載の最後に「失名氏談」とするつもりだった、とあったが、事実誤認もあるからというので、「釈明」を十月号に掲載した。なお荷風の『断腸亭日乗』昭和七年九月十一日には、神代に呼び出され、神代が書いた文章を荷風と合作の体にして『東京日日新聞』に掲載したいと相談され「実に迷惑千万」と書いてあるから、荷風にとっても少々困った友人だったらしい。神代は昭和十一年に五十歳で死んだが、翌年の谷崎・荷風・左團次の『中央公論』二月号での座談会でも話題に出て、谷崎はこれで絶交したのに、芥川の葬儀で会ってしまい、仕方なく挨拶したら仲直りした気になったらしく、ものを送ってきたりしたので困った、と言っている。

ところで、『新潮』編集部に勤めていた作家の楢崎勤が、おもしろいことを書いている。昭和初年当時、『中央公論』と『改造』が二大知的雑誌で、その創作欄には絢爛たる作家陣が名を連ね、その当時文藝雑誌は『新潮』だけだったが、赤字つづきで、二十七歳の楢崎は、谷崎か志賀直哉の原稿を『新潮』に貰えないかと、作家で編集長の中村武羅夫に相談すると、この二人に頼んだら『新潮』は破産だ、と言われたそうで、『新潮』の原稿料は一枚三円から七円、正宗白鳥と徳田秋聲には最高の七円を払ったが、谷崎、志賀なら十円か十二円でなければ書いてもらえないだろうと専らの話だったという。そこで楢崎が谷崎宛に丁寧な依頼状を書くと返事が来て（昭和三年二月四日、番号九二）、ほどなく「続蘿洞先生」の原稿が届いたが、その生原稿を中村に取られたので恨んでいる、という落ちがついているが、この話は大分潤色してあるようだ。志賀は大正九年まで、谷崎も大正十一年まで『新潮』に書いていたが、確かにそれ以来御無沙汰になっていた。作家というのは、編集者と仕事をするので、たとえば親しい編集者が雑誌を離れて引き継ぎがうまく行かないと、それきりになってしまったりする。新潮社では中根駒十郎が古くから谷崎係だったが、当時は出版部にいた。大正十五年十一月二十日の中村武羅夫宛書簡（番号七二八）では、京都奈良を旅行して帰ってくると楢崎から別紙のような手紙が来ていたが、僕は『新潮』の新年号へ書くと約束したつもりはなく、『改造』が済んだら『中央公論』より優先すると言っただけです、とある。『改造』の原稿は、新年号の「『九月一日』前後のこと」だろう。しかし、優先するどころか一年以上『新潮』は放置され、楢崎から手紙を貰って「貴誌の原稿の事始終気にかけてゐるのですが何分去年からの仕事が順〻におくれて来てゐますので果して四月号に間に合ふかどうか」と返事したのだ。「続蘿洞先生」は五月号に載ったのだが、四月一日の中根宛書簡（九三A）で「四月に八間に合はないで五月号になつた由おくれて申訳ありませんでした」とある。仮に楢崎が最初に頼んだとしても、それから一年半以上放っておかれたのだ。

それはそうと、ここで気になるのは、志賀、谷崎が、別格の大家だったという証言である。谷崎自身、後に、自分の作で恥ずかしくないものは『蓼喰ふ蟲』（昭和三年）くらいからで、初期のものもいいが、三十代の作は嫌いだと言っているし、その後読み継がれた谷崎作品も、初期の「刺青」「秘密」と、『痴人の愛』『卍』『蓼喰ふ蟲』以後のもので、その間十三年くらいの作品は、例外的に読まれているものはあっても、まず駄作、凡作と見られている。成瀬正勝は、もし谷崎が『蓼喰ふ蟲』を書く前に死んでいたら、今日のような評価を得られただろうか、と書いている。ところが、今日多くの人が駄作だと認める作品を次々と発表していながら、大正末から昭和始めには、谷崎はそれほどの大家になっていたのだ。これはなぜなのか。大正十一年、つまり『痴人の愛』を書く前の段階で、『谷崎潤一郎傑作全集』全五巻が春陽堂から出ている。また、大正十五年から刊行が始まったいわゆる円本、改造社の「現代日本文学全集」は全六十巻で、その中には「谷崎潤一郎集」があり、続けて出た春陽堂の「明治大正文学全集」にも「谷崎潤一郎篇」がある。その後数多く出た「文学全集」のはしりで、この「全集」という語は明らかに誤用であり、日本独特の奇妙な風習であって、「叢書」とでも言うのが正しいだろう。さて、改造社の方は、一人一冊をあてがわれているのは、逍遥や露伴のような老大家を除くと、鏡花、藤村、花袋、秋聲、白鳥、荷風、谷崎、志賀、武者小路、芥川、菊池、賀川《かがわ》豊彦、大佛《おさらぎ》次郎で、賀川は作家というより社会運動家ながら、その『死線を越えて』は他のいかなる小説本よりも売れたから別格、大佛も気になるが、これが春陽堂となると、一人一冊なのは、鏡花、花袋、藤村、鈴木三重吉、森田草平、荷風、谷崎、里見弴、菊池である。こちらでは、秋聲は葛西善蔵と一緒にされているし、武者小路は長与《なが よ》善郎《よしろう》と、志賀すら佐藤春夫と、芥川は室生犀星と二人一冊だ。つまりこの両方の叢書で一人一冊になっているのは、鏡花、藤村、花袋、荷風、谷崎、菊池ということになる。菊池は大正八年に『真珠夫人』をヒットさせ、十二年に『文藝春秋』を創刊して、あっという間に「文壇の大御所」に駆け上がったからだし、谷崎の大家ぶりはこれでも分かる。かつてはよく読まれたが今では読まれなくなった作品というのは、尾崎紅葉『金色夜叉』、小杉天外『魔風恋風《まかぜこいかぜ》』、里見『多情仏心』その他、いま読んでも、当時受けた理由というのは分かるものだが、谷崎の大正期の作品というのは、当時評価された理由というのがよく分からない。長編はしきりに中絶するし、よくまあこれだけ駄作凡作を書き続けて見放されなかったものだと思うほどである。河野多恵子は、大正期の作品もまた谷崎作品として味読できると言っているが、これは河野の作家としての感性ゆえに可能なことであり、一般的にこの時期の谷崎作品が、後世あまり評価されてこなかったのは事実である。

勢いのようなものが谷崎にあり、時勢の推移があったことは確かだが、谷崎の作品は、後進の作家に影響を与え、時にその後進が谷崎を凌駕してしまうということがある。前に触れた芥川が典型的な例で、日本古典を題材にしたものも、支那趣味のものも、インド趣味のものも、谷崎が使ったものを芥川はより精巧にしあげてしまう。昭和以降の日本古典を使った作品は舟橋聖一に引き継がれ、舟橋は谷崎以上のエロティシズムを醸成するのに成功している。だが、ここで気になるのは、江戸川乱歩のことだ。乱歩作品が、大正期谷崎作品の影響を受けているのはよく分かる。乱歩は谷崎の八つ年下、谷崎作品を愛読していたが、苦労人で、作家として出たのは三十歳近かった。大正十四年八月の『新青年』臨時増刊号の「日本が誇り得る探偵小説」で、谷崎の旧作「途上」（大正九年）を称揚した。ところが谷崎は、五年後の昭和五年四月、『新青年』に随筆「春寒《はるさむ》」を書き、

僕の旧作「途上」と云ふ短篇が近頃江戸川乱歩君に依つて見出だされ、過分の推奨を忝《かたじけの》うしてゐるのは、作者として有り難くもあるが、今更あんなものをと云ふ気もして、少々キマリ悪くもある。あれが発表された当時は、誰も褒めてくれた者はなかつた。或る月評家は「単なる論理的遊戯に過ぎない」と云ふ一語を下して片附けてしまつた。

という書き出しで、特に探偵小説の衣を被《かぶ》せただけだとし、犯罪物ではむしろ「私」（大正十年）という短編の方に自信があり、「自分の今迄の全作品を通じてもすぐれてゐるものの一つと思ふ。犯罪者自身が一人称でシラを切つて話し始めて、最後に至つて自分が犯人であることを明かにする。かう云ふ形式の書き方は伊太利のものにあると云ふことを後に芥川君に聞いたけれども僕はそれを真似したのではなく、自分で思ひついたのである」と書いている。何もイタリアを探すまでもなく、アルセーヌ・ルパンものの第一作とも言うべき「ルパンの捕縛」がこの形式で、大正七年に保篠龍緒《ほしのたつお》が訳出した『怪紳士』に入っている。野村尚吾の『伝記　谷崎潤一郎』には、「のちに江戸川乱歩は、大きな影響

をうけた谷崎潤一郎に面会をもとめたけれど、（略）過去の作品にふれる話をするのは嫌だからと、自作については語らなかったという。（略）潤一郎としては作柄の変わってしまった現在、旧作の推理小説について話したくなかったからであろう。」とある（二二九頁、＊＊）。概して谷崎は後進の作家とはあまり対談をしない。遥か後の昭和三十三年（一九五八）、乱歩は再度終平を通じて対談を求めてきた。十一月十二日終平宛書簡（六〇三A）で「前に同氏から『宝石』の原稿を頼まれて断ったことがあり今度はちよつと断りにくいので承知しても結構」と書いている。そして渡辺千萬子《ちまこ》宛書簡で、乱歩と対談するから京都に置いてある『点と線』（松本清張）を送ってくれ、と言い、千萬子も、楽しみにしていると返事をしていたが、その二十八日、右手に痺れを覚えて三カ月の療養を医師から命じられ、対談は流れている。そして昭和四十年七月三十日の谷崎死去の二日前に乱歩は死に、要するにどちらもお互いの死後の打ち明け話の類をしなかったのである。

谷崎は、乱歩に対して不安を覚えていたと思う。「影響の不安」である。ただし、この語を用いたハロルド・ブルームが言うような、後続者が先行者に対して感じる不安ではなく、僅かに年長の先行者が、後続者が自分のモティーフを完成させてしまったことに対する不安である。大正期の谷崎の作品のうち、性欲と恋愛と犯罪をからめたものを読むと、まるで乱歩の下手な模倣のように見える。つまり乱歩は、谷崎が提示したモティーフを、より完成された形にしたのである。大正十二年の「二銭銅貨」、十四年の「心理試験」「赤い部屋」「屋根裏の散歩者」「人間椅子」等々、今なお大正期の谷崎作品より遥かにコンスタントに読まれつづけている乱歩作品は、まったく、そのような作品群で、おそらく当時谷崎は、恐怖を覚えつつ乱歩の作品に接したに違いない。

大正三年の「金色の死」を、三島由紀夫が一九七〇年に谷崎を解説するのに選びだしたのは有名な話で、その際三島は、作者はこの作品を嫌い、生前のどの全集にも収録されなかった、と書いている。生前の全集というのは、昭和五―六年の改造社版以降のことだろうが、大正十一年には春陽堂ベストポケット傑作叢書として『金色の死——他三篇』が出ていて、そう始めから嫌っていたわけではないことが分かる。ではなぜ昭和五年の全集には入らなかったか、といえば、昭和二年に乱歩の「パノラマ島奇談」（連載時の表題は「パノラマ島奇譚」）が完結し、昭和四年までに三つの単行本に収められていたからだろう。「金色の死」は、ポオの「アルンハイムの地所《じしょ》」の系譜上にある、理想の邸宅の建造というモティーフが、主人公の無残な死をもって終わる作品だが、乱歩の「パノラマ島奇談」は、それをより巧みに、面白く発展させたものなのである。谷崎は遥か後年の昭和三十三年、「残虐記」を『婦人公論』に連載し、中絶させているが、この作品は、構想から文体まで、まるで乱歩作品のように見える。つまり谷崎の中にあった、ある独自のモティーフが乱歩に簒奪されてしまったために中絶したのだと思う。谷崎は、昭和以降、自分を純文学作家と位置づけたいがために乱歩に会うのを忌避したのだという説もあるが、それは違う。谷崎は他の作家に先駆けて、中里介山の『大菩薩峠』を評価したし（「直木君の歴史小説について」）、昭和三十一年、東京創元社の「世界推理小説全集」内容見本に、「推理小説と云ふものは、近代小説のうちで最も面白い小説であると云へよう」と書いている（細江、二〇〇四a）。谷崎が天才なら、乱歩もまた一方の天才である。大正期谷崎の、最も独自の部分は、乱歩に丸取りされてしまったと言ってもいいのだ。乱歩に会うのを嫌がったのも当然だろう。

＊　今武平が船長だったという記述もあるが、当時既に日本郵船を退社していたという。

＊＊　『伝記　谷崎潤一郎』初版では、面会を「断わってしまった」「ひどい客ぎらいな性格にもよるが、一時期に書いた遺物の推理小説について後になって話すのが、あまり愉快でなかったからでもあるらしい」となっており、一九七四年十一月の改訂版で書き直されたらしい。

第七章　妻君譲渡事件と和田六郎――昭和初年の谷崎

大正十五年（一九二六）の五月から、佐藤春夫は、妻タミの従妹きよ子と恋愛事件を起こし、妻タミから、あなたのしていることは谷崎と同じではないか、千代さんに会ってみたい、と言われて、ようやく谷崎の気持ちが分かったと言って、和解する。それを仲介したのはタミで、九月十日頃、谷崎が上京して偕楽園に泊まっているとタミから電話があり、佐藤宅を訪ねると佐藤は不在だったが、佐藤の手紙が置いてあって、和解したい、とあった。翌日再度佐藤を訪ねて和解したらしく（佐藤「去年《こぞ》の雪今いづこ」）、二十四日付書簡では、こんなに早く和解できるとは思わなかった、スタンダールの『パルムの僧院』を英訳で読んだがすばらしい、などと書いている（書簡7）。しかし、事件で谷崎の気持ちが分かったというより、ただ和解したかったのではないかと思う。そして「この三つのもの」の連載は中断された。

十月、栗原トーマス死去、同月、谷崎は岡本好文園《こうぶんえん》第二号に転居した（現東灘区本山町岡本七丁目）。十一月、弁天座で人形浄瑠璃「法然上人 恵月影《めぐみのつきかげ》」を観て感心し、人形浄瑠璃を見直す気になった。二十三日、『大阪朝日新聞』に「『猫の家』を訪ねて——谷崎潤一郎氏の猫の趣味談を聞く」という記事が出た。そこに写真の出た猫を見たいといって、大阪府女子専門学校（大阪女子大学の前身）英文科の隅野滋子《すみのしげこ》と武市遊亀子《たけいちゆきこ》が訪ねてきた。猫は口実で、有名な小説家に会いたかっただけのようだが、谷崎がこんな絶好の機会を逃すわけがない。以後、大阪女専の学生が次々と谷崎宅に引き寄せられる結果となる。

さて、大正末年から、当時奈良に住んでいた志賀直哉との交流が始まっている。志賀との接触の形跡が初めて現れるのは、大正十五年七月二十三日、奈良にいるインドの独立運動家サバルワル宛の書簡に、志賀と画家の九里四郎によろしく、とあるもので（「志賀直哉と谷崎潤一郎」展図録）、発表された志賀宛書簡でいちばん古いのは昭和三年三月十六日（番号六八一）、女性作家の網野菊を志賀が谷崎に紹介する件に関するもので、これ以後、訪問したりする関係が続く。だが志賀と谷崎では、文学の方向性が違うし、書簡を見てもお互いの作品には触れておらず、恐らく作品には触れないつきあいだったのだろうが、若い頃は激しい性格だった二人の作家が中年に入り、作品のことは棚上げにして始まった交際ではないかと思われる。

十五年十二月、「『九月一日』前後のこと」を『改造』新年号に発表。この月、小学校時代の恩師稲葉清吉が電車に撥ねられて死去、五十代半ばだった。二十五日、天皇が死んで昭和と改元されたが、六日しかない昭和元年だった。『文藝春秋』新年号に「日本に於けるクリップン事件」を発表、また『婦人公論』一月号から「顕現《けんげん》」を、『苦楽《くらく》』一月号から「ドリス」の連載を始めた。『苦楽』はプラトン社の大衆雑誌である。昭和二年（一九二七）、谷崎は『改造』二月号から、随筆「饒舌録」の連載を始める。ところが、時評を書く気はないし、論争めいたことは御免こうむる、と冒頭から断って始めたこの連載が、皮肉にも谷崎の生涯最大の論争を引き起こす。第一回で谷崎は、最近は創作でも、うその話、細工の細かいものでないと面白くない、と書いたが、たまたま『新潮』二月号の座談会で芥川が、「日本に於けるクリップン事件」を引き合いに出して、筋の奇抜さで読ませるのは藝術的か、と発言したので、三月号でこれにサラリと答えた。この『改造』三月号には、以後の谷崎論の基調をなした佐藤春夫の「潤一郎。人及び藝術」も載っている。谷崎に「思想がない」と評したものである。これが出たのは二月十九日頃だが、その二十七日、大阪中央公会堂で改造社の講演会があり、芥川と佐藤が出て、その夜は谷崎宅に泊まった。谷崎はとにかく講演が嫌いで、断り続けている。三月一日、谷崎夫婦、佐藤夫婦と芥川で、弁天座の人形浄瑠璃「心中天網島」を観て、佐藤と夫人ら三人は帰り、谷崎と芥川は大阪の旅館天福で夕飯をとり、翌朝帰ろうとしていると女将が、お二人に会いたいと言っている芦屋夫人がいると伝える。芥川はその前年あたりから神経を病んでいたし、そんなものに興味はないから帰ると言い、谷崎は、それは会ってみたいと言い、いったんは帰りかけたのだが谷崎が説得して引き返して待っていると、やってきたのが根津松子二十五歳だった（「当世鹿もどき」、日付を二日とする点は千葉、二〇〇四）。実は松子は芥川のファンだったのだが、おそらくその日ダンスホールに誘うと、芥川は壁の花で、谷崎と松子がもっぱら踊ったというが、例によって不器用なダンスだった。

二月十三日、改造社から、『現代日本文学全集第二十四篇谷崎潤一郎集』が刊行された。これがいわゆる「円本」のはしりである。前年に尾崎紅葉集、この年一月に樋口一葉・北村透谷集が出ているから、存命の作家では谷崎が先陣を切ったわけだ。三月七日、丹後峰山地震というかなり大きな地震があり、谷崎は恐怖を覚えている。だがこの頃、芥川から谷崎に、前から欲しがっていた鷗外訳の『即興詩人』二巻本、続いてメリメの『コロンバ』を送ってきた。さらに十一日付の芥川からの書簡があり、ゴヤ画集を上げようと思ったが高かったので諦め、代わりにフランス語のインド仏像写真集を送る、とある。芥川が「文藝的な、余りに文藝的な」の連載を始めた『改造』四月号が出たのは、十九日頃である。そこでは、谷崎に反論して、「詩的精神」を言い、「話らしい話のない小説」こそ「最も純粋な小説」だとあった。芥川は、志賀直哉の「焚火」（大正九年）をそのような小説の例として挙げた。谷崎としては、もう論争は終わったつもりでいたのだろうが、そうなると、論争の最中にこんな風にものを送ってくるのが、裏取引のように思えたのだろう、そう終平に命じて送り返させたという（終平、一九八九）。芥川の自殺後、あれは形見分けだったのか、と悔やんだという。四月十九日発売の『改造』五月号で改めて芥川に答えている。

この辺りは多事である。三月二十二日にはサバルワルに、ダンスホールのパリジャンで新しい女の子を見つけたなどという手紙を書いている。四月十六日は隅野滋子宛に手紙を書いているが（荒川、一九九六）、隅野は翻訳の手伝いをすることになったらしく、ポオの「裏切る心臓」を試訳しており、七月三十日の隅野宛書簡では、なかなか結構で、今使っている高等商業の秀才よりできる、下訳をやってくれるなら原書を送ると言っている（番号八八）。恐らくその後出たスタンダールの『カストロの尼』の英訳だろう。五月になると、宇野浩二が発狂する。二十日頃、夫人に向かって、お前とは別れる、谷崎潤一郎が同情して貰ってやると言っているからあちらへ行け、と言ったという。夫人は精二のところへ来て相談し、精二から谷崎宛問い合わせの手紙が来る。二十九日付の精二宛書簡（番号八六）では、宇野君の小説は好きだが、先日『魔都』を送ってくれたので手紙を出したところ返事がなく、二十六日にまた手紙が来たが特に常軌を逸したところはない、とある。宇野は、次に出る短編集に序文を書いてほしいと書いてきたらしい。しかしやはり発狂で、七月末、親友の広津和郎と芥川が相談して、斎藤茂吉の青山脳病院へ入院させている。

一方谷崎は、後に邸を建てる梅ノ谷（その後梅ケ谷）の土地購入の交渉を五月頃から始めている。六月には淡路島で、淡路源之丞一座の人形浄瑠璃が復活したので、再び淡路へ渡り、後に『蓼喰ふ蟲』に用いることになる人形浄瑠璃を観ている。同月十四日には、奈良ホテルでロシヤの日本学者たち、ニコライ・コンラド（一八九一—一九七〇）、ニコライ・ネフスキー（一八九二―一九四五）、オレスト・プレトネル（一八九二―一九七〇）と会合した（日付については推定）。彼らはいずれも、エリセーエフより僅かに年少の日本学者たちで、ペテルブルグ大学に学び、大正三―五年に相次いで来日した。ネフスキーは民俗学で知られ、コンラドはソ連における日本学の父と言われている。革命後、コンラドは帰国、プレトネルは日本に永住したが、ネフスキーはソ連で逮捕され、銃殺された（加藤九祚、生田）。十六日に上京して佐藤春夫宅にいると、田漢が来日すると聞いて急遽関西へ戻り、二十二日、長崎丸で神戸港に着いた田漢を出迎えた。田漢は雷震《らいしん》と一緒だったので、これは誰だろうと思ったという。二人を自宅に泊め、翌日から、京都や大阪の文楽座へ二人を案内し、二十五日には祇園で遊んで、夜行列車で田漢らは東京に向かい、三十日に戻ってきたので、七月一日、田漢を連れて大阪のカフェーへ行き、チツコという女給を交えて話した。田漢は、日本の映画技師を中国へ迎えたいと相談され、志賀直哉の異母弟で、米国留学後、映画の仕事にも手を染めていた直三《なおぞう》に頼んだ。二日、田漢は神戸港から帰っていった。田漢は現在の中国国歌「義勇軍行進曲」の作詞者で、これはもと映画の主題歌だった。のち文化大革命で投獄され、獄死した。五日頃、大毎東日の「日本八景」の委員に選ばれて、屋島から鞆《とも》ノ津《つ》を旅行、二十日頃帰宅するが、結局谷崎はこの企画には参加しなかったようだ。そして宇野の新刊『我が日・我が夢』に序文を書いて、病気の回復を祈る、とした。そこへ七月二十四日、谷崎の誕生日に、芥川自殺の報が飛び込んだのである。芥川と親しかった佐藤は、この頃再び支那旅行中で、谷崎は急遽上京して葬儀に参列、『大阪毎日新聞』に追悼文を書き、それから帰宅して『改造』と『文藝春秋』の九月号に追悼記を書いている。後者は「いたましき人」と題され、今まで述べてきた最近の出来事を書いている。

しかし、連載が続いている「饒舌録」の文章には、谷崎の芥川に対する冷淡さが表れている。葬式の帰り、鏡花、里見、水上《みなかみ》瀧太郎、久保田万太郎と偕楽園で故人の思い出話をして、水上が、芥川は才人だが小説家には向いていなかった、と言うと谷崎が、小説を書くには不向きな人だった、徳川時代なら昔風の文人で通っただろうに、と言うと水上が、いや今だって、セチ辛い文壇のような所に飛び込まずに、漱石のように教授をやって評論でも書いていれば良かった、と言い谷崎も一応同意したというのだが、谷崎は続けて書く。文壇などより他の世界のほうがよっぽど息苦しいだろう、芥川自身、大学の教授連の軋轢は大変なもので、夏目先生が逃げ出したのも当然ですよ、と言っていた、として、芥川は、「森鷗外氏のことをほんのちよつと悪く云つてさへ、あんなに気にしてゐた程」で、「芥川君に欠けてゐるのはエツセイストたるの見識、学殖、批評眼にあらずして、それを発表する勇気なのである」、一番住み心地がいいとしていた文壇にさえ住むに堪えなかった、何という傷ましい人であるか、と谷崎は書いている。世には、文学者といえば、自殺するような人種だと思っている人がいる。芥川、三島、川端、太宰治、北村透谷といった面々がそういうイメージを作ったのだろう。しかし谷崎は、若い頃辰野に弱音を吐いたのを除けば、自殺とは縁遠い文学者だった。近松門左衛門の心中もの浄瑠璃も、本当は嫌いだったと思う。谷崎は、一部で日本的だと言われている自殺の美には、何の共感も示していない。近代日本文学における、傑出した「生」の作家なのである。谷崎の強さは、その「図々しさ」にある。

八月十七日には、蒲郡に避暑に出かけ、帰国して高野山で講演をした佐藤があとから来て一緒に遊び、長良川の鵜飼を見物、二十四日に佐藤と別れて帰宅した。ところが佐藤が実家へ連絡をしないので、父の佐藤豊太郎から谷崎に問い合わせがあったらしく、二十九日付の手紙で、二十五日には東京へ帰ったと思う、と書いている（番号八九）。九月六日、南京の国民政府（蔣介石）が武漢政府（汪兆銘《おうちょうめい》）に合流したので、直三の中国行きはなしになった。この頃翻訳として、ハーディの「グリーブ家のバアバラの話」を『中央公論』十二月号に、また昭和三年一月、二月、四月号の『女性』にスタンダール「カストロの尼」を発表しているが、後者は未完に終わった。恐らくいずれも隅野が手伝ったものだ。この頃サバルワルとプレトネルへの書簡が多い。プレトネルは林幾久子と結婚して娘のスヴェトラーナが生まれたばかりで、谷崎は「スベトラーナちゃんは元気ですか」と書いている（エルマコーワ）。十二月には欧陽予倩が来日し、京都南座の顔見世歌舞伎へ案内して尾上梅幸《ばいこう》の「茨木《いばらき》」を観せ、祇園で遊び、翌日は映画のスタジオ見学で下加茂の撮影所へ行って林長二郎（後の長谷川一夫）と記念撮影、ついで牧野の撮影所へ行くと牧野省三が「実録忠臣蔵」を撮影していたという。

昭和三年（一九二八）、『改造』三月号から、「卍」の連載が始まった。隅野滋子は三月に女専を卒業して大阪朝日新聞に入社した。この頃、千代の兄・小林倉三郎が初めて佐藤春夫を訪ね、以後たびたび行き来するようになる。三月十六日の志賀直哉宛書簡では、志賀から頼んできたらしく、網野菊（二八歳）の件で、住所を知らせてくれればこちらから連絡する、とあって、二十三日の網野宛書簡では、二十九日に菊原琴治の稽古があるからその日に来てくれとある。琴治は、大阪から週に一回、地唄の稽古に谷崎宅へ来ていた。二十五日から東西『朝日新聞』に「黒白《こくびやく》」の連載を始める。これは、山本有三が書けなくなったので急遽頼まれたものだが、「呪はれた戯曲」のような入れ子構造の探偵小説仕立てにしようと思ったものが、途中から「秘密」のような筋立てが入り込み、もしかしたら「私」のように、実は犯人だったという結末にしようと思ったのがうまくいかなかったような、失敗作に終わっている。ただし主人公の作家は妻に逃げられた男で、

現に彼の女房が逃げ出したのは、三度も四度も続けざまに女房殺しの小説を書いた結果であつた。当時女房のところへは方方から同情の手紙が舞ひ込んで、「奥さま、あなたの夫は恐ろしい人です。あなたはあれをお読みになつてどんな気持ちがなさいました

か」と云ふやうなことを云つて来た読者が幾人もあつた。水野氏はまた細君を殺した、此れで二度目だ、これで三度目だと、文壇でも作品そのものの批評よりもその方の噂が高かつた。

とあるのは、谷崎自身の経験だろう。

この頃知り合ったのが妹尾健太郎《せのおけんたろう》で、当時二十五歳、その前年に、大阪府会、市会議員の有山福重郎《ありやまふくじゅうろう》（五六歳）とともに大阪高等女子職業学校を創設したとされている。これは現在の英真学園だが、有山の著書『赤裸々の五十年』に妹尾の名は出てこないから、出資しただけかもしれない。妹尾の八歳年上の君《きみ》夫人は花柳界の出で、もとは妹尾の伯父が落籍し、伯父との間に美津子という連れ子がいた。伯父の死後、健太郎が引き取って妻にしたわけで、この艶聞は阪神間ではよく知られており、君は阪神社交界の花形的女性だったという。住居は本山村北畑なので、大正十三年から十五年まで、近所にいて知り合ったのだろう。この夫婦は、阪神時代の谷崎にとって重要な人物だが、「黒白」の挿絵を担当していた中川修造の紹介で知り合ったとか、猫のやりとりで知り合ったとか言われている。妹尾は早く父母を亡くしたが土地を持っていたので学校に出資したのだろう。趣味として彫刻や建築をしていたが、有閑階級である。

この頃、終平は体がよくなったので京都の中学校に編入したが、週末には谷崎宅へ戻ってきた。さて「卍」は、大阪弁の語りで知られるが、当初は標準語で始まったのが、三回目から次第に大阪弁が使われるようになり、それを見てもらうために武市遊亀子を雇った。ただし武市は岡山の出身だったため、のち「卍」の大阪弁はおかしいと言われるようになる。さて、知られている通り、大正末年から社会主義運動の隆盛に伴ってプロレタリア文学が勃興し、ヨーロッパ帰りの経済学者・福本和夫がカリスマ視され、一方でプロ文学内部での論争も盛んだったが、昭和五年に小林多喜二らが検挙され、八年に佐野学らが転向するまで、プロレタリア作家に非ずんば人にあらずという風潮が文壇を覆った。プロ文学の雑誌『文藝戦線』五月号には、前《まえ》田《だ》河《こう》広《こう》一郎《いちろう》が「谷崎潤一郎論」を書いて、谷崎のブルジョワ文学性を批判している。そこには「氏の再三の支那遊歴後の作品に、不幸にして広東政府の何物なるやを描いた作品や、英国の手が何処までその帝国主義的魔術を以て支那無産階級大衆の運動を阻止しようとしたかを報告した文章にも接してゐないことは遺憾である」とある。しかし志賀や荷風ならいざ知らず、谷崎は少年時に自ら苦学生の悲哀を味わい、弟妹や親類の困窮にも手を差し伸べているのだから、現在の地位は自らの才能で築き上げたもので、あれこれ言われる筋合いはないと思っていただろう。

しかし恐らくこの当時、谷崎が第三高等学校（京都）の学生に呼ばれて座談をし、あんたのようなブルジョワ作家はそのうち執筆できなくなるぞ、と吊し上げに逢ったことがある、と終平が書いている（終平、一九六六）。谷崎は、そうなったら教師でもする、と答えたとある。稲澤秀夫の『秘本谷崎潤一郎』は、アメリカ文学者の著者が、松子夫人の生前にさまざまな人に聞き書きした『聞書谷崎潤一郎』刊行の際、松子の要求で多くの削除を施したため、残りを松子の死後私家版として刊行した全五巻、しかもコピーを二枚折りにして製本したもので、数多くの秘話が窺える。その第四巻に出てくる清友《きよとも》英太郎の話では、当時三高生だった清友が、ドイツ語主任教授の林久男（一八八二―一九三四）から谷崎を呼んでくるよう言われて、和辻哲郎の紹介状を貰って行き、清友はプロレタリア派だったので何か失礼なことを言って、谷崎が「お前なんかに読んで貰わなくたって、俺の読者はおるよ」と言ったという。どちらが事実かは分からない。後に戦争中、勝山へ疎開した時に、清友の実家が勝山だったので再会したという。ところでこれが、谷崎が没にされていた頃の『帝国文学』に寄稿していた林久男である。

六月には末が別れた男の子供を出産、七月二十六日、坪内逍遥訳シェイクスピア全集の完成記念に築地小劇場が「真夏の夜の夢」を帝劇で上演したのを佐藤と一緒に観に行って、廊下で小山内に会うが、顔色が悪かったという。二十七日には鏡花を偕楽園に招待、夜、佐藤の一家と西下し、養老から日本ラインに遊んだという。この前年から、円本で入ってきた莫大な印税を費やして、岡本から北へ入った梅ノ谷に購入した土地屋敷に、自分で設計した和漢洋折衷の邸宅を作り、八月二十五日に上棟が行われた（その経緯は、明里、二〇〇一「おかもとの宿はすみよし」に詳しい）。寝室には天蓋が掛かり、出窓は支那風という変わった設計で、「鶴唳」に出てくる邸宅鎖瀾閣《さらんかく》に似ているというので、のちその名で呼ばれ保存されていたが、一九九五年の大地震で倒壊し、修復のための募金運動が行われている（現岡本七―一三―八）。谷崎はここで贅沢な生活を送り、最新の電気風呂を入れて、その電気代は月に百円掛かったという。当時、若い女性が結婚相手に求める月収が百円だったというから、それで換算すれば月三十万円を電気代に使っていたことになる。

おそらくこの年十月十五日に辻潤から来た手紙が小田原文学館にある。辻は翻訳を勧めてきたらしく、谷崎は、最近いくつかやってもう懲り懲り、やはり創作がいい、と答えている。最後に、ユイスマンスの『さかしま』の英訳（Against the Grain）を、読みおえたら貸してくれとある。「卍」の連載と平行して、十二月四日から大毎東日夕刊で「蓼喰ふ蟲」の連載が始まる。後にノーベル賞候補になった際の対象作品であり、谷崎を世界的作家の地位に押し上げた作である。挿絵は小出楢重《こいでならしげ》、谷崎の一つ年下で、近くに住んでいたので、その日の分の原稿ができると終平が小出に届けるという手順だった。小出も今日、この挿絵でよく知られており、随筆にも才能を発揮したが、この三年後、若くして死んでいる。その挿絵の中に、当時谷崎が飼っていた犬でグレートデンのナカのものがある。ところで「蓼喰ふ蟲」は、全体のうち半分ほどが休載になっている（明里）。

さて、この十二月二十日過ぎ、武市遊亀子が、女専の一年後輩の江田（高木）治江宛に手紙を出し、谷崎が大阪のお嬢さんと話したいと言っているので、二十五日午後五時頃、

岡本の自宅にて　昭和３年頃

五人の友達を誘って阪急岡本の駅まで来てほしい、と告げた。治江は、谷崎といえば『痴人の愛』を書いたようなエロ作家だからと思って、オスン女史とあだ名される隅野に相談すると心配ないと言われ、古川丁未子ほか二人を誘って出かけた。丁未子は明治四十年鳥取生まれ、丁未《ひのとひつじ》の生まれなのでこう名付けられ、元は隅野、武市と同期（一期生）だったが、病気のため一年休学して治江と同年になっていたという。友人たちは「チョマ子」と呼んでいた。さて当日、岡本駅へ行くと武市が出迎え、五人で、当時菊池寛原作の映画の主題歌としてヒットしていた「東京行進曲」を歌いながら坂を上がり、谷崎邸に着くと、谷崎夫妻と鮎子（一三歳）、終平が出てきて、本格的な支那料理をご馳走になった。その日東京では、圓地文子（二四歳）の処女戯曲の上演記念祝賀会が偕楽園で開かれており、出席していた小山内薫が動脈瘤で倒れて四十八歳で死去、谷崎は翌日上京した。

年が明けて昭和四年（一九二九）一月二十五日、谷崎から治江宛に手紙が来て、五日ほど泊まりがけで大阪弁を見てくれないかと言ってきた。治江が父安太郎に相談すると反対され、翌二十六日、父と二人で断りを言いに谷崎邸を訪れると、父は菅楯彦《すがたてひこ》の絵が掛かっているのと、谷崎の身なりの質素なのに感心して、承知してしまう。こうして谷崎家へ出入りするようになった治江が、後に『谷崎家の思い出』を書き、この時期の谷崎周辺を知る好個の資料となった。谷崎が、戦後を除くと最も裕福な暮らしをしていた時期のことだけに、全体に不思議なのどかさが漂っている。

この翌昭和五年八月、谷崎、佐藤、千代三人連名の、千代を佐藤に譲るという挨拶状が各方面に配られて、妻君譲渡事件としてセンセーションを巻き起こす。その経緯については、谷崎夫婦の間が冷えきっていて、タミと別れた佐藤に谷崎が持ちかけたとされていた。ところが一九八八年、『文學界』五月号に、終平が「兄・潤一郎と千代夫人のこと」を寄稿し、この前に、千代と和田六郎の情事があったことを明らかにしたのである。終平は、谷崎没後に出た全集の月報に、「回想の兄・潤一郎」を連載しており、そこで既に、有馬温泉で大坪砂男《おおつぼすなお》、つまり和田六郎と親友になった、とは書いていた。しかし千代のことは、佐藤千代が一九八二年に死ぬまで、隠してい

前列左から森田重子、根津松子、森田信子、鮎子。後列左から根津清太郎、谷崎、上山草人、千代、小出楢重　昭和５年頃

たのだろう。ところが奇妙なのは、『文學界』の文章が、当時ちっとも話題にならなかったことである。谷崎ほどの作家になれば、書簡が見つかった、未発表作品が見つかったといって新聞種になるのに、『蓼喰ふ蟲』の読みに重大な変化をもたらすこの件は、当時新聞もまったく取り上げていない。一時期、最晩年の谷崎と同じアパートに住んでおり、文人の恋愛事件には深い関心を持っている瀬戸内寂聴すら気づかず、後になって気づいて驚き、改めて自ら、和田の息子・和田周《しゅう》（劇作家）にも取材して、一九九三年から「つれなかりせばなかなかに」を雑誌連載した。終平は、『蓼喰ふ蟲』に描かれた妻の情人というのが、従来佐藤だと思われてきたが実は和田だったのだと書いている。しかし、情事といってもどの程度のものなのか、終平は、千代が和田の子を流産したと書いているが、裏付けがなかった。ところが一九九三年六月、裏付けとなる手紙が発見された（『読売新聞』一九九三年六月二五日）。昭和四年二月二十五日、谷崎から佐藤宛、「御手紙拝見／千代はいよいよ先方へ行くことにきまつた、三月中に離婚の手つづきをすませ、四月頃からポツポツ目立たぬやうに往つたり来たりしてだん〱向うの人になると云ふ方法を取る、神戸へ家を持つさうなのでそれに八都合がいいことになつてゐる、従つてまだ発表されて八困る。（略）今日東京から和田の兄なる人が和田と同伴で来訪、スツカリ話がついたのでやや落着いた」（瀬戸内）。

和田六郎は、千代より八歳年下である。最初に知り合ったのは大正十三年で、それから五年たっている。小田原事件の時には、ほかに男を作ることもできないと言われた千代だが、半ば谷崎が唆《そそのか》したのだろう。そう見ると『蓼喰ふ蟲』は、終平が言うとおり、この事件と同時平行で連載されたものであることが分かり、作中の高夏秀夫という主人公・斯波要の従弟が佐藤春夫であって、姿を現さない妻美佐子の情人・阿曽が和田であることがはっきりする。終平がこのことを明らかにするまでは、阿曽が佐藤だとされていたのだから、大変な話である。ではなぜこの話は壊れたのか。手紙は続けて「過日来君ニ会ひたい心切《せつ》であつたが、君を呼んだためニどうなつたかうななつ《(ママ)》たと、あとで文句が出てハ困ると思ひ差支へ《(ママ)》てゐた。お千代も一ぺん君に相談しやうかと云つたこともあつたが僕が止めた。志かしもうきまつてしまへバ構はないから一度会ひたい」。手紙の様子からすると、和田とのことを佐藤に知らせるのはこれが最初ではないらしい。だがその後の展開を見るなら、佐藤はもう千代に未練はないだろうと踏んだ谷崎が甘かった。終平は、なぜ和田が東京へ帰ってしまったのか思い出せないが、佐藤が来て、和田に、「君は生涯愛して行く自信があるのだね」と訊いたら、「それは判らん」と言ったらしい、と書いている。『蓼喰ふ蟲』でも、阿曽が美佐子を終生愛すると言わなかったというのを聞いて高夏が不満を唱えるくだりがある。また一説には、佐藤が千代を問い詰めていると終平から聞いた和田の方で怒って訣別の手紙を千代に送ったともいう（瀬戸内）。いずれにせよ佐藤が壊したから、翌年、では佐藤貰ってくれということになったのだろう。三月十一日のサバルワル宛書簡では、いま苦しいことがあって、佐藤しか知らないと書いてあるが、おそらく千代が和田の子を妊娠していたのを中絶させたのではないかと推定される。

一方、根津松子である。夫の清太郎は明治三十三年生まれ、徳川期以来の木綿問屋で、大阪の大商人だった根津商店の御曹司だったが、父・市川萱蔵は清太郎が生まれると家を出され、母・清《きよ》は彼を産んですぐ死んでいた。会社は祖母のツネと番頭が切り回し、清太郎の成長を待ったが、彼は「極道のぼんち」と呼ばれる放蕩者だった(三田純市『道頓堀物語』に収められた「蕩児余聞」による)。松子は知られる通り、森田家四姉妹の次女である。姉妹の父森田安松は、幕末以来の藤永田《ふじながた》造船所という会社の社主・永田三十郎のはとこに当たり同社専務だったが、母教《しえ》は、明治四十五年に四女・信子を産んだあと大正六年に死去していた。松子は清水谷女学校中退、二十歳で根津と結婚した。森田安松と清太郎を引き合わせたのは北野恒富《つねとみ》、大阪画壇の悪魔派と言われる作風と、女弟子たちとの奔放な関係を持って知られていた画家である。長女の朝子《あさこ》が森田家を継ぎ、詮三という婿をとり、のち東京住まいになったのも『細雪』にある通りだ。松子は大正十三年末に長男清治《せいじ》を産んでいた(届けは翌年元日)。昭和三年十二月に父安松が死んだので、森田詮三が重子、信子を引き取るのが筋だったが、二姉妹とも松子を慕ってか、根津家にいた。昭和二年の金融恐慌のあおりを受けて、根津家の身代もこの頃傾き始めており、昭和四年二月、松子は長女恵美子を産んだが、これと前後して、清太郎が末妹の信子と駆け落ちするという事件が起きた。谷崎と松子の関係がどう進んだのかについては諸説紛々である。昭和二年に知り合ったわけだが、その後清太郎が谷崎を招いたと思われる。少なくとも昭和四年七月頃、夙川《しゆくがわ》の根津別宅へ招待されて千代と二人で出向いたあたりから、その交遊は深まっていったと見ていいだろう。

四年一月には、谷崎は伊賀上野から月ヶ瀬に観梅の旅に出ている。同月、武市遊亀子は浅野氏と結婚。この頃ピストル泥棒が出没していたが、二月十九日午前一時半、泥棒を発見した谷崎が一喝すると逃げていったという。同月末頃には、末の前の夫の実家から子供を引き取りたいと言ってきたので、谷崎が付き添って福山まで出かけ、嬰児を渡してきた。この頃の谷崎邸には、石川サダが戻ってきている。それから、京大国文科の選科生竹村英郎という青年が、詩人・富田砕花《さいか》の紹介でやってきて、校正を手伝ったりしていた。大阪女専を卒業した古川丁未子は、扇町のＹＷＣＡに住んでいたが、教師になるのは嫌で記者（編集者）をやりたいと思い、谷崎に推薦を頼めないかと治江に手紙をよこした。谷崎はまず旧知の楢原茂二という、長谷川修二の名でシナリオを書いている青年を

「蓼喰ふ蟲」小出楢重による挿画

介して映画フォックス社を紹介したがダメで、関西中央新聞社にいた岡成志に頼んで、就職が決まった。そんな関係から、岡、丁未子、谷崎三人の繫がりが緊密になり、六月末にはこの二人が谷崎邸で食事をし、丁未子も一泊している。五月十一日、家族と上京し、十四日、慈眼寺で母の十三回忌法要。六月十八日で「蓼喰ふ蟲」の連載は終わった。この七月、雨宮《あめのみや》庸蔵が『中央公論』編集長に就任。妹尾君は、山村わかを地唄舞の師匠として招き、君のほか鮎子、森田松子、重子、信子の三姉妹が谷崎邸で稽古をするようになった。その夏には、阪神青木《おおぎ》の根津家別荘へ、妹尾、治江と一緒に行って海で泳いでいる。第二の妻丁未子と、第三の妻松子との交遊は、まったく同時平行的に進行していた。

谷崎が、中央公論社社長・嶋中雄作に宛てた手紙を、水上勉が解説した『谷崎先生の書簡』の最初の三通は昭和二年のもので、この当時嶋中はまだ社長ではなく、『婦人公論』編集長で、だからその手紙は、同誌に連載していた「顕現」に触れている。嶋中が、麻田から社長の座を譲り受けるのは、昭和三年、四十二歳の時である。『中央公論』には、昭和四年の十月、十一月号に「三人法師」を載せているが、これは御伽草子の現代語訳である。分載になったのは、十月号に小林多喜二の長編「不在地主」が載り、その分量が多かったからだという。十月には『饒舌録』を改造社から刊行、『改造』での「卍」連載も難渋し、十一月号では代わりに随筆「現代口語文の欠点について」を載せ、東京のモガの間で「君、僕」といった呼び方が流行しているのを憂えている。かつてそのようなモガの先駆ともいうべきナオミズムを流行させた谷崎が、日本回帰、古典趣味へ移ってきたことが、ここから窺える。

十一月には『蓼喰ふ蟲』を改造社から刊行。同月八日の嶋中宛書簡に、次の小説「葛の葉」の題名が出ている。谷崎が吉野へ行くのはおそらくこれが三回目で、十一月十六、十七日に、千代、鮎子、妹尾夫妻とともにサクラ花壇に投宿している。二十一日の嶋中宛書簡では、また吉野へ行くかどうか考えている、とある。この日、隅野が担当して『大阪朝日新聞』の「女人群像」というシリーズで、根津松子がダンスホールで踊っている姿が掲載され、おかげで松子は親戚中から叱られて、谷崎が隅野を叱ったという。二十六日の嶋中宛書簡では、既に「葛の葉」を書きはじめている、とある。十二月十三日には北野恒富宛書簡で、楠公《なんこう》遺族の話はやめて、播州皿屋敷をもとにした筋を考えている、とあるのは、『乱菊物語』の構想である（『秘本』第三巻）。谷崎のなかに、日本中世を舞台とする物語の筋が次々と湧き出ているのが分かる。この頃、米国で成功を収めた上山草人が帰国するので、二十日、横

上山草人の帰国歓迎会　立っているのが草人、右で笑っているのが谷崎　大阪にて　昭和４年12月

浜港へ迎えに行った。二十九日、末は子供と離されたのが耐えられなくなったのか、無断で福山へ出奔した。結局、子供は取り戻すことになったが、末の私生児扱いとなったので、谷崎秀雄という。

明けて昭和五年（一九三〇）、一月四日に治江、丁未子、岡が谷崎邸を訪ねると、松子、君、鮎子の舞のおさらい会だというので門前払いを食らい、治江だけ裏口から入るように言われたが断った。二、三日して終平から詫びの手紙が届いたと、治江は書いている。ところで瀬戸内は、高木治江の本には、みじんも和田六郎の影がなく、わざと削除したのか、としているが、そんなことはないのだ。この頃のこととして、

東京から二十代の和服姿の歌舞伎の女形のような青年が現れて、鮎子さんに麻雀を贈った。どういう青年か誰も知らない。先生には会わず、千代夫人に心ありげな素振りであったが、夫人もさりげない様子のまま、一泊して帰って行った不思議な青年である。

（二一六頁）

とあるのは、傷心の和田だろう。

ところで先に触れた渡辺温は、探偵小説を書きながら、博文館に入社し、いったん退社したがまた戻って、この頃『新青年』の編集に携わり、ぜひ原稿をと谷崎に頼んでいた。

あの乱歩が谷崎を精錬させた短編を載せてきた雑誌である。二月七日、渡辺の度重なる催促に、谷崎が、あと一月待ってくれと電報を打つと、八日、渡辺は、楢原に電報を打ち、夜行で催促に行くと告げ、楢原は谷崎を訪ねたが留守で、九日、大阪に着いた渡辺は楢原を訪ねて、二人で谷崎を訪ね、明日の夕方までに何か書くという約束をとりつけ、谷崎は机に向かうのだが書けない。その夜、十日午前一時四十五分、渡辺と楢原の乗ったタクシーが夙川の踏み切りで貨物列車と衝突、渡辺は死んだ。二十八歳だった。朝六時半、知らせを受けた谷崎は驚き、『新青年』四月号に、「春寒《はるさむ》（探偵小説のこと、渡辺温君のこと）」という随筆が掲載された。温の兄渡辺啓助は、その後推理作家になり多くの小説を書き、長谷川修二（楢原）は生き延びて、多くの海外推理小説を翻訳した。渡辺温の数少ない作品は、『アンドロギュノスの裔《ちすじ》』（薔薇十字社、一九七〇）と『渡辺温——嘘吐きの彗星』（博文館新社、一九九二）に収められており、いずれにも、「影」が入っている。

二月十八日頃谷崎は、取材のため家島《えしま》群島と室の津を旅し、二十日には室の津から妹尾宛書簡を出している。そして、三月から東西『朝日新聞』に「乱菊物語」の連載を開始する。これは、谷崎初の大衆ものと謳われ、北野恒富が挿絵を担当した。離婚騒動のために中絶したが、かつて「鮫人」をあそこまで支離滅裂にした作者とは思えない、周到な構成とスリリングな展開の傑作で、後の『細雪』にも見られる谷崎の構成力が、この時期抜群に飛躍しているのが感じられる。しかし四月二日の嶋中宛書簡で、「葛の葉」は読み返したら感心しないので、童話にでも書き直すと言っている。しかしそれも実現せず、これは「吉野葛」へ発展した。四月から、『谷崎潤一郎全集』全十二巻を改造社から刊行し始める。『十二階崩壊』によると谷崎は、生きているうちに「全集」を出すなどというのはおかしい、と言い、自分が出すのは金のためだと言っている。実際、中国では「全集」は死後出るものと決まっており、生前に出るのは「文集」である。

高木治江が書いているエピソードがある。谷崎はいつものように夜行で上京したのだが、パジャマの上にインヴァネスを引っかけて出かけたら、大阪駅で大阪女専の校長・平林治《はる》徳《のり》（一八八九—一九五九）が、大勢の女子学生に見送られて、東京へ出かけるところに出くわしてしまい、平林はオーバーを脱いで礼服姿になり、「女専の卒業生がいつもお世話になりまして」と挨拶したが、谷崎はインヴァネスを脱ぐわけにもいかず困って、帰宅後、治江に、校長に謝ってくるよう頼んだというのだ。平林は、東京帝大国文科で谷崎の後輩に当たる国文学者で、この年五月一日に勅任官任命を受けており、そのための上京だったろうから、おそらく四月三十日のことだ（松本静子）。平林は、戦後、女専の後身の大阪女子大学長を十年間務めた。関西へ移ってから、谷崎は生涯、関東と関西を行き来する生活を送った。その移動はたいてい夜行なのだが、戦後はともかく、この当時はこういう風に無一物で飛び乗るようなことが多かったのだろう。往年の汽車恐怖症は微塵も残っていないかというように、夜行で行くなら酒でも呑んで寝てしまえばいいから、どこかに残っていたのではないか、あるいは、こうも東西往復生活になるように仕向けていったのは、乗らずにいると再発するような気がしていたからではないか、あるいはこの東西往復自体が、一種の神経症ではなかったかと、私には思える。

その背後で、谷崎は既に千代との離婚を考えていたようだ。その前年暮れに暇をとった、「絹や」と呼ばれていた二十歳くらいの女中がいた。宮田絹枝といい、姫路の郊外の出身だったようだ。終平の回想によると、谷崎夫婦、終平、絹やが四人でいた時、絹枝が「私は旦那様が一番大好き！」と言い、それを聞いた谷崎が真っ赤になったという。後日、石川サダが終平を呼んで、絹が、近いうちに旦那様と結婚するのだと触れ回っている、と告げられ、驚いた終平がそれを千代に告げると、谷崎が、告げ口をしたと言って非常に怒り、ために終平は一週間ほど家出をしたという。だが、谷崎が絹枝と結婚するつもりでいたのは確かなようで、一九八六年、『毎日新聞』大阪版に、この年の二月から八月までの、絹枝宛七通の手紙が見つかったと報道された。もっとも、当の昭和五年十一月二十三日の『山陽新報』に「谷崎夫人離婚の裏に咲く」と

「乱菊物語」連載第一回　北野恒富による挿画　『東京朝日新聞』昭和５年３月18日

してこのことは既に報道されていた（永栄）。『毎日』の記事は全文を伝えていないし、その後も公開されていないので、二月の手紙というのがどういうものだったか分からない。六月三十日付の手紙では「今度御目にかゝり、あなたの御声をきいて私も決心したい」「幸ひ私も今朝日新聞に播州の事を書いてゐますので、此の間から時々姫路へ行く用があります。五六日うちに又行きますからその節電報を差上げます故《ゆえ》姫路駅まで来て下さいませんか」「あなたの御老母様にも兄さんにもユツクリ御目にかゝりたいと思ひます」「此写真、近頃私はアタマを短くかりました、御笑ひ草に御目にかけます」と写真を同封したらしい。

十月、今東光は浅草寺伝法院《せんそうじでんぽういん》で出家し、以後三年間比叡山に籠もる。*そしてその月末頃か、古川丁未子が、文藝春秋『婦人サロン』の女性記者募集の広告を見て、谷崎に紹介を頼んでいる。『秘本』第一巻に、その紹介文が載っている。宛名は『文藝春秋』編集長の菅忠雄で、今まで菊池寛には何度も頼みごとをしているので菅にしたとある。菊池に紹介文を書いたという記述を時おり見かけるが、誤りである。菅忠雄は、英文学者で漱石の友人だった菅虎雄の息子で、谷崎は虎雄の書を愛好していた。この紹介文を持って丁未子は上京、面接を受けて『婦人サロン』記者になる。そして六月半ば、タミと離婚した佐藤が、これからそちらへ行くと手紙を書いているから、三十日に絹枝に手紙を書いた時点では、既に佐藤が来て、千代を貰ってくれないかと言われていたのか、それともそれ以後か、はっきりしない。とはいえ、結論はまだ出ていなかった。

佐藤、千代、終平と四人で相談したが、当時十五歳で小林《おばやし》の聖心女子学院中等部に通っていた鮎子をどうするか、佐藤の許へ行くのが幸福か、という一点で千代の決心がつかないが、佐藤はその気になった。いったん佐藤は上京して、千代の兄倉三郎に手紙を書き、千代宛にも、決心するよう手紙を書いた。倉三郎は「お千代の兄より」でこれ以後のことを詳しく書いている。佐藤の手紙を貰ったのは七月九日、すぐ前橋から上京して佐藤に会い、初子とも相談して、翌十日、佐藤に、賛成してもいい、と告げ、そこへ千代から、もう一度来てくれと手紙が来た。同日の嶋中宛書簡で谷崎は、佐藤の離婚に絡んで問題発生、新聞も一回佐藤に代筆してもらった、と言っている。また佐藤宛書簡で、君のパッションが燃え上がってくれればよし、千代がその気になるようなら夫婦でいる価値はない、と書いている（この書簡は「お千代の兄より」に引用されているが、全集未収録）。十一日夜行で佐藤は西下、十五日いったん新宮へ帰る。谷崎は十四日、絹枝に手紙を書いて、「正月以来の私の家庭の問題も、今月中にはきまりが付きさうですから、どうぞ何処へもいらつしやらず待つてゐて下さい」「私の妻は、多分佐藤春夫と結婚し、あゆ子もそちらへ行くことになるでせう。円満に話がつきさうです。佐藤は千代の昔の恋人なのです」と書いている。この手紙は、差出人が竹村英郎になっていて、秘密裡にことを運んでいたのだろう。

二十日朝、倉三郎が来て、夕方佐藤も戻ってきた。それから数日、ゆるゆると雑談しながら、四人で話し合ったという。千代が、鮎子さえ良ければ、と承諾したのは二十四日。夕食後、鮎子を呼んで話すと、涙を浮かべて納得したという。倉三郎はこの時の情景を、素人とは思えないほど鮮やかに書いている。「声も立てずに泣いてゐる鮎子の背を、これも泣いてゐる佐藤氏が抱へるやうにして、静かに撫でゝゐました。いつも食堂を其のまま会議室にあてる十畳の客間では、お千代が泣いてゐました。谷崎氏は浴衣を肌ぬぎになつて、両手を腹へあてて《（マヽ）》、口を結んで一寸上向きかげんに、大股に静かにそこの廊下を行きつもどりつしてゐました。涙が光つてゐました。私は堪らなくなつて座をはづしてしまひました」。

八月四日、佐藤の両親に話すため、谷崎、千代、佐藤の三人で大阪から那智丸に乗って新宮へ向かう。この時撮影した佐藤と谷崎の、二人とも帽子をかぶった写真は、よく見かける。谷崎が、どこかの商家の「おっさん」のように見えるのが印象に残る写真だ。谷崎は一泊して帰り、佐藤と千代はさらに二泊したという。そして十八日、キャナデアン・グラスの石版刷りによる手刷りの挨拶状を終平が刷り、各方面に配る。谷崎、千代、佐藤連名によるもので、鮎子が母と同居することも書いてある。日付と宛名が空欄になっており、発送の日付は決まっていなかったことが分かる。ところが『毎日』の記事によれば、八月十四日、谷崎は絹枝宛に「おもひもかけぬ事がおこりました、私としてハいかにもお話しにくいので佐藤氏二人からきいて下さい。いづれ私も御伺ひしますけれども」という手紙を書いている。『毎日』の記事では「〝忍ぶ恋〟が発覚したもので、この手紙は佐藤春夫が宮田さんのもとへ持参しており、三人で善後策を話し合ったらしい」とある。手紙を研究していた岩城康隆は、記事で「谷崎と宮田さんのことを知った佐藤春夫と千代夫人が激怒したため、谷崎が身を引いたのだろう」と語っており、「近く研究論文で発表する」となっているが、論文は発表されておらず、恐らく絹枝の遺族が抵抗したのだろう。新宮へ行ってから十四日までの間に何かが起こったのは確かだが、佐藤と千代に発覚して、元女中のような者との結婚を反対されたということならありうる。しかし、それはいずれ起こることで「おもひもかけぬ事」ではない。絹枝宛書簡がすべて公表されれば分かることなのかもしれない。

佐藤春夫と　紀伊勝浦の赤島温泉にて　昭和５年８月

その後の経過を述べておこう。十九日、各新聞が一斉にこの「細君譲渡事件」を取り上げ、センセーショナルに報道した。各知名人の意見も掲載され、山田耕筰、池崎忠孝（赤木桁平）、柳原白蓮《びやくれん》らは好意的だったが、日本基督教婦人矯風会会頭・林歌子は、「夫のある方が愛人が出来たと云つて他の方と結婚するなどもつての外のことです。如何に文士の妻だと云つてもそんな不倫な行為を臆面もなく自分から曝け出して一体世間が許すと思ひますか。千代さんの行為は断然糾弾すべきことです」と非難した。矯風会は、明治期に徳富蘇峰・蘆花の叔母に当たる矢島楫子《かじこ》が創立し、禁酒運動、廃娼運動などに挺身してきたが、大正期頃から独善性と清教徒性が目立つようになっていた。とはいえ、一般からの反響も凄かったようで、治江によると、新聞紙を何枚も接《つ》ぎ合わせ、「谷崎の大馬鹿野郎」と墨で大書し、その回りに同じ文句を小さくいくつも書いたものなどが送られてきたので、みなで処分して谷崎の目に入らないようにしたという。

この後、佐藤、千代、鮎子の動きが、諸説紛々として摑みづらいので、確実なことだけ書くと、二十四日、谷崎は大阪朝日の小倉敬二宛書簡で、とうてい連載が続けられないので中断させてほしい、と書いている（番号一〇七）。結局『乱菊物語』は、九月五日を最後に中絶した。二十七日、押しかける記者連を避けるため、谷崎は堺市浜寺《はまでら》の一力楼《いちりきろう》に籠もったが、ここも新聞記者に見つけられて「孤独の谷崎氏淋しい最初の旅」などと書かれる始末で、現代の感覚から言えば、それまでのいきさつを知らなくても、離婚までにはかなりの夫婦の疎隔があったのだろう、と思うところが、当時は恋女房を奪われたように同情されたらしい。その浜寺から、三十日に絹枝宛「一度おきぬ様にこちらへ遊びに来て頂かうかと存じましたが当地へも新聞記者が毎日やつて来ますのでそれも思ふやうに行きませぬ」と書いており、これが発見された最後の手紙だという。そして佐藤春夫は、上筒井の

文京区の佐藤春夫の自宅にて　左から鮎子、千代、佐藤方哉、佐藤春夫　昭和７年

バーで痛飲した後、脳出血を起こして倒れ、鮎子が小林聖心女子学院を退学になった、と九月九日の『大阪朝日新聞』に報道されている。二十九日に、谷崎は北陸を回って東京へ出る旅に出発、恐らくこの頃発売された『婦人公論』十月号に佐藤が「僕らの結婚——文字通り読めぬ人には恥あれ」を、翌月倉三郎が「お千代の兄より」を書いて、無理解な世間に反論している。

十月一日には、谷崎は石川県片山津《かたやまづ》温泉から妹尾夫妻宛に絵はがき、三日には山代温泉くらやから鮎子と妹尾宛に絵はがきを出している（番号一〇八、七四二）。妹尾宛には、「北陸方面猪肉《ししにく》払底《ふってい》早野勘平失望之段」とだけ書いてある。「忠臣蔵」五段目で猪を撃つ早野勘平にかけたふざけた文面だが、北陸で「猪《しし》」というと藝者のことだし、片山津は花街だから、いい藝者がいない、という意味だろう。なお数多くの妹尾夫妻宛書簡は、秦恒平が『神と玩具との間』で、妹尾自身の提供を受けて公表し、八〇—八一年の新版全集に収録されたものだ。東京を回って十一日に帰宅、鮎子について、どのみち東京へ出るので、成女女学校へ編入できるよう、元の担任や精二に頼んでいる。それから、吉野のサクラ花壇に滞在して「吉野葛」を書くのである。何度か岡本との間を行き来し、十一月中旬にはまた上京する。二十八日、佐藤、千代、鮎子が静養のため船で勝浦へ出かける。佐藤と千代の仲人は志賀直哉が務め、翌年三月頃小さな式を挙げた。「吉野葛」は完成し、十二月十九日発売と見られる『中央公論』新年号にその前半が載る。十五日、上京して日本橋区亀嶋町の東洋ホテルに泊まり、一女性と見合いをしたという。十八日に帰宅すると、待ち受けていた記者に質問責めにあい、相手のこともあるから言えないが、見合いをしたと打ち明け、新しい妻の条件七ケ条を示したのが、翌十九日の『大阪毎日新聞』朝刊に出た。見出しは「谷崎潤一郎氏がひそかに見合」で、条件は、

1、関西の夫人であること、たゞし純京都風の婦人は好まぬ
2、日本髪も似合ふ人であること
3、なるべくは素人であること
4、廿五歳以下でなるべく初婚であること（丙午《ひのえうま》も可）
5、美人でなくとも手足の奇麗であること
6、財産地位をのぞまない人
7、おとなしく家庭的の婦人であること

「平凡な、あまりにも平凡なこの結婚七ケ条は」と記事は書いている（細江、二〇〇四a による）。見合いの相手は、萩原朔太郎の妹愛子だった。当時二十七歳で、のち佐藤惣之助と結婚した。美人の誉れ高い。

＊　従来三月とされてきたが、矢野隆司「今東光研究補遺」『日本近代文学』二〇〇六年で十月とされている。矢野氏よりご教示を得た。

第八章　古川丁未子の真実――谷崎第二の妻

昭和六年（一九三一）一月二十四日に、各新聞が、谷崎と古川丁未子《とみこ》との婚約を一斉に報道するのだが、この丁未子のことが、私は気になっている。世間には、谷崎は最初の妻を佐藤に譲って、松子と結婚したのだと思っている人もいるくらいで、二年で離婚にいたった丁未子は「ワンポイント・リリーフ」などとも言われている。そして、谷崎の『盲目物語』『蘆刈』などの名作は、松子への思慕から生まれたとして、松子の役割が強調され、しかも松子自身が、谷崎の死後、谷崎の理想の女性として振る舞ったために、いわば「松子神話」のようなものができあがっている。丁未子との婚約を聞いた時、周りの人々が、松子の間違いではないのか、と言ったという話もある。松子と仲の良かった画家の樋口富麻呂は、谷崎が吉野へ行った時に、根津清太郎が、松子も行っている、と言ったと書いている。昭和五年の吉野訪問では、尾上六治郎《ろくじろう》、辰巳長楽《ちようらく》らの案内を受けているが、嶋中雄作宛書簡によれば、昭和四年秋にも谷崎は二度吉野へ行った可能性があるから、松子が同行したことがあるとすればこの二度目の時で、顔なじみのサクラ花壇を避けての微行《おしのび》だったはずだ。しかし、この時既に松子には二人の子供がいる。あれほど子供を嫌った谷崎が、いかに憧れの女性だったとはいえ、子のある女性と結婚するわけには行かなかっただろう。多くの伝記類は、谷崎が松子とすぐに結婚しなかったのは、高嶺の花だったからだなどと書いているが、これも松子神話の幻惑であって、谷崎の子供嫌いのことを忘れている。

古川丁未子と　結婚した年の夏　昭和６年

一九九〇年、武庫川女子大の谷崎研究家・たつみ都志は、大阪の浪速《なにわ》書林の仲介で、谷崎から丁未子宛の書簡三通を林光夫という人から見せられ、内密に願うと言われた（たつみ、一九九三―九四）。丁未子は谷崎と離婚して、昭和十四年に文藝春秋社の鷲尾洋三と再婚しているが、その時か「谷崎からもらっていた約百通の手紙」を岡成志に預け、岡は神戸新聞の記者だった女性に処分を頼んだ。華子というその女性は、それを焼き捨てようとしたが、大切そうなものを三通だけとっておいたという。林は、既に亡くなった華子の夫だった。だが一九九一年、元読売新聞記者で谷崎研究家の西口孝四郎が、東大阪市で開かれた文学研究会で谷崎の話をしようとしていると、林がやってきて、その三通の手紙を渡したという。これはその二月に松子が死去したためだろうが、この発見は、八月二十二日『毎日新聞』、二十三日『読売新聞』、九月二十五日『朝日新聞』で報道され、そのあまりに熱烈な内容に記者も驚いている。新聞から知らせを受けたたつみは憮然としたというが、なぜ林がたつみに連絡せず西口に見せに行ったのかは、不明である。そこで九三年にたつみが先の文章で二通を紹介し、西口は九四年に『中央公論文藝特集』に「谷崎潤一郎が妻丁未子にあてた三通の手紙」を載せて、発見の経緯を語った（ただしたつみが既に発表したことには触れていない）。

第一の手紙は、昭和五年八月二十日のもので、丁未子の住所は大塚の同潤会アパート。たつみと西口の翻刻はところどころ違うので、たつみ氏が送って下さった写真を参考にした。

お見舞状ありかたう存（じ）ます。原稿がかけなくて御気の毒をしました。あれを発表するまでハ事実を申上げることが出来なかつたので失礼しました。
その御詫びハもちろん暇があり次第書くことに致します。
断髪された由、ついでに歯をなほされては如何、私の友人で今上陛下のデンティストなる光栄を有する長尾というドクトルがゐます。（略）御希望とあれば右ドクトルに紹介状を書きます。場所は神田一つ橋ですから便利です。あなたが上京なさる時、此の事を云ふのを忘れました。

新聞が一段落つく迄は旅行にでられません。早くても来月上旬になると思ひますが出発の最初に東京へ出ますからさうしたら御目にかかりませう。


十八日に、例の離婚挨拶状を発送したのに対する丁未子からの見舞状への返事、と西口は書いている。丁未子は、入社が決まってからいったん鳥取へ行って家族に会ってから上京しているので、経路から見ても一度谷崎邸を経由しているが、その時期はいつか。「あなたが上京なさる時」という文面から、そう早くはないのではないかと思える。断髪にしたというのは谷崎の勧めだそうで、さらに歯を直すよう進言しているのも、次に上京したら会おうと書いているのも気になる。谷崎は既にその頃から、丁未子に心を奪われていたのではないか。絹枝宛書簡にあった「おもひもかけぬ事」は、表面上は千代と佐藤の反対だったとしても、谷崎が絹枝への求婚を取り消したのは、美しく教養もある丁未子に心奪われたからではないのか。

ところがこのような仮定を阻むものがある。谷崎が『幼少時代』に書いた、北陸を回って偕楽園に行き、好きだった女中のことを訊いたら、既に嫁入っていたので笹沼夫人を恨んだという箇所である。それは、偕楽園の女中の話題の中で、正直を云へば、かく云ふ私も、結婚しようとまで思つた女が、前後に二人あつた。〔若いころの一人のこと。略〕二度目の女は、私が最初の妻を離別した直後、かねてから意中にあつたことなので、阪急沿線の岡本の家から北陸を旅行して東京に行き、今の笹沼夫人に面会して話して見ると、案外にもその女はつい先達《せんだつて》嫁に行つたと云ふ答だつたので、私の気持を知らないでもなかつたであらう夫人が、さうなる前になぜちよつとでも知らせてくれなかつたのかと、私はひどく失望もし、恨みもしたことがあつた。或は夫人は、私の素行には全く信用を置いてゐなかつたので、その女のために不幸であると考へて、予め捌いてしまつたのであらう。

野村尚吾もこの文章を引いて、この時点即ち十月始めの時点では、丁未子との結婚など考えていなかったと書いている。経緯が具体的で、しかも謎の時期の行動なので、誰しもが引っかかる。しかしよく読むと、全体に落し噺めいている。千代と別れたらこの女と結婚しようかと思ったのは、昭和四年のことかもしれず、偕楽園へ行って訊いてみたら嫁に行ったというので笹沼夫人に恨み言を言う、ということがあったとしても、冗談であろう。だいたい、『幼少時代』でこんなことまで書かなくてもいいのである。この自伝は昭和三十年に『文藝春秋』に連載されたのだが、松子が一際深い関心を持って読むであろうことを予期し、丁未子との関係を今さらながらぼやかすためにあえてこの一節を挿入したのではないか。

第二の手紙は、十一月二十九日付で、

御手紙拝見いたし候
旅行中長々御無沙汰して相すみません、比叡だの高野だの坊主になつたのとあらぬ噂を立てられて苦笑を禁じ得ません　実ハ小説の材料を採るため吉野の山奥を旅してゐたのです、留守中御写真到着、アマリ大きいのでブックに貼り切れず、書斎の額にして大いに室内の光彩を添へやうかと思ひましたが世間の物議を醸してハならぬと差控へてゐます、何しろ有難う存じます、今後も撮影の度に御送り願ひます
実は先達も一寸東京へ行つたのですが御目にかゝる暇がなくて残念でした、殊に断髪隊の横行ぶりを見ることが出来なかつたのは甚だ遺憾千万です多分年内に今一度上京しますからさうしたら今度こそ御知らせします、帰宅したら二三日後にあの地震で、実にアブナイ所でした、アレを知らずに寝てゐたなどとは羨望の至り、小生も、あなたの爪の垢でも煎じて飲んだらいいかと思ひます
しかしあなたの方からもたまにハこちらへ遊びに来ませんか、お正月の御休みにいかがです、宝塚のダンスホールへ是非御案内しますその他出来るだけ御歓迎準備をとゝのへ

ます
静枝嬢以下キネマ諸嬢によろしく、
（略）
白髭さんにも宜しく願ひます
「卍」がそのうちゼイタク本になつて出ますから御送りします（三島佑一『谷崎潤一郎と大阪』）

というものだ。静枝嬢は松竹スターの龍田静枝、白髭《しらひげ》ふき子は大阪女専の友人。写真を送らせ、額《がく》にして光彩を添えると言うあたり、既に十分口説き文句である。谷崎の側ではこの頃本命は丁未子だったと見るが、十二月四日の妹尾宛書簡（番号七四七）で、「例の女医嬢電話の首尾如何にや吉報待入」とあるのは、秦によれば既に特定された見合いの相手だという。この女医嬢にしても萩原愛子にしても、カムフラージュというより、丁未子のほうが不首尾に終わった場合に備えていたのだろう。谷崎は後に、荷風の独身生活に憧れの念を持ったと書いているが（「雪後庵夜話」）、娼婦嫌いなので、それはできなかった。千代との夫婦生活はとうに終わっていただろうが、むしろ千代がいなくなった今、一刻も早く次の妻を確保したかったのだ。しかも、いつも新聞記者が見張っているようでは、娼婦買いもできなかっただろう。

一方、十九日の新聞に出た求婚条件七ケ条を見た江田治江は（治江は二十五日夕刊と書いている）、これはチョマさんだ、と思って、二十五歳以下とあり、丁未子は年が明けたら数え二十六になるから、年内に申し込むべしと電報を打ち、新聞を書き写して速達で送り、その足で三越へ行ったらばったり妹尾君《きみ》に会ったという。ここでの君との会話が、素人の手になるものとは思えないほど生き生きしている。君は、古川さんのことで治江に電話して相談しようとしていたと言い、治江が電報を打ったと言うと、「あほ。あんたちゅう人はどこまで向先《むこさき》の見えん阿呆たれや」と言われ、「あの条件は東京で先に発表されたんでっせ。そやさかい、あれを見て迷うてる古川はんにそんな電報打ったら、燃えかけの炎に油さすようなもんでんがな」「先生《せんせ》のなァあの条件には裏がおまんねん、裏が」「〔千代〕で気に入らんほど先生の目ェこえてますねんで」「女性遍歴では海千山千の先生が、あんなおぼこはんのとろくさい、閨捌《ねやさば》きで辛抱《しんぼ》しゃはる思いまっか」「実《わて》はな、先生こないだ上京して古川はんに思いのたけを話しゃはったんですわ。そやけど私ははっきり先生に、あかん、やめときなはれ、先生はインテリ婦人が一番お嫌いでっしゃろ。珍しいのは当座《はな》だけだっせ」と説得する。先に東京で発表されたというのは君の勘違いだろう。また、谷崎がその直前の上京で丁未子に会ったのは事実だろう。二十四日の妹尾君宛書簡（番号七四九）で谷崎は、今夜夕食後伺う、御主人に相談したいことが出来たと書いているから、丁未子のことで相談したと私は見る。

丁未子は、『婦人世界』昭和六年三月号の探訪記事で、東京から岡に宛てて、谷崎の秘書として使ってほしいと手紙を書いたと言っている。「岡さんが、先生に、そのことを話になると、先生は、だまつて、聞いていらしただけで、何ともお答へにならなかつたさうです」記者の問い「その時に、先生の気持ちは、はつきりなすつたのですね」「ええ、さうだと思ひます（後略）」。そして「岡さんから、あなたの気持ちはきいた。だが、私は、秘書として、私の傍に来て呉れるよりも、結婚をして呉れないか」と六年一月に谷崎が言ったと語っている。恐らく丁未子の手紙は、治江の手紙を見て書かれたのではないか。丁未子は、六年三月号の『婦人サロン』に載せた「われ朗らかに世に生きん」で一月十二日に東京で谷崎に呼び出されて口説かれたのを最初のように書いている。しかし実際には、前年からゆるゆると丁未子を口説いており、それへ婉曲に「秘書に」と答えたのだと思う。でなければ、丁未子の受諾が出るのが早すぎる。谷崎のインテリ女嫌いということは時おり言われるが、これは大正期、インテリ女といったら、「青鞜」派の女権運動家や、身なりに構わぬ醜い女だと思われていたからで、後に同志社大英文科卒の渡辺千萬子を溺愛というに等しくかわいがり、『鍵』の英訳を送って、うちでは誰もこれを読めない、と手紙に書いていることを思えば、美しく英語もできる丁未子が魅力的に写ったのは理解できる。一月二十三日付の妹尾宛書簡（番号七五〇）が英語で書かれているのは、反対している君夫人が英語が読めなかったからだろうか。

Dear Mr. Senowo

I must confess to you that, having arrived at Tokyo, I was perfectly "moritsubusareta" by her at the first moment. How could I do otherwise when she was so lovely, beautiful, fine, clever & everything ? Now we are only waiting for her father's consent which she says will be gotten without so such difficulty.

Anyhow I shall《ママ》 go home within a few days "avec beaucou de《ママ》 noroque." Please my kind regard to your wife.

Sincerely Yours
J.Tanizaki

東洋ホテルからだ。この前の二十日に、丁未子宛、便箋四枚にわたる恋文があるのだ。


此の手紙は用件ではありません、一時間も早く読で頂きたいので速達にしました。

其後どうしておいでですか。

今日小川さんが来ました。そして大変あなたのことを褒め、なぜ古川さんを秘書に頼まないのか、文藝春秋社は古川さんには不適当だなどと云つてゐました、私はあまり空とぼけても、後で悪いと思ひ、自分は頼みたいのだが古川さんに遠慮してゐると、いくらか曖昧に答へておきました。

しかし此の答へは私の正直な心持ちなのです、私はあなたをあまり崇拝し、尊敬してゐたために却て気おくれがして近よれなかつたのだと思ひます。それと、年が違ふので、あなたを侮辱することになりはしないかと、その点を恐れてゐたのです。此の私の心持ちは説明する迄もなくあなたは知つていらしつたと思ひます。

目下の私は、自分の藝術については誰にも負けない自信があります。たとひ自分の書くものが一時世間から認められないことがあつても、きつと後世には認められる、それが私には分つてゐます。しかしそれだけではあまり淋しい。私は過去に於いて恋愛の経験が二三度ありますが、ほんたうに全部的に、精神的にも肉体的にもすべてを捧げて愛するに足る女性に会つたことはなかつた。それが私の唯一の不満であつた。もつと突込んで云ふならば、私の藝術の世界に於ける美の理想と一致するやうな女性、――もしさう云ふ人が得られたら、私の実生活と藝術生活とは全く一つのものになる。

正直を云ふと、最初あなたにお目にかかつた時は、あなたがそんなに性格までも美しい方だとは思はなかつた。ほんたうにあなたと云ふものが分かつて来たのは最近のやうな気がします。私はあなたを、学問や趣味や技術の上では教へもし、指導することも出来ませう。けれどももつと高い深い意味に於いて、私はあなたの美に感化されたいのだ。

あなたの存在の全部を、私の藝術と生活との指針とし、光明として仰ぎたいのだ。あなたとの接触に依つて、私は私の中にあるいい素質を充分に引き出し、全的に働かしたいのだ。ジョン・スチュアード（ママ）・ミルの経済学はミルの創作ではなく、ミルの夫人の高潔なる愛と智慧との賜物《たまもの》だと云はれる。私も若《も》し、幸ひにしてあなたが来て下されば後世に輝くやうな作品を遺すことが出来ると信じる。そしてその功績と名誉とは、私のものでなく、あなたのものです。私の藝術は実はあなたの藝術であり、私の書くものはあなたの生命から流れ出たもので、私は単なる筆記生に過ぎない。私はあなたとさう云ふ結婚生活を営みたいのです。あなたの支配の下に立ちたいのです。そして今一度、私に青春の活力と情熱を燃え上らして貰ひたいのです。
すでに私は、此の十年来経験しなかつた盛んな情熱の燃え立ちつつあるのを感じ、それを今は出来るだけ抑制してゐます。そして一日も早くあなたと一つ屋根の下に住めるやうになるのを待つてゐます。
ではいづれ又、
速達なぞ出してビツクリさせて済みません、明日か明後日電話を掛けます、仕事はまだ終りませんが、一度お顔を見たくなりました
正月二十日夕

松子宛の異様とも言える恋文が有名なのに比して、これらはあまり知られていないので長々と引用した。西口もたつみも、この手紙が後に松子に出したものに似ていると言っているが、その通り、かつ、松子宛とは違った、丁未子の西洋的教養に訴えている箇所も目につく。「空とぼけても」「あなたは知つていらしつた」のあたりは、谷崎が前年から婉曲な求愛を続けてきたことを示している。そしてこの手紙をもって陥落したかの如く、丁未子は承諾を与え、すぐに鳥取の父親・憲宛に手紙を出し、返事を待っているというのが、二十三日妹尾宛書簡に書かれた状況で、翌日各新聞が婚約を報道、二十五日の『因伯時報』には父古川憲の談話が載っているから、もはや大作家の求婚に父親が口を挟める段階ではなかっただろう。

『婦人画報』三月号には、丁未子の談話「奥様見習の語る――谷崎氏と私との関係」が載っており、三月号なら発売は二月半ばだろう。ここでは、社会民衆党の岡成志の斡旋で纏まった、とあり、丁未子は、岡が今年になって何気なく口火を切り、十二日に求婚されたと言っているが、どうも岡は万事終了してから持ち出された感が強い。さらに丁未子は、谷崎が菊池寛に、丁未子退職の許可を得てから求婚したとも言っているが、すぐに丁未子の送別会が開かれ、二人は岡本の家へ直行、一月三十一日朝、外で待ち構える記者たちを振り切ってタクシーに乗り、大阪駅へ行くと見せかけて神崎《かんざき》駅（現尼崎駅）から大社《たいしゃ》行きに乗り、午後六時半鳥取着、丁未子の姉、義兄、妹が迎えに来たというが、丁未子は八人きょうだいの真ん中だったという。鳥取の温泉へ案内されて、恐らく汗を流してから、七時半、古川家へ行って父親に挨拶したという（「鳥取行き」）。そして二月一日午前零時半の寝台列車で帰途についたというのだが、なぜ一泊くらいしなかったのか。恐らく古川家には、谷崎を泊める室もなく、かといって一人で宿を取らせるのも気の毒というあたりのことだろうが、鳥取へ着くまで二人とも何も食べなかったというから強行軍である。そして恐らく朝九時過ぎ、岡本へ戻り、初めて二人は結ばれたという。

ところで一月二十九日に、紀州下里から佐藤春夫の妹尾宛書簡があって、谷崎の結婚には触れていないから、知らなかったのである。二月十日、終平が佐藤を訪ねて報告、十三日に小出楢重が四十五歳で急死し、その後丁未子と二人で佐藤の所へ挨拶に行くが、千代と鮎子は東京だった。この結婚について、谷崎は佐藤に相談しなかったということで、それはしにくかろう。妹尾君の反対も虚しかった。ところで岡成志は、後に「三つの場合」に書かれる通り、二度も衆議院選に出馬して得票が少なく供託金を没収される、粗忽な人物で、当時、ユーモア随筆の類を書いていた。『婦人サロン』三月号に「岡十津雁《とつがん》」の筆名で文章を寄せているが、これは「凸眼」という意味で時々使った筆名らしい（細江氏ご教示）。「十津雄」と書いている文献があるが間違いである。四月には改造社から『卍』を刊行した。十五日、鳥取から古川憲がやってきて、丁未子と出迎え、岡と四人で須磨に遊んだ。二十四日、自宅で丁未子と結婚式を挙げたが仲人は岡夫妻で、どうも軽い。谷崎は、自分の結婚では仲人を軽めの人物にする傾向がある。それから数日間の新婚夫妻の、神戸周辺でのいかにも楽しげな遊興の様子が、丁未子の「四月の日記の中から」(『婦人公論』六月号)に描かれている。

しかし『秘本谷崎潤一郎』第二巻で松子が語ったところによると、この四月下旬、新婚旅行を兼ねて、谷崎夫妻、妹尾夫妻、佐藤夫妻と根津松子とで室生寺《むろうじ》から道成寺《どうじようじ》へ旅行したが、室生寺に泊まった夜、谷崎と松子が抜け出して、抱擁を交わしたというのである。昭和四年に情事があったとすれば、ありえないことではない。ここでも「松子神話」から解放されねばならない。松子は、女学校時代、一種の不良少女で、男と遊びに出て学校をサボることが多く、女学校を退学になったのもそのせいだという。文学書を読み、芝居を観るの類も好きで、芥川に会いに出かけたのもその一環である。谷崎と結婚してからも、炊事、育児は、女中と、妹の重子に任せていたというし、ただ、男を喜ばせる術には長けていた。

この頃、何よりの重大問題は、岡本での贅沢生活が祟って、谷崎は二万三千円という借金を背負っていたことで、ために五月末、岡本の家を売りに出して、新妻と高野山に籠もることになる。先の手紙で、自分の藝術について自信があると書いていたのは、『蓼喰ふ蟲』から『吉野葛』に至る作品歴を見てもまったく正直なところだったろう。ところで、「仕事はまだ終りませんが」とある仕事とは何か。この後谷崎が発表したのは、『婦人公論』四月号から六月号まで連載した評論「恋愛と色情」（後「恋愛及び色情」と改題）である。これはまさに、丁未子への情熱と欲情の燃え上がっている時期に書かれたもので、それだけにまた重要な問題を孕んでいる。五月始めまでには書きおえていたはずだが、まず谷崎は、自分らが受けた漢文中心の文学教育には、恋愛というものはなかった、恋愛が文学の題材たりうることは、西洋に教えられたのだ、と論じる。そして、確かに徳川期文藝にも恋愛らしいものはあるが、そこには女性崇拝の精神が欠けており、彼らは自ら女性を蔑視していたのであり、これは武士支配以後の日本文化の悲しむべき点だと言う。しかし、では平安文学はいかに、と問うて、そこには確かに女性崇拝の精神がある、なるほど光源氏など、多くの妻妾を持ってはいたが、そのことと女性崇拝とは両立しうるのだと述べている。谷崎が徳川文化を嫌っていたことは確かで、幼時から歌舞伎に親しんではいたが、そこに女性崇拝の精神がないことに不満を覚えていた。西洋における恋愛の理念が、日本では平安文藝に見られることを指摘したのは、明治期に北村透谷が日本前近代をひっくるめて否定して以来のことで、平安朝文藝に親しんできた谷崎ならではの洞察である。ところが、これを今、新妻との結婚生活を始めようとする谷崎に当てはめると、甚だ具合の悪いことが起こる。『源氏物語』や『狭衣物語』を見れば分かるとおり、永遠の女性美を与えられるのは、手の届かない女に限られている。紫上のように理想の相手と見える女さえ、光源氏が別の女に次々と手を出してゆくことに苦しまなければならなかった。「恋愛及び色情」は、論理的に辻褄が合っておらず、途中で話を逸らしている感がある。というのは、恐らく谷崎は、西洋的な「恋愛」と、日本的な「色情」を対比させるつもりでこの題をつけたに違いないのだが、平安文藝にいかに女性崇拝があろうとも、それが一夫多妻的であることを、うまく価値評価できなかったからである。何しろ、この連載は新妻が読むのだから。しかも、余人に先駆けて『パルムの僧院』を読んで感心していた谷崎は、昭和六年の岩波文庫版に至るまで既に四種類の邦訳のある『恋愛論』を読んでいたはずで、情熱恋愛は結婚とは相容れないことに気づいていたはずなのだ。

高野山の女人禁制が解かれたのは明治二年である。谷崎夫婦は五月十八日に家を出て奈良の志賀邸に一泊、翌日十九日午後三時まで志賀邸にあり、それから高野山の親王院に入り、翌二十日、朝五時に起きて龍泉院内の泰雲院に入り、以後五カ月ほどここに滞在、谷崎は水原堯栄《ぎょうえい》師から真言密教の教えを受けながら、「盲目物語」を執筆した。終平は上京させた。二十二日の妹尾宛書簡では、「丁未子ハ『ピコン』以外に何の仕事もなく退窟《ママ》の体」と書いている。ピコンとはアメール・ピコンというリキュールの一種だが、媚薬的効果で知られていたようで、ここでは性交のことを指している。六月十三日の妹尾宛書簡では、「能率の上らないのは決してぴこんのためにあらず」「丁未子はアンプロムプチユはきらひのよしにてペエジエントの要求に応じてくれません、室内にても白昼はいやがります是には困り升《ます》」と書いている。谷崎は千代について、「to make Love-scene」ができない女だ、と佐藤に言っていた（「この三つのもの」）。これは、性交を楽しむという意味だろう。時代背景を説明すると、大正十三年一月、マリー・ストープスの『結婚愛』の邦訳が矢口達訳で朝香屋書店から刊行され、すぐ発売禁止になり、三月に伏せ字を施した再版が出て、かなり売れている。ストープスは性に関する啓蒙活動を行った人で、産児制限を訴え、健全な性交による夫婦愛の高まりをも訴えた。昭和五年には、これを批判的に継承したヴァン＝デ＝ヴェルデの『完全なる夫婦』の邦訳も出たが発禁、戦後、新訳がベストセラーになっている。同年ストープス著の新訳も出ている。最初のものの訳者矢口は、精二と同期に早稲田を卒業した英文学者だから、谷崎はかなりの確率でこれを読んでいただろう。婉曲ながら、快楽としての性交を認めたもので、カトリック教会の思想に反逆したものだ。しかも昭和四年には、米国のリンゼイ判事による『友愛結婚』が邦訳刊行されて大きな話題になっている。これは、産児制限と、離婚に際して慰謝料等を要求しない結婚を、試験的結婚として推奨したもので、論争を呼び、流行語にもなった。谷崎は、インテリである丁未子に、こうした外来思想を説いて、快楽としての性交へと導いたと私は推定する。アンプロンプチュは即興なので、昼間の即興的性交を指し、「室内にても」とあるのは、谷崎が屋外性交に丁未子を誘ったことを意味するだろう。「フランス式バースコントロール」をしている、とも書いてあるが（七月三十日、丁未子から妹尾君宛書簡）、これは膣外射精のことで、有効な避妊法とは言いがたい。しかし丁未子も、谷崎の作品を読んだ上で結婚した以上、なるべくはその要求に応じようとしただろうし、五月二十三日の妹尾夫妻宛書簡では、二人がいないと刺激剤がない、と言い、その後妹尾夫妻が訪れて帰った後の六月六日の妹尾夫妻宛書簡では、二人が来たので刺激剤になって痩せた、と書いている。

高野山へは訪問客が多く、七月四日にはせい子が来て一泊、八月中旬には鮎子と終平が来て、妹尾夫妻も再び来訪するが、妹尾君はこの頃体調を崩していたようだ。江田治江や、谷崎の知人で好事家の森川喜助も来ている。しかし、秦恒平が紹介した九月五日の終平から妹尾健太郎宛の手紙は、異様だ。

あんた
その後どないしてはるのん
あんたが往んでしもうふてうちほんまに淋しいわ
（略）
こないだはほんまにおもろかつたな
あんた　あの写真　でけてきたんやし
うちやつぱりあごが長ううつてんね
（略）
あの晩のあんた　可愛い可愛い　きれい〳〵やつたのにそれがうつつてないので　あて

癪やわ
でも約束やよつて迷つてんし
たんとわらふて　みんな、見せたら　いややし
あんたの喜美太郎はんによろしうに
九月五日　終子拝
健子様

この手紙を紹介した秦恒平は、終平という人物に興味があると書いているが、特に注釈はない。後に終平は結婚しているが、同性指向もあったようだ（英語のホモセクシュアルには「愛」に当たる語がないので、こう訳す）。

七月十日の妹尾宛書簡では、税務署が全集の版権差し押さえに出たので、改造社員が飛んできて版権は改造社に委譲した、とある。「盲目物語」のほか「覚海上人天狗になる事」という短編もでき、八月五日の嶋中宛書簡では、離婚と再婚の経験といったザンゲ物を書きたいと言っている。八月六日の丁未子から妹尾夫妻宛の書簡では、十日以後根津夫人と来てくれ、とある。続けて「ザンゲ物」である「佐藤春夫に与へて過去半生を語る書」を脱稿し、十日の嶋中宛書簡では、四編（「吉野葛」「盲目物語」「覚海上人」「過去半生」）の版権は中央公論社にしておいてくれ、と税務署の差し押さえを回避するのに懸命だ。これに

は「をぐり」を計画している、ともある。この頃、『中央公論』九月号に「盲目物語」、『改造』九月号に「紀伊ノ国ノ狐憑ク二漆掻キニ一語」を載せている。谷崎が中世趣味に没頭しているのが分かる。一方谷崎は、根津家の没落に伴う整理のため、九月中に下山して松子と相談、五日、根津家の美術品売却の件で、妹尾と、美術品蒐集《しゅうしゅう》家の池長孟《たけし》を訪ねたが不在だった。十四日には、朝鮮銀行に勤める岸巌宛に、根津家が朝鮮銀行の借金で困っているので、支店長の人柄だけでも教えてくれと手紙を出している（番号一一九）。二十二日の雨宮宛書簡では、これまで貴社では随筆でも一枚十円貰っていたが、今回八円になったのはどうしたことか、創作も貴社は改造社より安い、と文句を言っている。

下山したのは九月二十七日、大阪府中河内郡孔舎衙《くさか》村池畑稲荷山の根津商店寮に住み込んだ。現在の東大阪市善根寺で、孔舎衙の地名は、小学校や中学校に残っている。下山した時、谷崎は体を傷めていたようで、まだ体の痛みが取れない、と丁未子の手紙にある（妹尾宛、十月一日）。『新青年』十月号から「武州公秘話」の連載を始めていたが、これは借金返済のため通俗ものを書いて稼ぐためだと言っている（七月四日妹尾夫妻宛書簡）。十月六日の雨宮宛書簡では、荷風が『改造』十月号に発表した「つゆのあとさき」について評論を書きたくなったのでそちらを先にすると言っており、『改造』十一月号（十月十九日頃発売）には、「永井荷風氏の近業について」（後「『つゆのあとさき』を読む」と改題）が載った。久しぶりの荷風の力作への称賛で、遠い昔まっさきに自分を認めてくれた荷風への恩返しである。『中央公論』十一・十二月号に「佐藤春夫に与へて過去半生を語る書」を載せた。同じ頃、全集第十二巻が刊行されて完結、月報には終平の、最初の文章であろう「高野山の生活」が載っている。

十一月には稲荷山を出て、西宮市外夙川大社村森具《もりぐ》字蓮毛《あざれんげ》（現相生町十一番）の根津別荘に移っているが、これは根津家が窮迫して大阪靱《うつぼ》の本邸を売り払ったため、根津夫婦、祖母ツネ、重子と信子が住んでいた。この頃、妹尾君は肺結核で神戸のサナトリウムに入院しており、十一月末頃、谷崎夫婦で見舞いに出かけている。『改造』十二月号には、谷崎丁未子「高野山の生活」が載っている。梅ノ谷の家が売れ、ようやく資金繰りの目処がついた。しかし下山後、次々と根津家関係の家へ移り、松子と親しくしている夫に、丁未子もさすがに疑惑を持っただろう。しかもこの年末、谷崎は「倚《い》松庵《しょうあん》主人」を名乗り始めている。「松に倚《よ》る」ということで、あからさまに松子への慕情を示し始めたのだ。

高野山での丁未子との生活で、谷崎は、満足にご飯も炊けない丁未子に失望したとか、「過去半生を語る書」で、丁未子に満足していると書いているのも、嘘だとする論者があるが、谷崎がこの時点で特に丁未子に不満だったことを示す資料はない。根津商店が傾き始める中、松子が谷崎に相談を持ちかけたのは、このまま谷崎に丁未子との結婚生活を続けさせたのでは、先行き見込みもなく生活もだらしない清太郎から逃れることができないと思っての、懸命の工作だったのではないか。ところで「武州公秘話」は、通俗ものと自分で言っており、探偵小説中心の娯楽雑誌に連載されたが、時代ものといっても『乱菊物語』と違って、変態性欲が主題であり、当時江戸川乱歩ら探偵小説家の猟奇趣味が流行していたのを奇貨として、谷崎自身の変態性欲を、その自画像たる主人公輝勝を通して存分に表現した趣がある。その体裁は、徳川文藝に擬して、「巻之一　妙覚尼『見し夜の夢』を書き遺す事、並びに道阿弥の手記の事／武蔵守輝勝の甲冑の事、並びに松雪院絵姿の事」という風に巻の題をつけ、「見し夜の夢」「道阿弥話」「筑摩軍記」などの偽古文書を用いるという芥川張りの手法を用いているが、芥川に比べると、実在の古文書ではないかと思わせるのは難しい。単行本では削除されたが、連載の冒頭では、これは架空の人物ではないとわざわざ断っている。恐らく少年時代に読んだ馬琴読本《よみほん》の骨法に倣って、架空の戦国武将らを登場させたのだろうが、馬琴が、実在の武将らを使って架空の戦をさせるのとは違い、武将そのものが架空なので、その辺のウソがすぐばれるのだ。

十六世紀半ばの上州、信州あたりが舞台らしく、主人公法師丸は、父桐生武蔵守輝国によって、隣国の筑摩一閑斎のもとに一種の人質として預けられている。天文十三年（一五四四）、法師丸十三歳の年、その牡鹿山の城が、管領畠山氏の幕下の薬師寺《やくしじ》弾正《だんじょう》政高の軍勢に包囲される。ある夜法師丸は、敵将の首に家中の美しい女が化粧を施しているのを見て性的興奮を覚え、自らその首になりたいと感じる。これは幼い頃、実朝の首が討たれるのを歌舞伎の舞台で見たとき覚えた興奮にまっすぐ通じている。またこの情景は、実在の古典「おあむ物語」からとったものであろう。法師丸はある夜、敵将の首の鼻が削がれているのを見て再度感激を覚え、その女から、鼻を削いだ首を女首というのだと聞かされる。またある夜、城の外へ出て、陣の内に薬師寺弾正が寝ているのを見つけ、刺し殺して鼻を削ぐ。ために薬師寺軍は軍勢を引くことになるのだが、ここは、馬琴の『南総里見八犬伝』の発端部において、犬の八房《やつふさ》が敵将安西景連《かげつら》の首を食いちぎってきて里見軍が勝ちを収める箇所を下敷きにしていることは間違いないだろう。谷崎は馬琴を読んでいただろうが、褒めたことはない。というのもこの時期、馬琴の評価は低かったからで、その儒教道徳に基づいた勧善懲悪物語と見えるものが、変態性欲的なものを秘めていたことは、後に三島由紀夫が発見することになる。

第九章 「松子神話」の完成まで

たつみ都志は、丁未子宛書簡を紹介しつつ、そろそろ「松子神話」から解放されるべきではないか、と書いている。同感である。『盲目物語』『聞書抄』『春琴抄』『蘆刈』といった谷崎の名作群は、理想の女性たる松子との出会いによって導かれたものであるといった神話が、長く流布してきた。しかしそれは、谷崎死後、松子が自ら作ったと言っても過言ではない。谷崎生前、松子はむろん、『細雪』の次女幸子のモデルとして認識されていたが、死後、谷崎から松子に宛てた、下僕として使ってください式の手紙を松子が公表して、神話化が始まったのである。写真で見ると、松子より丁未子のほうが顔だちは美人である。たつみは、大阪女専時代の丁未子が「私は一生男に自分の靴の紐を結ばせる自信がある」という、自分の美貌を十分認識した発言をしていたことを伝えている。しかし松子も、末永泉の回想によれば、全体から美しさが漂っていて、既に四十を越えた戦後の頃、三十代前半にしか見えず、市電に乗るのにパス記載の年齢を信じてもらえず困惑したことがたびたびあったという。谷崎は、松子への恋文で、森田家の威光とか、お育ちが違うとか書いているが、所詮商人の家であって、本来の貴人とはまったく違う。既に谷崎は『盲目物語』を書いた頃には、平安朝文藝にみられる貴女崇拝のモティーフこそが、日本近世文藝に欠けており、それはむしろ西洋の騎士道に似たところがあり、復活の価値があるものだということに気づいていた。それらは、谷崎のイデーの表現であり、仮に松子をその形相の位置に置いたものに過ぎない。松子への、今や有名な恋文群も、「佐助ごっこ」と言われている通り、実社会においてもはや谷崎の地位に揺るぎがなく、谷崎から放り出されたら松子は二人の子を抱えて路頭に迷うほかないこと、即ち自分の側の絶対的優位を信じるところから来た遊びであることは明らかだ。だから本書では、丁未子宛の手紙は詳細に引用したが、松子宛のそれは、摘要のみ示す。

『盲目物語』中央公論社　北野恒富による口絵　昭和７年

昭和七年が明けると、一月十三日、大阪の神社で、佐多稲子の友人の後藤和夫夫妻の媒酌でせい子が和嶋彬夫と結婚式を挙げている（注・同記事の松本慶子名義『新潮45』の初出では後藤末雄となっている）。二月には、「吉野葛」と併せて、単行本『盲目物語』が中央公論社から刊行されているが、その題簽《だいせん》は松子、北野恒富による口絵の女性も、松子に似せて描いたという。吉野紙を使った豪華な装幀だった。二月六日には、武庫郡魚崎町横屋川井五五〇に転居するが、この年遂に根津商店は倒産して伊藤忠兵衛に売却され、先の別荘も手放し、この近くに家を持った。ところが谷崎は、三月になると同じ魚崎の横屋西田五五四に転居するが、前の家とは数十メートルも離れておらず、隣家が根津家だった。なおこの地名は「うおざき」だが本来は五百崎《いおざき》だったらしく、今も近くの橋には「いおざきばし」と彫ってある。市居義彬は『谷崎潤一郎の阪神時代』で阪神間の谷崎住居を精査し、この「川井」と「西田」は、この頃の区画整理前はどちらも西田、整理後はどちらも川井だったとしている（谷崎宅は現東灘区魚崎北町八―三―五）。だが清太郎は、いかに家業が落ち目とはいえ、他の男が妻にこうも近寄るのをどう思っていたのか。三田純市「蕩児余聞」は取材に想像を交えたものだが、恐らくこの通りだろうと思われるのは、元来放蕩者だが気の弱い清太郎は、家業の倒産を前にし、妹との過ちさえ犯していたため、十四歳年上で、確固たる社会的地位とふてぶてしいまでの自信を備えつつあった谷崎に苦情を申し入れることなどできなかったのである。この頃、健康を害した鮎子が保養のため訪れ、佐藤春夫の姉の子で春夫の養子になっていた佐藤龍児《りようじ》も来て、のち二人は結婚することになる。鮎子は文化学院に通っていたようである。三月には「倚松庵十首《じつしゆ》」を、佐藤と日夏耿之介の雑誌『古東多万《ことたま》』に載せている。この月、左手首に瘤ができ、若い頃の梅毒が再発した静脈瘤ではないかと思って死の恐怖に襲われたが、死の危険を宣告されるのが怖くて病院へ行けず、一カ月ほどしてから恐る恐る阪大の今村荒男（のち阪大総長）の私邸を訪ねて相談すると、明日病院に来るよう言われ、死の覚悟をして出かけていくと、単なる脂肪の塊だったのでほっとして飛んで家に帰り、妻に語ったという（「高血圧症の思ひ出」）。

さて「武州公秘話」は、十二月と三月に休載したのみで続いている。天文二十一年、法師丸は十六歳で元服し、河内介輝勝と名乗る。「河内」の地名を用いたところに、既に根津家への思いが現れていると見るべきか。輝勝の身長が五尺二寸と谷崎と同じで、しかし「図抜けて大きい彼の魁偉な容貌」とあるあたりに、谷崎が自分自身を輝勝に投影していることも分かる。ここで、筑摩一閑斎の息子の織部正《おりべのかみ》則重が、薬師寺弾正の娘桔梗《ききょう》の方《かた》を正室に迎え、これが美貌の持ち主であるという展開を見せる。四月には『倚松庵随筆』を創元社から出したが、財政は依然苦しく、税務署から家財を差し押さえられた（十八日嶋中宛書簡）。創元社は大阪の出版社で、これ以後谷崎と縁を深めていく。この頃、妹尾夫妻の馴れ初めをモデルにした「お栂《つが》」という小説を書いたが（二十九日中根宛書簡）、新潮社に送ると、全部大阪弁は困る、題名を変えよなどと言われ（五月二十七日中根宛書簡）、別の短編「二老人」を通俗小説誌『日の出』用に送ると、これが『新潮』に載せられそうになり（六月二十一日中根宛書簡）、嫌になった谷崎はどちらも引っ込めてしまう。後に『改造』に載せようとしたがそれも流れた（十一月二十三日、翌年一月二十六日佐藤績宛書簡）。

六月になると、谷崎が情人と心中したという噂が流れて、千代は驚いて妹尾君宛に手紙を書いている（三十日）。しかし、火のないところに煙は立たない。ある日松子が谷崎宅に呼ばれて行くと、閑談の隙を突いて「お慕い申しております」「どのような犠牲を払っても貴女様を仕合せに致します」と言ったと松子は伝えている（『倚松庵の夢』）。その後逢瀬を重ねたと松子は言うが、七月に根津家は西青木横屋のゴルフ場そばの茅屋《ぼうおく》へ移った。阪神青木《おおぎ》駅そばで、青木は魚崎の東一つ先の駅なので、さほど遠くはない。谷崎が丁未子と別れる決心をして手紙を出したのが八月十四日、十五日の松子宛書簡（『湘竹居追想』）で、昨日あれから帰って丁未子に話したら「よく聞き分けてくれ、自分もうす〳〵気がついてはゐたがとても自分は奥様と競争の出来るやうな女ではない」「その代り今後は兄妹のやうに可愛がつて下さい」と言われ、泣かされた、松子に会うのは感情が静まるまで待って、来月東京へ行って白髭ふき子と同居すると言った、とある。もっとも、「お慕い申しております」は、谷崎死後半年で、松子が発表して有名になった場面である。それは、室生寺以来の松子の誘惑によるものだろう。「夫人に話すまでは夫婦の契を交すことはなかった」（同）とあるが、とうてい信じがたい。昭和四年、既に松子との密通があり、しかし二人の子持ちの女と結婚するわけにはいかないから、丁未子と結婚したのだ。それは、いったん松子と「別れた」ということになるだろう。丁未子との結婚以後の動きは、むしろ「焼けぼっくいに火がつく」類のものだったのだ。子供嫌いの谷崎に、丁未子との離婚を決意させるには、丁未子以上に熟練した性の技を見せるほか手はあるまい。松子と一度も実事のないまま丁未子との離婚にまで至ったとは、考えにくいのである。「武州公秘話」では、これと符節を合わせるように、輝勝が厠《かわや》の下から桔梗の方のところへ忍んでいって、桔梗の方が、父政高を殺し鼻を削いだのは筑摩の仕業だと考え、兄淡路守政秀と心を合わせて、夫に復讐しようとしていることを聞き出し、輝勝は、下手人が自分であることは隠して協力を申し出る。筑摩則重を「惰弱」とし、夫婦の間に一男一女があることは、根津夫婦そのままである。

さて、『中央公論』九月号から「青春物語」の連載が始まり、二回目から「若き日のことども」と改題され、単行本化に際して元の題に戻った。九月二日の松子宛恋文（番号一二九）は、先夜帰り道で根津様とこいさんに会いましたが急いでいたのでお話する暇がなく、しかし根津様の意向は分かったので伝えてください、とある。これは清太郎と信子のことで、清太郎とも話をつけようとしていたのが分かる。続けて、自分を主人の娘と思えとのお言葉、私はそのつもりでいた、一生あなた様にお仕え申し上げます、「盲目物語」なども始終あなた様の事を念頭に置き自分は盲目の按摩のつもりで書いた、今日から御主人様と呼ばせて頂きます、とある。八月十九日の松子宛書簡では「丁未子は引つづいて元気で居ります、今度の事は自分には打撃であつたが、藝術家たるあなたのためにはむしろ喜ぶべきことであつたなどとも申して居ります」云々とあるが、丁未子も次第に冷静になると、さすがに自分が理不尽な扱いを受けていることに気づいたようで、これから暫く抵抗が続く。その様子は、秦の著書が明らかにした妹尾君宛書簡で分かる。

九月二十三日、丁未子が妹尾宅へ家出したことが、同日の君宛谷崎書簡に見える。十月七日には、松子宛に詫び状を出していて（番号一三二）、昨日は心がぐらついているとのご叱責、我が儘を仰っしゃいます程お育ちがよく分かって、ますます気高く見えます、どうぞ茶坊主のように扱ってください、ただお暇を出されるのは困ります、とある。マゾヒストは同時にサディストでもある。ここで谷崎に見放されて困るのは松子のほうなのだ。九日にはさらに詫び状、もうご機嫌は直りましたでしょうか、お写真を見るとまだ叱っていらっしゃるようで、ご立派なご気風に合うよう努めますとある。十七日に妹尾を訪ね、丁未子との離婚について相談したようで、十八日の妹尾宛書簡では、松子とは当面結婚の形をとらず、丁未子にも確定として話さない方がいいし、清太郎の心中もまだ不明、森田家で承知するかも不明、しかし丁未子との離婚が大前提と書いている。

「武州公秘話」は、十一月号で中断するが、成人した輝勝は、池鯉鮒《ちりう》信濃守の息女お悦の方、松雪院という正室を迎え、夫婦して道阿弥《どうあみ》という茶坊主を苛めて喜ぶ。おもしろいのは、桔梗の方について「生れつき虐を好む」としつつ、松雪院にも、道阿弥の耳に穴を開けるという残酷行為をさせていることで、これは丁未子が、何とか谷崎の性的嗜好に合わせようとしたことを示しているだろう。だが、「松雪院との新婚生活が、二三箇月を出でないうちに早くも破綻を来たし」、輝勝は則重を攻め滅ぼす。ただし則重の生死は不明のままで、「桔梗の方が俄かに公を疎んずるやうになつたのは、公が最初の約束に背いて則重の嗣子《しし》を殺害したのが原因であると。彼女が公を頼つたのは、二人の幼児を、――分けても男の子を、立派な武士に取り立てゝ貰つて、筑摩の家系を絶やさないやうにすることが一つの目的だつたのであるから、成る程それもさうかも知れない」とある。その後、「鯖江《さばえ》城兵糧《ひようろう》攻めのこと、並びに城中悪食のこと」という新しい章が始まったところで連載は中絶し、単行本化に際してはこの章は削られた。ところが連載では、先の文章に続けて「公がその子を殺したと云ふ事実は、歴然たる記録も証拠もないのであるが、女の子のお浦どのゝ方を引き取つて、陽に親切を装ひながら、陰に嫡男を殺させると云ふやうなことも、随分やりかねない手口ではある」とある。これはまぎれもなく谷崎が、恵美子は引き取るけれども、清治の引き取りは拒んだことの反映で、後に清治も谷崎方へ移ったために削除されたのである。おそらく松子は、清治、恵美子ともに谷崎に引き取ってほしく、そのことで揉めたに違いない。

十月十九日、上京することになった谷崎は、途中まで松子と一緒に行きたいと言うが、清太郎に相談すると、さすがに二人では困るから重子も連れていってくれ、と言われて、大阪駅を普通急行でたち、彦根駅で降りて宿をとり、松子と同衾していると、警察の臨検（娼婦を連れ込んでいる者がいないか抜き打ちに検査すること）にあい、叔父だと言って逃れたことは、後年「雪後庵夜話」で明かされた。「蘆刈」の載った『改造』十一月号が発売になった頃である。姉妹はそこから引き返し、この頃千代の出産が間近だったので、二十三日は横浜鶴見の草人宅、ついで佐藤宅に寄留し、二十四日に妹尾宛書簡で、丁未子には出処進退を潔くして貰いたい、尊敬に値しない人間になってほしくない、今さらせい子などに相談して愛を取り戻そうとするのは悲しむべし、と書いているから、丁未子の抵抗はいよいよ激しくなってきたのである。千代の出産が遅れたので、二十六日、夜行で帰宅、翌日、千代は男児・方哉《まさや》を産み、ために春夫の養子である必要のなくなった龍児は、春夫の弟の夏樹が、叔母竹田熊代の養子になっていて子供がいなかったため、その養子になり竹田姓になった。龍児はヴェトナム史を専攻、方哉は心理学を専攻して、ともに慶応義塾大学教授を務めた。

十一月八日の松子宛恋文（番号一三四）では、先日丁未子がお目に掛かったそうで、『蘆刈』のヒロインは御寮人様を念頭に書きました、挿絵は樋口富麻呂氏に頼んで御寮人様に似せて描いて貰いました、いずれ、何年以降の作品には悉く御寮人様の息が掛かっていると発表したいと存じます、とある。十日にも松子宛（番号一三五）、恋愛事件が起こっても筆が捗《はかど》るのは不思議です、丁未子は二十日頃から暫く東京の筈、とある。鮎子と竹田龍児の婚約の話が出たのはこの頃で、鮎子はまだ十七歳だが、この婚約は、血の繋がりのない佐藤と鮎子の関係を固めるため、春夫の父・豊太郎が発案したものらしい。懸泉堂・佐藤豊太郎は篆刻《てんこく》をよくし、谷崎とも親しい。十二月十一日の妹尾宛書簡によると、その前日、谷崎が帰宅すると、半分妹尾にふるまおうと思っていた七面鳥を、丁未子が和嶋夫妻と全部食べてしまって全員酩酊の様子、今朝丁未子は自分が寝ているうちに大阪毎日へ行って帰宅時間不明、とある。丁未子が荒れ、あちこちに相談を持ちかけている様子が窺える。

野村『伝記』が、この十二月に谷崎は丁未子と別居し、武庫郡本山村北畑天王通（現東灘区本山北町五―十一―二十六）に独居と書いて以来、今日まで年譜に踏襲されている。しかし、秦が言う通り妹尾の住居も本山村北畑だし、十一日にこの手紙がある以上、別居とは確定できない。秦は、丁未子は妹尾宅にいたとしている。「別居」の根拠となったのは、十二月六日の妹尾宛書簡で、丁未子に金を渡すこと、時計を取り戻すことが書いてあるからだが、同居しつつも離婚に関する問題は妹尾から話して貰っていたと見るべきで、十二月に別居した証拠はないと言っていいだろう。この年末から「波紋」という、現代の上方を舞台にしたフランス風心理小説を書いて『中央公論』に載せるつもりでいたが、失敗した。

谷崎が撮影した森田松子

昭和八年（一九三三）一月十一日、岡田時彦に長女が生まれた。のちの岡田茉莉子である。十九日、千代から妹尾君宛書簡で、谷崎家のことを、上京したせい子から聞いて心配している、詳しいことを教えてくれ、とある。新しい妻を得たと思ったら、僅か二年で人妻と恋愛しているとなれば、千代とても気になっただろう。『改造』三・四月号には「藝について」（のち「藝談」と改題）を分載、谷崎は次第に、創作と、随筆・評論・紀行・日記などのノンフィクションを半々ずつくらいに書くようになる。三月四日の嶋中宛書簡では、「波紋」が失敗したので、その埋め合わせに「春琴抄」を書く、とある。これは油が乗って、四月には、松子の父森田安松が友人長田恭介と建立した京都高尾の神護寺《じんごじ》の地蔵院に籠もって、「春琴抄」を執筆している。二十一日にはそこから松子宛書簡で、先日夙川の姓名判断の小川という人に見てもらったら、関西にいるのがいいということで、何ごとも森田家のご威光を感じます、とあり、『盲目物語』の盲人に擬した「順市」という署名が確認できるのは、これが一番古い（一部『湘竹居』、現物写真は「谷崎潤一郎・人と文学展」図録に掲載）。二十二、二十三日には、京都嵯峨から妹尾宛に書簡を出している。「春琴抄」は四月中には完成したらしい。

五月前半、岡夫妻立ち会いのもとで、丁未子との協議離婚が成立し、以後自立のメドが立つまで谷崎が月々百五十円払うことになり、この金は妹尾が預かって貯金することになる。ただし、協議離婚というのは正確ではなく、丁未子とは入籍していなかった。父親からは入籍を条件にされていたが、谷崎はいつも入籍が遅い。丁未子は、この期《ご》に及んで入籍を要求した。そして五月十六日、恐らく姉を心配した妹ひで子がやってきて、御影群家《ぐんげ》に一戸を借りて住んだが、たちまち新聞記者に発見されたという（『伝記』）。群家は、阪急御影駅の南側である。十九日には、北野の挿絵付き「春琴抄」の載った『中央公論』六月号が発売され、各方面の絶賛を浴びることになる。この頃仙台にいた木下杢太郎に『青春物語』の装幀を頼み、磯田多佳女に、彼女と岡本橘仙、金子竹次郎の写真を借りるために手紙を出し、久しぶりに交遊が復活している。六月には、妹須恵が結婚し、秀雄と三人で、精道村打出《せいどうむらうちで》宮川に住む。十七日の松子宛書簡（番号一四〇）では、先日の失礼はお許し下さい、まだ召使になりきっておりません、一日も早くお帰りを、とある。この時の松子の住所は木津ツネ方になっており、これは清太郎の祖母で、恵美子が木津姓になっていたのは昭和七年にこれを継いでいたからである。だがこの年三月、ツネは死去していたから、ツネ方というのは表札のことだったろう。『改造』八月号から十月号まで、最後の戯曲となる「顔世」を連載した。これは一度も上演されていないが、谷崎死去の直後、新藤兼人が『悪党』の題で映画化し、高い評価を得ている。『太平記』に出てくる、高師直が塩谷判官の妻顔世に懸想し、振られた腹癒せに塩谷を滅ぼすという話の戯曲化で、特に新味はない。しかしこれまた、人妻を奪った自分自身を師直に擬した作である。

八月、『青春物語』を中央公論社から刊行、木下杢太郎の装幀で、吉井勇の短歌がついている。『湘竹居追想《しょうちくきょ》』に載せられた松子の日記によれば、八月二十四日、松子の誕生日なので谷崎が迎えに行くと、気管支カタルで寝ついており、恵美子も具合が悪かったが、谷崎と一緒に帰って二人で祝宴を張った。だが翌日松子は熱を出し、谷崎が看病した。九月六日には、松子、鮎子、龍児と水無瀬《みなせ》宮へ遠足に出ている。九日夜、翌日上京の予定で、松子に、見送りに来てくれるよう言っておくと、佐藤春夫の老母が八時半の船で大阪から発つと聞いて、それを見送りがてらか、急遽夜行で上京することにするが、梅田（大阪）駅で新聞記者に悩まされ、松子の見送りを受けなくて良かった、と思うのだが、翌十日早朝、松子が駅まで行くといないので、電話で問い合わせると、昨日出たというので泣き、重子と待ち合わせて映画を観た。十一日には、松子は、末妹の信子と、のち彼女と結婚するゴルファーの嶋川信一と海で泳いでいる。

十四日には谷崎は小梅町の笹沼別邸から松子宛書簡で、御寮人様に会わないと不安で仕事ができないと書いている（書簡9）。この頃の仕事は、『文藝春秋』十一月号から連載した「直木君の歴史小説について」で、改造社から出る直木三十五の全集に合わせて、大衆文学として隆盛を見ていた歴史小説について書いたものだ。この秋、『文學界』と『文藝』（改造社）が創刊され、プロレタリア文学の衰退に伴う文藝復興の気運が高まっていた。十六日に帰ってきて、同月、松子と、城の崎、天の橋立を経て、松江、玉造《たまつくり》温泉、小泉八雲旧居を見てきたという（松子『蘆辺の夢』）。結婚披露前に何度か旅行しているが、まだ人妻だから、宿帳にも谷崎は、森田詮三の名を書いており、後になって詮三宛にその宿から案内が届いて、なぜ行ってもいないのに届くのかと不思議がっていたという。

十一月に精二との絶交があり、同月末から鶴見の草人宅に一カ月ほど滞在。「陰翳礼讃」を『経済往来』十二月号と一月号に分載。仕事に油が乗っているのは明らかだ。十二月一日、弁護士を立てて、慰謝料の相談で、草人が立ち会い、大森の沢田屋で丁未子と会った。しかしこれがばれて、三日、新聞が「丁未子夫人離婚」とスクープした。丁未子は、この後鳥取の実家へ帰った。十日には創元社から『春琴抄』が刊行されるやたちまち売り切れた。明けて昭和九年（一九三四）、一月には、竹田龍児の実妹智恵子が三好達治と結婚、十六日、岡田時彦死去、享年三十三。そしてこの頃、中央公論社社長嶋中雄作から、『源氏物語』現代語訳の打診があった。時代相は日本回帰に向かっており、谷崎の古典的背景を用いた諸作品も、その中で書かれたものだ。特に、明治期に正岡子規が『万葉集』を称賛して『古今集』を貶めたのに対し、この頃、『新古今和歌集』の評価が、風巻景次郎（一時期大阪女専教授）を先駆として高まりつつあり、中世ブームの観を呈しつつあった。谷崎は、元来、日本の平安朝古典を最も愛していた。それが大正期には、時世粧に合わせて、西洋趣味や支那趣味をやってみたものの、時代が谷崎に寄り添い始め、ようやく本領を発揮し始めたのである。私が瞠目《どうもく》したのは、二月十六日の嶋中宛書簡だ。

扨《さて》源氏の件でありますが五千円を保証して頂けるならまあやつてみても宜敷存《よろしくぞんじ》ますが小生も大体の枚数を調べてみたく、御手数ながら與謝野氏口訳源氏物語を御購入の上、あれの枚数を調べて頂けませんか、尤も小生の文章はあれより短くなるとも長くはならぬつもりでございますが、しかし、あれで大体の見当はつくと思ひます、猶又別に吉澤義則博士主幹にて京都市下長者町油小路西入文献書院（支店神田表神保町三）発行「全訳王朝文学叢書」と云ふもの、中に原文対訳の源氏物語あり、そのうち四冊は小生所有してゐますが全部出たのかどうか不明です、これも御調べを願ひます、（此の方が與謝野氏の訳よりずつとよろし）

梗概でなく全訳といふことになれば全く文章上の技巧のみの問題になりますから此の点は大に自信があります、現代文を以て充分源氏の心持ちを出せるつもりです、発禁の恐れは断じてありません、さう云ふ場所は、原文と同程度の晦渋さを以て訳します、（或る場合には一層ボカしてしまひます、その方が却て色気が出ます）しかし御心配ならば訳者の意図を打明けて予め当局の諒解を得ておいたらばどうでせう、（たとへば空蟬のやうな、最も危険の多い所を先に訳して当局者に見せてもよろし）次ぎにお願ひしたいのは、大体の枚数が分つた上で、冊数と装釘を小生に任して頂きたいのです、（後略）

（水上勉『谷崎先生の書簡』一九九一）

吉澤対訳は全六冊で大正十三年から十五年に掛けて出たもので、與謝野訳は明治末年から大正初年に出た金尾文淵堂《かなおぶんえんどう》のものだが、前半が抄訳であった。しかし、谷崎の、全訳なら自信がある、という傲然たる文言を見るなら、同時期松子宛に出していた手紙のへりくだりぶりが、すべて「遊び」であることが明瞭になるのである。谷崎が、嶋中宛書簡で、たびたび借金を申し込みながら、その態度が堂々としていることには、解説した水上勉も感嘆しているが、むしろ、『春琴抄』、『文章読本』、そして『潤一郎訳源氏物語』を次々とベストセラーにし、借金生活から抜け出してゆく歩みは歩武《ほぶ》堂々とも言うべく、天才の名に恥じない。いま引いた手紙で、吉澤訳の出版社の住所まで指定する細かさも見落とすべきではなく、谷崎はほとんど常に、こうした煩を厭わない。大胆かつ細心なのである。

『潤一郎訳源氏物語』は昭和十四年から刊行が始まるが、同じ頃金尾文淵堂から出た與謝野晶子の、改めて全文を訳したものは五千部も売れず、谷崎の方は最初から十七、八万部の売れ行きだったという。版元が大手で、大きな広告を打ったということもあるが、創元社から出した『春琴抄』が売れていることを思えば、物書きとしての格が谷崎と與謝野とでは違ったと言うほかない。二月二十四日、直木三十五、四十四歳で死去。翌年菊池寛は、芥川と直木を記念して賞を設けることになる。

三月十四日、須恵が探してくれた武庫郡精道村打出下宮塚十六（現芦屋市宮川町四―十二）の家で松子と同居を始めた。隠れ家なので「水野寓」と、松子の母の旧姓を表に掛けておいた。隣家に詩人の富田砕花が住んでいたが、後々まで谷崎がいるのに気づかなかったという。谷崎が、松子の下僕を演じて、買い物に出たり松子の下着を洗濯したりしたというのはこの家でのことだろう。松子はある時耐えられなくなって、友人の家に行き、洗濯をやらせてもらってすっきりしたという。もっとも谷崎のは演技だから、ある時期を過ぎたらぱったりとやらなくなった。四月には、清太郎の判を盗み出して松子の離婚届を出し、表札は「森田寓」に変わった。三十日、『大阪夕刊新聞』に、谷崎氏「艶麗なマダムと同棲」とスクープが出るが、根津清太郎が松子の妹二人と関係を持ったと書いた上、上の妹の名を「正子」と間違えていた。この新聞誤報事件は、後に『細雪』に取り入れられた。とはいえ小新聞なのでさほど広く知られるには至らなかったが、五月六日、谷崎は先の新聞記事の切り抜きを同封して笹沼に手紙を出し（番号一四六）、今まで隠しておいて済まない、恵美子は引き取るつもりだ、今後も正式発表までは内密に願う、また丁未子は神経症から神経痛になり鳥取で静養中、六月に来阪したら離婚を正式発表すると書いている。五月一日、鳥取市の丁未子から妹尾君宛書簡では、「以前位家に金があれバお前にもこんな恥多い思ひをさせなくても思ひ切り啖可（ママ）を切つて別れてやれるのにと母がふんがいしてゐましたやつぱりお金なんか貰ひたくないいくやしい気もちで一杯なのでせう」と訴えている。笹沼はこの事件を聞き、伊藤甲子之助と申し合わせて、谷崎とは交遊を絶つことにしたが、笹沼のほうはほどなく縒《よ》りが戻ったという（伊藤甲子之助）。

『改造』六月号に「春琴抄後語」を載せたが、これが反響を呼んだ。五月後半、帝国ホテル演藝場で、新派公演「春琴抄」が予定されていた。鵙屋《もずや》春琴役は花柳章太郎だが、久保田万太郎の脚本が間に合わず、久保田の「雨空」に差し替えた。だが客は「春琴抄」目当てなので、その序幕だけを出したはいいが、春琴に一言も台詞がないので、花柳は久保田に頼んで、一言だけ「佐助」と言った。幕前に川口松太郎が出て詫びを言ったが、久保田は恥を掻かされたと感じて、以後川口との間が悪くなったという（大笹）。

秦著には、この間の、松子から妹尾夫妻宛の、年月日不詳の手紙が数通収録されている。そこでは谷崎を「おやぢさま」と呼んでいるが、六月、丁未子から君への手紙は、悲しみと憎悪の入り交じったものになっていく。二日のものでは、松子を「めだぬき」と呼び、「でもまだなか〳〵助手のめだぬきもゐてもろともにだまし込んでゐますからなか〳〵本性は露はしませんでせうしかし『時節をまつべし』でございますね」とある。助手のめだぬきとは重子のことか。とはいえ、松子が室生寺旅行についていったのは、妹尾君の手引きだった可能性もある。五日のものは、長い恨み言である。

おやぢ〔谷崎〕のことも大層悲しませますおやぢ気のどくでなりませんわあの狸でもほんとにもう少し人間らしいならばどんなにせめてもおやぢを祝福してやれませうに　結局おやぢは神聖なる女性を感得せずして終るのではありますまいかあの狸からおやぢが

はなれられないのは狸に心酔してるからより以上に他の意味があるやうに思はれますね私は一旦おやぢさんのために何も彼も投げ棄てたものなのでございますしおやぢさんをよくするためには自分を亡ぼしてもいゝと覚悟してゐましたのに不覚にも時々周囲になやまされて切角の心境をくもらせ病んでしまひました（略）私のまけずぎらひや傲慢や自尊心がおやぢをうらませ　にくませさげすませることはひどいもので心をたけり狂はせもします（略）私は心臓が欠かんが出来てしまつてるのでそんなに長生するとはどんなに慾目で見ても考へられません（略）おやぢさんのため〳〵と申しますと結局潤一郎を思ひきつてゐない心のわざと思はれますしかし本心まだどうしても忘れかねる所があつてもおゆるし下さい仕方がありませんわそれだけ私は深く愛してゐたのでございませう（後略）

八日、丁未子は、静養と、近所の人の目を避けるために、東伯《とうはく》郡三朝《みささ》温泉の油屋旅館に逗留し、そこから君に手紙をよこしている。鳥取市から西へ、県の中心あたりである。十二日、君宛書簡、潤一郎がこちらを敵視しなくなったのは女指令長官《（ママ）》のおかげ、とある。丁未子は、まだ、谷崎の気の迷いではないか、人妻の松子に迷っているだけで、いずれは呼び戻されるのではないか、と思っていたらしい。十七日には、潤一郎東京から手紙をくれた、と言ってきて、姓名判断で「睦」と名を変えるという手紙。この旅館でちょっといい顔の青年たちに会ったようで、そんなことも報告しつつ、十九日の手紙からは「睦」と署名してある。やや精神状態がおかしくなっていたようだ。

六月半ば、谷崎は、創元社社長の矢部良策、和田有司、ほか一名を自宅に呼んで松子を披露し、三宮の与兵衛鮨を呼んで握らせた。三十日には谷崎は上京し、これから塩原温泉へ仕事をしに出かけると松子宛手紙を出しているが、そろそろ普通の調子になってきている。草人宅が暑いので、偕楽園の塩原別荘を借りる、とある。この時の仕事は、書き下ろしの『文章読本』。この頃、丁未子との婚姻届の提出のため、君が仲介していたようだ。丁未子は、谷崎の妻であったという証拠が欲しかったのだろうが、谷崎は、「普通なら入籍しないほうがいいと言うところ」だと怒っていたという（『秘本』）。七月一日、塩原行き。二日、丁未子から君宛、「潤一郎一寸も手紙寄こしませんどうしましたのでせうか」。塩原から松子宛の、四日、七日、八日、十一日と四通の手紙が公表されているが、ここで「順市」という署名が消え、「順一郎」になっている。内容も、前とは様子が違う。八日の塩原からのもの（『湘竹居追想』）は、松子が自分も行きたいと電報を打ったらしく、谷崎は、仕事が忙しくとても御寮人様をご案内したりできません、どうぞお待ちを、と書いており、もう松子が、平凡な女が妻になると言うようなことを言いだしているのがおかしい。「しまった」と思ったのは、今度は谷崎だったのではないか。

『倚松庵の夢』に、年月日不明の松子宛書簡が載っているが、「昨年以来私の書くものに人々が驚嘆して居りますのは」とあって、『春琴抄』の人気を指すとすれば昭和九年のものだ。その中に、「創作家に普通の結婚生活は無理であることを発見したのでございます私もC子T子と二度の結婚に失敗してその体験を得ました（略）その原因は、藝術家は絶えず自分の憧憬する、自分より遥に上にある女性を夢見てゐるものでございますのに、細君にしますと、大概な女性は箔が剝げ良人《おっと》以下の平凡な女になつてしまひますので、いつか又他に新しき女性を求めるやうになるのでございます」とある。むろんその後で、御寮人様は例外だと続くのだが、この塩原行きの時の、自分も行きたいという松子の懇請は、はっきりと谷崎に、松子もまた例外ならぬ凡婦の一人であったと思い知らしめたに相違ないと私は考える。

七月十一日付松子宛書簡（書簡6）は塩原かららしいが、十日にも電報が来たらしく、東京日日、改造社、文藝春秋の記者らに居所を発見され多忙を極めていると克明に説明し、つけたりのように、「文章読本」は日頃の御寮人様のご教訓の賜です、と書いているが、実際には谷崎は自分の仕事について松子に口出しさせなかったし、書斎へも入れなかった。既に凡庸な妻と化しつつある松子と、苛立つ谷崎の姿が窺える。記者らの用件は、大毎東日連載の「夏菊」、『改造』は「大阪の藝人」、『文藝春秋』は「職業として見た文学について」、いずれも新年号の掲載だが、この手紙は「昨日電報を頂きました如何なる御用かと存ますが上山の家へ帰りましてから拝見させて頂きます」と始まっており、明晩か明後日朝、鶴見の上山宅へ行くと書いているから、松子は上山宅へ手紙を出し、電報でそれを知らせてきたのだろう。しかし「如何なる御用か」という表現には、もはや恋人への情熱は感じられず、煩《うるさ》さが滲み出ている。同棲前なら「早く御寮人様のお手紙を拝見したく」などと書いたことだろう。同棲から四カ月、既に松子は「妻」通有の振る舞いをしている。十八日、丁未子との婚姻届提出。この日丁未子から君宛書簡で、潤一は塩原で仕事らしい、とあり、動静は把握していたようだ。

森田松子と　昭和９年９月

松子の『蘆辺の夢』に描かれている大三島《おおみしま》への旅行は、この夏七月頃のことかもしれない。松子によると、打出に住んでおり、『源氏』の仕事をしていた時だとある。谷崎自身は、十年の随筆「旅のいろ〳〵」で、「瀬戸内海の、広島県だか愛媛県だかに属する部分に某と云ふ島があ」って、ある時偶然そこに立ち寄ったと書いている。寂しい漁村に、松子、重子、清治、恵美子と宿をとり、退屈しのぎに船を雇って島を一周しようということになって、宿の若主人と船長の幼い息子も乗ってしばらく行くと、その男の子が海に落ち、船長が飛び込んで救い出したがもう息がなく、船長は錯乱状態となり、宿の若主人が車の運転の要領で何とか操縦して島まで戻ったという。谷崎は「生きてかえれるとは思っていなかった」そうで、男の子は母親のない船長の一人子で、それを聞いてみなもらい泣きした。警察の取り調べがあったが、谷崎は決して身分を明かさなかったという。それ以後、谷崎は、瀬戸内海旅行をしなくなり、生前、この事件を筆に上せることもなかった。死を恐れる谷崎にとって、眼前に幼児の死を見、わが命さえ危うかったこの事件は、さぞ恐ろしいものだったのだろう。

七月三十日の丁未子から君宛の書簡は、鳥取市の実家からなので、帰ったらしい。八月三日、丁未子から君宛書簡、岡本へ帰りたい、とある。四日から谷崎は大毎東日に「夏菊」の連載を始めるが、没落してゆく根津家をモデルにしたものだったため、清太郎から苦情が出て、一カ月で中絶している。しかし丁未子は、熱心に読んでいたようだ。以下、丁未子の妹尾君宛書簡を摘要すると、七日、「松さん〔松子〕は根津さんのためにお金をかりに歩いてをりますのですかそれとも潤一郎のためのですか自分のためのでせうか潤一郎のためとはどうしても思われませんけど」、二十三日、夏菊は蒲田で映画になるそうだが、清太郎さん使ってもらってスターになればいいのに、ナマナマしい気持ちで読んでいます、二十八日、夏菊読んでいると小説の書き方の勉強になる、挿画は魚崎時代を思い出す、大分ヒステリーになっています、九月には岡本に帰りたい、潤一は約束の守れない人。八月、第一回の芥川賞、直木賞が発表され、芥川賞は無名の新人・石川達三、直木賞は

濱本浩

川口松太郎が受賞した。谷崎は第三回から芥川賞の評議員に名を連ねているが、一度も銓《せん》衡《こう》会には出席せず、いつしか名前も消えたようだ。佐藤春夫、川端康成らが芥川賞の銓衡の中心にいた。濱本浩は直木賞の第一回から六回まで候補になり続けたが、遂に受賞はしなかった。『文章読本』は八月に脱稿したが、九月に校正刷りを読んで不満を覚え、『中央公論』十月号に「『文章読本』発売遅延に就いて」の断り書きを出しておいて、十月三日頃から、大阪市天王寺区上本町《うえほんまち》の正念寺《しょうねんじ》に籠もって書き直しをしている。九月八日、丁未子から君宛書簡、ぐずぐずしていると出戻り娘の評判が高くなるばかりなので早く大阪へ出たい、潤一郎は私がお金のことを言うと妹尾を通してくれと言って怒る、十二日、鳥取の人々は私が別れて帰ったのだという噂を信じてしまう、もし潤一郎さんが九月分のお金をよこさないのならちょっと考え直さなければ、如何な形勢でございましょうか、とあり、どうもまだ、仮初《かりそ》めに別れているのだと思っていたか、少し頭に変調を来していたか。十月三日には、参謀本部よりの帰還命令、早速引揚げの準備とある。五日、正念寺から谷崎は松子宛に詫び状を書き、再び「順市」の署名で、育ちが違うので御寮人様のように何があっても泰然と構えているわけには参りません、静かでないと仕事が

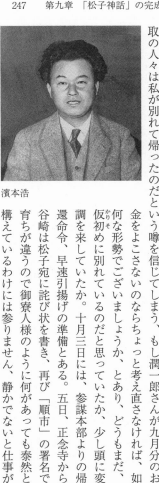

出来ないというのは御寮人様への感激が薄らいだわけではなく、重子御嬢様信子御嬢様にも宜しく、嶋川の事件の時にああ言ったのは信子様を悪く言ったのではなく、根津の家庭のごたごたがこちらへ波及するのを恐れたまでで、お気に触ったらご勘弁願います、恵美子とうさまが一番私の忠義を知っていて下さいます、とある。七月以来の冷淡な調子に怒った松子を宥《なだ》めているわけで、もはや気の強い妻を持った普通の夫と変わらない。思えらく、谷崎はこの頃、女というのは妻になったらみな似たようなものだと思い知っていただろう。

十月十六日、丁未子から君宛の書簡に、十八日に行くので梅田駅へお春どんの迎え頼むとあるが、これは有名なお春どん（車一枝）とは別人だ。十一月、『文章読本』を中央公論社から刊行、ベストセラーになる。のち、作家が「文章読本」を書く先駆となったのは周知の通りだが、その当時、「××読本」という書名が流行していた。もともとは、英語の「リーダー」の意味だったが、「入門」の意味で遣われるようになったのだ。その冒頭の、実用的な文章と藝術的な文章に区別はない、という宣言は、後に批判された。しかし、谷崎の書簡を読んでみると、それは谷崎の実感だったろうと思う。谷崎が書いた書簡の量はかなり多く、全集未収録のものが多い上、発見されていないものもあるはずで、しかも谷崎は、書簡でも手を抜いていない。作品執筆に向かうのと同じ真剣さをもって臨み、仮に金銭のこと、人と人との関係など、ややこしいことでも、実に丁寧に書いている。最後に相手の名前を書いた脇に、男なら「侍史」「侍曹」、女なら「侍女」と書いているのは、相手を貴人に見立て、側近の手から渡されると想定してのことだ。

一つおかしかったのは、荷風から来た手紙に「朶雲拝誦《だうんはいしょう》」と書いてあったことがあった（昭和五年五月九日、荷風全集）。「朶雲」は、相手の手紙を敬っていう漢語で、荷風の手紙は当然ながら漢文調が多いけれど、いつもこう書くわけではない。ところが谷崎はそれから三年後、昭和八年八月十一日の和辻哲郎宛書簡（番号一四二）に「朶雲拝誦」を書いていて、どうも荷風の真似をしたらしく、谷崎の手紙で他にこの四文字を見たことがない。一度使ってみたいと思っていて、和辻に分かるかどうか試すような気持ちで使ったのかと想像すると、稚気《ちき》愛すべしである。

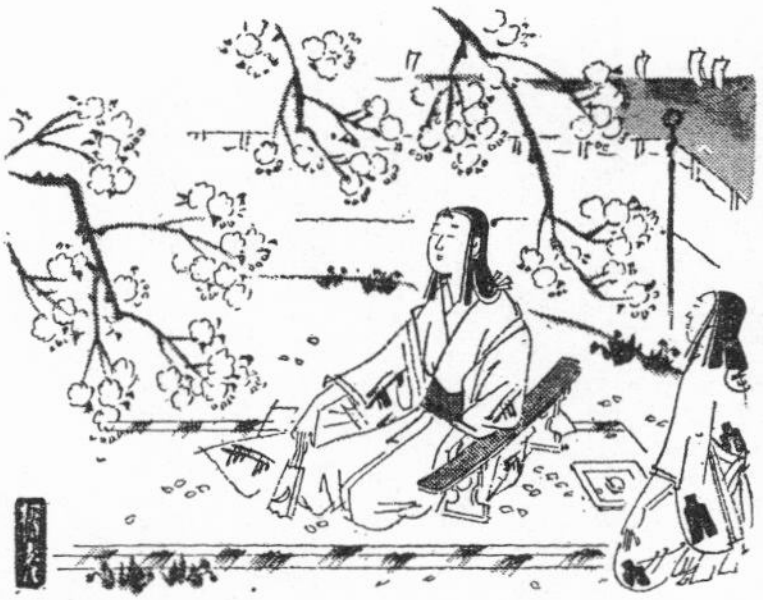
「聞書抄」第三十四回　菅楯彦による挿画

明けて昭和十年（一九三五）、一月五日から六月まで『聞書抄《ききがきしょう》（第二盲目物語）』を「夏菊」の代わりに「大毎東日」に連載。十八日、古川憲から妹尾宛、骨折りのお礼の手紙、そして二十一日、丁未子との離婚届提出。『婦人公論』新年号別冊附録として「女性文章読本」が出ており、谷崎は三月九日の嶋中宛書簡で、これは自分の本の切り抜きの如きもので、前もって相談あってしかるべし、読者と原著者を誤るものだと苦情を言っている。遥か後年、三島由紀夫の『文章読本』も、『婦人公論』新年号の別冊として出ているから（昭和三十四年）、むしろ女性読者の反響が大きかったのだろう。一月二十八日、自宅で松子と内輪の祝言を挙げた。出席者は七名と松子は言っているが、恐らくこれは仲人と子供を除いた人数で、中河与一『探美の夜』によると、媒酌には松子の友人の夫で弁護士の木場悦熊《こばえつくま》夫妻を仮に頼み、森田詮三は外聞を憚って出ず、朝子だけが来て、あとは重子と信子、親戚の老爺、須恵、歯科医の橋詰、木場夫人の弟が高砂を謡うために出席、それに恵美子と清治が加わったという。『探美の夜』は谷崎生前に出た、仮名による谷崎伝だが、かなり詳しく調べた形跡があって、信用できる。

M子と私が式を挙げた頃、清太郎氏は横屋の家にもゐられなくなつて、青木《あをぎ》の海岸のゴルフ練習場の傍の、ボロボロに崩れかゝつた二階建ての荒屋《あばらや》に移つてゐた（略）一時はそこにM子も二人の妹たちも、まだ生きてゐた清太郎氏の老母〔祖母の誤り〕も、共に暮らしてゐた（略）家の経済はN子が握つてゐた。（略）

「S子さんをあのまゝにして置く訳には行きませんね」

打出の家で式を挙げてから二三日後であつたと思ふ、私は何よりもあの状態を捨てて置けない気がしたのでM子に云つた。（略）（二階の老母はその少し前に逝去してをり、それが私たちの結婚に一つの機会を与へてくれた）（「雪後庵夜話」）

恵美子だけ引き取り、清治は清太郎の許に残ったが、谷崎は急に松子、重子、恵美子のひと所帯を引き受けることになってしまったのだ。この家庭は、これ以後、重子の結婚を経つつもさほど変わらず、清治もいつの間にか移ってきて、かなりややこしいことになっていく。七月六日には、「順市」書簡の極めつけとも言うべきものが、東京から松子に宛てて書かれている（番号一五四）。『源氏物語』について相談で中央公論社へ行った後のもので、「出版のことにつきましても今後追ひ〳〵お上〔松子〕の御指図を頂きまして、私は単に出版書店と御寮人様との間の走り使ひをするだけと云ふ風な習慣に改めて行き度《たく》、その方が巧《うま》く行くことが分て参りました。今度のことなど、とても私の力では出来ないことでござりました」とある。夫のマネージャーのようなことをする遣り手の妻というのは間々いるが、松子がそんなことをした形跡はない。実務家谷崎が、このようなことを書いているのは、もはや洒落も甚だしいというものだ。

谷崎には、松子とのことを書いた二つの長編随筆がある。昭和十八年（一九四三）の「初昔《はつむかし》」と、三十八年（一九六三）の「雪後庵夜話」だ。後者は、先の、松子と同衾中臨検に遭った話など、ロマンティックに美化されており、前者は、より真実味を帯びている。その「初昔」に、松子との結婚を躊躇したことが書かれている。しかしここでは、千代との離婚後、すぐに松子と結婚したかのように書かれており、丁未子のことは省略されている。むろん当時鷲尾夫人だった丁未子を憚ってのことだろう。独身になった谷崎は、

まあ云つてみれば自分の体がいつの間にか空中に浮游してゐるのに気が付いたのであつた。私は自分を疑ふ如く手を振つて見、足を振つて見、何となく雀躍《こをどり》したいやうな衝動を感じたが、又何者かゞそつと耳元へ忍び寄つて、一時の興奮に水を浴びせるやうな冷かな言葉を囁くのをも聞いた。——お前は今の独身生活を大切に保存しないでもよいのか、もし新しい人を迎へ入れたら、二度と再び此の伸び〳〵とした気楽さは戻つて来ないのであるぞ、——と、さう云ふ声が何処かゝら聞えて来た。

（略）

その時分のこと、或る日松女が訪ねて来て書斎で暫く話をして帰つて行つたあとで、机の脇の紙屑籠の中に一筋の長い髪の毛が落ちてゐるのを発見して、何だか急に室内の空気が濁つたやうに感じたことがあつた。彼女には済まない訳だけれども、その時私は我知らず溜息をついて考へ込んでしまつた。〔略。その頃左團次宅で〕年を取つてから若い人を貰ふのだつたら口吐言《くちこごと》をお慎みなさい、年寄は兎角それで嫌はれるんですよと、左團次夫人が云つたことがあつた。私は吐言幸兵衛にはならないつもりだが、今此の一本の髪の毛が気に障るほど癇性《かんしよう》になつてゐるとすれば、和《なご》やかな家庭を醸《かも》し出すために

は今後いろ〳〵な場合に当つて幾何《いくばく》かの忍耐を要するであらう。

そして、谷崎は古典文学、三味線、寺院に籠もる等、純日本風の風雅に親しみたい思いがあったが、

さう云ふ生活をするのには厳格な意味の独身と云ふことが必ずしも必要ではないかも知れないが、少くとも松女と一緒に暮すのではそれらの夢は成り立たない。（略）彼女は余りに大阪の古い習慣に染みた旧家育ちであり、常識的な都会人であり過ぎる。（略）茶や侘びの趣味を弄ぶにはまだ流石《さすが》に若く、血の気があり過ぎる。（略）されば私は、さしあたり彼女を後添《のちぞ》ひに貰ふためにはそれらの夢を皆放棄しなければならなかつた。

この文章も谷崎全集に収められているのだが、一般的な谷崎・松子ファンには知られていないだろう。松子といえば、結婚の当初から、谷崎好みの和風の趣味教養を備えた人のように思われている。けれど、それらの多くは浅いもので、戦後谷崎が、長尾伴七《はんしち》という高校教師を松子の漢文の教師にしたのも、教育の一環だっただろう。

話を戻すと、丁未子は、書類上の離婚が成立した後も、妹尾君宛に手紙を出している。七月までには上京したらしく、二日に、茗荷谷《みようがだに》ハウスというアパートから夫妻宛に「昨

日潤一郎上京まだあひません」「御上京になるかもわからぬと潤一は昨日電話で申して居りましたが本当でせうかもしそれならほんとにうれしいのですけれども」、文章読本が売れているのにどうして自分に渡すお金が遅れるのか、父は上京に反対した、潤一郎から貰うお金が三年も掛かるなら、私は心臓が弱いので三年たたずに死ぬかもしれない、とある。これらの丁未子書簡を紹介した秦恒平は「痛ましい」と書いている。むろん私もそう思う。

その秋、丁未子は文藝春秋社に復帰した。妹尾への手紙は、それ以後はない。十二月、谷崎は、猫を使って男を取り戻そうとする女の話「猫と庄造と二人のをんな」の前編を『改造』新年号に発表したが、後編は翌年七月号まで出なかった。それは、むろんこれが丁未子をモデルにしているからで、丁未子は翌昭和十一年（一九三六）二月三日、菊池寛が世話をし、菊池の媒酌で文藝春秋記者の鷲尾洋三と再婚し、牛込弁天町で鷲尾の母と同居した。これについて、鷲尾は谷崎との結婚前から丁未子が好きだったという説があるが、鷲尾の入社は昭和七年なのでありえない、とたつみが書いている。鷲尾は翌年から三たび応召《おうしょう》して大陸に渡り、昭和十八年、文藝春秋編集となった『文學界』編集長となり、昭和二十一年、文藝春秋社解散を菊池が宣言すると、池島信平、車谷《くるまや》弘らと文藝春秋新社を起こして『文藝春秋』編集長となった。古川丁未子との離婚は、谷崎の生涯最大の汚点だろう。そのことは十分自覚していたらしく、昭和二十三年、菊池寛が没した時、『別冊文藝春秋』に「追憶」という追悼文を載せ、丁未子の再婚に菊池が尽力してくれた時、

「菊池君に鄭重《ていちよう》な感謝の手紙を送つたことがあつた。僕はその手紙の中に、いつかは君の御好意に酬いる時があるであらう。といふやうなことを書いたと思ふが、遂にその言葉を実行し得ず、恩返しをする折がなかつたのは申し訳がない」と書いている。

谷崎は、鳥取へ行った時に、二首の短歌を詠んでいる。昭和三十二年（一九五七）、それまでに詠んだ短歌のうちから二十四首を選んで、棟方志功が板画をつけた『歌々板画《うたうたはんが》巻《かん》』を刊行している。その中に、そのうち一首が入っている。

はるけくも北に海ある国に来て南になりぬ雪のやま〳〵

巻末に付された棟方との対談で、棟方から、これはどちらで作った歌ですか、と訊かれて、

谷崎　あれはね、鳥取の方に行った時。
棟方　あの、戦時の疎開で津山にいらしった頃ですか。
谷崎　あの時とは違う。

と口を濁している。

昭和十一年十一月、武庫郡住吉村反高林《たんたかばやし》一八七六（現東灘区住吉東町一―七―三十五）に転居、ここに七年ほど住んだ。これが今では百五十メートルほど南に移築されて「倚松庵」の名で谷崎旧居として残っている。十二年（一九三七）十一月下旬、妹尾君が死んだ。四十三歳。恐らく結核をずっと患っていたのだろう。昭和十四年に谷崎の『鶉鶉籠雑纂《じゅんいちろうざつさん》』が出た時、その中扉の浮彫デザインを、妹尾健太郎がやっている。

昭和十三年（一九三八）十月、松子が谷崎の子を身籠もり、しかし中絶した事件は、よく知られている。そしてその理由として、「雪後庵夜話」に書かれたこともよく知られている。

M子と私に実際の血縁のつながりが出来れば、もはや私たちの間の間隙《かんげき》、幾分の他人行儀、根津時代からの陰翳、と云ふものがなくなる。彼女はたゞの世間並みの世話女房に堕落する。（略）私は、私の子の母と云ふものになつたM子を考へると、彼女の周囲に揺曳してゐた詩や夢が名残《なご》りなく消え去つてしまふのを感じた。私はさうなつたM子を考へるに忍びなかつた。

（略）

私がM子に妊娠中絶の話を持ちかけた時、M子は悲しい顔をした。そして自分の生んだ私の子を世に遺《のこ》したいと云つた。彼女の心の奥に睡《ねむ》つてゐた母性愛が俄《にわか》に目覚め、私と云ふものを改めて自分の夫として認め、それに妥協した家庭生活を営みたくなつたのである。だがさうなればこれまでのやうな藝術的な家庭は崩れ、私の創作熱は衰へ、私は何も書けなくなつてしまふかも知れない、と、さう云つて私は繰り返し〴〵彼女に説いた。

M子すなわち松子は思い余って嶋中雄作に相談し、嶋中は、「私には谷崎さんの藝術第一主義がよく分ります。しかし生みたいと云ふあなたの気持もよく分る。（略）ですからあなた、構はずにお生みなさい。あとは私が引き受けますよ」と言ったが、谷崎は意見を変えず、芦屋の某病院で中絶が行われたというのである。この話は、「雪後庵夜話」を読む前の私でも知っていたほどに広く流布しており、一九八五年に放送されたNHKの単発ドラマ「谷崎・その愛」（脚本・杉山義法）でも、江守徹の谷崎、古手川祐子の松子で、この物語が演じられた。

だが、「初昔」に書いてあることは、かなり違う。その年八月中旬、反高林の家で『源氏物語』現代語訳が終わりに近づいていた時、松子は恵美子とお春を連れて上京、松子は盛んに歯の痛みを訴えて来、谷崎は「ハツアキノミニシムカゼヨアヅマナルワガオモフヒトノハニハシマザレ」と電報で短歌を送った。ところがその後の手紙で、今度は吐き気がする、妊娠らしい、と言ってきて、谷崎は、以前産婦人科某に松子が診てもらった時、この体では今後ちょっと手術でもしないと妊娠はしないだろうと言われたことと、自分の年齢では子種《こだね》はないだろうと思っていたのとで信じがたかったという。前者はともかく、後者は、谷崎はまだ五十三歳で、男の子種はなくなるようなものではないのだから、妙な話だ。しかし姉朝子の掛かりつけの鶴岡医師に診てもらったら、妊娠とはっきりし、喜びを伝えてきた巻紙の手紙を見て谷崎は、松子は気管支や喘息の持病もあり、また自分の年齢を思えば、子が幼い内から父を亡くすことにはならないか、またこの頃、すなわち昭和十七年のように、母体を危険に曝しても産むという時代ではなかったし、松子の体のことをよく知っているA医師やB医師が分娩を許すだろうか、と思い、九月九日、『源氏物語』現代語訳を脱稿すると十一日の夜行で上京、十二日に森田家へ行って松子らに会い、汽車に乗るのは危ないのではないかなどと考えた末、鶴岡医師から揺れを感じない薬を貰った上、揺れの少ない汽車があるというので、二十三日、それに乗って帰った。二十五日、A医師(徳岡か)の診断を仰ぐと、「万難を排しても生むと云ふならお止めすることは出来ないけれども、母体のためを考へれば中絶をおすゝめする」と言われ、それから夫婦に、重子、信子の四人で二、三日鳩首《きゆうしゆ》協議し、ではB医師の意見を聞いてみたいと松子が言い、「実は初めからそのつもりで、B(重信?)医師の意見と云ふものを最後の取つて置きに残して置いたのであるらしかつた」「もしB医師の意見までがA医師と同じであつた場合は、自然決心がつくであらうと云ふ考なのであつた」。しかしてB医師の意見はA医師以上に否定的で、両医師とも、手術者としてC（内野）医師を推薦したので、十月一日入院、二日に処置をした、と事細かに書いてある。

「雪後庵夜話」は、谷崎没後の昭和四十二年にこの題の随筆集が出る前に、昭和三十九年の中央公論社『日本の文学　谷崎潤一郎』に入り、四十七年にそのペーパーバック版が出て、四十四年の筑摩書房『現代日本文学大系　谷崎潤一郎（一）』にも収録された。世間が「雪後庵夜話」を信じるのは、松子が書いた「湘碧山房《しょうへきさんぼう》夏あらし」でこれが裏書きされ、それが『倚松庵の夢』に入って人口に膾炙《かいしゃ》したからで、「初昔」は、昭和十七年の創元社『初昔　きのふけふ』の後は、全集にしか入らなかった。

しかし、真実らしいのは「初昔」のほうである。第一、経緯が細かく書いてある。それに比べると、「雪後庵夜話」は茫漠としていて、そもそものような理由で中絶するなら、朝子、重子、信子にどう話したのか、まったく分からない。むろん当時は堕胎罪があるから、どうやって医師の同意を取り付けたのかも分からない。嶋中に相談したことは『倚松庵の夢』にも書いてあるが、そこには、「雪後庵夜話」にはなかった、「生める躰《からだ》なのだから、どのようなことがあってもお生みなさい」という嶋中の言葉が書いてある。松子が嶋中に相談に行ったのは事実だろうし、それは東京滞在中のことだろう。けれど、医師たちが中絶を勧め、また谷崎にも、子を産んでほしくないという思いがあった、というなら分かるが、「雪後庵夜話」では前者がまったく消去され、『倚松庵の夢』では駄目押しの如く嶋中の「生める躰」という言葉が付加されている。

まったく、神話である。谷崎がこしらえ、松子が協力した、これは「松子神話」の最後の画竜点睛《がりようてんせい》なのである。第一、谷崎潤一郎は、健康上問題がないのに妊娠中絶を迫るような冷酷な人間ではない。己れを冷血漢に仕立て、自分の死後、松子がうまく世間の同情を集めるようにはからった、谷崎の遺産のひとつなのである。こうして、一人の女性は、その神話になった。私は一九九二年秋、少し離れた所に移築されている倚松庵を訪れて、その意外な小ささに驚いた。敷地面積二百坪だが、建物が妙に小ぢんまりしており、谷崎夫婦に子供二人、重子と女中らがいたのではさぞ狭かったろう。『細雪』の舞台として私は、もっと広壮な邸宅を想像していたのだ。これも、谷崎の筆の魔法である。

根津清太郎は、松子が南座に入るのを見届けて、「森田松子様、森田松子様、根津清太郎様がお待ちです」とアナウンスを流したこともあり、恵美子に会わせてくれとやってきたこともあったが、追い返されたという。その後北海道へ流れていき、戦後、丸尾長顕《ちようけん》に拾われて、東京宝塚劇場の女優の寮の支配人を務め、「おじさん」と女優たちに慕われていたという。昭和三十一年死去、五十七歳。

谷崎が、松子との結婚をまっとうできたのには、松子が理想の女性だったからというより、重子という気配りの上手な妹がついていたせいもあるだろう。『細雪』の雪子のモデルだから、谷崎はむしろ重子のほうに理想の女性を見ていたのではないかとさえ思える。

昭和五年、谷崎の最初の離婚当時、重子は二十四歳で、そろそろ結婚を焦らなければならない年齢に達していた。となると、例の「求婚七ケ条」が気になる。第一条「関西の婦人であること」は、鳥取出身の丁未子には当てはまらない。また第四条「二十五歳以下」は、年が明けると丁未子ははずれる。しかし重子はこの二つをクリアしているのだ。あの時谷崎は、松子から、重子を貰ってくれないか、と言ってくるのを期待してはいなかったか。しかしこれは、まったく裏付けのない想像でしかない。

鷲尾丁未子は、最初は年上で離婚歴のある女との結婚に反対していた洋三の母に苛められたが、谷崎から貰った手切れ金で鷲尾家を潤したため、戦後は感謝され大事にされた、とたつみが書いている。谷崎没後四年、昭和四十四年（一九六九）、子宮癌で死去、満六十歳。実子には恵まれず、姪を養女にしていた。翌年、遺稿集『アメリカの旅』が小部数印刷され、配られた。鷲尾は四十七年、千代夫人と再婚、文藝春秋副社長を務めた後、五十二年に死去、その遺稿集『東京の人』は、千代夫人の名

京都・平安神宮で　左から重子、信子、恵美子、松子　撮影・谷崎潤一郎　昭和15年

で出されている。二人の夫を持ちながら、いずれの「未亡人」にもならなかったのが、丁未子であった。

第十章　谷崎をめぐる人々

谷崎潤一郎は、女好きで男嫌いだったと言われている。例外として、幼年時からの親友である笹沼源之助が挙げられるが、ほかに親しく交わった男たちもいるし、特に中年以降は、自分にとって必要だと思われる男、つきあって損はないと思った男とは、むしろごく実務家的に交わりを結んでいる。和辻哲郎、後藤末雄、辰野隆《ゆたか》のように、若い頃の知り合いで、一時は疎遠になっていたのが中年を過ぎてから親しくするようになった者たちもいる。谷崎は、無能な男というのを嫌った。家族でも友人でも、無能とみれば容赦なく断ち切るようなところがあった。精二や長田幹彦など、その例だろう。

しかし、文壇づきあいというものをしなかったことは、自信に支えられてのこととはいえ、高潔というに近いものがあり、それが結果的に、十五年戦争の際にほとんど戦争協力に手を染めなかったという評価を得る結果になったのである。谷崎はむしろ、画家や俳優との交遊のほうが好きだったようだ。

上山草人

その最たるものが、大正前期の、俳優・上山草人《かみやまそうじん》（一八八四―一九五四）との交遊だろう。草人は、早川雪洲《せっしゅう》と同時期に、ハリウッドで成功した日本人俳優である。草人が没した際、谷崎は「上山草人のこと」を書いており、細江光は谷崎研究の一環として「上山草人年譜稿」を草している。谷崎が草人に初めて会ったのは、明治四十五年三月十日、雑司ケ谷《ぞうしがや》で開かれた「森の会」でのことだった。草人は当時二十九歳、新劇俳優として活動を始めており、その十月（大正元年）、伊庭《いば》孝らと近代劇協会を旗揚げして、第一回公演にイプセンの「ヘッダ・ガブラー」を上演したが、谷崎は赤毛ものが嫌いで、辰野から悪評を聞いていたので行かなかったという。草人は女優の山川浦路を妻としており子供もいたが、そのうち衣川孔雀《きぬがわくじやく》という別の女優を愛人にした。谷崎と親しくなったのは、どうもこの孔雀との情事がきっかけのように思え、谷崎自身、大柄な浦路には何の魅力も感じなかったが、孔雀にはちょっと惹かれていたようで、大正六年一月、演伎座の楽屋で、三人で鳥鍋を食している。孔雀は当時二十二歳。ところがそれから程なく、孔雀は草人の許を去り、草人が甚だ嘆き悲しんで谷崎に訴えたので、深夜自動車を走り回らせて慰めた。四月、千代と二人で向島駒形《こまがた》の草人を訪ねると、案外元気で何か原稿を書いていたが、それが自伝『蛇酒《へびざけ》』で、六月になるとこれを持ち込んできて斡旋を頼み、谷崎はあちこちへ持っていき、ようやく阿蘭陀書房からの出版が決まる。谷崎が序文を書いてやって、十一月刊行。

大正七年三月に谷崎が鵠沼にいた頃は、新橋駅前に草人が「かかしや」という化粧品屋を出しており、上京した時はそこの二階に寝泊まりしたので、一時期そこが谷崎の事務所の観を呈して、人々がよく訪ねてきたという。実はここには、後年につながる谷崎の男とのつきあいのパターンが現れている。要するに自分があちこち移動する際の拠点を確保するのが谷崎は上手く、後に草人が米国から帰ってきた後も、関西から上京すると鶴見の草人宅に泊まっていたし、戦後になるとよく与野の笹沼邸に泊まっていた。草人の自伝二作目『煉獄《れんごく》』も谷崎が序文を書いて大正七年刊行、しかし八年、草人は浦路と二人で米国へ渡って活路を開くことにする。

その一月、谷崎の父が死の床にあったため、草人は最後の公演「リア王」を観に来てくれと毎日電話をくれたが行けなかったという。二月になって出発が近づくが、草人は『中外《ちゆうがい》』の内藤民治から渡航資金を出してもらうことになっていて、しかし気になった谷崎が電話を掛けてみると、まだ届かないという。心配していると、出発の前の晩、ちょうど父が死んで通夜をしていると、山川浦路がやってきて、まだ金が届かないから貸してくれと泣きついた。「何処の何者とも分らない大女が、こんな夜更けに狂人じみた派手な身なりで突然お通夜の席に現れたのであるから、私はあつけに取られてゐる親戚共の手前きまりが悪いやら何やらで、自分が先に穴へ這入りたい気持であつた」(「上山草人のこと」)。しかし谷崎は事情を聞いて瀧田樗陰に手紙を書き、翌日、新橋駅プラットフォームに内藤が駆けつけて金を渡し、瀧田からの金も届いて、二人は無事米国へ旅立った。

ところがこの夫婦が、二人の子供を日本へ置き去りにしてしまったので、谷崎らが面倒を見て大変だった。その一人・袖子が大正九年に死んだため、佐藤春夫、北原白秋と三人で葬儀を出したという。草人はしかし、大正十三年、ダグラス・フェアバンクス（父）に見出されて、ラオール・ウォルシュ監督の映画『バグダッドの盗賊』にモンゴール王子の役で出演、大成功を収めた。この映画は、今でもＤＶＤになっているから手軽に観ることができる。アラブ人風の草人の彫りの深い顔も印象的だが、筋としては、アラビアン・ナイトを使った、アラブのお姫様の婿選びに、盗賊が、ライヴァルのモンゴールの王子を出し抜いて成功するという話だから、草人は悪役である。草人はその後も、『スエズの東』、『海の野獣』などの映画に出演、成功を収めて昭和四年十二月帰国、ちょうど日本を訪れていたフェアバンクスが横浜から出港するところへ帰ってきたので、双方の船を停止して再会させるという騒ぎで、谷崎は夜になってようやくグランドホテルで再会した。東京、大阪で歓迎会が開かれ、大阪では松竹座の前に「上山草人を迎ふ白井松次郎谷崎潤一郎」という立札が出た。浦路は草人と別れ、米国に止まった。

五年にはその著『素顔のハリウッド』に谷崎がはしがきを書き、日本で新しい妻も得、六年四月には、草人主演、岡田時彦助演の『愛よ人類と共にあれ』前後篇の大作映画が公開されたが、当たらず、次第に脇役、悪役、端役が多くなり、二度吉良上野介の役をやった。谷崎と佐藤は、よく草人の口まねをして「あー、……であるであります」と妙な口調を使って周囲を笑わせたというから、あまり口跡が良くなく、トーキーでは通じなかったのだろう。昭和二十七年、帝劇でエノケン（榎本健一）の「浮かれ源氏」に出演したのは、谷崎の尽力によるという。二十九年四月四日の川口松太郎宛書簡（書簡9）には、少女俳優募集の噂を聞き、確か十歳くらいの草人の娘が行くのでよろしくとあり、旧友のために尽くす谷崎の情が胸に沁みる。その後は日本で映画俳優をしていたが、同年、『七人の侍』に盲目の琵琶法師の役で出たのを最後に七十一歳で死んだ。恐らくその琵琶法師が、往年のハリウッドスターだと気づく人は少なかっただろう。

土屋計左右

谷崎没後、全二十七巻の全集が刊行され、一番遅れて書簡集の入った第二十四巻が出たが、その中で最も多かったのは、土屋計《けい》左右《ぞう》（一八八八―一九七三）宛の百二十六通だった。谷崎伝では、一高同級生、また上海へ行った時世話になった人物、『源氏物語』現代語訳を進めている時、経済的に援助した人物、また熱海の別荘を貸した人物として出てくるが、その全貌はよく分からない。しかし土屋とのつきあいは、まさに谷崎流「男の友人」との交際の典型であり、ある程度距離を置きつつ、一面から見れば巧みに利用しているようなやり方である。

土屋は谷崎の二つ年下、東京高等商業学校卒業、三井銀行勤務を経て昭和十年、三栄不動産常務理事、十三年第一ホテル副社長、十五年社長。谷崎の手紙で公表されたものを見ると、昭和十二年四月三日（番号一六五）が、『源氏』現代語訳の仕事が長引き手元不如意につき五百円借りたいというもので、谷崎は代わりに揮毫《きごう》や短冊、生原稿などを与えている。興味深い手紙もある。同年十二月十八日のもの（番号一七二）は、『源氏』が、支那事変勃発のため刊行を延期することになったが、「東洋文化発揚の意義が認められてきた時勢ですから、戦争さへ済めば前より一層有望と云ふ訳です」と書かれている。昭和十五年（一九四〇）七月二十三日の手紙（番号一九七）では、味の素は要らないかという手紙に対して、当方払底《ふってい》にて有難くと答え、ほかにメリケン粉やオイルを無心している。ホテル重役の立場ゆえか、土屋は味の素と関係があったようで、その後も盛んに味の素を貰っている。しかし、文豪の名を恣《ほしいまま》にしつつ、食材調達に自ら手紙を頻繁に書くあたりが、谷崎の大きさだと思う。ほかに土屋には、株売却のことで相談したり、熱海の別荘購入で斡旋して貰ったり、戦後は金融封鎖について情報を求めたり、山王ホテルの別荘を二度にわたって借りたり、さしずめ谷崎家台所の参謀とも言うべき地位を土屋は占めている。しかし谷崎も、昭和二十年三月十日の東京大空襲の際には、危険を冒して上京し土屋に会うなど侠気《おとこぎ》を見せている。谷崎は、生活無能力者の多い文人藝術家の中にあって、細かな金の計算から土地家屋の購入など、実にまめに動いている。「実用的な文章と藝術的な文章に区別はない」という奇妙に見える主張も、この恐るべき実務家文人から出たのである。

昭和二十六年、根津清治が高折《たかおり》千萬子と結婚して渡辺重子の養子になる際には、土屋に媒酌を頼んでいる。谷崎の養女になった恵美子の縁談でも土屋に相談しており、三十五年には、土屋に贈っていた『少将滋幹の母』生原稿を借りて、署名入り自筆本として五百部限定刊行した。谷崎死去の前日の昭和四十年七月二十九日に、熱海まで来たが用事があって寄れない、と見舞いをよこした、と松子の「終焉のあとさき」（『倚松庵の夢』）にある。一九七三年十一月、満八十五歳で死去。

編集者たち

一般に、物書きというのは、編集者と仕事をするものだ。ただ谷崎の場合は大物で、昭和期に入ってからは中央公論社社長に直接手紙を書いたりしているが、自ずと編集者にも親疎の別はある。ここでは、谷崎と関わった編集者たちを紹介していこう。

嶋中雄作

最初に谷崎を訪ねた編集者は瀧田樗陰である。大正十四年の樗陰死後、中央公論社は頽勢に入るが、そこを嶋中雄作（一八八七―一九四九）が建て直したのは先述のとおりで、その後雨宮庸蔵（一九〇三―九九）が関わって、谷崎係のような恰好になっていた。もう一人、佐藤観次郎（一九〇一―七〇）は昭和八年から『中央公論』編集長、昭和二十二年に社会党から衆院選に出て当選、政治家となったが、二十五年三月三十一日、谷崎は、佐藤、荷風と、荷風が連れてきたロック座（浅草のストリップ劇場）の元女優戸川まゆみとで銀座千疋屋《せんびきや》で呑んでおり、三十三年暮れには、永田町八百善《やおぜん》で、やはり荷風と三人で『婦人公論』のための鼎談をしている。谷崎が昭和四十年七月に死んだ時、佐藤はモスクワ訪問中で、九月二十五日、横浜へ船が着いて訃音《ふいん》に接したという。先に谷崎は左翼嫌いだと書いたが、岡成志は社会民衆党で佐藤も社会党だ。その辺は融通無碍《むげ》なのが、谷崎流である。

ほかに中央公論社では、相澤正（一九一二―四四）が旧訳『源氏物語』の資料編を独力で編纂し、戦病死したが、歌集が残っている。また柚《ゆう》登美枝（一九〇三―八四）は大阪生まれ、旧姓橘、清水谷高女から日本女子大へ進み、若くして夫を亡くし、中央公論社、創元社に勤めていたが、高女以来の松子の友人で、特に谷崎担当ではなかったが出入りしていたのはそのためだろう。昭和二十九年に新樹社を起こし、創立後すぐ『蓼喰ふ蟲』の限定署名本が同社から出ているのは、谷崎からのプレゼントだろう。谷崎死後、精二が兄からの手紙を公開する本を出したのも新樹社である。ほかに、戦中『細雪』担当だった松林恒《ひきし》、戦後の『新訳源氏物語』を始めに担当し、後に児童文学研究家となった藤田圭雄《たまお》、

（一九〇九―九九）、後を引き継いだ滝澤博夫（一九二一―二〇一四）、宮本信太郎《のぶたろう》（一九一二―二〇一二）、栗本和夫（一九一一―八〇）、晩年の谷崎担当だった、後の直木賞作家綱淵謙錠《つなぶちけんじょう》（一九二四―九六）がいる。

昭和二十四年に嶋中雄作が死ぬと、谷崎の手紙の相手は、数え二十七歳で社長を継いだ息子の鵬二（一九二三―九七）に変わるが、栗本、藤田、宮本は、嶋中雄作時代の番頭格の存在で、雄作没後は、若い鵬二の後見人的立場にあった。藤田は児童文学研究の重鎮となり、滝澤は歌人として短歌誌を主催し、栗本は専務を経て退社し、中央公論事業出版を起こした。ここに不気味な存在感を持っているのは小瀧穆《こたきあつし》（一九一五？―八八）である。小瀧と知り合ったのは昭和十九年らしいが（書簡5）、その名は、二十一年二月五日に、『細雪』中巻のゲラを送るよう電報が来たという記事（「越冬記」）に初めて出てくる。次は二十二年三月二十四日の荷風からの書簡に、『細雪』完成と小瀧から聞いた、とある。谷崎に対しては、戦後『細雪』の係だったようだ。二十三年五月三十日には、小瀧が荷風を訪ね、銀座万年堂で谷崎が待っていると伝え、同行している。小瀧はこの年中央公論社を辞め、谷崎の個人秘書のようにな

嶋中鵬二

ったが、俸給は中央公論社から出ていたようである。

その後の小瀧の動静を見ていると、作家世界の事情通の趣きがあり、昭和三十四年一月二十日の渡辺千萬子宛書簡に、千萬子に与える金は小瀧にこっそり持ってこさせる、とあるから、谷崎の秘密を握った秘書的存在になっていたようだ。昭和二十八年から、手が悪くなって筆記できなくなった谷崎が口述のため雇った伊吹和子は、後に詳細な記録『われよりほかに』を刊行するが、そこにも、谷崎がほかの女性を可愛がり過ぎると松子が不機嫌になる、とか、いったん谷崎の許を離れた伊吹の名が谷崎の書いたものに出てくると「ラブレター」だと伝える小瀧の姿が描かれている。昭和三十五年十月十二日には、谷崎が電話で「わかった、もう、君には何も頼まないよッ！」と小瀧を怒鳴りつけて、口述が中断されるさまを伊吹は描いている。この時、小瀧とは一切の関係を絶つ、と嶋中鵬二にも告げ、それきりになったようだ。谷崎没後、多くの編集者がその思い出を記すなか、小瀧は何も書かなかったが、昭和四十五年、娘の小瀧瓔子《ようこ》（のち綾部姓）が、立教大学卒業後、前に触れた論文を「小瀧メモ」に基づいて書いている。この「小瀧メモ」は多くの秘密を蔵しているようで、公開して欲しいものである。また谷崎の小瀧宛書簡二二九通が谷崎記念館に寄贈されたことが先の『神戸新聞』に出ているが、これも公開が待たれる。

改造社では、谷崎が初めて『改造』に寄稿したのは、大正九年の「青磁色の女（西湖の月）」だが、ここの社員でいちばん親しくしたのは、のち作家になった濱本浩（一八九〇ル（一九五九）である。大正十二年八月、新創刊の『女性改造』の原稿を頼みに小湧谷ホテルを訪ねたのが初対面で、震災後、改造社京都支局再開のため濱本が京都鹿ケ谷へ移ると、谷崎から手紙が来て、突然訪ねてきたという（浜本）。大正十三年末、佐藤紅緑相手に不快な出来事があり、濱本への義理立てで手を出しただけで、もともと認めていない、と手紙に書いている（番号五〇、五二、五三）。『パルムの僧院』を読んで感心した時も、濱本にそれを伝えており（昭和二年一月二十七日書簡、番号七七）、文面からすると、改造社で邦訳を出させるつもりだったようだが、実現はしなかった。昭和六年、濱本は社長山本実彦と対立して社を辞めることになり、十二月十四日の手紙（番号一二〇）では、辞めることは志賀から聞いたが、文筆でやってゆくなら援助は惜しまないと温かい言葉を掛けている。

昭和九年、濱本は短編集『十二階下の少年達』で認められ、作家としての地歩を確立した。戦後二十四年、文化勲章受章式の前夜、京都吉初《よしはつ》で濱本らと遊んでいる。改造社で谷崎担当だったのはほかに佐藤績がいるが、谷崎は山本実彦が嫌いで、雨宮宛書簡（昭和六年九月二十二日）で、改造社より中公の方が原稿料が安いと書いているから、それでも中公を優先したのは、樗陰、嶋中らの人柄を買っていたからだろう。とはいえ、昭和三十年一月二十八日の濱本宛書簡（番号五二一）では、「実彦氏亡き後の改造社に八小生関心無之《これなく》候」と書いているから、手腕は認めていたのだろう。『改造』はこの年二月号で廃刊、社も消えた。

『新潮』に初めて寄稿したのは大正五年九月号の「美男」で、担当したのは社長佐藤義助（義亮《ぎりょう》）の義弟で、新潮社の大番頭と言われた中根駒十郎（一八八二―一九六四）である。後に中村武羅夫（一八八六―一九四九）、楢崎勤（一九〇一―七八）らが原稿依頼をしたのは前に書いたとおりで、中根はこの頃は出版担当だった。しかし昭和七年、「お栂」の掲載をめぐって揉めてから新潮社との縁は薄くなり、『細雪』第一回が雑誌に出た時、中根から単行本にしたいと問い合わせがあったようで、あれは中公から出ることになっています、という谷崎書簡がある（番号二三九）。しかし戦後、新潮文庫の成功のため、谷崎作品の多くは、これを通して読まれることになった。昭和三十一年、『週刊新潮』の創刊号から「鴨東綺譚《おうとうきたん》」の連載を始めたが、モデルにされた市田ヤエの抗議で六回で中絶、三十四年、同誌に随筆「高血圧症の思ひ出」を連載した。

大阪の出版社、創元社は、矢部外次郎（一八六五―一九四九）が明治二十五年に始めた書籍小売業矢部晴雲堂（のち福音社）を引き継いだ次男の良策（一八九三―一九七三）が大正十四年に出版業として創立したところに始まる（大谷晃一、一九八八）。谷崎との関係は、昭和七年四月に『倚松庵随筆』を出した時からだが、この時の担当は和田有司である。ただし、嶋中宛昭和八年三月四日書簡によると、『青春物語』も創元社から出す約束だったのを破って中公から出したらしい。だが四月には『蘆刈』限定五百部自筆本を創元社から出している。十二月には、中公で出してもおかしくない『春琴抄』を、表紙を漆塗り、本文は変体仮名という特製本で創元社から刊行すると爆発的に売れ、遂に漆の調達が間に合わなくなったので、翌年十二月、普通の造本で『新版春琴抄』を出した。松子と結婚式を挙げる前に、矢部と和田を呼んで会わせている。十一年六月からは、「潤一郎六部集」として既刊書を出し、その後も『猫と庄造と二人のをんな』、『初昔　きのふけふ』、戦後は『谷崎潤一郎作品集』全九巻も出している。『細雪』の私家版を出す時も、その印刷を創元社に頼んでいる。

新聞社では、若い頃以来、大毎東日との関係が深く、戦後になっても『朝日新聞』が新字新仮名での掲載に固執し谷崎が応じなかったため、『毎日新聞』との縁が深くなって今日に至っている。昭和十一年に社長になった奥村信太郎（一八七五―一九五一）は北畑に住んでいて谷崎と親しく、猫を貰ったりあげたりしている（細江、二〇〇五）。『蓼喰ふ蟲』を連載した時の担当は村嶋歸之《よりゆき》で、仕事上の書簡が残っており、昭和六年に村嶋が刊行した『カフエ考現学』には、谷崎への短いインタビューも載っているが、さほど親しくした様子がないのは当然で、キリスト教徒のジャーナリストとして活躍していた村嶋が、妻の不貞や妾の出てくる作品を書く谷崎と気が合った筈はない。毎日新聞で谷崎と親しかったのは山口廣一だ。朝日新聞社では、美術評論家でもある春山武松（一八八五―一九六二）と親しかった。

長尾伴七

谷崎と関わった中で、忘れがたい人物が長尾伴七である。長尾は一九一二年浜松生まれ、広島文理科大学卒業、京都の山城高校の漢文教諭だったが、谷崎が京都の潺湲亭《せんかんてい》にいた昭和二十八年一月、人を介して、京大名誉教授の国文学者・澤瀉久孝《おもだかひさたか》（一八九〇―一九六八）から、松子の漢文教師をしてくれと頼まれ、さらに澤瀉夫人と息子の訪問を受けて引き受け、それから三年弱、毎日曜日に潺湲亭へ通った人である。一九七一年、その思い出を『京の谷崎――潺湲亭訪問記』として刊行した。当時長尾、数え四十二歳、松子は五十一歳、既に谷崎は鬱然たる大家だった。初めて潺湲亭を訪れ、「はんしち」と名乗ると松子が笑いを堪える。その後澤瀉に挨拶に行くと、「学者では、奥様が気ずまり《ママ》であろうから」と言われて「学者といわれるにふさわしい者でない身の悲哀を味わった」とある。八回目の訪問の際、当時ベストセラーだった吉川幸次郎・三好達治の『新唐詩選』（岩波新書）について、訓読ではない翻訳には反対だ、と谷崎が言っていたと松子が伝えている。長尾は谷崎にも会うが、吉川の他の著作にも不満だと言っている。ところが七月五日、長尾が訪ねると、松子は講義のことを忘れたのか、熱海へ行ってしまったという。「人に教えを頼んでおいて、約束の日に不在であるのは不当である。（略）私は憤りをおさえることができなかった」。九月二十七日になって、ようやく松子から詫びの手紙が届く。ところがまた連絡がなく、翌二十九年九月五日に、講義が再開された。渡辺重子、娘の恵美子も時に講義に連なり、その華やかさで長尾を圧倒する。

谷崎は時々、書の字の読めないのを質問し、長尾は懸命に考える。ある時は漢学者・豹軒《ひょうけん》鈴木虎雄（文化勲章受章者）を訪ねて教えを乞うが、鈴木も『新唐詩選』に対して厳しい。十一月十八日、長尾は谷崎の文化勲章を見せて貰い、自分の首に掛ける。松子の話では、泉鏡花の養女の名月《なつき》が書いたものを谷崎が見るよう頼まれているが、指導は中勘助に頼んであるといい、童話を書いていて、みみず・とかげ・もぐらもち・なまずといった汚いものばかり出てくる、と松子が言い、長尾が、子供には、どんな昆虫でも遊び友達だと説明したが、分からなかったようで「所詮、みみずとは縁のない方であろう」とあるのが、松子の凡人ぶりを示していて面白い。泉名月は、金沢市主催の泉鏡花賞の選考委員を務めていたが、二〇〇八年に没した。

また三十年、谷崎から、郭沫若の詩について分からない所を訊かれた長尾は、この秋、日中親善使節として来た李徳全が、中国人に宛てて葉書を書けば持っていってくれるというので、郭自身に質問する。中華人民共和国と国交のない時代である。すると郭から返事が来たので、谷崎に伝えた。このことが新聞記事になり、長尾も取材を受けたが、その見出しに「谷崎氏から質問、郭沫若氏から返信、京の一無名学徒へ」とあった。「私は『一無名学徒』という言葉を何度も口に出して言ってみた。一無名学徒。一無名学徒」。また

『史記』呂后本紀に出てくる戚夫人の人彘（ひとぶた）の字についても質問があり、これは小説「過酸化マンガン水の夢」に使われた。

六月七日、長尾は、立命館大学の白川静《しずか》の編集で、自分も少し手伝った漢文の教科書『新修高等漢文』を持参し、松子に渡す。谷崎が入ってくると、すぐに松子が取り上げて「これが先生の作られた教科書です」と見せるが、ちらと見て、「漢文だけの教科書があるんですか。国語の中に入っているのではないんですか」と訊くので、選択の漢文があると答える。三十一年十二月、谷崎は京都を引き上げ、長尾の講義は終わった。しかし、松子から長尾に宛てた手紙は、当然ではあるが、一回り年下の高校教師をしっかり師として立てており、気持ちがいい。それにしても、当時四十六歳、まだ一冊の著書もなかった漢字学者白川静が、その半世紀後に文化勲章を受章しようとは、谷崎はもちろん、『京の谷崎』を書いた頃の長尾ですら夢想しなかったであろう。人の縁はおもしろい。

青年たち

谷崎は、「私の初恋」（大正六年）で、子供の頃、ホモセクシュアルの傾向があったと書いている。長じてその傾向はなくなったようだが、今東光、岡田時彦など美青年を可愛がる風はあった。戦後、六十を過ぎて、その傾向が復活したような一面もある。たとえば西田秀生《ひでお》に対する可愛がり方だ。西田は、池田の酒造家「呉春《ごしゅん》」の息子で、大正十年生まれ、文学趣味があり、学徒出陣から帰還、同志社大在学中、南禅寺の谷崎家を、米一俵を担いで訪れたという（『秘本』第二巻）。西田の名は、昭和二十二年五月十三日に、西田秀生氏来訪、と「京洛その折々」に出てくる。西田宛書簡は全集に九通、もう一通が『秘本』に載っている。当初西田には校正を頼んだようだが、昭和二十三年八月九日書簡（番号三四七）の「小生熱海にゐること八誰にも秘密」とあったり、三十三年四月十六日書簡（番号五八九）には「久し振に短時間でも是非お目にかゝりたいと存じますからこの名刺を見せて楽屋の方へお廻り下されたく」等、ひどく可愛がっている。「呉春」を送ってもらえるからかと思ったが、それだけとは思えないものが、特に後者の文面には窺える。『秘本』には、七十ちかい西田の写真が載っているが、恐らく若い頃は美青年だったろうと思わせるものがある。

二〇〇四年に『谷崎潤一郎先生覚え書き』を刊行した末永泉は、大正十一年生まれ、昭和二十二年から二十六年まで、谷崎の秘書をしていた。末永は大学も出ておらず、失敗ばかりしていたと書いているが、その描写を見ると、谷崎は概して無能な者は嫌いなのに、末永をひどく可愛がっている。末永が辰野隆を訪ねた時も、これまで谷崎が身近に若い男の子を置くようなことはなかったのに、どういう心境の変化だろう、と言ったそうだが、北野恒富の大阪での葬儀に松子のお供をして行った時の末永を見た人が、ハンサムな男性の秘書を連れていた、という文章もあって、やはり顔だちは良かったのだろう（北野）。

『鍵』に、ヒロインの相手役となる若い木村という男が出てくるが、そのモデルは末永だったのではないだろうか。

外国人たち

谷崎の中国文人たちとの交遊は、西原『谷崎潤一郎とオリエンタリズム』に書いてあるので、詳しくは書かない。ただ昭和三十年に郭沫若が来日して対談した時（『朝日新聞』十二月七日朝刊）、毛沢東を礼讃し、社会変革を語って熱を帯びる郭に、谷崎が戸惑っていることは指摘しておく。ただ西原著があまり触れていない銭痩鉄《せんそうてつ》と鮑耀明《ほうようめい》との交遊について書こう。銭痩鉄（一八九七—一九六七）は字《あざな》を銭厓《せんがい》といい、画家・篆刻家、上海で橋本関雪に見出されて大正十二年来日、京都の関雪の白沙邨荘《はくさそんそう》に滞在していた。谷崎は大正十五年の上海旅行から帰った後、土屋計左右宛の手紙（五月二十三日、番号七〇）で、頼んだ印《いん》形《ぎょう》を東京の銭が送るという土屋の言に対してなかなか連絡がないので「あなたがお托しになつたといふ鐵（ママ）痩鐵とか云はれる方はいかなる方ですか」と問い合わせている。七月五日の手紙（番号七一）で、やっと昨日東京の銭痩鐵氏から送ってきた、と言い、その後も、代金はいくらでもいいと銭氏は言っているがそれでは困るなどと書いている（八月二十八日、番号七三）。昭和二年一月二十七日の土屋計左右宛書簡では、「例の銭厓氏に」一谷崎氏蔵書、という印を頼んでくれ、「銭氏でなくても誰か有名な人ならばよろしうございます」と書いている（番号七六）。この当時、あまり谷崎は篆刻に詳しくなかったようで、銭については、有名な篆刻家とのみ思っていたようだ。つまり上海から銭が日本へ来ていたのだろう。

ところが戦後昭和二十一年十月二日、京都の仮寓から土屋宛に、銭来日中と聞いたので、これから移る新居の名「潺湲亭」の額を揮毫し、また彫ってもらいたいと手紙を出し（番号三一五）、土屋から、額は京都で書くが篆刻は道具がないのですぐにはできないと返事が来、十一月一日、銭が京都へ来たと聞いて早速麩屋《ふや》旅館へ会いに行って二十年ぶりの再会をしたという。これは「『潺湲亭』のことその他」にあるが、昭和初年に一度会ったのだろう。銭は昭和十一年、日本の侵略に対する抗議運動を起こして長く拘禁され、関雪や土屋が心配し、会津八一が釈放のため奔走したという（大鹿）。関雪は既に没していたが、翌日、白沙邨荘で銭と会い、もう出来た揮毫を貰い、篆刻は一旦上海に帰って作って持ってきてくれるという話だったとある。ところで谷崎は関雪とは面識がなかったのだが、これより前、朝日新聞支局の紹介で息子の節哉と娘の妙子、妙子の夫の医師高折隆一に紹介されていた。この高折の娘が、後、渡辺家を継いだ根津清治と結婚する千萬子である。ところでその際、日本語も大分上達した、とあるから、始めに会った時はほとんどできなかったのだろう。その後も銭との交流が土屋を介して行われたのは、お互いに言葉ができなかったからである。

それに対して、昭和三十年から交遊の始まった鮑耀明の場合は、少なからぬ書簡が残っている。鮑は、祖父の代から日本と関係が深く、一九二〇年、広東省の生まれ、慶応大学卒、祖父は孫文の仲間だったという。谷崎と知り合った頃は、『香港工商日報』の特派員として日本にいて、日本現代文学の翻訳もしており、谷崎に中央公論社への仲介を頼んでいる。『鍵』を翻訳して『工商日報』に連載していたようで（一九六二年周作人宛書簡、『周作人与鮑耀明通信集』）、『源氏物語』の翻訳も考えていたようだ。

三十五年、高血圧に悩む谷崎が、胡桃を握るといいそうだが中国の胡桃がいいというので送ってくれないか、と頼んで送ってもらっている。また谷崎が「鉄筆家」と書いたら鮑が意味が分からず、篆刻家のことです、と谷崎が説明する一幕も手紙から窺える。三十六年、香港で鮑は周作人を紹介され、谷崎に伝えた。漢奸として刑を受けたことを聞いて心を痛めていた谷崎は喜んだが、漢奸の過去のある周と直接やりとりはできないから、鮑を通して文通したという。谷崎が死んだ昭和四十年八月七日の周から鮑宛の手紙には「不勝悼惜」（哀悼にたえず）とあり、「大正以後の作家で尊敬しているのは谷崎君と荷風だ」とあった（劉）。だがその翌年、文化大革命が起こり、周は対日協力の過去を問われて吊し上げられ、死んだ。周宛の谷崎の手紙は一通も公表されていない。一九七〇年頃、鮑は三井物産香港支店長代理をしており、それ以後、カナダのトロントに移住し、二〇一六年に死去した（鮑については、外岡に拠り、張競、劉岸偉両氏のご教示を得た）。晩年は香港に住んでいたという。

全集には一通も入っていなかった内山完造宛書簡が三通、「谷崎潤一郎・人と文学展」図録に写真で紹介されている。そこには、昭和六年六月十五日付の、内山と田漢宛の、田漢の亡命を援助してほしいという依頼に対する、いまその余裕がない、という返事、また昭和三十二年六月二十一日付の、郭沫若や田漢からの訪中の誘いを断る手紙がある。後者は、いま健康が許さず、また生来多くの人と会うのが好きではなく、国交回復後にしたい、とある。いずれも、理由はその通りだが、やはり谷崎は、政治に関わりたくなかったというのが本心だろう。漢文や書、篆刻、あるいは『水滸伝』のような古典的シナ文明には崇敬の念を抱いていたが、社会主義の理念には賛同できなかった。二度の支那旅行の後、近代文学も読んでいるが、結局感心したのはパール・バックの『大地』だった。しかし、古典的支那に関心を持っても、近代文化には関心がないというのは、多くの日本人の実情で、魯迅以外の近代文学はほとんど読まれていない。その環境が変わるには、二十世紀末の映画を待たねばならなかったのである。

サバルワル

一九八九年一月から二月に掛けて、谷崎の、インドの独立運動家サバルワルに宛てた書簡十五通が見つかったという報道が、十五回続きの本格読物として『読売新聞』夕刊に掲載された（書簡4）。この記事に従って纏めるなら、フルネームはケーショー・ラーム・サバルワル、一八九四年ペシャワールの生まれ、英国からの独立運動に参加して投獄され、保釈中に亡命して大正四年頃来日、在日の運動家であるビハリ・ボース、アジア主義の頭《とう》山《やま》満らに庇護され、十三年から東京外国語学校でインド語教師、十四年から奈良の天理外国語学校で英語講師をし、奈良にいた志賀直哉、九里四郎と親しくなって、谷崎を紹介されたらしい。十五年七月二十三日の手紙はローマ字で書かれており、「志賀直哉と谷崎潤一郎展」図録に公開されている。ところがサバルワルは、酒飲みで女にだらしがなかったようで、谷崎と気が合ったのはその辺らしい。昭和二年三月の手紙は、大阪のパリジャンというダンスホールでいい女の子を見つけたというもので、ところがこの六月、警察がダンスホールを取り締まって、パリジャンは閉鎖されたらしく、やはり図録に公開された九月の英文の手紙では、あの可愛い娘が東京のダンスホールで惨めな生活をしているとは悲しい、是非会って、いいお友達でいたい、と書いてある（細江光翻訳）。なおこの手紙の宛先が「下渋谷杉山様方」となっているのは、頭山と並ぶ玄洋社の大物・杉山茂《しげ》丸《まる》宅である。杉山はサバルワルを養子にして日本国籍も与え、日本名を沢平吉といったという（野田）。サバルワルは杉山の息子・夢野久作とも親しく、夢野の日記によく名前が出てくる。興味深いのは昭和四年三月十一日の片仮名書きの手紙で、「スコシワケガアッテ、ユックリテガミモカケナイクラヒ、オチツカナイキブンデキルノデス。ソノワケトイフノハ、イマハ、サトウノホカニダレモシラナイ。マタ、ハナスワケニモイカナイ。シカシ、コレダケデモ、ヒトニイフノハハジメテデス」（新聞記事より）というのだが、読売の記者はその前年の終平の文章に気づいておらず、翌年の妻譲渡事件の前ぶれと書いているが、これは和田六郎への譲渡事件の頃のものだ。

谷崎はサバルワルを佐藤春夫に紹介し、佐藤の世話でサバルワルは三年から十年まで翻訳や論文を『改造』誌上に載せている。しかし二・二六事件の際嫌疑を受けて満州へ追放され、インドのニューデリーへ帰り、昭和三十一年から谷崎と文通を再開しているが、この時英文タイプで返事を書いたのが渡辺千萬子であることが、今では分かっている。サバルワルは、他にも、井伏鱒二、瀧井孝作らと付き合いがあったようだ。しかし興味深いのは昭和二年十月の手紙で谷崎が、大阪や神戸のダンスホールで踊り子を追い回しているのが警察や新聞に察知されて行けなくなったと嘆いていることで、いかにも谷崎らしい。サバルワルは一九八一年、八十七歳で死去。

翻訳家たち

谷崎は「饒舌録」で、自分の「恐怖時代」をイタリア語訳して上演したいと言ってきたが、どうも向こうに、日本文化を紹介する在留邦人の協会があっての企てらしい、として、「一国の文化が真に燦然として他国を凌ぐ輝きをもつものならば、何も此方《こちら》から売り込み

湯河原の湘碧山房にて　左からハワード・ヒベット、エドワード・サイデンスティッカー、谷崎、ドナルド・キーン　昭和39年９月

に行かずとも、招かずして諸方からそれを求めに来るであらう。又さうしなければほんたうに理解して貰へるものではない」と書いている。この意見に私はまったく賛成である。チェンバレンによる『古事記』英訳や、ウェイリーの『源氏物語』英訳は、日本の働きかけで行われたわけではない。

さて、昭和二十九年には、エドワード・サイデンスティッカー（一九二一―二〇〇七）が『蓼喰ふ蟲』を英訳し、三十二年には『細雪』を、三十六年にはハワード・ヒベット（一九二〇―二〇一九）が『鍵』を、また谷崎没後『瘋癲老人日記』をという具合に英訳し、この頃からこの二人及びドナルド・キーン（一九二二―二〇一九）との文通が始まっている。サイデンスティッカーはコロンビア、ハーヴァード大学で日本語、日本文学を学び、戦後、外交官として来日、そのうち外交官を辞めて東大で日本文学を学んで、四十歳でスタンフォード大学に職を得るまで文筆家として滞日していた。谷崎からの手紙は、時おり千葉の九十九里へ出されているが、これは東大時代の友人高橋治（直木賞作家）の義兄のところである（サイデンステッカー自伝）。キーンは京都へ留学していたが、程なくコロンビア大に職を得て、海を隔ててのやりとりが続き、ハーヴァード大のヒベットとも三十七年から文通が始まっている。しかしキーンは、自ら狂言を演じるのを谷崎一家が観に来たり、自著への序文も谷崎に頼んでいるが、谷崎の長編は一つも訳していない。キーンは社交家、サイデンスティッカーは職人肌ということが、谷崎との関係だけからでもよく分かる。サイデンスティッカーは、自伝を読むと、驚くべき率直な人物である。サイデンもキーンも後にコロンビア大学教授となったが、その後谷崎作品の英訳を続けているアンソニー・チェンバースはサイデンの弟子である。ほかにヘルマ・ブロック・ド＝ギロンコリというイタリア人女性が、英訳『蓼喰ふ蟲』を読んだと言って、京大イタリア文学教授の野上素一《そいち》（豊一郎、弥生子の息子、一九一〇—二〇〇一）を通訳に話しに来て、以後も時々手紙のやりとりをしていた。

第十一章　『源氏物語』から敗戦まで

昭和十年（一九三五）春、谷崎は、中央公論社の編集者、雨宮《あめのみや》庸蔵とともに、東北帝大を退官したばかりの国語学者・山田孝雄《よしお》（一八七五―一九五八）を仙台に訪ね、『源氏』の校閲を頼んだ（なお「あめみや」とするものが多く、実際そう呼ばれていたのだろうが、自著『偲《しの》ぶ草』奥付に「あめのみや」とある）。その後松島に遊び、東北帝大勤務だった小宮豊隆、木下杢太郎と料亭で遊んだ。五月三日、本籍地を東京から大阪市西区靱上通一―三一に移したが、これは創元社の住所だ。転居魔谷崎にとっては、本籍地は便利でさえあれば良かったのだろう。同月二十二日頃上京したのは、改造社から出した全集が売れていないところへ、非凡閣が新しい全集を計画したので紛糾し、それを纏めるためで、二十九日、濱本に斡旋を頼む手紙を書いている（番号一五二）。六月六日の濱本宛書簡では、山本実彦の人物を高く買ってはいないが、今回は和解に努力する、とある（番号一五三）。大家谷崎といえども、全集が売れないことはあったのだ。『中央公論』五月号に、生田長江が「谷崎氏の現在及び将来――小説を捨てたか、小説が捨てたか」を載せ、『盲目物語』

で、近代小説ではなく古い物語の形式をとったことを非難したが、『経済往来』（日本評論社）六月号の、「私小説論」第二回で小林秀雄がこれに反論した。「私小説論」は整然たる議論ではないが、こうした時評を交えてのものである以上、それも当然だろう。六月二十九日、牧逸馬、林不忘、谷譲次の三つのペンネームを持つ作家が三十六歳で急死、七月一日に上京した谷崎は、嶋中や主婦之友社重役がそちらへ行っているのでなかなか会えず困った、と書いている（四日松子宛、『湘竹居追想』）。

またこの日、銀座で西洋文学通の古い友人と会ったら、以下のような忠告を受けたと書いているが、辰野であろうか。作家が年をとると歴史小説ばかり書いて現代物が書けなくなる、それは生きた社会に触れることを避けるからだ、だからなるべく本を読まないようにし、種々の階級の人間に接し、台所の経済を知る必要がある、西洋にはそうした台所事情の分かった小説があるが、日本にはない、君は今下男下女の地位に身を置いて、市場へ買い出しに出たりしているそうだから、その境遇を利用して下男下女の世界を描いたらどうか、というのだ（六日松子宛、番号一五四）。これは、後年谷崎が『台所太平記』を書く伏線とも言えるが、『猫と庄造と二人のをん

山田孝雄　昭和14年

な』で、時代物から現代物へ移った機縁かもしれない。この日、関東から関西に掛けて大雨で、宮川が氾濫したことを、翌日電報で知らせてきたので、被害を知らせるよう松子に手紙を出し、入れ違いに来た手紙でさしたる被害がないことが分かった（番号一五四）。十一日に松子は上京し、谷崎は翌日、松子安着の知らせを重子宛に書いているが（番号一五五）、重子への手紙は芝居がかっていないだけ、谷崎の愛情が感じられる。

八月頃、『経済往来』九月号に載った「幸田露伴先生を囲んで」という星岡茶寮《ほしがおかさりよう》（麴町、北大路魯山人経営）での座談会があった。のち昭和十八年、「きのふけふ」で谷崎はこの時の思い出を書いている。秋聲、和辻、末弘巌太郎《いずたろう》、辰野の面々で、鈴木利貞社長と室伏《むろぶせ》高信《こうしん》がいたという。その際、露伴がいくつか色紙に俳句を書いてくれたのだが、なぜか分配係が辰野になって、谷崎にはあまり興味のない句のものが来て、欲しいと思ったものを取り逃がし、「どうも私の推量ではあれは辰野が物にしたらしいのであるが、さうだとすればいよ〳〵以て彼は怪しからん男である」。ところがこれを雑誌に載せたあと、鈴木から手紙が来て、あの色紙は私が持っており、辰野先生の冤罪を雪《そそ》ぐため送付しますので交換お願いします、とあった。この手紙は、他の来簡とともに単行本『初昔　きのふけふ』の末尾に付されたのだが、全集では付いていないので、全集の読者はてっきり辰野が持ち帰ったのだと思うだろう。昭和二十二年、『週刊朝日』の辰野隆連載対談に谷崎が出た時のものらしい、京都南禅寺碧雲荘での写真があるが、ここでの谷崎が、椅子に凭《もた》れ掛かっていかにも寛《くつろ》いでいるのが印象的だ。辰野隆という、東大フランス文学教授にして毒舌随筆家と谷崎の関係が、実のところどうだったのか分からないが、戦前の辰野は左翼的だったので、谷崎の戦争非協力にもいくらかの影響を与えただろう。戦後、辰野の藝術院入りに谷崎の推薦があったのは間違いあるまい。

九月には、川口松太郎が脚色した「春琴抄」が花柳主演で東京劇場で再演されたが、最初の久保田の渋いものとは違い、谷崎の了解をとって大衆向けにし、春琴の産んだ女の子が八、九歳になって入門して来、春琴も佐助もそれと知っていながら何も言わないといういかにも新派風のものだった。同月、『源氏』現代語訳に取りかかり、書くそばから山田に送り、すべて訳し終えてから山田の校閲を見ることで、時間を省略した。八月十六日、嶋中、雨宮、佐藤観次郎に宛てた手紙がある。中央公論社の佐藤と雨宮から原稿依頼があったことへの抗議文というに近いもので、いま源氏をやっていてそのような暇はないのだから、そちらで遠慮してくれなければ困る、とある（水上、一九九一）。五月に『摂陽随筆《せつよう》』を中公から出しているが、その造本が気に入らなかったようで、九月十五日の雨宮宛書簡では、今度あ

辰野隆との対談　南禅寺碧雲荘にて
昭和22年

あいう杜撰《ずさん》な造本をしたら全部作り直させる、と言い、『武州公秘話』刊行のため、里見弴に「天下第一之奇書」の賛を、正宗白鳥に跋文を頼んだが、造本にコストが掛かりすぎると営業部や出版部が文句を言いだしたようで、二十日の雨宮宛書簡では、私は中央公論社相手に仕事をしているのだからそちらで何とかしてくれ、しかし出版部の人の名前を教えてくれ、とある。十月に入ると、『武州公秘話』の刊行はなぜ遅れているのか、と糺している。

この頃の手紙に苛立ちが見て取れるのは、源氏訳は時間と手間を掛けているため、売れなかったら大損であることを自覚してのものだろうか。昭和十一年、二・二六事件の頃から、煙草をやめたという。これは医者から、煙草か酒かどちらかをやめるよう言われたが酒はやめられないので言い訳にやめた、と書いている(「高血圧症の思ひ出」)。もしかすると前年秋から断煙に努めていて、それゆえの苛立ちだったかもしれない。九月には濱本浩が初の短編集『十二階下の少年達』を刊行し、作家として認められた。

十月下旬、『武州公秘話』刊行。昭和十一年(一九三六)一月五日には、荷風、左團次と鼎談。十一日、生田長江、五十五歳で死去、ハンセン氏病だった。二月二十七日、雨宮宛書簡では、ゲラにしてからの方が直しやすいのだからそうしてくれと言い、前日起きた二・二六事件については、帝都の騒ぎは様子が分からず案じている、とある。ちょうどこの頃「若紫」巻、すなわち藤壺との密通が描かれる箇所をやっており、三月二日の雨宮宛書簡では、「当局の忌避に触れる恐れあり非常に原文よりも省略したり」とある。なお今は一般的に「忌諱《きき》に触れる」というが、谷崎はのちの「源氏物語新訳序」(『中央公論』昭和二十六年四月号「源氏物語の新訳について」)でも「分らずやの軍人共の忌避に触れないやうにするため」と書いている。誤字や誤植、誤刻ではない。八日付川口松太郎宛書簡は、直木賞受賞作『明治一代女』の序文だが、三月刊行なのでその日付に合わせてもう少し前に書いたものだろう。この頃、岡本かの子が、芥川龍之介をモデルとした短編「鶴は病みき」を『中央公論』に持ち込んだが色よい返事が得られなかったので谷崎に斡旋を頼んだが、断られている。結局川端康成の世話で同人雑誌『文學界』に掲載され、かの子の出世作となった。四月四日、山田孝雄から雨宮宛の書簡で、源氏と藤壺中宮との密通や不義の子の出生に関わる場面の訳出には反対であると述べられている。谷崎はその指示に従い、「若紫」や「賢木《さかき》」の藤壺との情事に関わる場面を削除した。もっともこれは、そのまま訳出すれば当局の訴追もあることを考え、『国体の本義』の著者で、国体明徴《めいちょう》派の山田を校閲者に選んで、反対があることを見越しての人選だった(雨宮)。與謝野訳と窪田訳は何の筆禍も被っていないが、それはこれらがさほど売れなかったからで、中央公論社のように政治的に尖鋭な立場をとる出版社から、谷崎のような大家が出すとなると、話は違うということらしい。

四月半ば上京し、五月一日に、笹沼の長女・登代子(二六歳)が鹿島次郎(のち早大教授・工学博士、二八歳）と結婚した。しかし新婚旅行の途中で新婦が修善寺で盲腸炎を起こしたため急遽帰京、入院し、七日に谷崎が見舞っている。六月、創元社の企画「潤一郎六部集」の最初の『蓼喰ふ蟲』を三七〇部限定出版した。なおこれは『盲目物語』、『吉野葛』と続いたが、昭和十八年に『聞書抄』を出したあと、戦争で企画がなくなり、四部しか出なかった。八月五日の鮎子宛書簡では、四、五日前から隣の空き地にサーカスがやってきてうるさくて仕事ができないので妹尾の部屋を借りて仕事をしている、とある。ところがサーカスが終わると今度は後ろ隣に祈禱師が転居してきて、早朝から信者が大勢来て題目《だいもく》念仏いろいろ唱えてうるさく、家主に文句を言ったがどうにもできず、引っ越しを考える（九月三日鮎子宛書簡、番号一六〇）。同じ鮎子宛書簡では、「蓬生《よもぎう》」にかかったところで、これは僕の大好きな巻、と書いてある。末摘花を光源氏が引き取る話で、谷崎の芯の優しさが現れている。二十五日の鮎子宛書簡では、家が見つかったが家賃を交渉中、十一月にならないと移れないので、それまで塩原の笹沼別荘ででも仕事をしようか、と書いている（番号一六一）。十月十七日には、その言通り塩原にいて、松子宛に手紙を書いている（番号一六二）。その後帰ってきて、訪れた鮎子、龍児と観艦式にいって軍艦に乗せてもらったことが、三十一日の佐藤豊太郎宛書簡で分かる（番号一六三）。谷崎は軍人は嫌いだったが軍艦は好きだったようで、何度か観艦式に行っている。

さて新しい住居の家主は、後藤ムメの長男靫雄《ゆきお》で、ムメの夫はレノールというベルギー人だったが既に亡くなっていた（たつみ、一九九一a）。家賃八十五円で、十一月二十一日に転居した。住所は住吉村反高林である。裏に、『細雪』のシュトルツ一家のモデルとなるドイツ人のシュルンボン一家が住んでいた。十二月に、非凡閣の『現代語訳国文学全集』のうち、窪田空穂《くぼたうつぼ》訳『源氏物語』上が出て、さっそく読んだが「驚くほどのものではないことが分りました」と雨宮宛書簡（十八日）で言っている。昭和十二年（一九三七）一月、雨宮が『中央公論』編集長に復帰したので、源氏担当は福山秀賢《しゅうけん》に代わった。四月三日、土屋宛書簡で、源氏の仕事が足かけ三年にわたって手元不如意なので五百円貸してほしいと書いている（番号一六五）。同月から六月まで東西『朝日新聞』に荷風の「濹東綺譚」が連載された。十七日、肛門周囲炎（痔疾）を灸でおさえて仕事をしてきたが、西宮の勝呂《すぐろ》病院へ入院した。手術し、三十日退院。この頃、横溝正史《せいし》が『新青年』に連載した『真珠郎《しんじゅろう》』を単行本にするのに、題字を雨宮から頼まれて揮毫、五月四日、本を送られたお礼の手紙を横溝に書き、自分も探偵小説を書いてみたい、乱歩、水谷準によろしく、と言っている（書簡3）。

六月、帝国美術院が改組されて、文藝その他も含めた帝国藝術院が創立され、谷崎も会員となった。ほかに露伴・鏡花・秋聲・武者小路・菊池らで、藤村・白鳥・荷風は辞退した。なお多くの谷崎年譜に、昭和十六年、日本藝術院会員となる、と書いてあるが、帝国藝術院が日本藝術院と改称するのは昭和二十二年なので、間違いである。谷崎松子の当時の日記「主おもむろに語るの記」（松子、一九九八）によると、六月十八日、「キカヲゲイジュツヰンカイヰンニスヰセンシタシゴショウダクヲコフケフヂウニオヘンジネガフモンブジカンイトウケンキチ」という電報を貰った谷崎は、何の説明もなくいきなり返事せよとは失礼だと、辞退の電報を打った。翌日、六代目菊五郎あたりがこういう名誉を受けなければ偉い、と語っていたら、二十日、谷崎辞退と新聞に出た。しかし二十二日、一高時代の同窓の文部省監修官・大岡保三が訪ねてきて説得され、受けることになったという（細江、一九九二）。夏目漱石の博士号辞退と似ているが、谷崎は世俗的名誉を喜ぶところはあったが、集まって何かをするのが嫌だったのだという。

先に述べた通り、現在流布している谷崎年譜のほとんどが、「昭和十二年、帝国芸術院会員となる」と並べて、「昭和十六年、日本芸術院会員となる」と書いている（以下、「十二、十六」と略記する）。學燈社の『別冊國文學　谷崎潤一郎必携』（千葉俊二編、二〇〇一）、『新潮日本文学アルバム　谷崎潤一郎』（一九八五）、野村尚吾の『伝記　谷崎潤一郎』、二〇〇五年に出た講談社文芸文庫の『金色の死――谷崎潤一郎大正初期短篇集』に付せられた年譜にも、「十二、十六」はある。永栄啓伸《ながえひろのぶ》『谷崎潤一郎――資料と動向』（一九八四）および『評伝　谷崎潤一郎』（一九九七）の年譜には、「十二」はあるが「十六」はない。

私は一瞬、永栄は、この「十六」のおかしさに気づいたのだな、と思った。ところが、二〇〇四年の、永栄・山口政幸『谷崎潤一郎書誌研究文献目録』（勉誠出版）に付された年譜には「十二、十六」が復活している。山口の『谷崎潤一郎――人と文学』（二〇〇四）の年譜にもそうあるから、山口が付け加えてしまったのだろう。これから戦争を始めようという昭和十六年に、「帝国」から「日本」に変わるなどということがあるわけがない。大谷晃一の『仮面の谷崎潤一郎』は、事実を精細に調べた好著だが、そこでも昭和十六年「七月、帝国芸術院の組織が変わり、改めて日本芸術院会員となった」（一九二頁）とあるが、流布した年譜をもとに大谷が想像しただけだろう。ただし十二年のほうも、五月、六月が混在している。

いったい、この奇妙な年譜は、いつ頃からできたのだろう。『日本芸術院史』資料編を見れば、谷崎が「帝国芸術院会員」になったのは紛れもなく昭和十二年であって、十六年には何も起こっていない。谷崎生前に出た、一九六四年の中央公論社『日本の文学　谷崎潤一郎』の年譜も、やはり「十二、十六」、さらに遡って、一九五四年の筑摩書房『現代日本文学全集　谷崎潤一郎集』に付された年譜でも同じで、これは正漢字で「藝術院」と書いてある。ところが一九五二年の河出書房『現代文豪名作全集　谷崎潤一郎集』を見ると、昭和十二年五月、帝国藝術院会員、とあるが、「十六」はない。昭和十六年のところには、「四月、周作人を圍み吉川幸次郎氏と共に鼎談す」とあるだけだ。ところが五三年の角川書店『昭和文学全集　谷崎潤一郎集』を見ると、やはり「十二」がある上、その年譜の昭和十六年のところには「十二月八日、『大東亜』戦争勃発を熱海にて知り、同日東京で初孫を見た。この年創設された日本藝術院會員となる」とある。年譜末尾を見ると、参考にしたものとして、戦前の文献のほか、『現代文豪名作全集』、中村光夫『谷崎潤一郎論』の年譜とある。そこで中村『谷崎潤一郎論』（河出書房、一九五二）を見ると、これは「十二」がなく、まさに昭和十六年、「本年創設された日本藝術院會員となる」とある。それ以前の文献を見ても、「十六」は発見できなかった。つまり昭和二十七年、『文豪』は「五月」を除いて正しく書き、中村が間違えたのを、翌年、角川『昭和』が混淆させたために、「十二、十六」が生まれ、普通に見てもおかしなこの記述が以後半世紀、流通してきたことになるのだ。

なぜ中村光夫は間違えたのか。そして「この年創設された」が、なぜ五四年の筑摩全集で「七月」になったのか。鍵は志賀直哉にあると思う。中村がその二年後に出した『志賀直哉論』（文藝春秋新社、一九五四）の年譜には、昭和十六年七月、「日本藝術院会員となる」とあり、志賀は昭和十六年七月に帝国藝術院会員になっているのだ。既に痛烈な志賀批判の文章を書いていた中村には、志賀が昭和十六年、藝術院会員になったということが記憶にあり、それが二十二年以前は「帝国藝術院」だったことは忘れていた。そして、道徳的な作風で尊敬されていた志賀より三歳年下で、悪魔派、耽美派、情痴作家の谷崎が、それより四年も先に名誉ある地位に就いていたとは思えなかったのだろう。また、十二年創設の際、藤村、荷風、白鳥の三人が辞退したが、十六年、再度要請されて、藤村と白鳥は会員になっている。このことも、藝術院十六年創設という勘違いを生んだのだろう。

　ところで、谷崎存命中に出た中央公論社の新書版全集の編集に当たった綱淵謙錠が、全集の年譜作りのために小瀧とともにそれまでの年譜の誤りを正した過程を、「幽霊作品を追跡せよ」「幽霊画家を追跡せよ」（『血と血糊のあいだ』に収録）に読物風に書いている。谷崎初期作品で「嘘の力」「褒姒《ほうじ》」という二作品がそれまでの年譜に記載されていたが、それが存在しない作品であり、なぜ年譜に載ったか（広告だけ出たのである）を調査したもので、あるいはその新書版全集年譜に、大正八年八月、『人魚の嘆き　魔術師』が「水島爾保布挿絵のため発禁」とあるのが間違いで、発禁になったのは大正六年の『人魚の嘆き』の名越国三郎の挿絵のためであるとして、「当時の全集刊行室のまったくのミスである。編集責任の一端を担っていたわたくしとしては、ここでその誤りを認めて、読者に一言お詫びしたい」と書き、その名越国三郎の正体を探っている。実は私もぼんやりと、あの有名な水島の挿絵が発禁の理由だったのだと思っていた（筑摩書房『明治の文学　永井荷風・谷崎潤一郎』

『人魚の嘆き』春陽堂　水島爾保布による口絵　大正８年

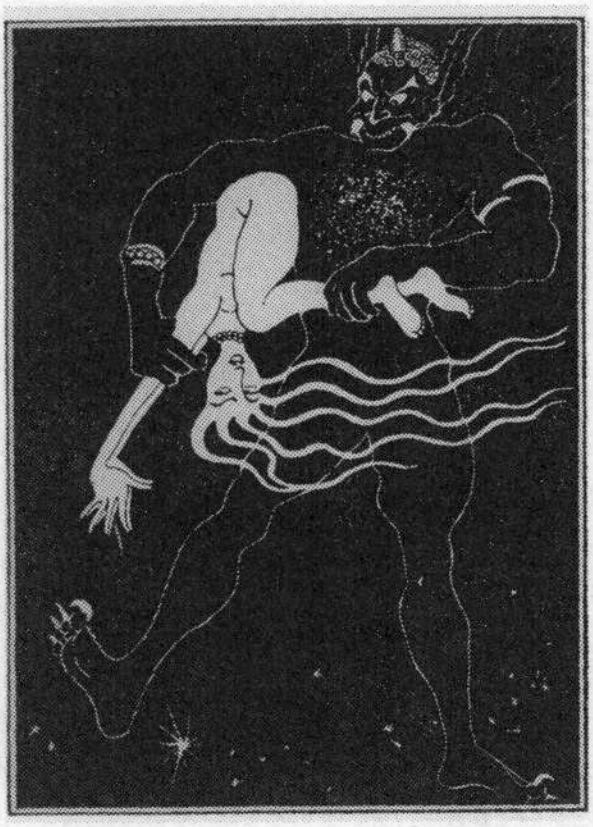

『人魚の嘆き』春陽堂　名越国三郎による挿絵「魔術師」と「鶯姫」大正６年（芦屋市谷崎潤一郎記念館提供）

に付された年譜では、この両者がいずれも発禁になったとある。間違いである）。ところが、「昭和十六年、日本芸術院会員」は新書版全集にもあり、余りにも大きなミスであるがゆえに綱淵にも見逃されてしまったようだ。志賀の随筆「菊池寛の印象」によると、やはり志賀自身、十二年に自分が漏れるとは思っていなかったらしく、話が来たら受けるか断るか迷っていたら名前がなく、不愉快になり、そんなことで不愉快になる自分が嫌でなお不愉快になって、次に言ってきたら断ろうと決心したという。そこで十六年二月、文部省の役人に、選ばれても自分は断る、と言っておいたが、会員による協議の結果やはり選ばれ、武者小路から手紙が来たが電話で断り続けていたら、菊池が直接説得に来て、「大体僕なんかよりも先になつて貰はなければならなかつたのだ」と言ったので、志賀も受けたという。

七月一日、三菱商事の森田詮三が東京勤務になって白山御殿町《はくさんごてん》へ移り、その戸籍に入っている重子も同行することになった。この時の松子・重子の動揺は『細雪』にも描かれている。七日、盧溝橋事件、即ち日支事変が起こり、源氏のような優雅なものは時局柄好ましくないと中公から話が出た。谷崎は仕事を続け、十月十日の嶋中宛書簡で、『源氏』の進行具合を知らせ、出来たら刊行するのか、自分としては平和になるまで待ちたい、と書いている。八月二十五日奥付で、『猫と庄造と二人のをんな』を刊行。庄造のモデルは、須恵の夫、河田幸太郎だという。九月十三日、谷崎から東京の重子宛の手紙がある。今朝お手紙で様子が分かり安心しました、まだ落ちつかないでしょうがそろそろ東京の味が分かってくるでしょう、これからさんまが旨くなります、といった、重子を気遣いつつも、食道楽の谷崎らしい文面である（番号一六九）。二十三日は秋季皇霊祭（秋分の日）で、谷崎夫婦と清治、信子、れい子ちゃんで高座《こうざ》の滝とロックガーデンへハイキングに出かけている。現在の芦屋市と神戸市の境界にあるのが高座の滝で、ロックガーデンは神戸市側にある。これは二十五日の重子宛書簡（番号一七〇）で分かるが、同じ手紙に、恵美子が神経衰弱で眠れず、睡眠不足で痩せてきたので重信政秀医師に見せたら、ぶらぶら遊んだほうがいいと言うので適当に学校も休ませることにした、とある。この頃谷崎は脚気《かっけ》に悩んでいた。十月十九日には、名古屋医科大学の神経精神病学教室の杉田直樹《よしき》宛書簡がある。杉田は一高時代の旧友で、松子が恵美子を連れて出かけ、診察してもらったようだ。二十六日、松子が豊太閤贔屓《ほうたいこうびいき》なので、ゆかりの地を見ようと、二人で当てもなく江州《ごうしゅう》（滋賀県）方面へ出かけ、長浜駅で降りたのはもう夕暮れ時で、スミモトという旅館で断られ、彦根まで戻って、一、二年前に泊まった井伊家別邸だった八景亭《はっけいてい》（楽々園）に泊まった。この時のことは「初昔」に味わい深く書かれており、その翌朝、昨日の夕刊を見たら、五・一五事件に加わり獄中にあった橘孝三郎が、水戸の母が危篤だというので許されて会いに行ったという記事が出ていたとあるので、日付が確定できる。

十一月二十四日に妹尾君が死に、健太郎はその後天理教に入信した。十二月九日には、渋沢秀雄（一八九二―一九八四）宛に、著書を送ってもらった礼状を出している。秀雄は栄一の三男で、実業家、随筆家、谷崎とは晩年まで交遊が続いた。十八日には土屋宛書簡で、事変勃発のため『源氏』刊行が遅れるため、五百円借りたいとあり、そのお願いのため翌日上京するとある（番号一七一）。二十四日には、東京の旅館竹水荘から松子宛に、細々と予定が書かれている。恵美子が学校へ提出する習字の文字は「千秋万歳《せんしゅうばんぜい》」「帝国万歳」などはどうでしょう、とあるが、単にそれが無難だと思ったからだろう。ここに、鮎子と龍児が今朝つばめで出発し、紀州へ寄って帰りはゆっくりする、とある（番号一七二）。この二人は婚約者だが、結婚前なのに割と平気で二人で旅行したりしており、多難な幼少時代を送った鮎子が、谷崎の親族のなかでは最も幸福な結婚をしたようだ。

昭和十三年（一九三八）一月三日、谷崎と対談したこともある岡田嘉子《よしこ》が、杉本良吉とともに樺太国境を越えてソ連へ亡命するという事件が起こった。『中央公論』二月号に「源氏物語の現代語訳について」を掲載。二月、石川達三の戦場ルポルタージュ「生きてゐる兵隊」が載った『中央公論』三月号が、軍部を誹謗するものとして発売前日に発禁処分となり、雨宮は起訴され、編集長を辞任、四月三十日付で退社した。その二十七日に谷崎は雨宮宛書簡で、立場に同情するが捲土重来《けんどちょうらい》を期してほしい、と書いている。雨宮は九月五日、禁錮四月執行猶予三年の判決を受けたが、戦後、読売新聞に入り編集者を続けた。三月には見合いのため重子が戻ってきた。下旬、上京。四月一日、国家総動員法公布。この頃か、根津清治は赤穂中学に入学、寮に入ったが、翌年東京の錦城中学へ転校している。二日、芝の三緑亭で改造社の創立二十周年祝賀会が開かれ、出かけていったが、徳富蘇峰、三宅雪嶺《せつれい》、荒木貞夫、菊池寛と演説が続いて閉口した。十一日には松子、重子、信子、恵美子と中国旅行に出かけ、錦帯橋《きんたいきょう》、宮島《みやじま》と見て回った。同月、元祇園の藝妓で、財閥のモルガンに見初められて結婚、長くフランスに住んでいたモルガン雪（一八八一―一九六三）が三十五年ぶりで日本に帰るというニュースがあり、ニースを発ってマルセイユから靖国丸で帰国する様子が刻々と報道され、谷崎はその様子を新聞で読んで感慨を催し、二十五日、雪が京都で兄姉に迎えられたのを読んで涙に咽《むせ》んだ（「初昔」）。数え五十三の谷崎は、懐かしい明治の昔を想起していたのだろう。五月十日、地唄舞《じうたまい》の十日会で、信子が「雪」を舞い、えびらくさんこと二代目山村らくが「鉄輪《かなわ》」を舞った。谷崎は後々までこの「雪」を愛好し、『細雪』にも印象的な場面として描かれている。

七月五日、関西地方が風水害に襲われ、住吉川が氾濫して魚崎の根津宅にいた信子が孤立しているのを、谷崎と女中のおみつどんが泥水の中を助け出してきた。これが後に『細雪』中巻に描かれる、写真師板倉による妙子救出の場面の下敷きになるが、実際にはそれほど大変なことではなく、六日、嶋川と一緒に被害の様子を見て回り、甲南小学校や、信子が通っていた田中千代洋裁学校などの様子を見、小学生の作文を見たりして創作したのである。七日の重子宛速達で、知人宅の被害の様子を細かに書いている（番号七二二）。ところで、このあと八月後半に谷崎は『源氏』最後から二番目の「手習《てならい》」の巻を訳しているのだが、この妙子救出の場面は、浮舟が謎の男に抱き上げられる場面を下敷きにしているようだ。『源氏』谷崎訳では、「風がはげしく吹いてゐて、川波の音までが荒々しう聞える」中、浮舟が「死なうと固く決心をしたのに」と思って「ぼんやり」していると、「大層綺麗さうな男が寄つて来て、『さあ、私の所へいらつしやい』と云つて、抱いてくれるやうな具合であつたが、自分ではそれを、あの宮と申し上げたお方がなすつて下さるのだと思つてゐて」と続くが、『細雪』では、妙子が「人間は、もうどうしても助からない、もう死ぬのだと云ふ時になると、案外落ち着いて、恐くも何ともなくなるものである」とぼんやりしていると、人影が現れて救い出す、それが板倉なのだが、これを、助かった後になって妙子が語る点、はじめ救助者が誰だか分からない点などから考えると、「手習」を訳しつつ谷崎が拵《こしら》えた構想と考えていいだろう。なおこれは、現在トロント大学教授の榊敦子氏が、一九八七年度の東大比較文学の修士論文に書いたことで、公刊されていないし、他にそういう指摘をした人があるかどうかも知らないが、メモとして書いておく。

そして九月九日、三三九一枚の『源氏物語』現代語訳を完成させて、松子の妊娠について相談すべく上京し、妊娠中絶させる。十一月二日には、大貫晶川二十七回忌があり、谷崎は娘鈴子に問い合わせて、法事には間に合わなかったが、和辻、後藤、木村と大貫邸を訪ねて香華《こうげ》を手向けた（その時の写真が全集口絵になっており、十二月となっているが間違い）。十二月、「源氏物語序」を『中央公論』新年号に掲載、この頃、訳完成を知った京都帝大国文学研究室から、フランス文学教授で谷崎と同窓だった落合太郎（一八八六―一九六九）を通じて講演を頼んできたが、講演嫌いなので座談ならいいと例のごとくで、京都東山真《ま》葛《くず》ケ原《はら》のにしん屋で会食をした。この時、のちに谷崎の助手を務める玉上《たまがみ》琢弥が、院生として出席していた。

昭和十四年（一九三九）一月七日、泉鏡花から、源氏完成の祝電「ムラサキノハナマヅヒラク」が届いた。二十三日から、『潤一郎訳源氏物語』全二十六冊の刊行が始まった。一回に二冊ずつ箱入り、瀟洒な早蕨《さわらび》色の和風の造本で、出足は好調、十七、八万部が売れたという。これによって、昭和五年以来の谷崎の借金はようやく片がついた。二月二日、嶋中が宮中に参内《さんだい》して天皇に献呈した。十八日、岡本かの子死去、五十一歳。二十三日には大阪軍人会館で『潤一郎訳源氏物語』刊行記念講演会が開かれ、舟橋聖一、森田たま、谷川徹三、小島政二郎、島木健作の講演があった。ところが島木を待ち受けていた女が、プロレタリア文学の旗手がなぜ谷崎のようなブルジョア作家の提灯《ちょうちん》持ちをするのかと非難したため、興奮した島木は壇上で一時間にわたってプロ文学の演説をぶったという（舟橋、一九七五）。なお舟橋は、『蓼喰ふ蟲』を読んで以来谷崎を崇敬していたが、この少し前、信越線で軽井沢へ行く途中同じ汽車に乗り合わせ、谷崎が、上司小剣《かみつかさしょうけん》による舟橋作の批評が新聞に載っていると言って渡しに来て、この講演会で親しく言葉を交わし、「第二の弟子」と称するようになったという（舟橋、一九六七）。もっとも昭和十三年十二月三十一日「読売新聞」の文藝時評で上司は舟橋の「楊柳《ようりゅう》」を酷評しており、どこかに記憶違いがあるようで、谷崎に会ったのがいつのことかは確定できない。『昭和文学全集 12』（小学館、一九八七）に付された藤井淑禎《ひでただ》による舟橋年譜では、これを昭和七年のこととしているが、根拠が分からない。ただ舟橋は七五年の「谷崎潤一郎」でもそのことを書いていて、それから谷崎先生は『春琴抄』……などを発表、とあるので、その頃のことと考えたのだろう。舟橋との邂逅は、昭和十四年を遡ることとあまり遠くないはずだ。

四月二十四日、東京会館で娘あゆ子（二四歳）と竹田龍児（三一歳）の結婚式が、泉鏡花夫妻の媒酌で執り行われた。自身の新訳源氏の売れていなかった與謝野晶子も出席している。夫婦は下落合のアパートに住んだが、龍児は華北交通勤務で、ほどなく北京に単身赴任した。谷崎は松子と正式に結婚するつもりはなかったが、これを機に森田家から強要され、二十日、心ならずも婚姻届を出した。ところで五月二十三日から『東京朝日新聞』に四回にわたって東北大学の岡崎義恵《よしえ》が「谷崎源氏論」を掲載、その文体は老人の繰り言めいているとし、藤壺との密通の場面を除いたことを批難した。当時谷崎も山田も沈黙を守ったが、谷崎は後年このことに触れ、それから数年後、岡崎から手紙を貰い、悪意があったわけではないことが分かったと書いている（「雪後庵夜話」）。なお源氏現代語訳はその後二度にわたって直されているので、全集に入っているのは新々訳だけである。

さすがに疲れが出たのか、谷崎はこの後あまり仕事をしていない。六月には創元選書から『陰翳礼讃』を出しているが、このシリーズは昭和十三年、柳田《やなぎた》国男の『木綿以前の事』などから始まり、柳田を一般読書人に知らしめるのに大きな役割を果たしたのみならず、小林秀雄などもこのシリーズで広く読まれ、一九七八年まで続いた。六月、佐藤春夫の母政代死去、妊娠していたあゆ子は新宮へ駆けつけたが、バスで峠越えをする時に流産してしまった。七月三十日の安田靫彦《ゆきひこ》宛書簡では、吉右衛門が『盲目物語』をやるとはよい思いつき、と書き（番号一八七）、八月八日安田宛書簡では、脚色は久保田がいいか小島がいいか、久保田では線が細すぎるが、自分で分かっていることだから「久保田氏に先づ頼んで見、万一承諾を得られなかつたら小島氏と云ふことにしては如何ですか」と書いて欄外に「久保田氏が辞退したら『では誰がよいか』ときいてみて下さい」とある（番号一八八）。ここに、久保田の機嫌を損ねないように話を持っていく、谷崎の深謀が窺えよう。そのあと、『盲目物語』ではお市の方が「弥市」という名を盲人に与えるが、『日本盲人史』（中山太郎、昭和書房、昭和九）によれば「何市」という名は官許がなければ妄《みだ》りに名乗れなかったので、お市の方が与えたというのは抹消したい、と書いている。古典ものを書いてゆく谷崎が、作品の考証もおろそかにしていないのが分かる。二十三日、モスクワでヒトラーとスターリンが独ソ不可侵条約を締結し、総理平沼騏一郎《きいちろう》は「欧州情勢は複雑怪奇」の声明を発して辞職した。九月一日、ドイツ軍がポーランドに侵攻して第二次世界大戦が勃発、七日、泉鏡花死去。

昭和十五年（一九四〇）二月十日頃谷崎は上京し、左團次が東京劇場を休演しているのを知る。二十一日、入院と聞いたら、二十三日、死去の報に接して呆然とする。五月六日、笹沼源之助は、埼玉県与野市にライファン工業株式会社を建て、塩酸ゴム製造の事業を始めた。ライファンというのは、塩酸ゴムで作った食品包装フィルムの商品名で、それまでのセロファンに代わって昭和二十年代には広く使われた。ＲＹＰＨＡＮは、特許商品なので、ＲＩＧＨＴ（権利）とセロファンのファンを合わせて作った名である。今でもライファン工業は、笹沼の孫東一《とういち》が代表取締役社長を務めている。六月十日、イタリアが英仏に宣戦布告、参戦。十四日、ドイツ軍がパリに入城し、フランスは降伏、ペタン元帥がヴィシー政府を立てた。谷崎はこの頃土屋計左右に味の素やオイルを貰っている。九月には伊香保温泉に笹沼喜代子・喜美子と避暑に出かけたら、後ろの部屋に菊五郎と羽左衛門がいて、一緒に遊んだ。九月二十七日、日独伊三国同盟締結、十月十二日、大政翼賛会発足。しかしこうした戦争へ向かう動きへの谷崎の反応の形跡は残っていない。

昭和十六年（一九四一）三月、松子の末妹の信子が、神戸の生田神社でゴルファー（レッスンプロ）の嶋川信一と結婚式を挙げ、青木《おおぎ》に家を持ち、嶋川はゴルフ教習所を開いた。谷崎は同月上京し、嶋中の招きで鶯谷《うぐいすだに》で荷風に会うと、色つやがよく、洋服に足袋に下駄姿が変に見えないので感心している（「きのふけふ」）。四月には、東亜文化協力会議で周作人（五七歳）が来日し、京都で吉川幸次郎（三八歳）と三人で座談をしている。念のために言えば、日本は中華民国とは、実態はどうあれ、正式な戦争はしていない。当時日本が承認していたのは汪兆銘らの南京政府である。十三日、日ソ中立条約調印。二十九日、森田重子（三五歳）が、作州《さくしゅう》津山藩主の嫡流の子爵松平康民の弟、渡辺明（四五歳）と結婚、上京し、祐天寺駅のそばに居を構えた。明は一種の遊び人で、米国留学経験もあり木工などをしていたが、酒癖が悪く、清治を殴ったりもしたという。『細雪』は、この時上京する重子（雪子）の姿を描いて終局とし、ほぼこの間の出来事を下敷きにしたものだ。『細雪』最後の、東京へ嫁いでゆく雪子が、不安から来る下痢に悩まされる場面は有名だが、重子が嫁いでゆくのを最も不安な気持ちで見送ったのは谷崎自身だったろう。五月二十二日、笹沼の次女・喜美子が、医師江藤義成の息子・哲夫と結婚。二十九日、谷崎は東京の重子にさっそく手紙を書いている。六月二十二日、ドイツは、不可侵条約を破ってソ連に侵攻し（バルバロッサ作戦）、第二次大戦はソ連を巻き込んだ。なおヒトラーの『わが闘争』には、日本民族を劣等民族とみなし、もし西洋からの影響がなくなったら、日本は次第に退化していくだろうと数ページにわたって書いてある箇所がある。当時日本で出た翻訳（大久保康雄訳、室伏高信訳）からこの箇所は削除されたが、原著や英訳、仏訳を読んだ知識人は、そのことを知っていただろう。

七月、予定より遅れて、『源氏物語』の刊行が終わる。八月には偕楽園で雨宮・長野草《そう》風《ふう》らを慰労に招いた。八月末から九月には、また伊香保の千明温泉仁泉亭に遊んでいる。十月十八日、東條英機が総理就任。下旬、あゆ子の出産が近いというので上京し、十一月五日には産婦人科に入院したので、谷崎は芝口の旅館に泊まって、毎日電話を掛けるが、なかなか生まれないので、十一月二十四日頃、帰宅した。二十八日、荷風宛書簡で「猶々先生には当今種〻筆紙に表し難き御感慨も有之《これあり》私も何かと聞いて頂き度事《たきこと》も有之（略）又〻御活動に適したる時節も到来可致候《いたすべく》」とある。これは昭和二十九年七月号『文藝』に発表されたもので、全集雑編の部に入っているが、谷崎が戦時体制に批判的であったことの証拠として公開されたのだろう。十二月三日、あゆ子女児を出産、四日未明龍児からの電話でこれを知り、七日出発、熱海ホテルに投宿、八日早朝、真珠湾攻撃の報を聞いて上京、車中で嶋中に会い、東京へ着くと偕楽園に寄って、ラジオで宣戦の詔勅と東條総理の談話を聴いた。それから九段の木下産婦人科で初孫の顔を見て、夜、上野松坂屋向いの蛇《じや》の目《め》寿司で高木定五郎と一杯やりながら、今にも米軍の爆撃があるのではないかとびくびくしたという（「高血圧症の思ひ出」）。十日、七夜に当たり、女児の曽祖父佐藤豊太郎に頼まれて、谷崎は百百子と命名した。この日マレー沖海戦で英国東洋艦隊のレパルス、プリンス・オヴ・ウェールズ撃沈。二十日の小島政二郎宛書簡（番号二一六）では、源氏完成初孫誕生、また「外には皇軍赫〻《かつかく》の捷報《しようほう》あり（略）小生に取りてハ忘るべからざる年と相成申候」と書いている。同月、お春どんこと車一枝が、久保義治と結婚して谷崎家を辞したが、以後夫婦とも谷崎の助手的な関わりを持つことになる。暮れには、仕事のない渡辺明を、ライファン工業に入れた。またこの年あたり、妹尾健太郎は伊豆大島出身の美恵子という女性と再婚したらしい。

昭和十七年（一九四二）二月十五日、シンガポールの英軍が降伏すると、十六日、JOAK（後のNHKラジオ）から「シンガポール陥落に際して」を朗読放送、その文章は『文藝』三月号に掲載された。谷崎の、唯一というに近い戦争協力の文章である（もう一つ、辻小説「莫妄想《ばくもうそう》」がある）。三月、谷崎は熱海ホテルに滞在し、熱海に家を持とうとしていた。二十一日の松子宛書簡（番号二二〇）では、「決して〳〵関西がイヤになつた訳でもありませぬから余程の事態に立ち至らぬ限り一家を上げて引き移らうなどゝは考へて居りませぬ、只〻万一の場合の家族の避難所として、又冬の間のあなた様の避寒地としてハ絶好の所で（略）私も老年のせゐか近頃兎角消極的な考へに傾き過ぎるので『これではいかぬ』と大いに自らを鞭打つて居ります、目下われ〱創作家にハ甚だ困難な時勢でハありますが然しさう一概に悲観したものでもないから大いに積極的に働いた方がよいと嶋中氏などに激励されだん〱とその気になりつゝあります、（略）しかし又しても消極的になりますが近頃ハ自分の死後に於けるあなた様の幸福と安全と云ふ事が悪夢の如く始終つきまとひ何とかして此の点についての保証を得たいものと」云々と書いている。谷崎のような耽美的作風が、戦時下においてはまず許されないのは言うまでもなく、ごく穏健な『細雪』でさえ軍部の弾圧にあったことを思えば、当時の寿命からいっても晩年とも言える五十七を迎えて、谷崎がこれまでになく気弱になっているのが分かる。しかしその二十六日、歌舞伎座へ重子を伴って行ったらしく、谷崎が熱海に家を持つのは、東京にいる重子に近づくためだと、松子が疑ったこともあるのだろう。

月末、東京で佐藤豊太郎死去、享年七十八。四月、熱海西山《にしやま》五九八に、元嶋中が借りていた別荘を購入する。十八日、東京から熱海へ汽車で向かったが、その直後、B25ドゥーリトル隊が東京を空襲し、二十一日、熱海から渡辺夫妻宛の手紙（番号二二一）で「空襲下の御感想は如何に御座候哉　あの日小生ハ午前十一時半の汽車にて出発、今一汽車後であつたら川崎辺で生れて始めてのスリルを味はひ得べかりしものと少し残念の心地もいたし候」と書いたが、五月一日、反高林から重子宛に、空襲の時一人で大変だったとは知らず失礼したと、恐らくこの軽口手紙のことも含めて詫びている（番号二二二）。あれほど地震を怖がった谷崎が、戦争に当たっては妙に豪胆である。五月に、再び重子を誘って歌舞伎座へ行ったようだ。いずれも菊五郎出演で、谷崎は吉右衛門は嫌っていたらしい。十一日、萩原朔太郎死去、五十七歳、十五日、その妹でかつて谷崎が見合いをした愛子と結婚した佐藤惣之助死去、五十三歳、二十九日、與謝野晶子死去、六十四歳。あたかも、戦時体制に耐えられなくなったかのようにこの月は文学者の死が相次ぎ、その間二十六日には日本文学報国会が設立され、谷崎は名誉会員にされた。六月から、「初昔」を『日本評論』に、「きのふけふ」を『文藝春秋』に連載開始している。源氏訳以後の本格的な仕事は、この二つの長編随筆で、「初昔」は四、五年前のことを、「きのふけふ」は昨今のこと、特に中国文人の思い出を語っている。六月五日、ミッドウェー海戦で日本は敗れ、開戦半年で、戦は劣勢に転じた。

鮎子、百百子と　熱海市西山で　昭和18年

「きのふけふ」連載中には、知人から感想や訂正の手紙がいくつか届き、単行本末尾に掲載されているが、中に、十月二十八日付の巌谷《いわや》栄二からのものがある。栄二は巌谷小波の次男で、谷崎が小波の俳句に触れたことへのお礼などである。小波は昭和八年に没したが、栄二は小波顕彰に熱心だった。長男は劇作家の三一（槙二）、四男が文藝評論家の大四《だいし》である。この後も、『幼少時代』執筆の際に『少年世界』を借りるなど、栄二との関係は続いた。この連載が終わった十月頃から、『細雪』の執筆が始まる。『初昔　きのふけふ』は、十二月に創元社から刊行されているが、「きのふけふ」には、戦後の随筆選集から今日の全集に至るまで、削除された箇所、修正された箇所があることを、細江光「谷崎潤一郎と戦争」（細江、二〇〇四b）が指摘している。削除箇所は旧知の郭沫若に関するもので、摘記する。

氏の如き東洋の古典にも深い造詣《ぞうけい》のある文学者が共産党の闘士となつたり、その共産党とも相容れない筈の重慶《じゆうけい》政権と手を握つてまで日本に楯を突いたりすると云ふのは、一時の物の間違ひであつて、何の日にか氏がこれらの総べての過去を清算し、純東洋の詩人たる本来の境地に復る時があるやうな気がするのは、私一人の身勝手な期待であらうか。（略）東条首相の演説でも重慶を弟と呼んでゐるが、お互に兄弟の国であることが分つてゐながら喧嘩をして、狡猾なる第三者を利することとぐらゐ馬鹿げた話はない。

（『初昔　きのふけふ』より）

細江は、谷崎が、『細雪』の発表を当局から差し止められ、しかしこれを書き続けて戦争に抵抗した、という「通説」に疑問を呈し、『細雪』に描かれるのは同盟国のドイツ人や「反共の」白系ロシヤ人であって、英米人ではないことにも注意を促している。私の結論を言うなら、確実なのは谷崎が天皇崇拝家だったことで、これは明治の教育を受けた者として普通のことだし、第二に谷崎が左翼嫌いだったことだ。しかし、『細雪』が私家版としてさえ印刷を差し止められる時勢を歓迎していたはずはなく、それは心を許した荷風とのやりとりでも分かる。だが谷崎が、戦争や軍人を嫌っていたのも確かで、当時の一般的知識人として、これまでアジアを侵略してきた米英蘭を破ることを快しとする思いと、二年目あたりからは、最後には日本は負けるだろうという思いが入り交じっていたと見るべきだろう。

十一月二日、北原白秋死去、五十八歳。この年、家主の後藤から立ち退きを命じられた。谷崎は十二年に、別棟の建て増しをし、家主はこれを許可する代わりに、立ち退きの際増築分費用を請求しないという口約束をしていたのだが、谷崎はその費用三千円を要求したのでこじれ、この月、後藤側が折れて家屋明渡契約証書を取り交わした（たつみ、一九九一）。十二月には、『中央公論』新年号に、「細雪」と、島崎藤村「東方の門」の両文豪の連載第一回が載り、丸ビルの書店では発売日に列ができたという。だが明けて昭和十八年（一九四三）一月二十二日、『東京新聞』に広津和郎が「藤村と潤一郎」を載せ、「『細雪』は甚だつまらない。何もこれに時局の認識の欠如を指摘しようなどという意向はわれわれにはない。そうではなくて、この人の文学趣味、それは直に又人生興味という事になるのだが、その浅さ月並さが目立ち過ぎるのがやり切れなくなるのである。／もっとも最初の出発の『刺青』以来の事であるから、今更云うまでもない。この作者のものは『春琴抄』のような傾向のものが最も無難なのであろう」と書いた。その二、三日後、東京神南《じんなん》の竹田あゆ子方にいた谷崎が、ふと弦巻《つるまき》の志賀直哉を午前中に訪ねると、志賀は、午後は来客があるのでその前に辞去願う、というようなことを言うが、十二時ちょっと前に広津が訪ねてきた。志賀が会わないように気を配ったのだが、谷崎は気にせず広津に声を掛け、志賀も、ああ谷崎は批評など気にしないのだったなと気づいた、ということが「雪後庵夜話」に書いてある。これを読んだ広津も参ったようで、昭和三十九年、『谷崎潤一郎集（一）』（筑摩書房）月報でこのことに触れて、『細雪』は後に全部読んで「非常に感心した」と書いている（「『細雪』について」）。

だが三月号に第二回が載った後、四月二日、編集長の畑中繁雄が陸軍報道部に呼び出され、杉本和朗少佐から、戦時下ああした女人の生活をめんめんと綴ったようなものは不謹慎であると注意され、軍や報道局からとりやめ要求が相次ぎ、六月号の第三回を載せて打ち切りにするつもりでいたところ、それも不可となり、断り書きが出た（畑中）。「その後作者に於いて改めて考ふるところあり、此の作品が戦時下の読み物にあらざることを感ずるに至り」とあって、中公の編集者松下英麿が書いたという。その間、日本軍はガダルカナル撤退、山本五十六《いそろく》戦死と戦の劣勢は続くが、一般国民には詳しく知らされなかった。立ち退きの約束をしながら谷崎はぐずぐずしていたので、七月に後藤から熱海宛に内容証明付の催促状が届き、九日に詫び状を書いた。二十五日、ムッソリーニ失脚、逮捕される。八月から、同人雑誌だった『文學界』が文藝春秋刊行となり、鷲尾洋三が編集長に就任した。この頃、一枝の夫久保が出征した。八月二十二日、島崎藤村が死んで、「東方の門」も未完に終わった。九月八日、イタリアが連合軍に降伏。十月、反高林の家をようやく明け渡し、住吉川を挟んだ向かいの魚崎町魚崎七二八ノ三七（現東灘区魚崎中町四―九―十六）に引っ越した。さて、『細雪』の執筆は続けられたが、谷崎は、はじめは「三姉妹」という題名を考えたが、実際には四姉妹なので、おそらく両者の含みを持たせ、「三寒四温」という題名で、阪神間の有閑マダムの退廃的な面も描くつもりだったが、時局柄遠慮して、ああいうものにしたと書いている。とはいえ、そのために『細雪』は、美しい四姉妹を中心とした華やかな物語として、より多くの読者を獲得することになったのであり、谷崎にはそうした狙いもあったかもしれない（「『細雪』瑣談」など）。

さて、昭和十九年年頭から二十一年三月までは、後に「疎開日記」「越冬記」として纏められる日録が発表されているので、細かな動きが分かっている。昭和十九年（一九四四）年初は熱海で迎え、明、重子夫婦と清治を交えた動きが目立つ。清治はこの頃日本大学へ通っていた。重子が魚崎へ泊まりに行っている間に、明は買ってきた牡蠣《かき》を女中の清と一緒に食べたら当たってしまった。二月十八日に、『細雪』の関西弁を見てもらうべく松子に読ませていると、流産の場面があり、松子が泣き伏したという。二十三日、明がパラチフスで入院、と重子から電報。二十七日に、朝子の三男森田紀三郎が松山高等学校（旧制）入試の途次立ち寄って、明の看護で重子の手は皹《ひび》が入るほど荒れていると聞かされ、谷崎は胸のつぶれる思いをする。二十八日、一家で熱海へ、三月三日、松子と二人で上京し、帝大病院へ明を見舞うと、重子は憔悴していた。翌四日、荷風の偏奇館《へんきかん》を初めて訪ね、化物屋敷のようだ、と思う。この日関西では宝塚歌劇場が軍部の命令で閉鎖され、ファンが殺到し、軍人が抜刀して整理した。恵美子を小田原高女へ転校させることにして、その手続きが進んでいる。五日、警視庁が高級料理店等の閉鎖を命じ、偕楽園も閉じられ、二度と再開することはなかった。二十五日、菊原琴治死去。それから移転の準備に数日を費やし、近所に別れの挨拶をして、四月十五日、一家を挙げて熱海の別荘へ移転した。ここに谷崎の二十年と半年ほどの阪神間生活は事実上終わる。

谷崎の住んだ場所は、現在の西宮市、芦屋市、神戸市東灘区に相当するが、うち西宮に住んだのは苦楽園と夙川に三カ月ずつ半年、芦屋市（昭和十五年市制）は打出に二年半で、そのほかはすべて、住吉村、魚崎町、本山村という、昭和二十五年に神戸市東灘区に編入された土地だから、高野山と稲荷山を除くとほぼ十七年を東灘区で過ごしたことになる。なお一般に谷崎は、関西移住後、新境地を開いたと言われているが、既に諸家が指摘している通り、谷崎は大阪は嫌いだったし、京都も、その古跡は愛したが、現在の京都人は嫌っていた。『細雪』の最初の構想から推すに、阪神間のブルジョワ夫人にも、ある嫌悪感を抱いていたに相違ない。

連載を止められた『細雪』は、上巻を私家版として印刷することにし、その印刷を創元社に頼み、東京創元社の小林茂が世話をした。四月頃、渡辺明はライファンを辞め、北海道の船渠会社の工場現場監督として赴任することになったが、谷崎は五月八日、重子宛の手紙で、明が北海道へ連れていくというなら不賛成で、無理に連れていくというなら熱海へ逃げていらっしゃい、と書いている（番号二四六）。十五日には『細雪』中巻を三百枚まで書いて中央公論社に送っているが、戦争が終わり時勢が変わったら中央公論社から出す予定だった。二十九日付で荷風から手紙が来て、「不思議の世とな」ったが、こうなったら「世の終りを見届けた」いとあった。六月十五日、米軍がサイパン島上陸。十九日、マリアナ沖海戦で日本は惨敗。なお後年の「三つの場合」では、七月八日に明が単身函館へ行くとあるが、「疎開日記」ではその後も出てくるので、八月の誤りだろうか。七月十日、情報局は、中央公論社と改造社に解散を命じた。十四日には「東條総理ます〳〵不人気に

阪神間転居地図

市居義彬『谷崎潤一郎の阪神時代』曙文庫 1983年より

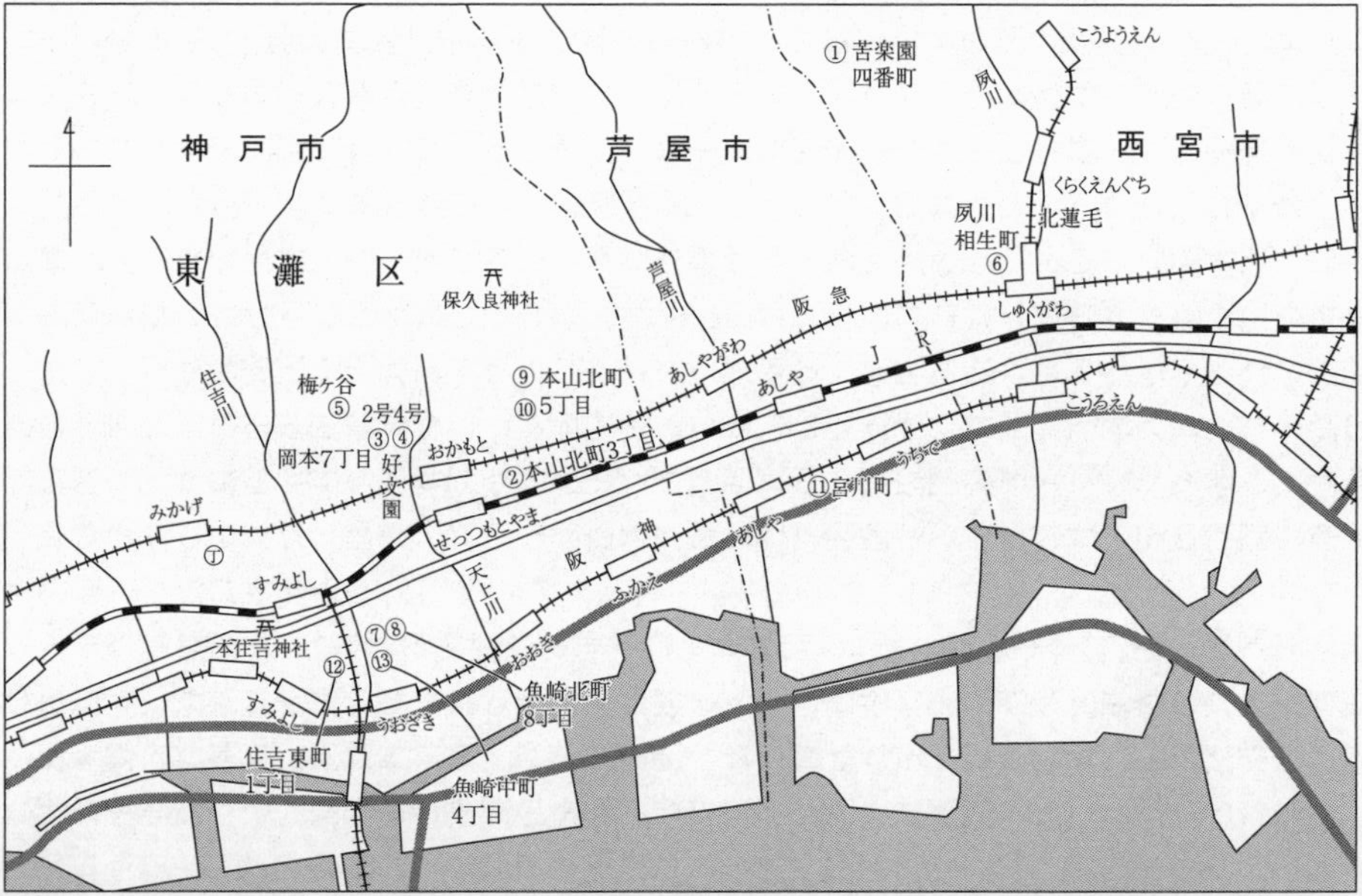

て敗戦の噂とり〴〵なり」（「疎開日記」）とある。十八日には東條内閣総辞職、小磯国昭首班となる。二十一日、米軍がグァム島上陸。

この頃、『細雪』上巻二四八部を限定私家版（松廼舎《まつのや》版）として印刷し、知友に配りはじめた。二十九日の重子宛書簡（番号二四九）では、あなたにまっさきに差し上げる、とある。同じ日、久保一枝宛書簡でも、『細雪』を送る、これからあなた（お春どん）が活躍する、とある。次いで宇野浩二、荷風、土屋、上海の内山、八月十一日には渋沢秀雄、二十四日志賀とぽつぽつ目立たぬように送っている。これらの手紙には、当局を刺戟しないよう「吹聴《ふいちょう》なきよう」と書いていたが、結局兵庫県警察が魚崎の家へ取り調べに来て、留守だったのだが始末書を書かされ、中巻の印刷は断念せざるを得なくなった。

九月六日に単身熱海を出発、岐阜を経て魚崎へ戻っている。十四日には、日本文学報国会の中村武羅夫宛に、顧問の件、名儀だけならば引き受けてもよし、という手紙を書いている（番号七三五）。十五日、一枝、信子、津田（この人物不明）とともに東亜

①兵庫県武庫郡六甲苦楽園万象館（現西宮市苦楽園四丁目）②武庫郡本山村北畑字戸政（現神戸市東灘区本山北町三丁目）③岡本好文園第二号（現東灘区本山町岡本七丁目）④同第四号⑤梅ノ谷（現東灘区岡本七丁目十三号八番）⑥根津別荘　西宮市外夙川大社村森具字蓮毛（現相生町十一番）⑦武庫郡魚崎町横屋川井五五〇（現東灘区魚崎北町八丁目）⑧武庫郡魚崎町横屋西田五五四（現魚崎北町八丁目）⑨⑩武庫郡本山村北畑天王通（現東灘区本山北町五丁目）⑪武庫郡精道村打出下宮塚一六（現芦屋市宮川町四丁目）⑫倚松庵　武庫郡住吉村反高林一八七六（現東灘区住吉東町一丁目）⑬魚崎町魚崎七二八ノ三七（現東灘区魚崎中町四丁目）㋣離婚した丁未子が一時住んでいた

楼で夕飯を摂っていると料理場から出火し、火が二階に燃え広がって消防車も駆けつけ、信子は逃げ出すが谷崎らは一階なので全部食べてから外へ出たら、子供らが「あのおつさんや〳〵」と口々に言うのは、「あの火事の中で悠々たべてゐた呑気なおつさんやと云ふわけなり」。地震が怖い谷崎も、火事は平気だったらしい。余談ながら、デュルケームの古典的な社会学研究『自殺論』では、戦争中には自殺が少なく、それは周囲の人々との連帯意識が生まれるからだというのだが、荷風と違っていくらかは東亜解放の大義を信じていた谷崎には、確かにその種の明るさが感じられる。

十九日には京都を訪ね、二十一日にも行って吉井勇を訪れると、西本願寺で勤皇僧の供養があって菊池寛の講演があるというので連れていかれ、新村出《しんむらいずる》（六九歳）、吉澤義則らに会う。飛雲閣で座談会をやるから出ろと言われて、固辞して帰ろうとすると、既に荷物が飛雲閣に運ばれたというのでそれを取りにいき、ついでに内部を案内された。これより前、松子は、戦争が終わったら京都に住みたい、と漏らしており、既に谷崎にもその腹案があったのかもしれない。周知の通り京都にはほとんど空襲がなかったが、それが米国の知日家ウォーナー博士がルーズヴェルトに京都の文化財を守るよう進言したからだ、という、戦後GHQが意図的に広めた嘘を、谷崎は一度も筆に上していない。十月三日には、一枝の肋膜炎の診察を、四月に死去した重信医師の後任の小野医師に頼んで同行している。『秘本』などによると、谷崎と一枝のあいだにも何かあったようで、そのため松子は一枝に冷淡だったという。

十月十日頃、熱海へ戻る。十一月二十四日、B29の編隊が東京を襲うが、防空壕に入りながらもその飛行機雲を見て「戦争とは斯《か》くも美しきものか」と思う。これが後に小説「A夫人の手紙」のモティーフになる。同日、古い友人の辻潤が、淀橋のアパートで餓死、六十一歳。二十九日、東京に初の夜間空襲。十二月に舟橋聖一が熱海来宮《きのみや》へ疎開してきて、谷崎と親しみを増す。『細雪』上巻も手渡したという。ただ、「疎開日記」に舟橋の名が出てこないのは、舟橋が愛人と疎開していたからかもしれない。十日、竹田龍児が出征、あゆ子が泣いた。十一日夕食時に、恵美子がショパンのノクターンのレコードを掛け、松子は懐旧の念から涙を流した。十三日、空襲で一家は防空壕へ入ったが、谷崎は書斎で『細雪』の執筆を続けた。二十二日、『細雪』中巻脱稿、しかし既に軍当局は印刷頒布《はんぷ》を禁じていた。果して、『細雪』『細雪』の内容ゆえにこうも弾圧を受けたかといえば、疑わしい。かねてから谷崎は、エロ作家として睨まれており、軍事体制にも積極的に加わらなかったのが、その原因かもしれない。空襲が激化し、松子がバケツリレーによる防空活動に出ていくと、谷崎は怒って連れ戻しに行ったという（『秘本』）。二十三日、荷風から、身辺の様子を長々と書いた手紙が届き、返信無用とあった。荷風の孤独と、谷崎を無二の知友と見なしている様子が分かる。しかしむろん谷崎は返事を書いて、翌年一月六日に届いたことが、『断腸亭日乗』に書いてある。

明けて昭和二十年（一九四五）一月九日、米軍がルソン島上陸。二月四日、ルーズヴェルト、チャーチル、スターリンのヤルタ会談。二十一日、旧友津島寿一が小磯内閣の蔵相に就任する。三月十日の東京大空襲で荷風の偏奇館も全焼した。その翌十一日、土屋、中央公論社や、先に送った原稿が心配なので東京へ様子を見に行くことにする。松子も行くと言うのを一応止めたが「死なば諸共」と一緒に上京した。来宮駅で、偕楽園が焼けたことを知る。夕暮れ時渋谷着、松平邸に泊まり、知人の消息を尋ねる。十三日、東京を見て回り、笹沼に会うと、与野に疎開予定だと言う。味の素で土屋に会い、それから森田家に着くと、朝子と松子は相擁《あいよう》して泣き、谷崎も貰い泣きした。その日のうちに熱海へ帰った。十四日には大阪に大空襲があり、角座《かどざ》、中座《なかざ》、文楽座が焼け、『細雪』中巻の組版も焼けて、校正刷りだけが残った。二十日、硫黄島《いおうとう》陥落。

竹田龍児も、嶋川信一も、久保義治も出征したが、谷崎の周囲に戦死者は出なかった。岡成志は熱心に津山疎開を勧め、妻の故郷の月田へ来てもいいと言う。三十日、渡辺明が重子を北海道へ連れていくために熱海へ来たが、谷崎らに反対された。四月一日、米軍沖縄本島上陸、六日、明は諦めて一人で帰っていった。七日、小磯内閣総辞職、鈴木貫太郎が首班となる。同日、戦艦大和撃沈。十二日、米国大統領ルーズヴェルト急死、副大統領トルーマンが昇格。十五日から、荷物を纏めて津山へ送り始める。二十二、三日頃、あゆ子、百百子は長野県佐久《さく》へ向かう。二十八日、パルチザンに捕らえられたムッソリーニが銃殺された。同日、佐藤春夫も佐久へ疎開。三十日、ベルリン陥落、ヒトラーは地下濠で自殺、デーニッツ提督が後任となる。

　五月六日、なかなか手に入らない切符を人数分ようやく入手、松子、恵美子、重子と最終準急夜行に乗るが、名古屋でようやく皆が座れる。同日市村羽左衛門死去。七日魚崎着、同日ドイツ軍無条件降伏。十五日、姫新《きしん》線に乗って津山着、松平康春の相続していた津山市小田中《おだなか》八子《やご》の愛山宕々庵《あいざんとうとうあん》に入る。同日、磯田多佳女死去。十七日、松子と月田へ行き岡成志を訪ねると、瀕死の病気なので驚き、谷崎は肺病だと思って恐怖を感じるが、夫人は生長の家の信者なので医薬を用いず、言うことにとりとめがなかった。十八日、市内の妹尾を訪ねたとあるが、妹尾とこれまで連絡があったのかどうかはよく分からない。二十二日、岡死去の報せが届き、翌日葬儀に参列した。二十四日の空襲で松平邸も焼け、谷崎一家は松平旧臣の得能《とくのう》静男宅に世話になる。二十五日、東京空襲で歌舞伎座、新橋演舞場も焼けた。六月二日、信子が来て、明も来た。殿様の令弟だというので会いに来る人もいてちょっとした騒ぎになった。明は再び、重子を北海道へ連れていくために来て、三日、あそこは空襲がないからいちばん安全だと説得し、谷崎も今度は同意するのだが、重子は気が進まず、その晩夫婦で話し合って、行かないことに決めたという。

　さらに遠く勝山への疎開を岡夫人が勧めるので、四日、松子と小野はる方の貸家を見に行き、気に入ってすぐ手金《てきん》を打つ。五日、阪神間に大空襲。六日、明は再び、単身北海道へ帰っていった。十三日、荷風も疎開で岡山まで来る。荷風からの手紙でこれを知り、来るよう勧める手紙を出す。十七日、岡山出身の木村毅《き》（五二歳）から、新聞で谷崎が疎開してきているのを知ったので何か助力したいと手紙が来た。二十八日、荷風は空襲で焼け出される。七月一日、尼崎の実家にいる久保一枝宛書簡（番号二八九）で、大正天皇から拝領の品はそちらへ差し上げると書いている。かつて、この紫衣《しえ》を捧げ持って皇居を遥拝《ようはい》していたというのだから、この決心には、戦争を継続する天皇への愛想づかしの意味を読み取ることもできる。手紙には、久保君が凱旋したら秘書のようにして使ってみたい、と書いてあるが、谷崎はもう、日本の勝利など信じてはいなかった。三日、初めての空襲があり、七日、真庭郡勝山町新町小野はる方へ家族で移った。荷風は菅原明朗と一緒で、そちらに置いてくれないかと言ってくる。十九日、国民学校教員の野崎益子が来て、谷崎は『細雪』中巻のコピーを頼んだ。コピーといっても、筆写だろう。

二十六日、ポツダム宣言発表。荷風からは、そちらへ行きたいが切符が手に入らないと手紙。磯田多佳女の養子又一郎からの手紙で、五月十五日に多佳女が死去したことと、大友が強制疎開で取り壊されたことを知る。八月六日、魚崎の家が空襲で焼ける。この日、軽井沢に疎開している川口松太郎に手紙、貴君の嫌いな荷風と文通している、とある（番号二九七）。同日広島に原爆投下、八日、谷崎は、新型爆弾投下の報を聞く。同日ソ連は、日ソ中立条約を破って日本に宣戦布告、戦車団が満州に進撃を開始した。スターリンとルーズヴェルトの密約によるものだ。九日、長崎にも原爆投下。十二日、明が三たび来訪。十三日、荷風から、下痢が治ったので数日中に訪ねると来簡、その朝早く荷風は汽車に乗り、勝山で再会、荷風は自作原稿を谷崎に託す。十四日、二人は富山県八尾に疎開している吉井勇に寄せ書きの葉書を書いた。

八月十五日午前十一時二十六分、勝山駅で谷崎と明の見送りを受けて荷風は岡山行きの汽車に乗った。「帰宅したるところに十二時天皇陛下放送あらせらるとの噂をきゝ、ラヂオをきくために向う側の家に走り行く。十二時少し前までありたる空襲の情報止み、時報の後に陛下の玉音《ぎょくおん》をきゝ奉る。然しラヂオ不明瞭にてお言葉を聞き取れず、ついで鈴木首相の奉答ありたるもこれも聞き取れず、（略）予は帰宅し二階にて荷風氏の『ひとりごと』の原稿を読みゐたるに家人来り今の放送は日本が無条件降伏を受諾したるにて陛下がその旨を国民に告げ玉へるものらし、警察の人々の話なりと云ふ。皆半信半疑なりしが三時の放送にてそのこと明瞭になる。町の人々は当家の女将を始め皆興奮す。家人も三時のラヂオを聞きて涙滂沱《ぼうだ》たり。夕刻妹尾氏来訪。再び六時の放送を聞く。阿南陸相《あなみりくしょう》自決したる由なり」。

谷崎は、興奮も、涙滂沱もしていない。午後二時岡山に着いて敗戦を知った荷風は「あたかも好し」とその夜祝宴を張っている（『断腸亭日乗』）。九月三日、奈良法隆寺村に疎開していた嶋中宛の書簡には「とう〳〵平和が参り候　この辺の田舎の人は無邪気なものにてついきのふまで政府や新聞のいふことを真に受け勝つ〳〵と思つてゐたゞけにふんがいのしかたは非常なものにて小生等の意見や感想をきゝに来られるには閉口仕《つかまつり》候しかしこゝらはまだよき方にて東北地方の田舎などではアメリカが降参したのだと思つたところも有之候由《よし》笑ひ話にしてしまふには余り深刻に御座候」とあり、同日、笹沼夫妻宛手紙でも、六日の土屋宛書簡でも、同じようなことが書いてある。大正時代から多くの米国映画を観、その国力を知悉していた知識人谷崎は、日本が米国に勝てるはずがないことを知っていたのだ。

第十二章　京の谷崎——戦後の日々

敗戦からちょうど二十年、谷崎は生きた。うち十年は京都に住んで熱海との間を往復、それ以後もたびたび京都を訪れた。そして最後の十二年は伊吹和子の大著と、『谷崎潤一郎＝渡辺千萬子　往復書簡』の刊行によって、精細に追うことができるようになった。戦争が終わって、昭和二十年（一九四五）九月二十九日の嶋中宛書簡では、『細雪』には、英国、ロシヤ、蔣介石の悪口が書いてあるので、あのまま出版するのはまずい、と書いてあるが、これは谷崎がやや過敏になっていたようで、そのまま再刊行されている。十月九日の嶋中宛書簡では、早くも『源氏物語』の削除部分を復活して出したいという意向を漏らしている。十五日、旧友木下杢太郎死去、六十一歳、二十一日、谷崎は松子の親戚の布谷《ぬのや》伊光《これみつ》とともに尼崎まで出る。二十五日、京都で歌舞伎を観て、翌日熱海西山へ、ついで二十七日上京、中央公論社を訪ねて、病気で休んでいた嶋中の代わりに、新副社長の蠟山《ろうやま》政道（政治学者、鵬二の岳父、一八九五—一九八〇）らと、今後のこと、特に『細雪』の出版の方法を話し合った。笹沼一家が埼玉県与野に住んでいたので、ここに泊まった。なお一晩、下目黒の根津清治のところに泊まったとある。この関東滞在の間に、「鎌倉文庫」を始めた川端康成に会って、『蓼喰ふ蟲』刊行の相談をしたようだ。谷崎と川端の関係は、はなはだ奇妙である。いずれも、古典的世界を背景に、エロティックな世界を描くという点で、作風に共通するところはある。しかし、その人物としての性格は正反対で、谷崎は豪放で小太りで健啖家《けんたんか》ながら、文壇づきあいは嫌い、川端は寡黙で痩せ型だが、文壇では中心にあって後にペンクラブ会長を務め、北条民雄の例で知られるとおり、後進の育成にも力を尽くした。いずれにせよ、谷崎と川端は、この時を除いてほとんど没交渉に近かったようだ。肌が合わなかったのだろう。十一月八日西下、尼崎に五日泊まって、十四日、一枝とともに勝山に戻る。

昭和二十三年の歌集『都わすれの記』は、戦中の歌を詞書《ことばがき》とともに並べたものだが、そこに、勝山疎開中のこととして、次の詞書と歌がある。

或る夜川のほとりに筇を曳きしに、思ひもかけずうるはしき洋琴のおと聞え来りて橋の欄干にもたれつゝ恍惚となりぬ、そは横浜より疎開し来りし令嬢のつれ〴〵にまかせて奏るなり、その洋琴もその人のはる〴〵運ばせ来しものぞと教へられて、その後漸くたよりを求め、家人等をいざなひてかの麗人の僑居《きようきよ》にいたり改めて数曲を所望したりけり

侘人《わびびと》は涙ぞすなる久方の

月の都の絲竹《いとたけ》のこゑ

「筇」は「たけづえ」と読むのか、洋琴はピアノ、僑居は仮住まいである。この女性が、「越冬記」に名の出てくる中乃庄《なかのしよう》谷《や》美智子で、当時二十四歳、父は仕事の関係で横浜に残り、母とともに水嶋家に疎開していた。水嶋夫人芳子は松子と親しくなり、何くれと谷崎家の面倒を見てくれ、戦後も松子との文通が続いた。美智子は短い間ながら恵美子にピアノを教えていたが、谷崎のほうは、麗人美智子に関心が深かったようで、二十年十一月九日には、尼崎からわざわざ美智子宛に手紙を出しており、その後美智子が結婚して山中姓となり、東京に移ってからも、京都に寄って下さいなどといった手紙を書いている（『秘本』第五巻）。

勝山での家主小野はるとの折り合いが悪くなったので、十二月二十九日、今田ツネ方の二階を借りて移った。何しろ谷崎は、松子、重子、恵美子、女中たちという大所帯で、二階を借りるといっても実際にはほとんど占拠するようなかっこうになってしまい、その周囲の人々とは水準の違う豪勢な暮らしをするので、偉い作家であるということ、松子の社交術があって、ようやく周囲と折り合いがついているという状態だった。三十日には、今東光の紹介状を持って、昭和初年、マルクス主義の理論家として名を馳せた福本和夫の息子が、福本が新雑誌を出すので協力を頼みに来たのか、訪れている。これは福本邦雄だろう。

昭和二十一年（一九四六）二月五日、「八月十五日」という題で、田舎の人々の騒ぎを戯曲として書き出したが、途中でつまらなくなって放り出している。この頃、金融緊急措置が発動され、新円切り替えが行われたが、噂を聞いた谷崎は、財産の処置について土屋に手紙で問い合わせている。三月四日、内田魯庵の息子で画家の内田巌《いわお》が訪ねてきて、谷崎の肖像画を描くことになり、十三日に完成した。横向きの有名なものだ。この間、谷崎は尾崎紅葉の初期の作品を読んでいる。その十三日、和辻哲郎の従弟で、船舶工学者の和辻春樹が、京都市長に選ばれた。十六日、単身京都へ出て住居探しに当たり、四月六日頃までにいったん上京し、新生社を起こして雑誌『新生』を創刊、大いに売れた青山虎之助と会っている。十日、婦人参政権以後初の総選挙。京都へ戻り、銀閣寺付近の戸嶋孚雄《のぶお》の二階を借りた。五月三日、東京国際軍事裁判が始まる。十三日、二日後が磯田多佳女の一周忌に当たるので、養子の又一郎に会いに行ったが留守だったので手紙を残す。二十日、上京区寺町通今出川上ル五丁目鶴山町三番地の中塚せい方に間借りした。二十二日、第一次吉田茂内閣成立。二十四日、渡辺明が、重子、松子、恵美子を連れて入洛、以後一家で京都に住む。当時の京都は外から来る人を制限していたので、和辻市長の世話で入れたという。二十九日、家族で大江能楽堂へ行ったあと、一人で、かつての茶屋・大友《だいとも》の跡地を訪ねて懐旧に耽った。大友は取り壊されて、かつての繁華の面影もなかった。谷崎は上田秋成が好きで、大正期に「蛇性の婬」を映画化しているが、この月、瓢亭のそばに、秋成の墓があるのを発見し、十月末には、西福寺《さいふくじ》にある秋成の墓に詣でている。八、九月号の『新生』に分載した「磯田多佳女のこと」に、この頃のことが詳しく書いてある。

八月五日から、避暑のため再び単身勝山へ戻って、『細雪』を書き継いだ。京都の夏の暑さは格別なので、これから十年ばかり、夏は熱海へ避暑に出かける生活になる。十七日に、『細雪』上巻を改めて中央公論社から刊行したが、その奥付は六月になっている。というのも、谷崎が函入りでの刊行に固執したが、当時厚紙が入手できず、手を尽くして探したら、ようやく煙草の箱用の厚紙が見つかったので、それで函を作って出したそうである。谷崎の戦後最初の創作は「A夫人の手紙」だった。「疎開日記」ではB29の姿を美しいとしていたが、ここでは戦闘機を美しいと感じる女性が主人公である。だが、戦争を美化して描いたためかCIE（GHQの検閲局）の検閲に引っかかって二十五年まで発表できず、谷崎は嶋中宛の手紙で「御同様小生も実に意外且《かつ》残念に存居候《ぞんじおり》戦後の新しい雑誌にのみ小生の名が現はれて中央公論に一つも掲載されぬといふことは小生としても何となく心淋しきのみならず世の誤解も招き易く（略）御芳書に『事情は一切口外なりませぬ事《こと》故《ゆえ》』と有之《これあり》候へども実は小生は余りの残念さと原稿の予定が狂ひし事情説明のため既に二三の雑誌社に口外仕り候」（二十一年九月十一日）云々と苦衷を訴えている。この手紙はいったん帰洛して再度勝山へ戻り、そこから出したものだ。九月中旬京都に戻る。同月末、渡辺明が北海道の仕事を辞めて戻ってきて、日本羽毛の通訳の仕事を始め、ようやく妻重子と同居できるようになった。十一月二十四日、左京区南禅寺下河原五十二番地の元陸軍中将吉田周蔵宅を十万円で買い取って転居し、ようやく家が定まった。前の住人が自殺したとかで、値段が安かったというが、谷崎は気にせず、これを潺湲亭《せんかんてい》と名付けた。二十七日、公職追放のため、和辻春樹が京都市長を辞職した。

この頃、次々と新しい出版社や新しい雑誌が始まっており、谷崎も、新生社、鎌倉文庫、国際女性社、全国書房などから旧作を刊行したり、『新生』、『新文学』、『花』、『新世間』などに、戦争中の日記や、「磯田多佳女のこと」「『潺湲亭』のことその他」などの随筆を発表、刊行していった。昭和二十二年（一九四七）二月初旬、新興出版社の一つである文潮社の嘱託《しよくたく》をしていた水上勉（二九歳）が、『愛すればこそ』を同社から刊行させてほしいと、宇野浩二の紹介状を持って訪ねてきた。後年谷崎は、水上の「越前竹人形」を絶賛するが、この時のことは忘れていたという。この頃、秘書となった末永泉を連れて、国際女性社から『お国と五平』が出たのでご馳走しようと言って、二人で京都の町へ出て、「蘭」というバーに立ち寄った時、近衛文麿の弟で音楽家の秀麿（一八九八—一九七三）がいて、「はじめまして。尊敬しています」と谷崎に言ったという（末永）。文麿は先頃、占領軍の追及を逃れるため自殺していた。『細雪・中巻』を三月二十六日に刊行し、『婦人公論』三月号から翌年十月号まで、「細雪・下」を連載した。当時雑誌の発売は遅れていたが、ほぼ中巻を出すと同時に下巻の連載が始まったことになる。『中央公論』に載らなかったのは、戦後の急速な思想の左旋回によって、今度は『細雪』は微温的でブルジョワ的だと見られたからだという（粕谷）。

この頃久保一枝が、夫とともに、京大脇の吉田牛ノ宮に、古書店「春琴書店」を始めた。後に春琴堂書店として新刊書店となり、谷崎は死ぬまで、新刊書をこの書店に注文していた。谷崎ゆかりの書店として観光客を集めていたが、二〇一八年に閉店したという。この頃谷崎は、京都在住の二人の重要な女性と知り合う。一人は、四月に、樋口富麻呂の紹介で訪ねてきた奥村富久子《ふくこ》である。昭和二十年に男児を残して夫に死別、この当時二十七歳で、梅若猶義《うめわかなおよし》に入門して女性能楽師をめざしていた。谷崎は彼女に謡《うたい》を、松子は仕舞を習うことになったが、当時の写真を見ると絶世の美女で、谷崎がかわいがったのも当然と思われる。書簡には、「若き女の身空にて藝を以て世に立つと申すことハ如何あらんと内心危惧申上候ひしも段〻貴女様の強き御気象と純

仕舞船弁慶　奥村富久子　『花のむかし』
中央公論事業出版刊より　昭和25年頃

なる御心持を知るに及び余人ハ知らず貴女様に於てハ必ず初一念《しよいちねん》を貫き玉ひ目的を達成被遊《あそばさ》る丶こと疑ひなしと信ずるやうに相成申候」（二十三年一月八日、熱海より、番号三三四）、「貴女様にハ随分敵も多きやうにて間〻悪声《あくせい》を放つ人も有之哉に聞き及び候これハ抜群の才能と容貌とを持ち給ふ人のまぬがれ難き運命ながら何卒《なにとぞ》〻〻十分御自重《ごじちよう》被遊《あそばされ》無用の敵を御作り遊ばさぬやう御用心なさるべく候勿論小生ハ貴女の門弟として如何なる場合にも貴女の御味方の一人崇拝者の一人たることハ申すまでも無之候」（同年十二月一日、番号三五八）、「あなた様の伝記を書くこと御許可頂き私こそ此上もなく光栄に存じます、私は京都の伝統美のすべてがあなた様の一身に集ってゐるやうに思ふのです」（二十四年二月五日、番号三六九）などとあって、丁未子や松子に宛てた恋文に似ている。富久子は二十三年十一月に観世流師範を許され、金剛能楽堂での披露に谷崎も行っている。元来、歌舞伎や浄瑠璃に比べて能楽には関心のなかった谷崎だが、富久子に引かれて能楽も観ていたように思う。昭和二十四年、富久子は同業の南条秀雄と恋をするが、当時能楽師同士の結婚はご法度で、双方の師匠から破門され、新聞種にもなったが、谷崎が生涯ただ一度媒酌をして同年十月二十八日、二人は結婚した。その後も谷崎は破門の件で、能楽評論家の沼艸雨《そうう》に相談するなど富久子のために動き、南条夫妻が熱海へ遊びに来たこともあった（南条・奥村）。独身を通すと信じていたから、谷崎も少々残念だったかもしれない。

もう一人が、市田産業という大きな着物会社の社長が藝者に生ませた娘で、当時は画家・国井謙太郎夫人となっていた市田ヤエ（三八歳）である。男関係の奔放な人で、「京《けい》洛《らく》その折々」には、二十二年四月三十日、国井夫人を訪ねて恋愛についての自白を聞く、とある。その後離婚するが、四人の娘がそれぞれに父親が違うとも言われていた。のちに、ヤエをモデルとして「鴨東綺譚」の連載が始まり、トラブルを引き起こす。やはり同じ頃知り合ったのが、橋本関雪の娘で、医師と結婚していた高折妙子である。

この頃、松子が山口という若い医師を連れてきて谷崎の血圧を計ると二百十以上あって、五月十一日、和辻春樹夫人が京大の辻という医師を連れてきて診察すると、安静を命じられ、『細雪』の執筆も中断する。これが、以後長く谷崎を苦しめる高血圧の始まりだった。その経緯は後に発表する「高血圧症の思ひ出」（昭和三四年）に詳しく書かれる。しかし翌十二日の日記には、来客が多くて静養どころではない、とある。二十日、北野恒富が六十八歳で死去。二十五日には、天台宗の曼珠院門跡《まんじゆいんもんぜき》となった山口光円の晋山《しんざん》式に出ている。これは今東光の紹介で、谷崎は山口から与えられた題材で、「元山《がんざん》大師の母（乳野《ちの》物語）」を書くことになる。六月から、渡辺明は進駐軍に通訳として勤めはじめた。

六月九日、谷崎は、京都大宮御所で、新村出、吉井勇、川田順とともに天皇に会い、入江相政《すけまさ》ら侍従を交えて文学談を行った。この頃、新憲法下の天皇を国民と親しませる企画として、全国巡幸と並び、こうした催しが行われていた。ところで戦後の谷崎は、この三人と特に親しくしていたようだ。吉井は若い頃からの知り合いだが、川田との交遊は、昭

潺湲亭にて　左から吉井勇、谷崎、川田順、新村出　撮影・増田実　昭和22年６月

和十四年の『源氏物語』記念講演会で川田が最高世話人を務めてからだろうか。川田は谷崎の四つ年上、儒学者川田甕江《おうこう》の息子で、住友商事の重役にして歌人、昭和二十三年夏から、元京都帝国大学教授中川与之助夫人、先頃亡くなった鈴鹿俊子との「老いらくの恋」に苦しみ、吉井が心配して話を聞きにいき、谷崎に報告の手紙を書いている。しかし十一月川田は、谷崎、吉井、新村、富田砕花に遺書を残して家出、自殺の機を窺ううち養子に発見され連れ戻された。十二月三日、このことが新聞種となり、谷崎は熱海で談話を出すとともに川田に「月中頃帰る、勇気あれ」と電報を打った。「老いらくの恋」として知られる事件である。のち谷崎は「創作余談」（昭和三〇年）で、「老いらくの恋」という言葉をいつか使ってやろうと思っていたら川田に先を越され、「しまつた」と思った、とユーモラスに書き、川田から「大兄に『しまつた』と言はれたことは、一生の記念に成ります」（同年二月十六日、細江、一九九五b）と言われている。

新村出は、『広辞苑』の編纂で知られる国語学者で、谷崎の十歳年上だが、初めて会ったのは昭和初年のことで、東京へ行く寝台車の中で濱本浩に紹介されたという（「当世鹿もどき」）。戦後になって京都在住であるところから親しく行き来するようになり、後に谷崎は、新村が高峰秀子、デコちゃんを溺愛というほどに可愛がっていることを「当世鹿もどき」で披露したりしている。一九八二年から、日本語学の賞として新村出賞が制定されている。この三人に、佐佐木信綱も加わって、晩年の谷崎の一つの交遊圏を作っている。若い頃の谷崎は学者嫌いで、むしろボヘミアン的藝術家との交遊を好んだが、晩年は、小説家ではないゆえにこちたき議論をせずに済み、むしろ日本の古典や古語について語り合える友を好んだのではあるまいか。天皇との会談については、後に「忘れ得ぬ日の記録」として『天皇歌集　みやまきりしま』（昭和二六年一一月）に掲載されるが、この頃、随筆にして発表しようか（中根宛書簡、六月十六日、番号三二二A）、「陛下の記事で原稿料を稼ぐのハ勿体ない」（江藤喜美子宛書簡、七月三日、番号三二三）などと書いている。

七月一日、『細雪』の執筆再開。だが九日の嶋中宛書簡では、この二、三カ月収入が絶無で、何か発表しなければと思う、と書いている。『細雪』は、映画化された昭和二十四年から二十五年にかけてベストセラーになり、二十五年には年間一位になっている記録もあるが、完結前のこの時期にはあまり売れていなかったようだ。三十日、幸田露伴死去、八十一歳。八月、阪大内科部長の布施信良が、高血圧治療の新療法を開発したと聞き、十九日、松子に連れられて大阪へ行き、腕の静脈から血をとって大腿部などに注入する治療を受け、これを続けて五年ほどで快癒したという。九月、『磯田多佳女のこと』だけの薄い本を刊行した。同月、清太郎の祖母の姓を継いで木津姓になっていた恵美子（一九歳）を養女にした。十月には、旧友辰野隆が『谷崎潤一郎』をイヴニング・スター社から刊行した。谷崎に関する初の単行本である。十一月には、まだ完結していない『細雪』による毎日出版文化賞受賞が決まった。十七日には江戸川乱歩が訪ねてきたが、今は探偵小説には興味がない、とそっけないあしらいだった（二十七日の乱歩から横溝正史宛書簡）。暮れの十二月二十六日には、避寒のため伊豆長岡に行ったが、寒いので三十一日、熱海の第一ホテルに泊まって年を越した。

　昭和二十三年（一九四八）一月十日頃、土屋計左右夫妻が訪れて、熱海山王ホテル内にある別荘の提供を申し出たので、二十日そちらに移り、家族を呼び寄せた。二月二十七日、富久子を見守っていた祖父六平が死去し、悔やみの手紙を書いている。三月には歌集『都わすれの記』を刊行。六日、菊池寛死去、六十一歳。告別式に参加し、二十四日帰洛。四月十一日に、アーサー・ウェイリーから聞いたといって英国の『オブザーヴァー』誌のミス・オナー・トレイシーが取材に来ている。谷崎とウェイリーは文通していたとも言うが、その現物は発見されていない。二十二日の嶋中宛書簡では、『細雪』の原稿料がこう安くては、とんだ約束をした、と愚痴っている。五月、中央公論社内の紛擾《ふんじょう》で、小瀧穆が退社する（『断腸亭日乗』）。二十四日頃谷崎は熱海へ出て、二十七日、笹沼宗一郎、千代子とともに、浅草のストリップ劇場、常盤座とロック座へ出かけている。二十八日に『細雪』を完成、三十日に、小瀧、荷風と銀座で会う。六月帰洛するが、この月、太宰治が心中している。谷崎は、太宰には一切関心を示していない。秘書末永泉はこの頃国際女性社に勤めていたが、そこから出ている雑誌『新文学』の八月と十月号に、「所謂痴呆の藝術について」を分載している。これは、最近辰野隆が盛んに義太夫の悪口を言っているので反論してくれ、と豊竹山城少掾《やましろのしょうじょう》から言われたが、自分は別に文楽や義太夫の賛美者ではなく、多くの義太夫作品、大近松以後の末流作家たちのものは、筋が不自然で血なまぐさくて、痴呆的である、と論じる。「辰野隆の考は、義太夫や文楽を全面的に否定しやうと云ふのではなく、何も国粋藝術として世界に向つて宣伝する程のものではない」というのだが、「もしさうならば私もその説に左袒《さたん》する」。「われ〳〵の国の文学史を繙《ひもと》いて見れば直ぐ分るやうに、義太夫文学以外には、われ〳〵の国に斯くの如く愚昧《ぐまい》で残忍な文学は殆ど一つもないのである」とし

「細雪」下巻執筆中の谷崎　撮影・林忠彦
昭和22年2月

て、『寺子屋』の武部源蔵が、主君の身代わりにする子供を探そうとして「いづれも見ても山家育ち」などと言うのは「忠義に凝《こ》つて殺人鬼になつた人間の言葉としか受け取れない、「返す〳〵も互に相警《いまし》めたいのは、これは世界的だとか国粋的だとか云つて、外国人にまで吹聴すべき性質のものではないことである。三宅周太郎氏は痴呆の藝術と云ふ代りに白痴美の藝術と云つてをられたが、まことにこれはわれ〳〵が生んだ白痴の児である。因果と白痴ではあるが、器量よしの、愛らしい娘なのである。だから親であるわれ〳〵が可愛がるのはよいけれども、他人に向つて見せびらかすべきではなく、こつそり人のゐないところで愛撫するのが本当だと思ふ」云々と書いている。

この点、少し詳しく述べたいが、谷崎は何も、戦後の民主化、日本文化否定の風潮に阿《おもね》ってこんなことを書いているのではない。谷崎は幼い頃から歌舞伎に親しんできた。しかし人形浄瑠璃については、その残虐なのが嫌で、関西へ移ってから少し見直した、と「饒舌録」でも書いている。最晩年、ドナルド・キーンの英語による紹介の著『BUNRAKU』に寄稿した際も、最近文楽が外国でも人気だというが、「外人にちやほやされたからと云つて、あまり日本人は図に乗らないことである。（略）文楽の骨髄とも云ふべき義太夫劇の内容には、甚だ不自然で、愚昧で、現代人には首肯しかねる個所が多々ある。（略）劇の全体を通読すれば徳川時代の日本人の頭の悪さが表白されてゐる。（略）キーン氏は、或る時代の日本人の愚劣さを承知しながら、それを好意的に幾分割引してくれた上での文楽賛美ではないかと思ふのである」と書いている（「浄瑠璃人形の思ひ出」）。実は私も、この点谷崎と同意見である。ただそういう人が谷崎以外にいないので、それだけ谷崎への尊崇の念が深まるのだが、むろん谷崎が好んだ歌舞伎には、浄瑠璃を歌舞伎化したものがいくらもある。その場合でも谷崎は、西洋人が「合邦《がっぽう》」とか「寺子屋」などを観ているのを発見すると、そういう残酷で不自然なものを「西洋人のお客様は何と感じてるだらうかと思ひますと、むしやうにきまりが悪くな」ると書いている（「当世鹿もどき」）。谷崎ははっきり説明していないが、歌舞伎なら、役者の演技力のほうに目がいくが、人形浄瑠璃では、その愚昧さが前面に押し出される。かといって、歌舞伎が嫌いなわけではない、愚劣だが可愛い、というところに、私は同感なのである。なお谷崎は、近松門左衛門の世話浄瑠璃だけは褒めているが、これもどの程度本心なのか疑わしい。というのは、「恋愛及び色情」で、竹取のかぐや姫が天に昇っていくような崇高さは、「心中天網島」の小春には感じられないと書いており、所詮は町人文藝で、女性を蔑視しており、「調子が低い」と書いているからである。谷崎は日本の古典を愛したが、それは飽くまで平安朝文藝を中心として、せいぜい中世までのものであって、徳川文藝は、上田秋成のような古典派を除いては好まなかったと思う。この点で、日本の古典文藝といっても、中世以前と近世とではまるで性質が違う。そのことをいち早く指摘していたのは、谷崎が優れた文藝批評家でもあったことを示していよう。

八月十二日、渡辺明が激しい腹痛を訴えて勤務先から送還された。実は胃癌だった。『細雪』が済んだため、『源氏物語』の改訳の準備を始める。九月七日頃帰洛して、新村出を通して助手を探し、京大国文科院生の榎克朗《かつろう》（一九二〇年生まれ、のち大阪教育大学教授）を古典関係の助手として雇ったが、まず命じたのは、『世継《よつぎ》物語』に出てくる、大納言国経《くにつね》の妻を関白時平《ときひら》が奪ったという話で、国経に息子はいたかという調査だった（榎、一九六九）。これが『少将滋幹の母』に展開する。翌十七日、随筆「月と狂言師」に描かれた、南禅寺境内上田邸での月見の宴があり、素人藝に混じって、二代茂山千作（一八六四―一九五〇）、その長男の十一代茂山千五郎（のち三代千作、一八九六―一九八六）、また長男の七五三《しめ》（のち十二代千五郎、四代千作、一九一九―二〇一三）、次男の千之丞（一九二三―二〇一〇）の三代四人の狂言師が揃っている。十月には、「客ぎらひ」を発表して、来客の多いのが鬱陶しいが、美人の来訪は歓迎する、と書いた。

十一月二十一日、嶋中宛書簡で、『武州公秘話』の続編を書くつもりだったがやめて別のものを執筆中、と書いている。『武州公秘話』は一応完結しているが、谷崎はこの作の続編を書きたがっていたようだ。これを英訳したアンソニー・チェンバース（アリゾナ州立大学教授）が、その著『秘密の窓――谷崎文学の理想的世界』に、その続編の構想を記している。これは伊吹和子も見た創作ノートで、チェンバース氏にお尋ねしたら、一九八一年三月に東京で松子に見せてもらったが、全てを公開することは禁じられたという。

その後、「武州公秘話ノート」が公開され、新しい全集の第二十五巻に載っているが、そこでは筑摩則重の娘の浦路姫というのが出て来て、鼻の秘密を浦路姫に話した桔梗の方が自害し、裏路姫は武州公への復讐を誓い、武州公はおてると結婚、道阿弥が宮刑に処せられ、武州公も宮刑に処せられて、天正元年に死すといったことが書かれている。

谷崎がその続編を書きたがったのは、去勢を描きたかったからららしいが、先の見立てによれば、筑摩則重は根津清太郎だから、お浦は恵美子である。となるとこれは、根津清太郎から二子を奪い、丁未子を離婚した谷崎の自己処罰的な続編ということになるだろう。

十二月十日、『細雪』の下巻が刊行され、ようやく単行本が完結する。『中央公論』の新年号には「月と狂言師」を発表。その二十三日、東條英機らが絞首刑に処せられた。昭和二十四年（一九四九）一月には、『細雪』で朝日文化賞を受賞、十七日には、これまで谷崎を支えてきた嶋中雄作が六十三歳で死去している。四月二十九日、左京区下鴨泉川町五番地に転居、これを後《のち》の潺湲亭と呼び、南禅寺の家を渡辺夫妻に譲った。六月、『源氏』の新訳のため、再度校閲を頼むため、戦争協力を非難されて宇治山田に隠棲していた山田孝雄を、助手の榎、中央公論社の藤田圭雄らと訪ねた。十一日、渡辺明が血を吐き、二十八日、松子らと熱海へ出かけ、「少将滋幹の母」の挿絵を小倉遊亀《ゆき》に決めた二十九日、明が胃癌だという電報が京都から届いた。七月四日、病床にある六代目菊五郎を見舞い、阪大の布施の治療法を勧める。五日夜、清治から電話があり、明のことで相談したいというので急遽帰洛、胃癌は肝臓へも転移していると知らされるが、重子には当分秘密とする。十日、菊五郎死去、六十五歳。十八日、重子に明の病気を告げ、二十二日、阪大病院で手術するが、今年一杯の命と言われ、重子は慟哭《どうこく》した。この秋、南座の歌舞伎を昼夜続けて観て帰ってきた谷崎は、犬を呼ぼうとすると、その名前が思い出せない。のみならず、家族の名も出てこない。この記憶の消失は三十分ほどで治ったが、次第に老いが谷崎に忍び寄っていた。

『中央公論』十月の文藝特集第一号に、『源氏物語』削除箇所の一つである「賢木」の一部を「藤壺」として発表した。十月十五日、渡辺明死去、五十三歳。のちに谷崎は「私たちは明さんを最初に少し悪く取り過ぎてゐたやうで、今になつてみれば明さんの義妹に対する情愛も満更ではないやうに考へられ」たと、北海道から重子を連れに三度やってきた時のことを書いている(「三つの場合」)。果たして重子はその死後、「明さん、明さん」と泣きながら酒を呑むようになり、最後には重度のアルコール依存症になってしまった。翌日、京マチ子主演の『痴人の愛』が封切られるが、谷崎の一番のお気に入り女優の一人だった京マチ子には、この前に会っている。この年の文化勲章を授与され、十一月三日、志賀直哉らとともに宮中での親授式に出た。なお今では、文化勲章は文化功労者の中から選ばれるが、文化功労者の制度ができたのはこれ以後で、文化勲章受章者のうち存命の者が選ばれた。文化勲章受章者は同時に功労者になる制が続き、今のようなあり方になったの

熱海地図

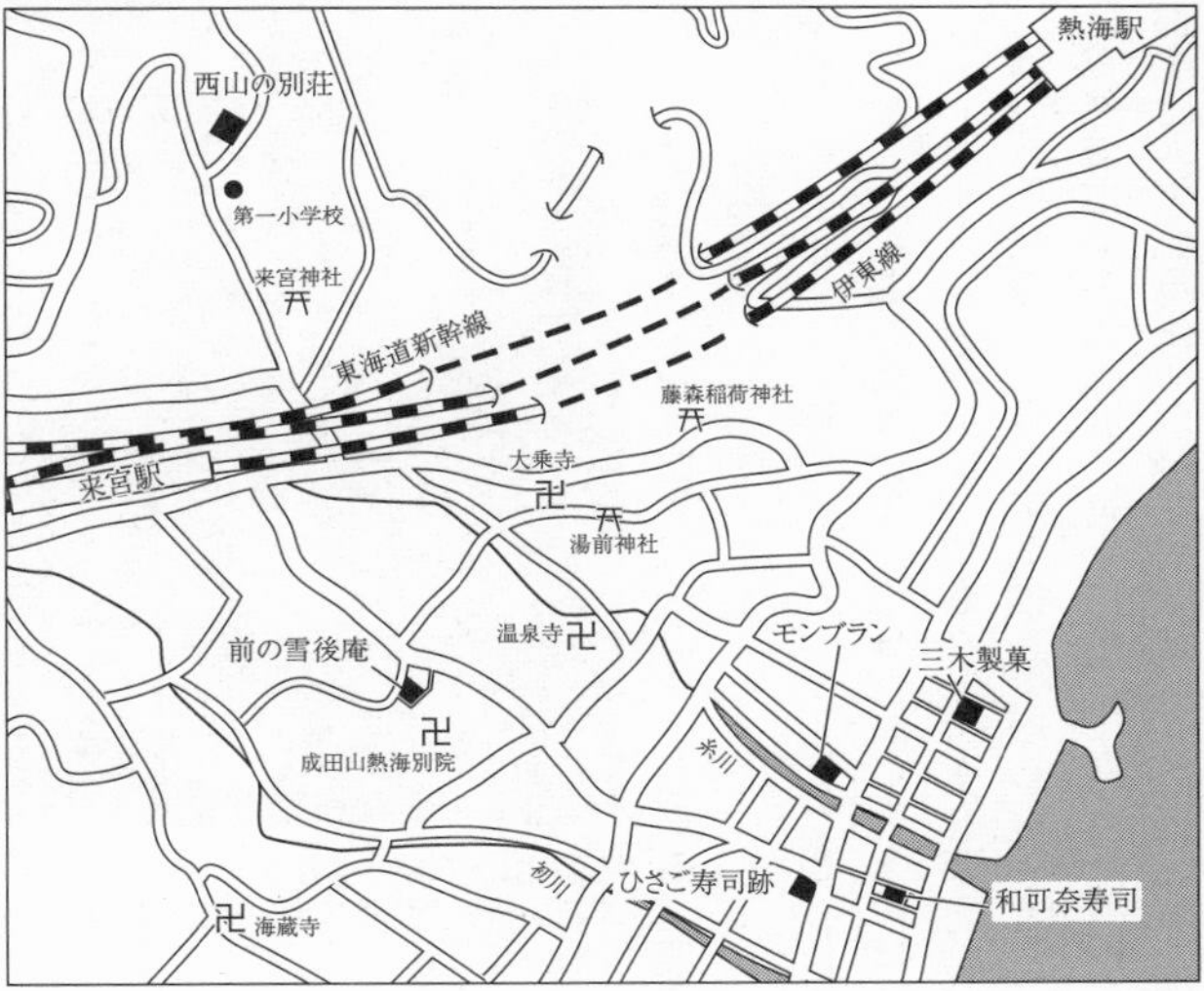

は一九七九年のことだ。だから、女性で初めて文化勲章を受章したのは上村《うえむら》松園《しようえん》だが、文化功労者の制度ができる前に死んでいたので、女性で初めて文化功労者になったのはヴァイオリニストの安藤幸《こう》（幸田露伴の妹）なのである。

　十六日から『毎日新聞』に「少将滋幹の母」の連載を始めるが、原稿は既に完成していた。当初は『朝日新聞』のはずだったが、新漢字新仮名遣いを要求してきて、谷崎が断ったため、『毎日』になった。以後も最晩年まで、谷崎が正漢字正仮名遣いに固執したために、新聞では『毎日』に書くことが多かった。この頃、阿部知二

熱海市の「前の雪後庵」にて 『潤一郎新訳源氏物語』刊行宣伝用に撮影
昭和26年5月

（一九〇三―七三）が訳したメルヴィルの『白鯨』を、京都―熱海間の汽車の中で読んで、感嘆している。『白鯨（モービィ・ディック）』は、長らくその真価が認められなかった作品で、この時のものが初めての完訳である。阿部は谷崎と親しく、京都では秘書のようなこともしていたようだ。スタンダールの時といい、最高の文藝作品を見抜く眼力は、さすがである。渡辺明が死んだので、重子は南禅寺を引き払って谷崎一家と同居することになった。

昭和二十五年（一九五〇）一月、『中央公論』別冊文藝特集に、ようやく「A夫人の手紙」を発表。なお谷崎は後年、自分は西洋音楽には疎いと書いているが、これは事実ではなく、レコード、演奏会などでかなり古典音楽を聴いており、一月二十日の久保義治宛書簡では、春秋社の『世界音楽全集』すなわち楽譜を、器楽の部すべて注文している。二月には、熱海市仲田八〇五（現水口町三―九）に別邸を購入した。雪後庵《せつごあん》と名付け、熱海と京都を行き来する生活が続く。五日、二代目茂山千作死去、八十五歳。三月、随筆集『月と狂言師』を刊行。九日、山王ホテルから雪後庵への移転完了。三十一日には、銀座千疋屋で、佐藤観次郎、荷風と会う。荷風は途中で会ったといってロック座の元女優戸川まゆみを連れてきた。四月十五日に熱海で大火があり、谷崎は不在だったが、別荘は類焼を免れた。十五日、旧友木村荘太が、自伝『魔の宴』出版を前に自殺、六十二歳。五月十七日、阿部豊監督による映画『細雪』封切、轟《とどろき》夕起子、高峰秀子らの主演でヒットしたため、谷崎の家族も二週間ほど入場できず、これを機に原作もベストセラーとなる。この頃から谷崎は高峰秀子と親しくなり、お気に入りの女優の一人となった。

六月十七日、榎が入院した。二十五日、朝鮮戦争が始まって用紙の確保が難しくなるのを見越して中央公論社が『源氏』新訳の出版を急ぎ始め、谷崎は後任の助手の推薦を新村に頼み、京大大学院特別研究生の宮地裕《ゆたか》（一九二四年生まれ、のち阪大教授）を雇った。七月から『谷崎潤一郎著作集』全九巻を創元社から刊行開始。八月、『少将滋幹の母』を毎日新聞社から刊行、担当は野村尚吾、『細雪』に続く谷崎の傑作として称賛された。同月南座で武智鉄二が「恐怖時代」を歌舞伎仕立て血みどろの演出で上演して谷崎の高い評価を受けた。武智は大阪出身、京都帝大卒で、戦後、中村扇雀（のち坂田藤十郎、

武智鉄二　昭和36年8月

一九三一—二〇二〇）や坂東鶴之助（のち中村富十郎、一九二九—二〇一一）を使った武智歌舞伎で名を馳せ、谷崎の「白狐の湯」なども演出した。十月、『少将滋幹の母』の生原稿を土屋に寄贈した。既に谷崎の生原稿は高い価値を持ちはじめていた。十一月、谷崎二番目の弟子と「自称」している舟橋聖一が、『少将滋幹の母』を都をどりに脚色して新橋演舞場で上演。十一月頃、来日していたフランスのピアニスト、ラザール・レヴィが京都で演奏会を開いた後、レヴィの弟子の原智恵子（一九一四—二〇〇一）が谷崎邸を訪れ、高折妙子の娘で同志社大学英文科三回生の千萬子（二〇歳）が手伝いに来た。十二月、「『篁日記』を読む」を『中央公論』新年号に発表。

昭和二十六年（一九五一）、一月から三月まで「元山大師の母」を『心』に連載。この頃、根津清治を渡辺重子の養子にしたようだ。助手となった宮地は、京大助手の玉上琢弥（一九一五—九六、のち大阪女子大学教授）を推薦した。谷崎は気軽に使える若い学者を求めていたので躊躇したが、澤瀉久孝の推薦もあり、一月二十六日、熱海から入洛して洛陽ホテルで宮地とともに玉上に会った。のち自ら、学者による現代語訳の最も優れたものと言われる『源氏物語』現代語訳（角川文庫）を行った碩学である。この時玉上は、名刺がわりに、論文「物語音読論序説」（『源氏物語音読論』岩波現代文庫に所収）の抜き刷りを渡した。平安朝当時、物語は音読されて伝えられたとするものだが、ほどなく出来てきた谷崎の新訳が、旧訳とは面目を一新した「ですます」体になっていたので、玉上説の影響ではないかと後々まで取り沙汰された。その前に発表した「藤壺」はまだ「ですます」体ではなかったのである。玉上が加わったことによって、新訳は削除部分の復活だけではない抜本的なものとなった。谷崎は玉上を厚遇し、歌舞伎座の『源氏物語』に招待したり、定宿の芝の福田家で玉上を上座に据えてもてなしたりした。潺湲亭での会合の折り、宮地と滝澤に「そうなんだよ、君」と言ったあと、玉上に向き直って「そうなんですよ」と言い換えたというから、谷崎は年齢で区別していたに違いない（玉上）。一月末、藤田に代わって滝澤博夫が『源氏』の担当になり、仙台に戻った山田孝雄を訪ねている。三月から新訳に着手したが、この月歌舞伎座で、谷崎監修、舟橋脚色、久保田万太郎演出、海老蔵（十一代團十郎）主演で『源氏物語』が上演され、好評を博した。谷崎も、舟橋の台本に何箇所か手を入れたようだ。

五月から『潤一郎新訳源氏物語』全十二巻が順次刊行され、二十九年十二月に完結した。思いのほか時間がかかったのは、谷崎の病気のためである。当初玉上は、旧訳が古本屋で安く売られているのを見て、売れるのかと懸念したが、出したら軽く十万部売れたという。映画といい歌舞伎といい、谷崎は今でいうメ

撮影・笹沼宗一郎　昭和29年

笹沼源之助の叙勲を祝い、自らも文化勲章をつけて　撮影・笹沼宗一郎　昭和32年

ディアミックスを用いて、自著の売り上げ増をはかっていた。何しろ晩年は、月に百万円くらいの生活費が掛かっていたというが、当時の百万円だから、大変な贅沢ぶりである。二日、高折千萬子と渡辺清治が結婚し、夫婦で下鴨に住んだ。清治はこのあと、大阪の大林組に勤め、京都から通うことになる。

　この間谷崎は、京都と熱海をしばしば往還し、女性連れで歌舞伎ほかの芝居、映画によく行っており、一見したところ好色文豪の華麗な生活のようだ。相手になったのは、松子、重子はもちろん、女中の場合もあるが、笹沼一家の女性が多い。笹沼家には、源之助の妻喜代子、長男宗一郎の妻千代子、長女鹿島登代子、次女江藤喜美子がいて、細江光「笹沼源之助・谷崎潤一郎交遊年譜」を見ると、この四人の女性のさまざまな組み合わせで、あちこち出かけている。千代子ともストリップに行っている。また歌舞伎好きの喜美子には、手紙でたびたび歌舞伎役者の噂話などをしている。女好き谷崎の面目躍如だが、笹沼との交遊は、その始めから、苦学生だった谷崎の面倒を、笹沼の母・東がよくみたことから始まっており、むしろ笹沼家の女性たちあってのものだったように思える。事実笹沼源之助自身は、文学など関心のない実業家で、昭和二十五年三月十一日には、共通の友人大塚常吉の死で京都に向かった際、笹沼が大酒して暴れたので、あまり酒を飲ませないように、と十九日の喜美子宛の手紙（番号四〇三）で言っている。もっとも、酒・女をめぐり、他聞を憚らず遊べる友人であったのは確かだろう。

だが二十六年七月十五日に、喜代子、登代子、喜美子が熱海を訪ね、四人で六代目菊五郎の追善供養をしていた時、谷崎は激しい眩暈《めまい》に襲われた。高血圧性のものだが、軽い眩暈は遂に終生の宿痾となる。二十一日には文化功労者になっている。これまで谷崎と行をともにしていた渡辺重子は、養子夫婦が京都に住んだため、そちらへ同居することになった。九月八日、日本は四十八カ国と平和条約を締結し、ようやく名目上の戦争は終わった。十二月には舟橋脚色『少将滋幹の母』を歌舞伎座で上演、滋幹役は岩井半四郎（当代）、北の方は四代目中村富十郎、国経は市川八百蔵《やおぞう》である。

昭和二十七年（一九五二）一月、久米正雄の具合が悪いと聞き、阪大布施の治療を受けたいと言われる。谷崎は、腎臓が悪いのでは無理だろうと言うが、結局布施がついでに診察し、しかし三月一日、久米死去、六十二歳。この年公職追放の解けた小林一三《いちぞう》が東宝社長に返り咲き、ストリップ追放を宣言して日劇小劇場が閉鎖されたが、三月十六日、日劇ミュージックホールと改称し、丸尾長顕が支配人となって、四月から丸尾の意見で、少しずつ服を脱いでいくストリップ・ティーズとは違って最初から裸で出る清潔なヌード・ショーを上演するようになり、谷崎は毎回観に行くことになる。細江光は「戦後の谷崎潤一郎」で、谷崎とストリップの関係年表を作成している。四月四日、松子、重子とともに熱海から上京し、途中で体の異常を感じるが、無理して笹沼家の三女性と新橋演舞場へ行くがまるで集中できず、定宿の福田家へ戻ってから、松子が姉の三男で日赤の医師・森田紀三郎を呼んで診察すると血圧が二百四十あり、しばらくここで静養することになった。十三日、ようやく熱海へ帰る。二十一日、『映画の友』編集長の淀川長治《ながはる》（四四歳）が訪れ、大正期のドイツ映画について谷崎がよく覚えているのに感銘を受けている（『淀川長治自伝』）。五月には歌舞伎座で、同じメンバーで『源氏物語』第二篇を上演し、この時、六代目市川門之助の息子・男女蔵《おめぞう》が三代目左團次を襲名した。

六月七日の京都で上演された茂山千五郎の狂言小唄・小舞の会のために、谷崎は『細雪』を題材にして狂言小唄「花の段」を書いたが、谷崎は病気のためか出席できなかった。その印刷したものを送ってきたら「妍《けん》をきそひ」というところが「研」になっていたので、怒りの手紙を書いたら、その秋か、入洛した際に千五郎と千之丞が詫びに来たという。それから一カ月ほどたって、千之丞が新京極のストリップ劇場へ行き、入ろうかどうしようか迷っていると、大きなマスクをした谷崎が出てきて目が合ってしまい、谷崎はバツが悪そうに耳元で「あまりおもしろくないよ」と言い、それから「君、この前の手紙、あれ破っといてくださいね」と囁いたという（茂山、一九八七）。千之丞はその後も、型破りの狂言師として活躍した。六月二十七日、熱海で、人に紹介された灸の名人に灸を据えてもらったら、翌日から変調を来たして、記憶の空白と眩暈が十日ほど続き、八月二十一日まで病臥した。九月十三日に、東京の某医師が来診して、あと一、二年の命だと言ったのを松子が聞き、谷崎には隠して密かに涙を流した。十一月、新橋演舞場で東《あずま》おどり「盲目物語」上演。三日、永井荷風が文化勲章受章。

昭和二十八年（一九五三）一月には、松子が阪大の西沢義人が新薬を開発したというのを聞いて西沢を訪ね、谷崎は施療を受け、注射を続けた。二月二日、渡辺清治夫妻に長女誕生、谷崎が「たをり」と名付けた。二十五日、二代目桂春團治《はるだんじ》が死んだのを知った谷崎は、三月十七日『毎日新聞』夕刊に「春團治のことその他」を書いて、桂文楽はうまいが藝術家すぎる、ずべらな古今亭志ん生が好きだが、そう言ったらさる通人に怒られたと書いている。今では志ん生のフラがいいというのは通説だが、当時はそうでもなかったらしい。なお谷崎はこの「ズベラ」という言葉をよく使っている。谷崎は落語も好きで、戦争中はラジオで聴く落語を楽しみにしていた。

四月の京都祇園歌舞練場《かぶれんじょう》の都をどり公演に「墨塗平中《すみぬりへいじゅう》」を書いた。これは『少将滋幹の母』の冒頭に出てくる、色好みの平中が女の許へ通って、泣きまねをするため硯《すずり》の水を目の下に塗っていたら、女が墨を擦っておいたので目の下が黒くなったという笑い話だが、

『少将滋幹の母』によると、『源氏物語』の注釈書『河海抄《かかいしょう》』に出ていて、『今昔物語』『大和物語』にあるというが、現存の今昔にも大和にも見当たらない、と書いてある。当時、原拠探索を命じられた榎は、どうしても見つからず、小説発表後に、国文学者の北野克《たゆる》が、新発見の『古本説話集《こほんせつわしゅう》』に出ていることを教えてくれたという。

五月十七日から、京大国文学研究室に勤務していた伊吹和子（一九二九―二〇一五）を助手に頼み、口述筆記（口授《くじゅ》）を始めた。伊吹は京都の古い呉服商の一人娘だった。二十一日には、熱海の雪後庵を手放し、再び山王ホテル内の土屋別荘を借り、七月五日、家族、伊吹とともに熱海へ行った。十月十日、京都で、京大内科の前川孫二郎の診察を受けると、悪性の高血圧にはならないし、あと一、二年の命ということもない、と言われ、松子も胸を撫でおろした。十一月には新橋演舞場で井上流京舞の会があり、「井上八千代さんのことなど」をプログラムに寄せた。戦後の谷崎は伝統藝能を愛し、四代目井上八千代（一九〇五―二〇〇四）、狂言師の茂山一家、地唄・箏曲家の富崎春昇《とみざきしゅんしょう》などと親しくした。谷崎作品をたびたび取り上げている都をどりは、三代井上八千代の創設である。渡辺清治・千萬子の結婚式では、八千代が舞を披露している。三十二年、八千代が藝術院会員になるに当たっても、谷崎の推薦があったと思われる。

昭和二十九年（一九五四）三月一日、熱海市伊豆山鳴沢《いずさんなるさわ》一一三五番地に家を買い、後《のち》の雪後庵と名付けた。急勾配の山道を登っていったところにある。五月には歌舞伎座で、

『源氏物語』第三部（「篇」「部」は『歌舞伎座百年史』に従う）が上演された。光源氏は二代目尾上松緑。二十二日、文京区に住む二十七歳のエドワード・サイデンスティッカーから手紙が来た。七月二十八日、上山草人死去、七十一歳。三十一日、『源氏物語』新訳を完了し、九月に本文編の刊行を終えた。九月五日、中村吉右衛門死去、六十九歳。十月二十四日には、京都に住む二十六歳のドナルド・キーンに葉書を出している。

病と戦いつつ、足掛け四年掛けて『源氏』新訳を完成した谷崎は、ようやく健康状態を取り戻し、昭和三十年（一九五五）四月号の『文藝春秋』から一年間、「幼少時代」の連載を始めた。この時は、小瀧らを使い、昔を知る人に尋ねたりして詳しく調査し、祖父の閲歴なども分かった。六月には南座で「春琴抄」上演、大阪三越劇場で関西オペラ「白狐の湯」が武智演出で、歌舞伎座では圓地文子脚色の「武州公秘話」が上演され、七月には四代目富十郎の「矢車会」旗揚げ公演で「法成寺物語」、東宝歌舞伎では中村歌右衛門、長谷川一夫、中村扇雀の「盲目物語」、歌舞伎座では「十五夜物語」上演と続き、「藝能界に谷崎ブーム」と言われた。七月、『中央公論』の担当者が綱淵謙錠になった。この頃サイデンスティッカー英訳の『蓼喰ふ蟲』（Some Prefer Nettles）が刊行され、後にノーベル賞候補となる。八月四日には、春琴書店にサルトル全集『実存主義とは何か』を注文しており、健康を回復して、新しいものに関心を持ちはじめたことが分かる。

しかしこの頃谷崎は、養女恵美子の縁談にも苦労していて、後藤や土屋に紹介を頼み、

恵美子と　撮影・林忠彦　『婦人公論』グラビア「私の散歩道」用に撮影された　昭和27年７月

見合いをしてはうまくいかないということを繰り返し、恵美子さえ片がつけば思い残すことはないと思うほど悩みの種だったようだ。この時は、しばらく恵美子を休養させるため、八日に松子と上京して、恵美子の結婚衣装と道具を京橋倉庫に預けた（大谷晃一、一九八四）。同日、松子、重子と日劇ミュージックホールへ行き、春川ますみに魅せられる。この日のことが、『中央公論』十一月号に載せた久しぶりの創作「過酸化満俺《まんがん》水の夢」（のち「過酸化マンガン水の夢」と改題）になっている。九日には女中のヨシと日比谷映画でクルーゾーの映画『悪魔のような女』を観て、シモーヌ・シニョレの演じる悪女ぶりに目を瞠《みは》った。

　さて玉上琢弥は、将来の『源氏』改訳を見越して、山田孝雄の校閲による二箇所について訂正を申し入れたが、谷崎が自分では言えないというので、八月二十一日、仙台の山田を訪れ、暑い最中、一時間四十分にわたって論を戦わせ、承服させた。谷崎は、玉上のこ

熱海駅ホームにて　伊吹和子、和可奈寿司の主人石川亀吉とともに　『芦屋市谷崎潤一郎記念館ニュース』28号より　昭和28年

うした性質にも敬意を払い、新版序にそのことを書いている。昭和十三年、最初の現代語訳が完成した時、京大国文学科に呼ばれて谷崎は座談に行き、そこで当時院生だった玉上にも会っているが、その時『源氏物語』について「それほどの傑作と思いませんがね」と言ったという（玉上）。『源氏』が『細雪』に影響したといった言も気に入らず、「おこがましくも紫式部ごときが自分の創作に影響を及ぼすなど、とんでもない」と考えていたようだ、と伊吹は書いている（伊吹、二〇〇二）。この頃伊吹和子は、助手の仕事の辞退を申し出ている。伊吹は昭和三十年、京都でたまたま顔見知りの男に会い「タニジュンさんは、あんたのようなタイプの女性が好きなんだな、何となく判るような気がするよ」と言われて不快に思い、そういうことを尋ねた人は何人もあって、しかし自分は「可愛がって」傍らに置かれたのではないと書いている。だが『芦屋市谷崎潤一郎記念館ニュース』二八号に載った、昭和二十八年の熱海駅での谷崎と伊吹の写真を見ると、麦藁帽に半袖の白いブラウス（白

黒なので薄い水色かもしれない）、白い手袋をした伊吹は十分可愛いらしく、やはり谷崎は「可愛がって」おり、しかし他の女たちのように谷崎のおもちゃになろうとしなかっただけではないかと思う。十二月には帝国ホテルで郭沫若と再会、対談をした。既にこの頃谷崎は、老人性インポテンツに悩まされており、まだ五十代の松子に、よそで楽しんでくれても、などと言っていたようだ。この経験が、長編『鍵』に展開するが、その第一回を『中央公論』新年号に発表したのも、この十二月である。この年、渡辺清治夫妻は、北白川仕伏町《しぶせちよう》に新居を構えて移った。後に谷崎が、京都へ来た時に滞在することになる家で、あまりに辺鄙な場所なので当初は戸惑ったという。

昭和三十一年（一九五六）一月には、歌会始召人《うたかいはじめめしうど》に選ばれたが、一首を奉ったのみで、寒いため出席は控えた。二月六日、創刊された『週刊新潮』（十九日号）に、「鴨東綺譚」の連載を始め「私は同時に二つの創作に筆を執つた経験がなく、一つを完結した後でなければ他の仕事に移つたことがない」（「嶋中鵬二氏に送る手紙」『中央公論』四月号）というので『鍵』の連載を中断しているが、これは、中年以後、という意味だろう。昭和初年まで、「神と人との間」と「肉塊」（大正十二年）、「顕現」と「ドリス」（昭和二年）、「卍」と「黒白」（昭和三年）など、同時に二つの連載をした例はある。ところがこの二つの作がいずれも問題を引き起こす。「鴨東綺譚」、題名は荷風の「濹東綺譚」を借用したものだが、京都を舞台に、疋田《ひつた》奈々子という性的に奔放な女の肖像を描き出すのだが、そのモデルと目された市田ヤエが、その第二回の出た十四日、熱海へ電話を掛けてきて、先生ひどいわ、と泣きつき、二十八日には上京してきて、連載中止を求めて脅迫まがいの行動に出た。ヤエは当時既に離婚しており、華僑の愛人がいた。『秘本谷崎潤一郎』には、晩年のヤエと周囲の人々への聞き書きがあり、それによるとヤエは自分から谷崎に描いてくれと頼んで、『細雪』のように美しく描いてもらえると思っていたらしい。谷崎自身は、そんな奔放な女が母性愛に目覚めるという展開だったのだ、と言っている。この時はかなり恐ろしい目に逢ったようで、今東光が出てきて、あわや大立ち回りになりそうだったという。結局六回で連載は中断することになった。三月十三日に最終回が載った（二十日号）翌週二十日の『週刊新潮』（二十七日号）には、「『鴨東綺譚』をめぐるうわさ」という記事が出て、ヤエがモデルだということを否定しようとしている。谷崎没後の全集も、八〇年の愛蔵版全集も、ヤエの要請によって、「鴨東綺譚」の掲載を中止したので、今なお単行本等に入っていないが、ヤエが没したので、次の全集には入るはずである。谷崎は、連載最終回の「著者の言葉」を記し、この小説は後半に入って矢筈弓子という第二のヒロインが出るはずだった、と書いている。かつて、奈々子とは対照的な女性である矢筈弓子のモデルは、奥村富久子だろうというのが定説化していた。しかし伊吹和子は、矢筈弓子は「奥村富久子さんではないと、断言することが出来る」（伊吹、一九九四）と書いている。それは、市田ヤエの友人だった高折妙子である。

「鍵」中央公論社　棟方志功による板画

四月二日、高村光太郎死去、七十四歳。この月、『鍵』第二回を『中央公論』に掲載するが、月末、『週刊朝日』がこれを、わいせつではないか、という記事にし、五月十日の国会の法務委員会でも石原慎太郎「太陽の季節」と並んで問題になり、神近市子が質問、世耕弘一が、猥褻物に当たらないかと質問した。この間、四月十五日に、根津清太郎が五十六歳で死んだ。医師として最期に立ちあったのは森田紀三郎だった。八千草薫が二万円の香奠《こうでん》を包み、春川ますみが激しく泣いたという（大谷晃一、一九八四）。渡辺明といい清太郎といい、まるで谷崎に精気を吸いとられたように若くして死んでいった。

いつものことながら、谷崎は、世評を気にしている様子は見せなかったが、こうした反応ゆえに『鍵』は十分に書きたいことが書けなかったようだ。さて、いったん助手を辞めた伊吹は呼び戻されて、六月八日、今東光の育った河内を舞台に小説を書くといって伊吹を連れて天台院に東光を訪ねた。伊吹はその後一人で東光から話を聞いてメモをとり、谷崎に送った。九月二十三日には、谷崎が「玉鑾《ぎょくらん》会」と名付けた奥村富久子の会が大槻能楽堂（大阪）で開かれ、富久子は「道成寺」を抜《ひら》き（初めてその能を演じることを「披く」という）、梅若猶義が地謡《じうたい》を務め、師との和解が成立した。十月五日、嶋中鵬二宛書簡で、預けてある今東光の作品を『中央公論』に載せてくれないかと頼んでいる。翌年二月号に載った「軍鶏《しゃも》」である。

『中央公論』十一月号に、中央公論新人賞第一回受賞作として深沢七郎「楢山節考《ならやまぶしこう》」が載って各方面の絶賛を浴びた。深沢は当時四十三歳、日劇ミュージックホールでギターを弾いていたが、谷崎の崇拝者で、ほどなく丸尾長顕と嶋中に付き添われて福田家で谷崎に会い、弟子入りを頼もうと思ったが、深沢が持参した田舎饅頭を谷崎が一口食べて嫌な顔をしたので言いだしそびれたという。谷崎は、深沢を弟子にするなんて嫌だ、正宗白鳥にでも頼めばいい、と言ったそうだが、翌三十二年二月五日深夜に日劇ミュージックホールで行われた『楢山節考』出版記念会には出席している。十一月には『過酸化マンガン水の夢』を刊行、三日に新村出が文化勲章受章。十二月八日、潺湲亭を日新電機に売り、熱海に本拠を構え、十年にわたる京都生活をとりあえず終えた。「鴨東綺譚」の冒頭には、長々と京都人の排他性や吝嗇《りんしょく》に対する悪口が並べてあり、移住は時間の問題だったろう。

同月、『鍵』が棟方志功の板画を添えて刊行されたが、谷崎は書簡で、この作品には自信がないと漏らしている。しかし早速、その「官能描写」についての議論が沸騰した。

第十三章　渡辺千萬子と晩年の谷崎

昭和三十二年（一九五七）一月二十一日、今東光が長編『お吟《ぎん》さま』で直木賞を受賞した。数え六十歳、弟の日出海《ひでみ》に六年遅れての受賞だった。師の女性崇拝、あるいは『蘆刈』の「お遊さん」を意識してのタイトルだが、東光本来の作風とは違う。二十二日『東京新聞』で石川達三は『鍵』を「不潔な非芸術」と呼び、伊藤整が「バカなことも休み休み言ふがいい」と応戦した。伊藤は元来谷崎の理解者だったが、この時はちょうど『チャタレイ夫人の恋人』の上告審の最中だから、被告人たる伊藤としては人ごとではなく腹が立ったのだろう。この頃ようやく、渡辺千萬子との手紙のやりとりが繁くなってゆく。千萬子は、血縁からいえば谷崎の妻の息子の妻、養子関係からいえば妻の妹の養嗣女ということになる。だからその娘のたをりは「孫」ではないのだが、後に『祖父　谷崎潤一郎』を書いているのは、それだけ谷崎がかわいがったからである。「当世鹿もどき」には、この頃、千萬子に連れられて二歳のたをりが熱海へ遊びに来た時のこととして、

再び母に抱かれて北白川の家に帰ります日、玄関まで送つて出ますと、

「おぢいちやん、さよなら」

と云ひながら、いきなり傍へ寄つて参りまして手前の頬にキスいたしました。母が云ひつけましたのか、（略）それは手前には全くの驚き、全くの不意打ちで、そして何ともたとへやうのない肉感でございました。憚りながら、手前今までに美人にキスされた覚えはございますけれども、こんないたいけな、而もすぐれて器量の美しい女の子にキスされたことはございません。


とあるが、千萬子宛書簡（三十二年二月二十日）には、

此の前熱海に来た時、駅に迎ひに出たら「おぢいちやん」と云つてホームに下りて来て僕の手を取つてくれました、トタンに僕はゾウッと嬉しさがコミ上げて涙が出て来ました、こんなことは今までに経験しなかつたことです、竹田の孫〔百百子〕なんかにはそんなことを感じたことがありません、

とある。別の時のことのようだが、後者の方が実感が感じられる。同じ手紙で、千萬子にはこう書いている。「君は他人を自分の意志に従はせてしまふ不思議な魅力のやうなも

渡辺千萬子（写真中央）と　昭和38年１月27日付の手紙に同封されていた写真

のを持つてゐます、それは君のエライところでもあるけれども人に誤解され憎まれる恐れもあります、今後なるべく年寄の人たちには一歩を譲るやうにして下さい、但し僕に対してはどんなに勝手を云つてくれても構ひません、僕には君の長所や美点やよく分つてゐます」とあって、これはかつて奥村富久子に言ったこととよく似ている。「年寄の人たち」というのは松子と重子で、それまで谷崎をめぐって角逐していた松子と重子が、千萬子と谷崎が近づくと共同戦線を張ったという（千萬子さん談）。ここから次第に谷崎と千萬子の親密度が増してゆき、遂に千萬子をモデルとして『瘋癲老人日記』が書かれるにいたるのだが、松子にしてみれば、実子の妻である上に夫が誘惑されていると感じたわけで、ただでさえ嫁姑は合わないのだから、憎悪も激しいものがあっただろう。当時の写真を見ても千萬子はあまり美人に見えないので、私ははじめ、老いた谷崎が手近な女性を崇敬の対象にしていただけかと思っていたが、千葉俊二先生のご紹介で実際に七十五になる千萬子さんに会ってみたら、ものにこだわらないサラサラとした、実に不思議な魅力のある人だった。谷崎は三十二年頃から、英文の手紙を書く必要ができると、千萬子に代筆させていた。

四月三日から、日本テレビで十三回連続のドラマ『細雪』が始まったが、これで雪子役を演じたのが養女の恵美子だった。幸子役は万代《ばんだい》峰子、妙子役は浜田洋子、脚本は西村みゆき、演出は武智鉄二である。恵美子は、これが唯一のドラマ出演である。西村は当時二十七歳、佐藤観次郎の紹介で文藝春秋社に入り、美人記者として知られていたが、二年ほど前から武智と交際しており、この頃結婚した。今東光、舟橋聖一に続いて、川口松太郎が谷崎の第三の弟子と称しているが（ただし知り合ったのは川口の方が舟橋より先）、第四は武智鉄二ではあるまいか。武智はそれまで、若くして見合い結婚した妻と、ほかに愛人がいたが、その両者を清算するために西村と結婚したと言っている（武智、一九五八）。十九日、その撮影で一行が京都へ入り、平安神宮での花見の場面の撮影に松子は立ち会い、その晩は二人で泊まった。

五月の『中央公論』臨時増刊号グラビアに、谷崎は「私の好きな六つの顔」を寄せ、杉田弘子、淡路恵子、若尾文子、有馬稲子、春川ますみ、祇園の藝妓子花の六人を選んでその写真を載せている（撮影・大竹省二）。本当に贔屓だったのは京マチ子と高峰秀子だが、そろそろ若い人に譲るため遠慮したとある。春川の写真はヌードで、『中央公論』にヌードが載るのも珍しかろう。さて伊吹和子は、何度か河内に出かけ、この六月十五日、これ

春川ますみのグラビア「私の好きな六つの顔」より　撮影・大竹省二　『中央公論』臨時増刊文藝特集号　昭和32年5月

から水海道《みつかいどう》（茨城県）へ取材に行くと谷崎が言うので上京すると、あっさり、東光が自分で書くそうだからやめにしたと言う。谷崎は伊吹を手元に置いておくために、「おさな源氏」など、結実もしない仕事を拵えていたように見えるし、折りを見て「セクハラ」でもしようと考えていたのかもしれない。実際その翌日は、伊吹と映画『ピカソ天才の秘密』を観に行っている。八月、『中央公論』九月号から「親不孝の思ひ出」の連載を始めたが、あちこち差し障りが出てきそうなので、と二回で中絶している。十二月、中央公論社から、新書版の『谷崎潤一郎全集』全三十巻の刊行が始まった。

この頃、サイデンスティッカーが訳した『細雪』、英訳題『マキオカ・シスターズ』が刊行された。ただし、『細雪』は日本語の美しさがその魅力の第一なので、評判はいま一つで、翻訳によって失われたものがあるのではないかという批評が出て、これはあなたに気の毒です、と谷崎はサイデンスティッカー宛書簡（十一月十六日、番号五七七）で言っている。十一月三日、笹沼源之助が藍綬褒章を受章。十二月、中河与一が谷崎の生涯を克明に辿り、変名で書いた伝記小説『探美の夜』を刊行した。前年から『主婦と生活』に連載されていたものだ。続けて続、完と出て完結したが、谷崎は不快に思ったようだ。

この月、武智鉄二が、関西の地唄舞の川口秀子と恋愛関係になり、西村みゆきと離婚したいと言いだし、西村が抵抗したので、九日、武智は谷崎邸を訪れて松子に調停を頼んだ。松子は、元文藝春秋の美人記者を二年で放り出すところまで師匠のまねをしなくても、と思ったかもしれない。西村は、翌昭和三十三年（一九五八）二月号の『婦人公論』に「武智鉄二よ何処へ行く」を寄稿して、その行為と、最近の藝術活動を批判し、四月号で武智と川口が反論を載せるという騒ぎになった。同じ号に谷崎は、「残虐記」の連載を始めたが、十一月号で中絶した。これは原爆症で性的不能になった男が変死した事件を描いた探偵小説だが、嫌になったのはあまりに江戸川乱歩風だったからだろう。

二月五日には産経ホールで全集刊行記念講演会。三月二十六日の西田秀生宛葉書では、『延年益寿秘経』を送ってくれたお礼を述べているが、これは道教の房中術のテキストとして昭和七年に松本道別《ちわき》が書いたものを限定四十八部のガリ版刷りで出したものだ。四月一日には売春防止法施行、十四日には京都のナイトクラブ田園で、日劇ミュージックホールを辞めた春川ますみに会ったが、既に春川はだいぶふっくらしてきて、谷崎も「少し体が肥え過ぎたやうに思はれる」（「四月の日記」）と書いている。この六月、『婦人公論』のミスコンテストの審査員をして、入選しなかった高知出身の「Ｋ」が気に入り、秘書として雇った。ところが「K」は、秘書としての仕事は碌にせず、谷崎のペット気分で（谷崎もそのつもりだったわけだが）、数カ月いたが、ある日、遅刻してきたのを注意したら「いやだァ、そんなに待ち遠しかったの？」などと言ったのでさすがに怒った谷崎は解雇しようとしたが、娘は下宿に居座り、嶋中鵬二が仲介して宥《なだ》め、実家へ帰した、と伊吹が書いている。受賞者の言葉で、準ミスになった黒木広美は、「谷崎先生はねこのような顔が好きだっておっしゃったところに面白さがあると思います」と書いている（記事3）。黒木は女優を目指したようで、その二年後、二本の映画に端役で名前が出てくるが、ものにはならなかったようだ。伊吹はこの頃、京都光華女子大学に勤務していたというが、事務員でもあろうか。

七月に大江健三郎が「飼育」で芥川賞を受賞したが、実は先のミスコンテストの審査員は、谷崎のほか、芥川比呂志、労働大臣石田博英《ひろひで》、総評議長太田薫、大宅《おおや》壮一、林健太郎、丸尾長顕らで、六月十日の最終選考に石原慎太郎と成瀬巳喜男が欠席したので、代理で大江と映画監督・丸山誠治が加わった。二十三歳の新進作家として呼ばれた大江は、しかし、十八日、『毎日新聞』のコラム「憂楽帖」に、「半裸の娘たち」という題で、半裸で動き回る娘たちを見て厭世的な気分にとらわれた、と批判的に書いた。後に批判を受けて消えてゆくミスコンテストだが、大江が青年らしい潔癖さで不快を感じたのも、分かる。その大江も後には、何ものかに対して恥じながら『夢千代日記』の吉永小百合を見ている、と書くことになる。

谷崎の許へは当然ながら新人の小説がたくさん送られてきたが、読んでいないようなふりをしつつ読んでいたという。年末、『中央公論』新年号に載せた「気になること」で、大江の短編集『死者の奢り』の中の「他人の足」の文章を批判した。大江はこれに対して、「語感」は時代とともに変わるものであり、「前時代の文学者の《語感》とことなる《語感》をもつて出発した若い文学者にとつては、最初に述べたような非難は、むしろ正常な反応というべきなのです。／そして、それは若い文学者が、すでに古典的な光輝をもつ文学者にたいして、またその労作にたいしていだく敬意と、もとるものではないのです」と、一月六日の日付で、新書版谷崎全集の月報に書いた（大江、一九五九）。谷崎が大江を槍玉に挙げたのは、このミスコン批判の文章が気に入らなかったという理由もあるかもしれない。

九月、三枝佐枝子《さえぐささえこ》（三九歳）が『婦人公論』の編集長となり、商業雑誌における初めての女性編集長となった。嶋中に付き添われて京都に谷崎を訪ね、原稿を頼むと、荷風との対談を提案され、十月七日、永田町の八百善《やおぜん》で、佐藤観次郎の司会で対談「昔の女今の女」が行われた。昭和二十年敗戦の頃まで、妹尾との交流は続いていたが、昭和二十九年には妹尾は二番目の妻の実家のある伊豆大島にいて、この頃京都へ訪ねて来たらしい。手紙では、先日は京都へ来訪ありがたし、その後熱海へ帰って探したら「お栂」の原稿が見つかった。一つは君夫人の談話で、もう一つは冒頭の一、二章だが、丁未子が筆写したものか、むしろあなたと君夫人の恋愛を描きたいので、二つを送るので補足してほしい、丁未子（鷲尾夫人）も何か覚えていないか、と手紙を出している（番号五九八）。だが二十二日、追って妹尾宛、返事がありませんが、不着ということはないでしょうね、と手紙を出している（番号五九九）。妹尾は、君夫人と伯父の関係を書いてほしくなかったらしく、無視したらしい。「お栂」の原稿はこうして妹尾に握りつぶされ、以後、谷崎との音信は途絶えた。

　さて、渡辺千萬子に対する手紙は次第に熱を帯びてきて、三十三年十月六日から、「トレアドルパンツの似合ふ渡辺の千萬子はダリア摘《つ》みに出でたり」（十一日書簡）を始めとする千萬子礼讃の短歌を次々と手紙で送り「君に関する歌がいくらでもあとからあとから出て来るので小説の仕事が進行しないで困つてゐます」（十三日）と書いている。十一月十二日の終平宛書簡で、江戸川乱歩との対談は、こないだ『宝石』の原稿を断ったので断りにくいから引き受ける、とある（番号六〇三A）。千萬子は海外ミステリーが好きで、二十七日の書簡では、日本のものはあまり読まないけれど対談は楽しみです、と書いている。しかし二十八日、谷崎は、笹沼の金婚式に出席するため、福田家で贈り物の鉄斎の絵に箱書きをしていると、手に痺れを覚えた。無理やり書きおえてから診察を受けてそのまま福田家で静養することになり、十二月に入って東大の沖中重雄の診察を受けると、三カ月の静養を言い渡され、熱海に帰る。以来、右手に異常な冷感を覚え、自ら筆記ができなくなり、口授に頼ることになる。二十五日に、冲中博士の勧告により来年一月一杯面会謝絶という案内状を出した。右手の冷感と痛みは終生つきまとい、右手だけの手袋を作ってこれを嵌《は》めるようになった。最初に作ったのは千萬子らしい。

　昭和三十四年（一九五九）一月には、津島寿一の友人の娘・田畑晃《こう》を秘書として雇ったが、半年ほどで解雇している。女中のヨシに口授することもあったが、やはり一番有能だったのは伊吹だった。谷崎自身は千萬子にさせたかったようだが、京都で家庭を持っているのだからそうもいかない。松子には手紙の代筆はさせたが、作品を松子に覗き見られたくないので、口授に使ったことはまずないだろう。若い人の場合、旧仮名がうまく書けないのが悩みの種だった。一月十四日、島耕二監督による『細雪』二回目の映画化が封切、京マチ子、山本富士子、轟夕起子、叶《かのう》順子という谷崎好みの女優陣である。これまでも谷崎は千萬子に小遣いを与えていたが、二十日の手紙では、小瀧にこっそり金を持ってこさせる、とあって、秘密の関係であることが明らかだ。二十九日書簡では、市川崑が『鍵』を映画化するそうだが、主演は京マチ子がいいか山本富士子がいいかと千萬子に訊いている。こういう手紙は、痛みをこらえて自筆で書いている。

　二月十六日の千萬子宛書簡では、重子と千萬子の関係がよくないことに触れ、大小のバアバが恵美子のことをあなたに隠すのはあなたに比較して恵美子があまり劣りすぎるからです（略）いづれ遠からぬ将来には谷崎家も渡辺家も完全にあなたに支配して貰ふやうになるでせう（略）私は私の崇拝するあなたに支配されるやうになることを寧ろ望んでゐる者です（略）あなたに意地悪されるくらゐで私の崇拝の情は変るものではありません　橋本家高折家を通じて故関雪翁の天才の一部を伝へてゐる人はあなた一人だと思ひます　あなたの顔や手脚には　その天才の閃きがかゞやいて見えそれ故に一層美しく見えるのです（略）少なくとも私だけには遠慮する必要はありません　私はむしろ鋭利な刃物でぴしぴし叩き鍛へてもらひたいのです

などと書いている。谷崎と千萬子の往復書簡のうち、谷崎のもの十通は全集に収録されたが、ほかに二十三通が部分的に、渡辺たをりの『祖父　谷崎潤一郎』（一九八〇）に公表され、当時存命だった松子に衝撃を与えたが、残りは松子の死後十年たって公開された。右のものも、松子死後の公開である。以後、千萬子宛書簡は間なしに続き、三月八日ものには、新潮社の佐藤亮一にあなたの写真を見せたら清宮《すがのみや》（島津貴子）に似ていると言ったが、清宮などあなたとは比較にならない、と書き、「千萬子拝」と書くのは他人行儀だからやめてくれ、と付け加えている。十二日の千萬子書簡では、「拝」と書くのは敬愛の印、と相変わらず「拝」をつけていたので、十六日の谷崎書簡で、それならこちらも拝をつける、と言い、遂に「千萬子」だけとなる。

恵美子は、テレビ出演以来武智の指導で藝能活動を続け、地唄舞を川口秀子に、仕舞を観世栄夫に習っていたが、この二月に産経ホールでの道成寺舞踊会に出演したところ、武智演出でヌードになった女優がいて、それが某週刊誌で谷崎恵美子と書かれたため、縁談がダメになったと谷崎が怒ったという事件もあった（『週刊新潮』、記事4）。谷崎は恵美子のこうした藝能活動が気に入らなかったようで、千萬子宛の手紙では怒りをあらわにしている。

四月初旬、伊吹に、もう一度秘書になってくれないかと頼み、伊吹は返事を保留したが、十二日に松子からの手紙でも懇願され、承諾した。そのお礼の手紙は十八日付だが、秘書を解雇される田畑の代筆である。四月から五月にかけて『週刊新潮』に六回連載された「高血圧症の思ひ出」も田畑の筆記。三十日、永井荷風が死んでいるのが発見された。八十歳。谷崎は談話は出したが、なぜか追悼文は書いていない。この頃、谷崎夫婦は銀婚式の祝いを内輪で執り行っている。七月、伊吹が京都からやってきて、十六日から、久しぶりの創作「夢の浮橋」の口授が始まる。八月一日に嶋中鵬二が来て、伊吹を正社員として雇うことを決める。九月、「夢の浮橋」を『中央公論』十月号に発表。しかし二十一日の『朝日新聞』文藝時評で臼井吉見に酷評された。この時は、批評を気にしない姿勢を通してきた谷崎も大分こたえたようで、やはり口授ではいい小説はできないのか、と思ったようだ。

十月から、のち「台所太平記」となる「女中列伝」の筆記を伊吹相手に始めた。十一月一日には、科学、藝術で業績のある人が思い出の人々と再会するNHKテレビの番組「ここに鐘は鳴る」に出演した。稲葉清吉夫人ちよ、笹沼、津島、長田幹彦、金子竹次郎、内田吐夢、紅沢葉子、岡田茉莉子、伊藤整、山中美智子、今東光、吉井勇、小学校の同級生の長谷川良吉、杉浦貞二、峯岸鎮治が登場した。谷崎は背広に杖をついて出たが、その出演料の安いのに怒って、後で謝罪させている。谷崎ほどの作家が、NHKの謝礼の安いのに怒るのも無理はない。

『心』の一月号に、これまで詠んだ千萬子礼賛の短歌を「千萬子抄」として載せようとしたが、「コノ頃北白川辺をあの気狂ひ女が徘徊すると聞き彼奴を刺戟することを恐れて題をかへました」（十一月十七日書簡、自筆）と「石仏抄」と題して発表している。この「気狂い女」は、市田ヤエである。谷崎に恨みを抱くこと深く、たたりを誘拐するなどと脅していたという（千萬子・瀬戸内）。

昭和三十五年一月六日、恵美子（三二歳）の観世栄夫《ひでお》（三四歳）との婚約が発表されてマスコミが押しかけた。栄夫は観世流銕之丞《てつのじょう》家の次男で、長男は名人と言われた寿夫《ひさお》、四男静夫が後に銕之丞を継いだ。今はその息子が銕之丞を継いで、四代目井上八千代の孫の五代目八千代と結婚しているから、谷崎は、死後井上八千代と親戚になったことになる。

さて、女中ものは、「女中綺譚」「台所物語」と改題されつつ書きつづけられた。二月二十九日、『夢の浮橋』を刊行。

三月一日朝、ひどい頭痛に襲われ、中沢医師が診察に来るが、その後全身が痙攣して気絶する。東京で、伊吹の友人の結婚式に仲人として出席していた冲中博士は知らせを受け、伊吹、嶋中とともに熱海へ駆けつけた。あゆ子も来た。看護婦のみや子がその時の様子を記録していたので、後にこれを『瘋癲老人日記』の「佐々木看護婦看護記録抜萃」に用いた。二日、『朝日新聞』に谷崎の病気が報じられると、見舞いが殺到した。熱海にいた広津和郎も駆けつけ、帰り際、伊吹に「谷崎君が、もし僕より先に……そうしたら僕は……」と言って立ち尽くしたという。程なく病状はよくなり、淀川長治、橘弘一郎、牧阿佐美、高畠《たかばたけ》達《たつ》四郎《しろう》一家らを招いて花見の宴を張った。四月九日、外務省から電話が入り、ノーベル文学賞の候補に挙がっているという。二十二日、赤坂のホテルニュージャパンで恵美子の結婚披露宴、媒酌は舟橋聖一夫妻、十返《とがえり》肇《はじめ》と川口松太郎が交替で司会を務め、井上八千代が地唄「寿」を舞った。この様子は、当時中央公論社から出ていた週刊誌『週刊公論』のグラビアで報じられた。老齢と病と栄光とが、谷崎の周囲を交錯している。

六月十五日、国会前の安保改定反対デモで、東大生樺《かんば》美智子が圧死。翌日谷崎は、松子、重子と大映本社で『鍵』（京マチ子、中村鴈治郎主演）の試写会を観てから、新宿第一劇場で夜の部の歌舞伎を観、「助六曲輪菊《くるわのももよぐさ》」で花魁揚巻を演じた沢村訥升《とっしょう》（後の九代目宗十郎、一九三三―二〇〇一）に感心する。なお「助六」は、市川團十郎が演じる時のみ「助六由縁《ゆかりの》江戸《えど》桜《ざくら》」になり、それ以外は「曲輪」のついた外題《げだい》になるのが通例で、この時の助六は守田勘弥。翌十七日には同劇場で昼の部を観るが、お目当ては「心中天網島」の「河庄」であった。それから与野の笹沼宅に行ったが、この時のことが『瘋癲老人日記』の冒頭部に取り入れられている。七月には、土屋から提供された『少将滋幹の母』自筆本を限定五百部、署名入りで刊行。この月で閉館になる新宿第一劇場で、観世栄夫演出「恐怖時代」が上演された。

七月五日から、周囲の人々として、阿部徳蔵、岡成志、渡辺明の三人の死の様子を描いた「三つの場合」の第一「阿部さんの場合」の筆記を始めた。谷崎が、恵美子の結婚を見届けて「死」を意識し始めたのは間違いないが、それにしてはこの随筆は、無常感を漂わせるどころか、阿部の場合は、伝染病である結核なのにそれに頓着せず谷崎を呼ぶ無神経さを批判し、岡の場合も、死病に取りつかれているのに津山へ呼んだことを詰《なじ》るというふうで、「生」の作家である谷崎が死を扱うとこうなるのかと感心させられる。二十五日には『毎日新聞』に「老いてますますさかん」という取材記事が出て、丹羽文雄の『顔』と圓地文子の『女面』を褒めている。年少の作家で、谷崎から正面切って評価された者は、佐藤、芥川の世代以降はあまりいない。戦中から谷崎評価を行っていた伊藤整は、全集の解説もしており、ほかには三島由紀夫だろう。丹羽は、初めて劇場のロビーで谷崎を見かけた時、挨拶しようかとためらっていると、向こうからやってきて「丹羽さんですね。谷崎でございます」と挨拶されたと、その低姿勢なのに感銘を受けているが、自分を尊敬していることが分かっているからそうしたのであって、自分を幾分かでも敵視するような文学者とは付き合おうとしなかっただけのことであろう。

同じ日、笹沼が具合が悪くて病院へ検査に行ったと聞いて娘の鹿島登代子に電話すると、明日そちらへ伺うと言われてギクリとした。翌日来訪した登代子は、笹沼が癌だと告げた。八月、「三つの場合（阿部さんの場合）」を『中央公論』九月号に発表。十七日には『若い女性』の対談で叶順子が来訪、十八日には『婦人倶楽部』の対談で淡路恵子が来訪した。谷崎は戦後、新進作家との対談は受けず、三島ともしていないが、女優との対談は喜んで引き受けている。高峰秀子は余人を交えた場合も含めて五回、あとは有馬稲子、春川ますみ等である。十月、「三つの場合（岡さんの場合）」を『中央公論』十一月号に発表。続けて「明さんの場合」を筆記していたが、十二日、小瀧を電話で怒鳴りつけて絶交に至り、口授は中断した。十五日、軽い狭心症の発作、十六日、心筋梗塞を起こし、十七日、さらに強い心臓の発作を起こして、東大の上田英雄の指示で十月一杯自宅で臥床することになり、三十一日、舟橋聖一の大型の自家用車で東大の上田内科に入院した。『週刊新潮』十一月七日号掲示板に「お手伝いさん求む」の記事が出る。

十一月三日、佐藤春夫が文化勲章を受章し、千代夫人は、二人の文化勲章受章者を夫に持った女性となった。十日、深沢七郎の「風流夢譚《ふうりゆうむたん》」が載った『中央公論』十二月号が発売された。三島由紀夫の強い推薦によるという。革命が起きて天皇、皇后の首が切られる夢を見た、というものだった。十九日、旧友吉井勇死去、七十五歳。千萬子は谷崎の代わりに京都での通夜に出席し、伊丹空港から羽田まで飛んで入院中の谷崎に報告、再び飛行機で帰った。二十四日、笹沼源之助死去、七十三歳。二十七日、病床で伊吹に、吉井の追悼文「吉井勇翁枕花《おうまくらばな》」を口授。これは『週刊公論』十二月十三日号に載ったが、題字のあとに「なんで菊の花になつておしまひやしたんえ」とあり、本文には、

肺癌のために呼吸困難に陥つた時、奥さんが力づけようとして、

「もうすぐ楽になりますよ、もう少しの辛抱ですから我慢してらつしやい」

と云ふと、故人は再起不能なことを悟つたのか、

「うそオつきやがれ」

と奥さんに云つた。それが最後の言葉であつたと云ふ。


とある。「なんで菊の花に……」は祇園の藝妓春勇《はるゆう》が泣きながら言った言葉で、いずれも千萬子が伝えたのだろう。翌年一月二十一日の千萬子書簡に「事実あの週刊公論の一文はしみ〴〵と美しいもので何度よみかへしても感動をあらたにいたします。(略)私がき、

とめただけでは何の価値もない一つの言葉が伯父様のお気持をとほってあんなにうつくしく生きてそのところを得たのですから」とある。二十八日は笹沼の葬儀だったが、出席できなかった。二十九日、宮内庁が「風流夢譚」を問題にし、右翼から中央公論社へ抗議が来た。三十日、中央公論社は謝罪。谷崎は十二月十二日退院し、銀座東急ホテルで休養する。十六日、『サンデー毎日』のためにホテルで島津貴子と対談、二十四日、熱海に戻った。二十六日、旧友和辻哲郎死去、七十二歳。次々と古い友人が死んでゆく。

昭和三十六年（一九六一）一月、ハワード・ヒベット英訳『鍵』刊行。「三つの場合（明さんの場合）」を『中央公論』二月号に発表。十六日、古川緑波《ろっぱ》死去、五十九歳。この頃千萬子は妊娠した。千萬子に勧められて谷崎はロアルド・ダールを読んでいる。二月一日、右翼少年が嶋中宅を襲撃し、嶋中雅子夫人に怪我を負わせ、お手伝いさんを殺害した。六日、憔悴した深沢七郎が記者会見して涙ながらに謝罪、筆を折って放浪の旅に出た。千萬子は、「風流夢譚」の載った『中央公論』を送ってくれと言ってき、谷崎は一冊送った。二月末から、落語家口調の長編随筆「当世鹿もどき」を『週刊公論』に連載開始、七月まで続いた。三月七日の千萬子からの手紙は、「風流夢譚」を読んだがなぜ嶋中があぁ低姿勢なのか分からないと言っており、谷崎は十三日の返信で「島中《ママ》氏に対する君の御意見きかせてやるつもりです」と書いている。もっとも「当世鹿もどき」の最後で、最近は文学者が政治に口を出すのがはやっているようだが、自分はそういうことはしない、と書いているのは、事件を意識してのことだろう。谷崎没後十五年たって、深沢は短編「みちのくの人形たち」への川端康成文学賞授賞を辞退し、同短編所収の同名単行本への谷崎潤一郎賞は受けて、川端は嫌いだが谷崎は好きだ、と発言して話題を呼んだ。

四月十日、観世恵美子が男児出産、谷崎が桂男《かつらお》と命名した。十八日、新幹線こだまで上洛し、二十日、法然院に墓地を定めた。三十日、『三つの場合』を刊行。この六月頃、谷崎は、『乱菊物語』と『武州公秘話』の続編と、『雨月物語』の現代語訳を構想していたという。七月、熱海の家に新しくソファベッドを作った谷崎は、千萬子に、君に最初に寝てほしい、それまでは恵美子にも寝かせない、と書き送っている。八月、『週刊公論』廃刊。伊吹は中央公論本社勤めに変わっていたが、やはり谷崎の秘書的な仕事は続けており、この頃、中国文学者奥野信太郎を訪ねて、宮刑《きゆうけい》について質問している。これはまさに『武州公秘話』続編のためだろう。八日、妹林伊勢が横浜港に到着。九日、『瘋癲老人日記』の筆記開始。九月、『当世鹿もどき』を横山泰三の挿画で刊行。この頃清治は出張が多く、千萬子がこぼしている。重子との関係も悪くなっており、千萬子はさまざまな愚痴を書き送り、谷崎が慰めている。

『瘋癲老人日記』冒頭に、先述の沢村訥升の揚巻を観る場面から、遠い昔の舞台の記憶を蘇らせ、羽左衛門が助六でくわんぺら門兵衛は浅草の宮戸座から中村勘五郎が買われてきて、冬の寒い日で羽左衛門は四十度の熱があったのに水入りを演じた、とある。ところがこの第一回が発表される直前、『東京新聞』で舟橋聖一が、羽左衛門の助六の初演でくわんぺらは尾上松助が演じたと書いていたので、十月八日、舟橋宛に葉書を書き、「中央公論十一月号の作品にうつかり仲蔵が演じたと書いてしまひましたが、するとこれは私の記憶違ひです　しかし羽左エ門の何回目かの助六の時仲蔵が門兵衛をしたことがあると思ふのですが御存知でしたらお知らせ下さい」（番号六二六）とあり、九日、追って、先日のハガキは間違いで仲蔵と書いたのは勘五郎の思い違いで、近頃仲蔵のことが頭にあるので老耄《ろうもう》のためかよくこんな間違いをします、とある（番号六二七）。確かに羽左衛門の助六初演は明治三十九年、くわんぺらは松助であった。谷崎が観たのは、新潮文庫版の細江光の注解にある通り、大正四年四月の歌舞伎座で、くわんぺらは勘五郎改め仲蔵が演じていた。だから正確には仲蔵なのだが、本文は勘五郎のままで、特に直っていない。谷崎は思い違いと言いつつ、記憶で書いた結果、むしろ正しいことを葉書に書いていたわけである。谷崎は、記憶力や思考力が抜群で、それも文科系のみならず理数系にも強かったと言われている。記憶力で言うと、玉上琢弥は、谷崎に初めて会った翌日、ある人から電話で、昨日は祇園のどこだったかと問われ、「ちょっとお待ち下さい」と考えて「玄関に入るとき一瞬仰ぎ見た軒灯《けんとう》に書かれた文字を思い出そうと努め、『吉初』の二字を得たのである。あの当時は、記憶しようとしないで見聞きしたものも、思い出そうとすれば思い出せたのであった」と書いている。また山田孝雄と議論になった二点のうち一点は、浮舟が入水しようとした時に彼女を抱き上げたもののけの正体だが、山田はこれを、宇治八宮《はちのみや》の霊と書いてきて、谷崎がそのまま頭注に入れたら「横に控える伊吹和子さんは困ったなと思ったが、いずれ玉上が反対するであろうから、と黙っていた、と言う」とある。伊吹自身はこのことを書いていないが、聞いて直ちにそれが山田の特異な説であることが分かる程度の学識があったわけである。

十日、『中央公論』十一月号に『瘋癲老人日記』第一回掲載。十一月二十五日、千萬子は単身上京し、熱海から谷崎が乗り込んで、東京で友人を含めて食事をした。十二月四日の千萬子書簡には、その感激が綴られ「生きてゐたらもう一度　恋　などをする時がありますかしら？」とある。昭和三十七年（一九六二）二月、春川ますみが東京新聞記者松谷浩之と結婚。この頃谷崎は新しく家を建てる計画をたてており、三月、湯河原の吉浜《よしはま》に決まりそうだと千萬子宛に書いている。千萬子は離婚を考えていたようで、家を出て伯父様の前にノコノコ現れるわけにもいかないと書く（三月七日）。谷崎は、千萬子からの書簡は速達にするよう指示していた。それなら松子の目に触れずに直接女中が持ってくるからである。八日、すぐに谷崎は、あなたとどんな関係になっても交際は続ける、（離婚したら）むしろ自由な関係になっていい、と書き、千萬子からは同日付で、つまらないことを言ってごめんなさい、という手紙が来ている。まるで恋文のやりとりだ。

稲澤秀夫が晩年の松子に聞いたところでは、まだ一部しか発表されていない千萬子宛の手紙に衝撃を受けつつ、これはみんな谷崎の演技だ、と言っている。しかし、本気八割くらいと見ねばなるまい。二十七日、武林無想庵死去、八十三歳。四月、『瘋癲老人日記』完結。最後に老人を死なせるかどうか迷っていたが、千萬子の意見で死なせないことにしたようだ。五月、棟方志功の板画で『瘋癲老人日記』刊行。今日、米国のフィリップ・ロスなど、老人の性を描く文学やルポルタージュがあるが、谷崎は世界的にもその先駆だった。七月十七日の千萬子宛書簡は、写真を送ってもらったお礼だが、引き延ばして「千萬子百態」というアルバムを作りたいと書いている。二十一日には、

この間或る人から「君には誰かブレインが附いてゐるんぢやないか、でなければ近頃の作品のやうなものは書けさうもない」と云はれました、そのブレインが一人の若き美女であることを知つたら驚くでせう

潤

と書いている（番号六四五）。これが没後全集に入っているのがやや不思議である。二十三日の千萬子の返信には、最近また自己嫌悪、自信喪失、「今誰かを本気で好きになったらどうなるかなと思ひます。バカな事云ってごめんなさい」とある。二十八日には熱海富士屋ホテルで喜寿の祝い、弟妹では終平だけ、ほかにはあゆ子一家で、結婚して高橋姓に

なった百百子も来た。あとは渡辺一家に笹沼一家、嶋中夫妻が加わった。

続けて、数年前から野村尚吾に約束していた『サンデー毎日』に、十一月から翌年三月まで『台所太平記』を連載することになるが、その細部まで千萬子に手紙で相談しており、千萬子の言いなりと思えるほどだ。歌舞伎役者の中で、戦後親しくしたのは七代目坂東三津五郎（一八八二―一九六一）とその養子簑助（のち八代目三津五郎、一九〇六―七五）のようだが、この九月、八代目三津五郎、七代目簑助（のち九代目三津五郎）、五代目八十助（のち十代目三津五郎）の襲名があった。十五日の千萬子宛書簡では、女中の件に触れたあと、「家庭の問題に限らず、広く社会のこと、政治上のこと、文学上のこと、経済上のこと、美術上のこと、すべてあなたの意見が的中するので、それに背いてはならないことが改めてよく分かりました　今後は何事も私に命令するつもりで御遠慮なく頭から高飛車に云つて下さい　私は崇拝するあなたの御意見なら喜んできゝます、あなたはオールマイティです」とある。十月二十八日、正宗白鳥死去、八十四歳。十一月には新橋演舞場で新派公演「瘋癲老人日記」、花柳章太郎と初代水谷八重子の主演だった。この月十六日から、東京で千萬子と数日を過ごしたことが書簡から読み取れる。銀閣寺の近くに朝鮮学校ができ、次いで韓国学校ができたのを千萬子が憂えて、谷崎に書いてくれと頼み、これは十二月、『毎日新聞』に「京都を想ふ」として掲載された。だがこの頃、千萬子は電話で「君の手紙がこっちにあると困るだろうから」と言われ、千萬子からの手紙がまとめて送り返されたという。死後発見されることを恐れたのだろう。

昭和三十八年（一九六三）一月始めに千萬子が来たようで、十日の千萬子宛書簡（番号六五四）には「今度は二人きりで話す機会がなく残念でした（略）アナタのお手紙だけを集めて『千萬子の手紙』と云ふやうな単行本をいづれ出したいです」と言い、「天に星地に千萬子ありけふの春」という俳句を詠んでいるが、その後最終節を「梅の花」と訂正している（一月二九日）。単行本の話は本気だったようだ。十八日、『瘋癲老人日記』で毎日藝術賞受賞。二月十五日には熱海ホテルで千萬子と会い、『瘋癲老人日記』にあったような、老人が颯子の足で頭を踏まれるのも、実行したようだ。三月、『婦人公論』四月号に「千萬子からの雪だより」として、千萬子の手紙を二通公開した随筆を掲載した。四月、『台所太平記』を刊行。また講談社の『日本現代文学全集　谷崎潤一郎集（二）』の月報に、千萬子の「伯父様のこと」が掲載された。同月、雪後庵を人手に渡し、新しい家が落成するまで、いったん故吉川英治の別荘に移った。五月には、笹沼源之助三回忌で、その追悼文集『撫山翁《ぶざんおう》しのぶ草』を、中央公論事業出版から刊行した。発起人は、この時既に物故していた平山巌だったが、編集に尽力したのは谷崎だった。二八〇頁を超える分厚い本で、箱入りである。伊藤甲子之助、花岡芳夫、八田元夫（新劇演出家）、保坂幸治、奥山八郎、鹿島次郎、津島寿一、久保田万太郎、後藤末雄、圓地與四松《よしまつ》（文子の夫）、江藤義成、君島一郎といった面々が寄稿し、最後に谷崎の「『しのぶ草』の巻尾に」が載っている（全集では「『撫山翁しのぶ草』の巻尾に」となっているが、現物に従う)。同月、新橋演舞場で新派公演「台所太平記」があり、花柳、水谷、京塚昌子、中村勘三郎、森雅之といった顔ぶれである。六日、久保田万太郎死去、七十四歳。最後の長編随筆「雪後庵夜話」を『中央公論』六月号から九月号まで連載。

二十日、『毎日新聞』の山口廣一から、中座で渋谷天外一座が「台所太平記」を上演していて、藤山寛美《かんび》(三五歳)のお初が大受けなのでぜひ観てくれと言われ、大阪へ行ってこれを観てから入洛した。恵美子が長女を出産し、やはり谷崎が袙《あこめ》と名付けた。『週刊明星』六月二日号には、谷崎が、映画『台所太平記』の撮影で熱海を訪れたお気に入りの女優・団令子とデート、などという小さな藝能記事がある。六月十六日、豊田四郎監督『台所太平記』封切、森繁久弥、淡島千景、乙羽信子、淡路恵子、池内淳子、京塚昌子、水谷良重(現八重子)、森光子、フランキー堺、三木のり平、小沢昭一、飯田蝶子という豪華キャストである。

七月、『新潮』八月号に随筆「京羽二重《きょうはぶたえ》」を発表。同月、赤坂の心臓研究所に十日ほど入院して検査。谷崎の心臓はかなり弱っていたらしいが、次々と旧友の死にあい、死の恐怖からくる心臓発作も多かったようだ。中央公論社創業八十周年記念の「日本の文学」全八十巻の刊行計画があって、谷崎、川端、伊藤整、高見順、大岡昇平、三島、キーンが編集委員になったが、谷崎は高齢、キーンは滞米のため残り五人で委員会を開いてきた。この十七日、キーンが来日して出席、三十日、最後の委員会に谷崎が出席するため、その病気と高齢を配慮して、定宿の福田家で開かれた。第一回配本は谷崎集と決まっていて、谷崎は三巻分が宛てられていたが、谷崎は「それなら夏目さんも三巻にしなければ」と言いそれで決まったという。ほかは、鷗外、藤村、秋聲、荷風、志賀が二巻ずつで、川端も二巻にと言われたが当人が固辞したので一巻になり、編集の三島が苦労したという。中公の企画とはいえ、当時の谷崎の地位がよく分かる。

八月一日、千萬子が来て、「梅園ホテルで二日間も他人を交へずお話を聞くことが出来（略）殊にあなたの仏足石《ぶつそくせき》をいたゞくことが出来ました」（千萬子宛八月二十一日書簡）とある。もっとも瀬戸内寂聴との対談で千萬子が言うところでは、靴を作るから足型を取りたいと騙されて取られたという。つまり『瘋癲老人日記』は、先に事実があってそれをもとに書いたのではなく、書いた後でその通りのことが行われたという「現実が藝術を模倣した」珍しい小説なのである。二十八日、文藝評論家の十返肇が五十歳で死去。九月四日の千萬子からの書簡を見ると、八月中に谷崎は随分元気になったようだ。同日、菅楯彦死去、八十六歳。谷崎は、七月に刊行された水上勉の『越前竹人形』を読んで感心し、これを称賛する文章を書いた。これは十二日から三回にわたって『毎日新聞』に「『越前竹人形』を読む」として掲載され、水上はその第一回を読み、毎日新聞社へ行って残り二回も読ませて貰ったという。谷崎が、これほど力を入れて後進の作家を励ましたのは、後にも先にもこれきりである。この原稿のゲラも千萬子に送っており、完結した「雪後庵夜話」も、もっと続ければ良かったという千萬子の意見に従って、『中央公論』新年号に「続雪後庵夜話」を書いている。だが、千萬子宛の親しげな自筆の手紙は、十月十五日が最後になっており、以後は代筆、自筆を問わず、事務的なものだけが残されている。稲澤秀夫が松子に聞いたところでは、千萬子のおねだりが多く、あまりに金カネなのと、これを公表すると言って脅されたら、と思って最後には手を切り、返事も出さなくなったのだと言い、重子と恵美子に、千萬子を家に入れたことで、手を突いて謝ったともいう。「伯父さまなぜお返事を下さらないのですか」という手紙もあったという。だが千萬子さんに聞いたところでは、重子と千萬子の対立が厳しくなり、谷崎はどちらかを選ばざるをえなくなったのだという。

終焉が、近づいている。

第十四章　「女中綺譚」と「猫犬記」

女中たち

谷崎家に勤めた数多くの女中たちについては、『細雪』でお春どんが活躍し、『台所太平記』では彼女らが主役になったこともあって、いろいろ調べられているが、プライヴァシーの問題もあって、さすがにその全容は把握できていない。松子と結婚した昭和十年以後のことは、『台所太平記』に書いてあり、伊吹和子の『われよりほかに』に、その事実との関係も詳しく出ているが、それ以前となると、昭和四年暮れに辞め、谷崎が求婚した宮田絹枝（通称「絹や」）と、昭和六年、高野山に籠もっていた時の手紙に出てくる「たけ（竹）」くらいしか分からない。『台所太平記』によれば、打出で松子と隠れ住んでいた頃にも女中はいたとあるが、反高林時代のことから、この仮名実録小説は始まっている。千《ち》倉磊吉《くららいきち》というのがその家の主人の名で、これが谷崎である。

昭和十年春、十七歳の車一枝が、女学校を卒業してやってきた（書簡11『久保義治・一枝宛書簡』）。実家は尼崎で、これが「お春どん」である。「千倉（谷崎）家では、大阪の旧家である讃子（松子）の里方の習慣で、使用人の本名を呼びつけにしましてはその人の親御さんたちに失礼であると云ふ考から女中には仮の名を附けることになつてゐました」とある。つまり松子との結婚以後、そうなったということだ。もう一人、「みつ」（おみつどん）というのがいて、これは昭和十三年の大水害の時に、谷崎と一緒に信子を助け出しに行っている。『台所太平記』は、はじめ「女中列伝」の題で書きはじめられ、「女中綺譚」を経てこの題に落ちついたものだ。おそらく「女中」という語が、当時既に差別的とされ、お手伝いさんと言い換えられつつあったので、そうなったものだ

谷崎家女中関連略年譜

（ ）内は『台所太平記』での名前、「 」内は実際の呼び名が不明のもの

昭和六年六月一一日、たけが高野山へ来る

同　一三日、妹尾宛書簡、竹を呼び戻すのはどうか

昭和一〇年、琴浦女学校を卒業した車一枝（一七）、女中として谷崎家に来る。お春どん

おみつどん

昭和一一年夏、鹿児島から小桜つるゑ、夏（二〇、初）

昭和一二年、夏の従妹のエキ（えつ）来る

同　九月二五日、重子宛書簡、平井さんがよい女中を世話してくれることになり○どんには暇を出す

昭和一三年七月五日、関西地方が風水害に襲われ、信子のいる魚崎根津邸は午後五時頃までに激流に隔てられて消息不明となり、夕刻、泥水の中をおみつどんと谷崎が迎えに行く

ろう。フィクションと断ってあるがほぼ事実どおりで、しかし誇張してある所もあると伊吹は書いている。本名とは違う名で呼ばれた女中の名も仮名なので、少々ややこしい。

最初の主役は、昭和十一年夏に鹿児島の枕崎から山一つ越えた川辺郡西南方村《にしみなみかた》（今の南さつま市）の泊《とまり》という漁村から来た「初」だが、これは本名小桜つるゑ、「夏」と名付けられた人だろう（『久保宛書簡』の渡辺清治解説）。「初の顔は丸顔で、頰骨が出、口が大きく、頤《あご》が張つてゐる」て、皮膚の色は真っ白、肉づきは豊満で、「マリリン・モンロー以上のバストを持つてゐる」という豊満醜女で、来たときは二十歳だった

昭和一六年七月、渡辺夫婦にお清どんをつける

同　一一月二四日、志賀宛葉書、鹿児島の女中で東京へ行ってもいいと言う者あり、給金は二五円欲しいと言う、如何

同　一二月一日、志賀宛葉書、新しい女中が鹿児島から来て古いのが明日帰国し東京へ行きたい者を募る必ずある筈

昭和一七年一月六日、志賀宛書簡、鹿児島の女中は戦争になったので東京へは行きたくないと言い、他の女中も暇を貰いたがり思い止まらせるのに骨折った

同　一六日、志賀宛葉書、女中は鹿児島へ帰っていた二人が戻ると四人になりその内一人は東京へ行ってもよいと言う、今月中に帰るよう手紙でかけあっている

同　二三日、志賀宛葉書、女中の件は当てにしていてくれ、もし他から雇い入れた際はお知らせ願う、他へ斡旋する

同　二月四日、志賀宛葉書、女中が全部帰って

とある。「初」が来てから一年たって、その従妹が鹿児島から初を頼ってやってきて、「えつ」と名付けられ、それから鹿児島から次々と出てきた、とある。「えつ」は「エキ」と呼ばれた人のようだ（細江光氏ご教示）。

昭和十六年十一月から、志賀直哉宛の手紙で、女中を世話する話が引き続いて出てくるが、これは『台所太平記』では、「奈良から東京へ移つて来た作家の木賀」が、女中に困っているというので「里」という娘を世話した、となっている。十一月二十四日の志賀宛書簡では、鹿児島の女中で東京へ行ってもいいという者がいる、とあり、十七年一月六日

きたので東京行きを申し渡すと国元へ相談するとの話しばらくお待ちを

同　六日、志賀宛書簡、女中国元から返事来て東京行き許可出た、名は林すみ米国生まれの二世、当家へ来てまだ二カ月、同人十日頃上京、

同　四月二一日、重子宛書簡、キヨさんを長く渡辺宅に二三日泊まり明同行する

同　五月一日、重子宛、当方両人六日のサクラ借りていて失礼

同　一六日、熱海より重子宛書簡、家政婦で熱海へ、同日なつに別荘に行っているよう伝えてほしい

昭和一八年一月一九日、熱海より重子宛、アサはお清が見当たらなければお清どんを帰す

どんが戻ったら暇を貰うそうだが今月末から一週間か十日ほど百々子が熱海へ来るのでナツ一人では手不足、アサ来てくれないか訊いてくれ

昭和一九年一月九日、ナツ発熱、谷崎も風邪気

同　二月一七日、午前六時来宮発、午後五時大

には、鹿児島の女中は戦争になったので東京へ行きたがらず、他の者も暇をとりたがるので思い止まらせるのに骨を折った、とある。十六日には、鹿児島へ帰っていた二人が戻ると女中は四人になり、そのうち東京へ行ってもいいという者が一人ある、として、二月四日には、女中は全部帰ってきたが、東京行きを打診すると、国元へ相談すると言っている、とあり、六日には、国元から返事が来て一人が行くことになった、名は林すみ、米国生まれの二世で、当家へ来てまだ二カ月とある（番号六九六―七〇〇）。「この娘は千倉家にはほんの僅かゐたゞけでしたが、顔立の整つた、眼のぱつちりした娘でし

同　三月三〇日、ナツ熱海から帰阪着、クニが来ている
同　九月八日、出発、魚崎へ帰る。信子とアサ出迎え
昭和二〇年五月二二日、おみき魚崎に帰る、尼崎の実家の一枝宛絵はがき、こちらへ来ている。おみきさんもいる
昭和二二年、鹿児島からたけ（梅、一七）来る
昭和二三年、鹿児島から「まし」（二四）、「みき」（一六）来る
昭和二四年、京都生まれのきみ（駒、石松美輝子）、河内生まれのカネ（定）来る
同　二月一四日、一枝宛、熱海で菊が出迎える
昭和二五年三月、下鴨で「小夜」（三〇）、しづ（節、二四）雇われる。
同　四月一三日、払暁熱海大火災、別荘はたけと「小夜」が留守居

た。多分千倉家へ来た娘の中では美人の方だつたと思ひます」と『台所太平記』にはある。

「四人」というのは、春、みつ、夏、エキのことか。昭和十六年七月に、東京で所帯を持った渡辺夫妻のところには「清」という女中がいて、十七年四月二十一日の重子宛書簡では、キヨさんを長く借りていて失礼、とあるから（番号二二一）、谷崎家でも使っていたようだ。「ナツ」の名はそれからも手紙に出てくる。十九年二月十七日に熱海から大阪へ着いた時には「クニ」が出迎えに来ている。重子のところには「アサ」というのもいたようだが、谷崎家でも使っている。

同　七月九日、一枝宛、はとでキミを一足先に帰す

同　八月二〇日、熱海より下鴨の留守の石松美輝子宛書簡、かねは今夜到着、留守番寂しいだろうが頼む

同　三〇日、一枝宛書簡、しづが子供病気で帰国しカネを呼んだ、京都留守はキミとおみきさんだけ、時々見に行って

同　九月五日、清治とキミから手紙

同　七日、美輝子宛書簡、昨日君と清治から手紙が来て被害程度分かった下鴨は別状ないそうで、女中のことは行き違いに清治へ手紙出したがなるべく京都人で小学校以上の人がいいが君のいう岐阜の人に会ってみてもいい、たった今カネへ君の手紙が

昭和二六年二月四日、一枝宛、斎藤さんとの連絡にはカネかユキを使って

同　三月一七日、一昨日たけ帰洛

同　六月一二日、熱海より下鴨の美輝子宛書簡、

熱海に家を持った当初は、磊吉（谷崎）が初（夏）と一緒に行ってしばらくいたと『太平記』にある。ところがある夜中、磊吉が何かの用事で初を起こしに行くと、厳重に戸締りがしてあったのは「いくらか磊吉を警戒してゐたのでせうか」とある。なるほど谷崎なら、醜女といえど警戒には値するだろう。初（夏）は、十九年秋には母親が病気だというので暇をとり、「えつも初よりひと足先に、小倉《こくら》の方に縁談があつて嫁いで行きました」とあって、エキが嫁入ったのが分かる。「初は二年ばかり国で暮らして、終戦後、二十一年の春に、千倉家の疎開先岡山県の勝山の宿へ戻つて参り、それから

こないだ泥棒が入ったそうだが被害もなく結構、一五日頃帰る、ユキを連れていき来月五六日頃まで在洛。ユキは山科出身でこの頃一五、六歳（秘本）

同　八月五日、一枝宛書簡、ユキを連れて行く早朝なので出迎え不要、八日午後下鴨へ来てくれ

昭和二七年二月七日、一枝宛書簡、女性秘書は気に食わないのでやめる。一二日はとで帰る、洛陽ホテル。ヨネ連れて行く

同年秋、ヨシ（百合、二〇）、キク（鈴、二一）が来る。美しい娘

昭和二八年三月二六日、一枝宛書簡、四月一日に引っ越しする、帰洛は四日か五日。二日ほど前によしさんを帰らせる

同　三月末、トキ（銀、一九）が来る。

昭和三〇年八月九日、日比谷映画でヨシと一緒に『悪魔のような女』（クルーゾー）を観る

昭和三二年四月四日、ユキを連れて熱海銀座を散歩、それから錦が浦までドライブ（「老後の春」）

千倉家が京都へ出、南禅寺から下鴨の邸に移るまで、ずつと附いて来ました」。二十年暮頃、初（夏）がよこしたという手紙が『台所太平記』に載っているが、実物だろう。初（夏）は勝山から京都へついてきて、「亀井」方二階に千倉（谷崎）一家が住んでいた時には、女中は初一人だったとある。この「亀井」は、中塚家のことである。

『台所太平記』第二の主役は、初（夏）が国元から呼び寄せた「梅」で、本名を国といい、鹿児島から一人で上洛してきたとある。当時数え十七歳だったが「生れつき利発」で、「小柄で、クリクリと太つた、円顔の、色の白い児」で「まるでコケシ

同　一五日、重子千萬子たをり、キクと平安神宮に

同　六月二五日、千萬子宛書簡、二七日のハトで行く、ユキと二人

同　八月一八日、塩原温泉塩釜笹沼別荘喜代子宛書簡、家には重子だけ。暑くて仕事ができないから妻の留守に一番美人の女中を連れて東京で映画でも観てこようかと

夏頃、ヨシが高峰秀子宅へ？

昭和三三年三月、光雄がトキと鹿児島へ茨城県高萩出身のノリさん来る

同　一〇月一五日、トキとキクの婚礼

昭和三五年一二月、週刊新潮掲示板にお手伝いさん募集の広告

昭和三六年四月初旬、九州からヤスとユミがお手伝いとして来る

同　下旬、キミが藤巻と結婚して熱海に所帯を持つ

昭和三七年、ノリ、郷里へ帰る

人形のやうだ」と言われたという。これは「たけ」のことだろう。二十二年暮れから二十三年にかけて谷崎一家が熱海の山王ホテル内別邸に移ると、南禅寺は渡辺夫妻と恵美子の三人になるので、女中があと二、三人必要になり、初が鹿児島から「みき」と「まし」を呼び寄せた、とある。この二人も仮名だろうが、実際に使われた名は分からない。昭和二十年には「おみきさん」という女中がいて、これは松田みき、森田家の女中、と『久保宛書簡』の注にあるが、これは別人である。この二人は本名のまま使っていたとあり、ましは「歳は二十四五ぐらゐ、小柄な、血色の悪い、眼の小さい、鼻の低い、

同　八月一〇日、千萬子宛、ミネとシゲは来るかどうか

同　一七日、千萬子宛、ミネ到着

同　九月一五日、千萬子宛、ミネがダメで、よそで使ってもらうことになった

谷崎家での呼び名（本名）	『台所太平記』での名前
はる（車一枝→久保）	春
みつ	みつ
ナツ（小桜つるゑ）	初
エキ	えつ
?（林すみ）（志賀家へ）	里
アサ	
クニ	
たけ	梅
松田みき	?
?	みき（鹿児島から）
?	まし（鹿児島から）

旗幟不鮮明な顔立ちの娘」で、みきは十六歳。そこで初（夏）が熱海、「まし」が渡辺夫婦のいる三井の別荘、梅（たけ）と「みき」が南禅寺ということになった、とある。この梅（たけ）が二十三年二月節分の日に癲癇《てんかん》の発作を起こし、松子が阪大病院へ連れていったことなどが、『台所太平記』に書いてあり、それからも発作はたびたび起きたが、昭和二十六年に帰省し、三、四年後、初の弟の安吉と結婚したとある。『久保宛書簡』では「たけ」が、夏の弟と結婚、とあるから、「梅」は「たけ」だと分かる。松子の『湘竹居追想』には、梅さん（作品中の名を使っている）も結婚したら癲癇が治ったと書いてある。

　昭和二十二年から四年ほど谷崎家にいた末永泉は、京都に女中三人、熱海に一人いたと書いているが、その間に入った女中もいるので、いつのことで誰のことかはっきりしないが、熱海にいたのは夏だろう。ただ、『秘本谷崎潤一郎』第一巻によると、『京都新聞』昭和二十二年十月十七日の記事で、谷崎家を解雇された女中が、その後無断家宅侵入で逮捕

きみ（石松美輝子→藤巻）
カネ
？
しづ
ユキ
ヨネ
ヨシ
キク
トキ（春琴堂）

…………………………

駒
定（河内から）
小夜
節
？
？
百合
鈴
銀

された、とある。この女中は前年六月から雇われ、松子と合わずに解雇されたとあり、仮名で書かれているが、『秘本』では実名が明かされ、谷崎の膝の上に乗っているのを秘書の末永が目撃した、とあり、解雇されたのは松子がそれを嫌がったからだとされている。

一家が下鴨へ移って、出入りの呉服屋の世話で、京都生まれの「駒」と、河内生まれの「定」の二人を雇い入れたとある。『湘竹居』では「定という名前で出てゐる人は、本当に働きものであつたが、嫁ぎ先が逗子《ずし》で、評判のよいおすしやさんになり、娘は、オーストラリヤの大学を卒業、近く帰国すると知らせがあった」とある。これは「カネ」らしい。駒は、何かあると「ゲーッ」とやるなど、奇癖のある娘として描かれているが、『湘竹居』に「本名は美輝子」とある。すると、『秘本谷崎潤一郎』第五巻に出てくる石松美輝子（結婚して藤巻）のことだろう。そこには、「きみちゃん」と呼ばれていたとあり、谷崎から美輝子宛の用件の書簡がいくつか収録されている。伊吹著にも、「キミさんが、『ミンゴウニッソ（岷江入楚、『源氏物語』の古注釈書）もこの箱に入れてよろしいわねえ、伊吹さん？』と言ったのに驚いたことがある」とあって、利発な娘だったようだ。さて、『台所太平記』では、梅（たけ）の夫安吉が鰹《かつお》船の船長で、その苦労話を手紙に書いてきたのを引用したあと、第三の主人公たち、「節」と「小夜」の話になる。昭和二十五年三月頃、二人が引き続いて下鴨で雇い入れられたが、節は二十四歳で鹿児島出身、鰹漁をしていた夫が遭難したという子持ちの未亡人で、やはり初（夏）の紹介だったが、小夜は京都で別の家の女中をしていたのが、こちらで雇ってほしいと自ら売り込んできたとあり、三十歳くらいに見えたという。すぐあとの四月に小夜は熱海へ移され、その十五日に熱海で大火があった時、梅（たけ）と小夜が仲田の家の留守番をしていて、梅が発作を起こすのを見て小夜が驚いたという。ところが小夜は挙動が怪しく、谷崎の机の引き出しを勝手に開けたりするので解雇し、松子の世話で知人宅へ住み込んだが、節もなぜか暇をとり、小夜の後を追って同じ家に住み込み、そのうち二人が同性愛行為をしているのが見つかって、二人とも解雇された、と『台所太平記』にある。二十五年八月三十日の一枝宛書簡に、しづが子供が病気で帰国したとあるから、「節」は、この「しづ」だろうが、「小夜」は、何という名で呼ばれていたか、分からない。

　その後は駒（きみ）の、ゴリラの真似がうまいとかいったエピソードになるが、二十歳で奉公に来て三十二歳でようやく結婚したというから、昭和三十五、六年まではいたことになる。初（夏）はずっと谷崎家に奉公していたわけだが、和歌山に下女として売られていた姉が、主人の妻が死んだため後妻の地位に直って、近所の農家に縁談があると言ってきたので、昭和二十八年、四十になる頃にようやく嫁入った。翌二十九年には、定（カネ）が、鮨屋を開業しようという青年と結婚した。二十七年秋、谷崎が高血圧症で京都で病臥していた時に雇われたのが、江州（滋賀県）真野出身で、二十一歳の「鈴」という美しい娘だったとある。『倚松庵の夢』「薄紅梅」で、これは「菊」のことだと書いてある。

なお『久保宛書簡』の、昭和二十四年二月十四日の一枝宛書簡に「菊」が出てくるが、時期からみて別人だろう。二十八年三月末には「銀」という十九歳の娘が来て、「梅」と名付けようとしたら、癲癇の人と同じ名前は嫌で、自分は銀なのだから本名のままでいい、と言ったとあり、その頃はそうでもなかったが、美貌の娘に成長したという。この二人は、後に昭和三十三年十月十五日、一緒に伊豆山権現で婚礼を挙げており、これは「トキ」と「キク」なので、「銀」が「トキ」ということになる。

その菊と同じ頃に雇い入れられたのが、大阪生まれ、九州育ちの「百合」で、歳は鈴（菊）より一つ下、「磊吉（谷崎）はこの児が贔屓で」「或る場合には銀よりも鈴よりも好き」で「京都時代には、百合と連れ立って河原町辺を歩いたり、映画見物したりするのが何より楽しく、百合以外の者を誘つたことはない程」だったが、美人というわけではなく、「背が心持低く、円顔の、横に平べつたい、所謂盤台面《ばんだいづら》で」「色は真つ白で、小太りに肥えて」おり、谷崎が好んだのは彼女が「朗《ほが》らかで、快活で、主人に対して無遠慮だつたから」だという。これは「ヨシ」のことだ。字が上手でよく知っていたとあり、口述筆記もしていた。昭和二十六年頃、来て間もない頃、『瘋癲老人日記』よろしく足の拓本を取られたそうで、後にヨシに直接会って伊吹が聞いたその様子が詳しく描かれている。昭和三十年八月九日、谷崎は日比谷映画でヨシと『悪魔のような女』を観ており、谷崎のペット的存在だった（伊吹）。しかし谷崎が好むくらいだから驕慢な性格で、動物嫌いで虐待もするし朋輩からも嫌われ、暇を出されるのだが、谷崎のほうで恋しくなって呼び戻すというありさま。このヨシとトキが、熱海のタクシー運転手を争って三角関係になったが、ヨシは華やかな生活に憧れたあげく、高峰秀子（高嶺飛騨子となっている）宅に付き人として世話して貰ったが、やはりその性格は相変わらずで、そのうち九州の炭鉱で働いていた父親が事故死し、一家はその慰労金で大阪に果物屋を開き、周囲の勧めでヨシが帰国したのは「去年の春のことでした」と『台所太平記』にあるから、昭和三十六、七年のことだろう。たびたび見合いをしたが断ってしまい、相変わらず、映画の助監督の奥さんあたりを夢見ているようで、みんなで熱心に嫁入りを勧めているところだ、とあるが、伊吹が話を聞いた時は、大阪でデザイナーとして活躍していたという。『台所太平記』では、高峰宅で犬を虐待したことが出てくるが、あれは誇張だとヨシさんは語っていたと伊吹著にある。

ほかに、茨城県から短い間来ていた人というのが出てくるが、これは伊吹著に「茨城県の高萩から来ていたノリさん」とある人だろう。昭和三十五年には、『週刊新潮』十一月七日号の「掲示板」の欄に、お手伝いさん募集の広告を出して、希望者が続々と詰めかけたという。その中から選ばれて、昭和三十六年四月下旬には、九州からヤスとユミがお手伝いさんとして来た。その下旬に、キミが、タクシー運転手の藤巻と結婚、トキは二人の男児を産んで谷崎が名をつけ、その二十五日に、湯河原で春琴堂という土産物屋を開いた（『台所太平記』では春吟堂となっている）。昭和三十七年八月七日、馴染みの女中たちを呼んで谷崎の喜寿の祝いをしたところで、『台所太平記』は大団円を迎えている。

その頃もう「女中」という言い方は廃れて「お手伝いさん」というようになっていたので、それ以後は太平記に加えるわけにはいかない、と書いてあるが、題名は『台所太平記』なので、全体の構想が、「女中列伝」「女中綺譚」という題名を持っていた頃のものだということが分かる。しかしもともとは、「下婢《かひ》」とか「下女」とかいっていたのを、明治期に高級感を出すため、御殿女中のような表現をとって女中としたのである。谷崎はおそらくこんな言葉の言い換えが気に入らず、もしかしたらその冒頭に「此れはまだ人々が『分際』と云ふ尊い徳を持つて居て、世の中が今のやうに激しく軋み合はない時分の話である」と書きたかったかもしれない。

猫と犬

谷崎は猫と犬を飼うのが好きで、横浜時代から飼っていたようだ。当時は、今のようにペットを飼う人も多くなかったから、知識階級や富裕階級だけの高級な趣味だった。犬を怖がる人も多く、芥川龍之介や泉鏡花は、犬よけのステッキを持って歩いていたという。もっともこれは、当時野犬が多く徘徊していたからであろう。大正十五年二月、谷崎は長崎の永見徳太郎宅で広東狗（チャウチャウ）を見て欲しくなり、帰国後、上海の陳抱一から二匹送ってもらった。「それは純粋の広東種の、全身黒いちゞれ毛に蔽はれた、生後二三箇月ぐらゐの番《つが》ひで、（略）私がいかに此の二匹を愛したか、いかに今でも愛惜してゐるか、又いかに愛すべき性質であつたか」（「きのふけふ」）というのだが、一年ほどたって二匹ともジステンパーで死んでしまったという。同年暮れの『大阪朝日新聞』の猫の記事（細江、一九九三に紹介）では、「一時は十一ぴきどこごちやないもつとゐたんですが」とあるから、この時点で猫が十一匹いたことになる。昭和三年の『蓼喰ふ蟲』の連載には、当時谷崎宅にいた犬の絵が小出楢重によって描かれている。黒いグレートデンで、「ナカ」という。

昭和四年二月の随筆「ねこ」によると、犬は四匹、シェパード、グレートデン、エアデルテリアが二匹で、近く広東狗が来るとあるから、再び広東犬を頼んだのだろう。このグレートデンがナカで、シェパードはのち離婚の時に、佐藤春夫が大きいので引き取れないと言ったHappyだろう。昭和五年一月の随筆「猫——マイペット」には、ペルシャ猫が三匹と、アメリカ猫、イギリス猫、日本猫の混血の六匹いるとあり、三年間で十一匹からだいぶ減ったわけだ。ペルシャのうち二匹は、上山草人がアメリカ土産に、シルヴァーの雄雌とブルーの雄雌を持ってきて、谷崎はシルヴァーの雌とブルーの雄を貰い、あと二匹は奥村信太郎にあげたという。イギリス猫がたぶん「チュウ」で、シャム猫が「銀」らしい。ペルシャの銀色のがたぶん「鈴」だろう。となると、『台所太平記』で女中の名に使ったのは、この猫たちの名前だったわけだ。五年八月の離婚以後、谷崎はしばらく安住の地を得なかったので、犬猫は妹尾に預かってもらったり人に上げたりしたようだ。昭和六年四月に、イチとミイを佐藤が引き取ったとあり（佐藤宛書簡、白石／佐藤の妹尾宛書簡、秦）、犬の「黒」というのが丁未子の「四月の日記から」に出てくる。昭和十年十二月には、妹尾家に預けてあったチュウが行方不明になり、隣家の庭で死骸で発見されたとある（二十六日志賀宛書簡、番号六九三）。手紙には「鼈甲猫《べっこう》」と書いてあり、『猫と庄造と二人のをんな』のリリーのモデルだという。「肉屋の主人の話だと、英吉利人はかう云ふ毛並みの猫のことを鼈甲猫と云ふさうであるが、茶色の全身に鮮明な黒の斑点が行き亙つてゐて、つや〳〵と光つてゐるところは、成る程研《みが》いた鼈甲の表面に似てゐる」（『猫と庄造と二人のをんな』）とあるから、イギリス猫のことだ。

昭和十三年六月の重子宛書簡（番号一七七）には、仔猫が二匹来て、マアちゃんとヤアちゃんと名付けた、橋の下の犬の仔はまだ一匹だけヒクヒク生きていますとあるから、何匹か拾ってきたらしい。「当世鹿もどき」には、反高林時代に「タイ」というシャム猫を飼っていた、とある。昭和十九年三月二十五日の、孫百百子宛の手紙（『人と文学展』）には、今度猫二匹、犬一匹が来た、猫は永見から、雄はペルという名で蘭領パレンバン（スマトラ）からきた純血のペルシャで系図もあり、雌はペルとタヒチ生まれのペルシャとの間に生まれた純白で、イチと名付けたが、みな「お市の方」と呼んでいる、犬は大野さんの黒、とある。犬猫はよく死ぬものだが、昭和戦前の谷崎は、ちょうどその食道楽と似たような犬猫道楽で、片っぱしから飼っていたようで、あまり犬猫の死を嘆いた様子は見えない。だが、戦後になると、昭和三十四年四月十九日のたをり宛葉書で、「リリーがいるうちはほかの犬を飼ってはかあいそうです」と書いている。渡辺家で、リリーという犬一匹だけ飼っていたことが分かるが、戦前、いっぺんに多くの犬猫を飼っていた谷崎がこんなことを書くのは、戦争を体験し、年をとって、人間の気まぐれに振り回されるペットへの哀憐の情が生まれたからかもしれない。

「高血圧症の思ひ出」では、昭和二十四年秋、後の潺湲亭で、「下鴨太郎・花子」という番いのスピッツの名が思い出せなかった、とある。同じ頃、まだらの猫の「みい」「ノラ」という二匹も飼っていた（伊吹、一九九四）。伊吹によると、昭和二十七年頃、谷崎は森正蔵に頼んで番いのボーダーコリー犬を貰い、これが熱海へ来て、雄はクマ、雌はナナと名付けられた。翌二十九年、伊豆山へ引っ越した際に二匹は福島繁太郎に贈られたが、福島邸でこの番いが次々と仔犬を産んでそれが谷崎家へ届けられ、その中に、雄のリコのほか、スケさんとカクさんなどというのがいて、スケさんとカクさんは昭和三十年生まれで、翌年他家に貰われていったという。昭和三十三年、新しく血統書つきのコリーのボクという犬が来たが、その年の狩野川台風で起きた崖崩れであやうく犬舎が潰されそうになり、さらに皮膚病に罹って、翌年九月、元の持ち主の北川という人に引き取って貰ったことが、伊吹著や、その北川の開いた陶器店「貴多川」の開店祝の文章に出てくる（「『貴多川』開店祝」)。伊吹によれば、甲斐犬の番いがその十月末に来たが、二年後、「飛びつくので嫌だ」というので京都の渡辺家行きになったという。昭和三十六年八月二十九日の渡辺千萬子宛書簡に、その相談が書かれており、雄の「ジロー」と雌の「タマ」という名だったことが分かる。九月十二日の千萬子宛書簡では、タマは出産して一匹を残して人にあげ、残った仔犬とジロウを送るとあるが、タマも上げたようだ。

いっぽう、伊吹によると、昭和二十九年三月頃、雌のペルシャ猫が迷い込んできて、珍しいからというので飼うことにして「ペル」と名付けた、という。三十六年十月十一日の千萬子宛書簡では「ペルが死にました　六日の午後三時頃心臓衰弱で書斎から台所まで這つて行き倒れました　死骸は剝製にする積り」とある。「七十九歳の春」には、湘碧山房への移転前に、改めて銀色のペルシャ猫を飼って、またペルと名付けたことが出ている。谷崎はこれを「二代目ペル」と呼んで、初代と二代目をもとにして「猫犬記」という作品を書くつもりでいた、と伊吹は書いている。昭和十九年に来たペルを初代とすると実際は三代目になるわけだが、初代はすぐに手放したのかもしれない(松子『蘆辺の夢』に「二代目ペル」とあるのは誤植である)。

昭和三十八年四月二十三日の鮑耀明宛書簡で、黒の雄雌の広東犬が欲しいと言っている(番号六五六)。六月十九日書簡では、無事羽田に着いたとあり(番号六六一)、大きいほうを広(カン)、小さいほうを東(トン)と名付けたが、獣医に調べさせたら二匹とも牝だったので、来年にでも牡を送ってくれ、と書いている（番号六六二）。昭和三十九年七月十五日の手紙で、再び広東犬の黒の牡を頼んでいるが（番号六六八）、どうなったのかは分からない。恐らく自らの死が近づいているのを感じた谷崎は、若い頃に飼っていたのと同じ、黒い二匹の広東犬を得ることで慰めにしようとしたのだろう。リコは、谷崎が死んだ後まで残っていたが、谷崎没後急速に弱り、一周忌を待たずに死んでしまったという（伊吹著）。

最終章　終　焉

谷崎は「このうえなく死を恐れた作家であった」（河野）。最晩年の谷崎の写真を見ると、目に怯えがあらわである。死への恐れに違いあるまい。手の痛みを忘れるために仕事をする、と谷崎はしばしば言っているが、実は、死の恐怖を忘れるためだったろう。仕事に没頭し、東京―熱海―京都を行き来すること、そして若い女との痴戯に熱中することは、死の恐怖を遠ざけるために必要だったのである。若い頃から谷崎は洋行を夢見つつ、遂に行くことがなかった。千萬子には、あなたと一緒ならフランスへ行ってもいい、と書いているが、行かなかった。その理由を「雪後庵夜話」では、日本ですべきことが多々あるから、と言っているが、他の作家が次々と外国へ行っている以上、真の理由ではない。谷崎は、飛行機が怖かったのだろうし、船での長旅も、仕事から離れるという意味で恐ろしかったのだろう。多くの人は、知識人でも、死の恐怖にとらえられた時、宗教に救いを求める。しかし若い頃の「アヹ・マリア」で宣言した通り、谷崎にとっての神は、その時どきに崇拝する女だった。真言宗や天台宗の教えを学んでも、そこに谷崎の慰めはなかった。ただ、それらの教えは、実在の女たちと結びつくことで、ようやく谷崎にとって力を持ったのである。

伊吹和子は、中公本社勤めになっても、時々筆記に出向いてきていたが、昭和三十八年(一九六三)十月初旬、これから書く「天児閼伽子《あまがつあかこ》」の出てくる小説の腹案を谷崎から聞かされている。十一月末、観世夫妻の住む文京区関口台町の目白台アパートに仮住まいした。「アパート」といっても、当時の最高級マンションである。短期間とはいえ、東京に居を定めるのは実に四十五年ぶりであった。この時同じ階に、流行作家の瀬戸内晴美(四〇歳)が住んでおり、谷崎崇拝者の河野多恵子が来て二人で騒いでいたという。谷崎は新仮名遣いに抵抗していたが、「日本の文学」の新仮名での刊行を承諾した。十二月二日、佐佐木信綱死去、九十二歳。三十日、伊吹が東大助教授の秋山虔(四〇歳)に頼んで大学院生を集め、『新々訳源氏物語』の準備にかかる。

年が明けて昭和三十九年(一九六四)一月二十四日、サンケイホールで「日本の文学」刊行記念講演会が開かれ、講演は苦手としていた谷崎だが、壇上から挨拶した。二十五日、『谷崎潤一郎集(一)』が刊行されるとよく売れ、これで谷崎は、『新々訳源氏』の新仮名遣いでの刊行を決意した。二月十日、葉山の三井クラブに滞在中、松子が出血し、翌日重子が付き添って東京の病院へ検査に行ったが、谷崎は伊吹を呼んで、癌の恐れがあるというので「こんなことを気兼ねなく言えるのは、あなたっきりだから……」と不安を露わにしたという。一方で奔放な千萬子と痴愚的な手紙のやりとりをしつつ、理性的な伊吹にもそばにいて欲しかったのか、本当は千萬子を呼びたかったのか。松子は癌ではなかったが、この頃谷崎自身が時々心臓の発作を起こし、再度心臓研究所に入院した。二十八日、辰野隆死去、七十六歳。三月二十日頃退院してアパートに戻った。四月、日本人として初めて全米藝術院・米国文学藝術アカデミー（The American Academy and the National Institute of Arts and Letters）名誉会員に選ばれ、ノーベル賞受賞の期待も高まった。『心』に談話「若き日の辰野隆」を載せたが、四月五日、三好達治死去、六十四歳。五月六日、佐藤春夫がラジオの録音中に急死、七十三歳、同日、長田幹彦死去、七十八歳。年来の友人が次々と死に、谷崎にも逃れがたく死の影が忍び寄ってくる。六月十七日、米国大使公邸で名誉会員の会員証贈呈式があり、松子のほか安倍能成、三島、武者小路、森戸辰男、山田耕筰、橋本明治《めいじ》、市川寿海《じゅかい》、今日出海、林武、ドナルド・キーン、サイデンスティッカーが出席した。二十一日、武智鉄二監督の映画『白

喜寿の祝の席にて　撮影・山田健二
昭和37年７月

日夢』が封切られ、谷崎は主演の路《みち》加奈子について「路さんのこと」を『マドモワゼル』に、『シナリオ』七月号に「『白日夢』の映画化について」を寄稿した。しかし映画は大胆な性描写で話題を呼び、三十日、警視庁が映倫のカットを要請した。

七月十一日、神奈川県湯河原町吉浜《よしはま》字蓬《よもぎ》ケ平《ひら》に新居落成、転居し、湘碧山房《しょうへきさんぼう》と名付けて、安倍能成揮毫の額を掛けた。谷崎が一から新居を建てたのはこれが初めてである。かなり狭い道を通らなければ行けない不便なところで、ただ相模湾が一望の下に見渡せる。二十五日、増村保造監督の『卍』封切。八月十二日、武智監督、谷崎原作の『紅閨夢《こうけいむ》』が封切られた。茂山千之丞、川口秀子らの出演で、やはり性描写で話題になったが、『週刊文春』十月五日号のグラビア「湘碧山房でくつろぐ谷崎潤一郎氏」で谷崎は「紅閨夢？あんなバカバカしいもの　見ませんよ」と言っている。しかしこのグラビアの谷崎は、老いの影が覆いがたく、痛々しい。後年武智は一九八一年に『白日夢』のリメイク、八三年には「刺青」「人面疽」を原作とする『華魁』を作り、やはり過激な性描写で話題になったのを私も覚えている。「武智歌舞伎」を知らない人は、武智をエロ映画の監督として記憶しているようで、谷崎にとっては少々困った弟子だったかもしれない。もっともこの点では谷崎自身も、今でもエロ作家、変態作家と思われている節があり、いかに藝術家としての品位を保つかは苦労のしどころだったろう。『婦人公論』では、『卍』の主演だった岸田今日子・若尾文子との鼎談が載った。十月十日、東京オリンピック開幕。

十一月十八日から、新宿伊勢丹デパートで「谷崎源氏を着る会」が開かれ、『新々訳源氏物語』刊行が始まった最終日の二十五日、体調の悪い谷崎の代理で松子がサインをしていた頃、前立腺肥大による尿閉《にようへい》を起こした。同日、湯河原へ帰り、湯河原の医師井出隆夫の診察を受け、その後東京医科歯科大学の落合京一郎の来診を受けた。三十一日、腎盂炎で四十度の高熱を出した。

昭和四十年（一九六五）一月五日、千萬子宛に、たをりは着いたが、もっと早く来させてほしかったと叱責の手紙を出している。代筆だが、なぜこんなに怒られたのだろうと千萬子は言っている。この頃か、孫の高橋百百子がおせちを持って年始に来ると、松子が留守で谷崎が寝ており、

いつもと違って『あの人はどうした、あの人はどうしてる』と佐藤の姉や姪、つまり父の母や妹〔有多子〕の事、和嶋夫婦の消息など佐藤周辺の人の話をいろいろ聞きたがった。そして、「後は佐藤が何とかしてくれると思ったのに」というような事を云って泣き出してしまった。私もつられ二人でしばらく泣いていた。

六日、花柳章太郎死去、七十二歳。谷崎は手術のため入院しなければならないことになったが、心臓発作が頻々と起きるようになっていたので、どうやって東京まで移すかが問

舟橋聖一　昭和40年頃

題になり、たまたま事情を聞きつけた舟橋聖一が大型車を使って医科歯科大学附属病院まで動かし、入院したのが八日である。現在、湘碧山房はピジョンの寮になっているが、前の道は細く、車を通すのは大変だったろうと思われる。東大の上田英雄が来診したが、たまたま頼んだ井出の人柄に、谷崎も松子も感じ入り、二十二日の松子から井出宛の書簡では、湯河原で井出に診とられながら余生を送りたかったと谷崎が涙ぐんでいる、とある（稲澤、一九八三）。十二日、大坪砂男死去、六十二歳。

谷崎の心臓はもはや大きな手術に耐えられる状態ではなかったので、二月五日、腹壁に穴を開けてカテーテルを通し、そこから尿を出す手術を行った。三月九日退院し、東京新坂町の観世家の新居で静養し、四月上旬、湯河原に帰る。七日、中国作家代表団が、団長老舎《ろうしゃ》ほか数名で湯河原を訪れた。この頃、中央公論社で新人賞を廃止して谷崎潤一郎賞を制定し、伊藤整、圓地、舟橋、武田泰淳《たいじゅん》、大岡昇平、三島、丹羽が選考委員となった（新人賞はのち復活、現在は廃止）。五月三日、中勘助死去、八十一歳。同月『婦人公論』六月号に、松子が初めての文章「『源氏』と谷崎潤一郎と私」を掲載したが、谷崎は、家から女文士など出したくないね、と言ったという。中旬、ようやく体調が戻り、京都に遊び、法然院の渡辺家に滞在したが、帰宅後、これから千萬子との交流は一切絶つ、と松子に宣言したという。この京都行きの際、初めて飛行機に乗った（高峰）。六月、ヒベットの英訳『瘋癲老人日記』刊行。七月上旬、随筆「七十九歳の春」を書き、かつて上田内科に入院していた時に前立腺の手術もしてくれれば良かった、と書くが、十三日、井出医師が松子に、当時谷崎の心臓は手術ができないほど弱っていたと話し、翌日松子からそのことを聞いて、追記している。

谷崎潤一郎賞創設会議　左から二番目三島由紀夫、武田泰淳、大岡昇平、圓地文子、丹羽文雄、舟橋聖一、伊藤整、嶋中鵬二
昭和40年２月

逝去の十日程前、というからこの二十日頃だろう、谷崎がお気に入りの人を連れて散歩に出ようとする背中に向かって、松子が禁句を口にしてしまったと書いている（「薄紅梅」『倚松庵の夢』）。その相手は、伊吹によればお手伝いのトンちゃん、禁句とは「長い間心配ばかりした私をおいて」だったようだ。二十三日、春琴堂書店の久保義治宛葉書は「実存

主義辞典　東京堂出版」とのみ書いてある注文で、これが谷崎最後の書簡となった。二十四日、七十九歳の誕生日で、観世家の桂男と袙《あこめ》を迎え、大いに食べたが、ワインを飲んだのが悪く、翌日薄い血尿を見、夜、悪寒を覚えた。二十六日、腎臓に痛みを感じ、井出の来診を受け、二十七日、腎不全と診断される。井出は、あと半年生きていてくれたら、ノーベル賞もとれたかもしれない、と悔やんでいる。二十八日、落合と竹内の両医師が来診する。この日、江戸川乱歩死去、七十二歳。

七月二十九日、上田医師が来診。七月三十日朝方、井出が来診して、帰るのを松子らが玄関まで見送った後、床に着くと突然酸素マスクを撥ねのけ、心臓発作を起こし、松子が井出を呼び戻すが、既に心電図は停止、心臓マッサージを施したが、午前七時三十分、腎不全から心不全を引き起こして死去。その時、太陽の光が眩しく相模湾に照り映えて部屋に差し込んだという。数え八十歳、満七十九歳であった。熱海の人々が集まり、近くの大乗寺の住職が枕経《まくらぎょう》をあげ、紅沢葉子が一晩遺体のそばにいた。三十一日午後一時納棺、三時出棺、小田原の火葬場で荼毘《だび》に付された。この頃、吉展《よしのぶ》ちゃん事件という誘拐事件が起きてその犯人が捕まり、幼児が殺されたことが分かったので、湯河原では夏祭りを延期していたが、谷崎の死後すぐに始まって、松子の胸を痛ませたという。

八月二日、福田家を借り切って通夜、観世家にお骨と位牌を安置した。三日、青山葬儀所にて葬儀。葬儀委員長は嶋中鵬二、導師は今東光、進行役は川口松太郎、弔辞は日本藝術院院長・高橋誠一郎、日本文藝家協会理事長・丹羽文雄、日本ペンクラブ会長・川端康成、友人代表・津島寿一、後輩代表・舟橋聖一。今東光は「文徳院殿居然潤朗大居士」の戒名を用意したが、これは天台宗のもので、葬られるのが法然院、すなわち浄土宗だったため、寺側の安楽寿院功誉文林徳潤居士に決められた。

五日、初七日《しょなのか》の法要が福田家を借り切って行われた。綱淵謙錠も列席した。樺太で育った綱淵は、子供の頃母から、狐に化かされそうになったら「ガストーアンノン　テンニンジョージューマン」と唱えるよう教えられ、以来たびたびこのおまじないを口にしていたが、その意味を大人になって調べても分からなかったという。だがこの法要の席で天台宗の僧侶が唱える法華経の経文の中に、「我此土安穏《がしどあんのん》　天人常充満《てんにんじょうじゅうまん》」の語を聞き、背筋に戦慄を覚え、「谷崎先生が歿後もなおわたくしに大きな啓示を垂れてくださったという感激にうたれ」たという（『斬』あとがき）。

*

八月七日、『婦人公論』九月号に随筆「にくまれ口」が掲載され、光源氏は好きになれない、とあって人々を驚かせた。同日、三島は「谷崎朝時代の終焉」を『サンデー毎日』に掲載。『中央公論』九月号には、「七十九歳の春」が載った。十七日、癌だった高見順が満五十八歳で死去。九月二十五日、それぞれ「空」「寂」と彫った二つの墓石を準備しておいた京都鹿ケ谷の法然院に葬られる。その年のノーベル文学賞は、ソ連のショーロホフだった。十一月六日、先祖代々の墓である東京の慈眼寺に分骨される。

一九六六年一月二十二日、川田順死去、満八十四歳。

同　　六月七日、安倍能成死去、満八十二歳。

一九六七年二月七日、津島寿一死去、満七十九歳。

同　　五月十一日、轟夕起子死去、満四十九歳。

同　　七月、谷崎松子『倚松庵の夢』刊行。

同　　八月十七日、新村出死去、満九十歳。

同　　十一月十日、後藤末雄死去、満八十一歳。

同　　十二月十八日、銭痩鉄死去、満七十一歳。

一九六八年九月二十一日、広津和郎死去、満七十七歳。

同　　十月十四日、澤瀉久孝死去、満七十八歳。

同　　十七日、日本ペンクラブ会長川端康成、日本人で初めてのノーベル文学賞受賞。

一九六九年五月三十一日、鷲尾丁未子死去、満六十一歳。

同　　十一月十五日、伊藤整死去、満六十四歳。

一九七〇年三月三日、佐藤観次郎死去、満六十八歳。
同　四月、『新潮日本文学　谷崎潤一郎集』の解説で、三島由紀夫は、谷崎が嫌った自作「黄金の死」を論じた。
同　八月七日、内田吐夢死去、満七十二歳。
同　十一月四日、冲中重雄、棟方志功、文化勲章受章。
同　十七日、帝国ホテルでの谷崎賞受賞パーティーで、三島が、松子、あゆ子らに、谷崎の嫌いな作品を取り上げたことを詫びる。
同　二十五日、三島、自衛隊市ヶ谷駐屯地に乱入し割腹自殺、満四十五歳。
一九七一年十月二十一日、志賀直哉死去、満八十八歳。
同　十二月十四日、谷崎精二死去、満八十歳。
一九七二年四月十六日、逗子マリーナマンションで川端康成自殺、満七十二歳。
同　七月、綱淵謙錠、『斬』で直木三十五賞受賞、四十七歳。
一九七三年十一月三十日、土屋計左右死去、満八十五歳。
一九七四年四月十八日、渡辺重子死去、満六十六歳。
一九七六年一月十三日、『源氏物語』現代語訳を未完のまま、舟橋聖一死去、満七十一歳。
同　四月九日、武者小路実篤死去、満九十一歳。

一九七七年九月十九日、谷崎回想記『十二階崩壊』を未完のまま、今東光死去、満七十九歳。師と同年齢での死だった。

同　　二十五日、笹沼喜代子死去、満八十四歳。

一九八一年十一月七日、樋口富麻呂死去、満八十三歳。

一九八二年七月二十二日、佐藤千代死去、満八十五歳。

同　　八月十一日、嶋川信一死去、数え七十四歳。

一九八三年一月十二日、里見弴死去、満九十五歳。

一九八四年三月、森田朝子死去、満八十四歳。

同　　十七日、市田ヤエ死去、数え七十五歳。

一九八五年三月二十日、妹尾健太郎死去、数え八十一歳。

同　　六月九日、川口松太郎死去、満八十五歳。

同　　十一月、圓地文子、文化勲章受章。

一九八六年十一月十四日、圓地文子死去、満八十一歳。

一九八七年八月十八日、深沢七郎死去、満七十三歳。

一九八八年五月十七日、小泉得三死去、満九十五歳。

同　　七月二十六日、武智鉄二死去、満七十五歳。

同　　十月八日、芦屋市谷崎潤一郎記念館開館。

一九八九年四月二十一日、笹沼宗一郎死去、満七十五歳。

一九九〇年十月十四日、谷崎終平死去、満八十二歳。

同　　十一月、井上八千代、文化勲章受章。

一九九一年二月一日、谷崎松子死去、満八十八歳。谷崎潤一郎の著作権は養女観世恵美子に継承された。

一九九四年一月十六日、竹田あゆ子死去、満七十七歳。

同　　四月七日、竹田龍児死去、満八十六歳。

同　　六月七日、林伊勢死去、満九十四歳。

同年、大江健三郎が日本人として二人目のノーベル文学賞を受賞。

一九九五年一月十七日、兵庫県南部地震で、岡本の谷崎邸倒壊。

一九九六年四月十四日、綱淵謙錠死去、満七十二歳。

同　　六月二十三日、和嶋せい子死去、満九十四歳。

同　　八月三十日、玉上琢弥死去、満八十一歳。

同　　九月二十九日、久保一枝死去、数え七十八歳。

一九九七年四月三日、嶋中鵬二死去、満七十四歳。

同　　四日、嶋川信子死去、満八十六歳。『細雪』四姉妹のモデルは、すべて故人となった。

二〇〇四年九月八日、水上勉死去、満八十五歳。
二〇〇七年六月八日、観世栄夫死去、満七十九歳。
同　　八月二十六日、エドワード・サイデンスティッカー死去、満八十六歳。
二〇一〇年八月二十三日、佐藤方哉、新宿駅で事故死、満七十七歳。
二〇一三年八月十五日、観世恵美子死去、満八十四歳。
二〇一五年十二月十六日、伊吹和子死去、満八十六歳。
二〇一九年二月二十四日、ドナルド・キーン死去、満九十六歳。
同　　三月十三日、ハワード・ヒベット死去、九十八歳。
同　　四月十四日、渡辺千萬子死去、満八十九歳。
同　　十月二十六日、谷崎昭男死去、七十五歳。

主要参考文献

『谷崎潤一郎全集』全三十巻、中央公論社、一九八一―八三年
『潤一郎訳源氏物語　巻二十三』中央公論社、一九四一年
『初昔　きのふけふ』創元社、一九四二年
「鴨東綺譚」『週刊新潮』一九五六年、二月一九日号―三月二五日号

書簡

書簡1「谷崎潤一郎書簡」『太陽』一九七八年一〇月
――2「谷崎潤一郎の〝忍ぶ恋〟」『毎日新聞』大阪版夕刊、一九八六年三月一五日
――3「横溝正史宛書簡」『大衆文学展　よみがえるヒーローたち』県立神奈川近代文学館、一九八六年一〇月
――4「サバルワル様　谷崎潤一郎　未公開書簡を追う」全十五回、『読売新聞』大阪版夕刊、一九八九年一月四日―二月一日
――5「資料寄贈　谷崎潤一郎　小瀧穆宛書簡」『神戸新聞』一九八九年三月三一日

——6「松子夫人より贈られた谷崎潤一郎未発表書簡」『中央公論』一九九三年二月
——7「佐藤春夫への手紙『お千代は僕の妻だ』谷崎潤一郎」『中央公論』一九九三年四月
——8「所蔵資料紹介　谷崎潤一郎書簡」『日本近代文学館』120、一九九一年
——9　同、146、一九九五年
——10『芦屋市谷崎潤一郎記念館資料集（二）雨宮庸蔵宛谷崎潤一郎書簡』（細江光翻刻・解説）一九九六年
——11『芦屋市谷崎潤一郎記念館資料集（三）久保家所蔵　谷崎潤一郎　久保義治・一枝宛書簡』（荒川明子翻刻・解説）一九九九年
——12『谷崎潤一郎＝渡辺千萬子　往復書簡』中央公論新社、二〇〇一年（中公文庫、二〇〇六年）

対談等

対談等1　谷崎・市川左團次・永井荷風・嶋中雄作「新春懇談会」『中央公論』一九三七年二月
——2　谷崎・郭沫若「対談・大いに語る三時間」『朝日新聞』一九五五年一二月七日
——3　谷崎・棟方志功「歌々板画巻をめぐって」『歌々板画巻』宝文館、一九五七（中公文庫、二〇〇四年）

記事

記事1「文壇の大家谷崎潤一郎の恋妻となる古川丁未子嬢とその真相を語る」『婦人世界』一九三一年三月

――2「大谷崎の愛欲情史『孔雀夫人』譲受けまたも無軌道恋愛行」『国民新聞』一九三四年一二月二六日
――3「ミス婦人公論最終審査経過報告」『婦人公論』一九五八年八月
――4「谷崎恵美子さんの御難」『週刊新潮』一九五九年三月一六日号
――5「団令子と文豪谷崎先生の熱海デート」『週刊明星』一九六三年六月二日号
――6　グラビア「湘碧山房　新居でくつろぐ谷崎潤一郎氏」『週刊文春』一九六四年一〇月五日号

図録

図録1『生誕100年記念　谷崎潤一郎・人と文学展』図録、一九八四年
――2『志賀直哉と谷崎潤一郎』展図録、芦屋市谷崎潤一郎記念館、一九九三年

明里千章『谷崎潤一郎――自己劇化の文学』和泉書院、二〇〇一年
芥川龍之介「あの頃の自分の事」(『芥川龍之介全集』岩波書店、一九九五―九八年、第四巻)、「書簡」(第十七―二十巻)、「我鬼窟日録」(第二十三巻)、「年譜」(第二十四巻)
安倍能成「谷崎君のこと」(一九六五)『涓涓集』岩波書店、一九六八年
雨宮庸蔵『偲ぶ草――ジャーナリスト八十年』中央公論社、一九八八年
荒川明子「館蔵資料紹介」『芦屋市谷崎潤一郎記念館ニュース』18、一九九六年
――編「谷崎潤一郎新資料一覧」千葉俊二編『別冊國文學　谷崎潤一郎必携』學燈社、二〇〇一年

生田美智子編『資料が語るネフスキー』大阪外国語大学、二〇〇三年
石川達三「自由の敵」『東京新聞』一九五七年一月二三日
――『心に残る人々』文藝春秋、一九六八年（文春文庫、一九七六年）
泉鏡花「玉造日記」（一九二四）『鏡花全集　巻二十七』岩波書店、一九四二年
市居義彬『谷崎潤一郎の阪神時代』曙文庫、一九八三年
伊藤甲子之助「谷崎潤一郎と私」没後全集月報17、一九六八年
市川左團次（二世）「左團次自伝」（一九三六）『日本人の自伝20』平凡社、一九八一年
伊藤整「石川達三の説に対する感想」『群像』一九五七年三月
稲澤秀夫『聞書谷崎潤一郎』思潮社、一九八三年
――『秘本谷崎潤一郎』全五巻、烏有堂、一九九一―九三年
伊吹和子『われよりほかに――谷崎潤一郎　最後の十二年』講談社、一九九四年（講談社文芸文庫、二〇〇三年）
――「谷崎潤一郎キーワード辞典・源氏物語」千葉編、二〇〇一年
江口渙「谷崎潤一郎の思い出」没後全集月報4、一九六七年
榎克朗「『少将滋幹の母』から『新訳源氏物語』まで」没後全集月報28、一九六九年
エルマコーワ、リュドミーラ「谷崎潤一郎の未発表の書簡と来日ロシア人達――オレスト・プレトネル宛など」『國文學』二〇〇二年八月
大江健三郎「半裸の娘たち」（一九五八）『厳粛な綱渡り』講談社文芸文庫、一九九一年
――「文章について」新書版谷崎全集第三十巻月報、一九五九年

大鹿卓「銭瘦鐵氏のこと」『桃源』一九四八年一一月
大笹吉雄『花顔の人──花柳章太郎伝』講談社、一九九一年（講談社文庫、一九九四年）
大谷晃一『仮面の谷崎潤一郎』創元社、一九八四年
──『ある出版人の肖像──矢部良策と創元社』創元社、一九八八年
大谷利彦『長崎南蛮余情─永見徳太郎の生涯』長崎文献社、一九八八年
粕谷一希『中央公論社と私』文藝春秋、一九九九年
加藤九祚『天の蛇──ニコライ・ネフスキーの生涯』河出書房新社、一九七六年
加藤百合『大正の夢の設計家──西村伊作と文化学院』朝日選書、朝日新聞社、一九九〇年
川口松太郎「初対面」新書版全集第十二巻月報、中央公論社、一九五九年
──『忘れ得ぬ人　忘れ得ぬこと』講談社、一九八三年
観世栄夫「父・潤一郎と戯曲」没後全集月報14、一九六七年
菊池寛『話の屑籠と半自叙伝』文藝春秋、一九八八年
北野悦子「時の向こうに」『芦屋市谷崎潤一郎記念館ニュース』26、一九九八年一〇月
北原東代『沈黙する白秋』春秋社、二〇〇五年
君島一郎『朶寮一番室──谷崎潤一郎と一高寮友たちと』時事通信社、一九六七年
木村毅「大谷崎の文壇への擡頭」『日本現代文学全集　谷崎潤一郎集』改造社、一九二七年、文学月報（青山毅編『昭和期文学・思想文献資料集成　第五輯　改造社文学月報』五月書房、一九九〇年）
河野多惠子『谷崎文学の愉しみ』中央公論社、一九九三年（中公文庫、一九九八年）

小島政二郎「秘密の話」没後全集月報7、一九六七年
小瀧瓔子「作家以前の谷崎潤一郎」『立教大学日本文学』一九七〇年
小林倉三郎「お千代の兄より」『婦人公論』一九三〇年一一月
小林秀雄「谷崎潤一郎」『中央公論』一九三一年五月（『文芸読本　谷崎潤一郎』河出書房新社、一九七七年）
今東光『十二階崩壊』中央公論社、一九七八年
近藤富枝『本郷菊富士ホテル』講談社、一九七四年（中公文庫、一九八三年）
サイデンステッカー、エドワード『流れゆく日々——サイデンステッカー自伝』安西徹雄訳、時事通信社、二〇〇四年
佐藤春夫「この三つのもの」（『定本佐藤春夫全集』臨川書店、一九九八—二〇〇一年、第五巻）、「去年の雪いまいづこ」（第六巻）、「潤一郎。人及び藝術」「僕らの結婚」（第二十巻）、「書簡集」（第三十六巻）
澤田卓爾「放浪時代の谷崎」没後全集月報2、一九六六年
志賀直哉「菊池寛の印象」（一九四八）『志賀直哉全集　第八巻』岩波書店、一九九九年
茂山千之丞『狂言役者——ひねくれ半代記』岩波新書、一九八七年
白石悌三「未紹介　谷崎潤一郎書簡によせて」重松泰雄編『原景と写像　近代日本文学論攷』原景と写像刊行会、一九八六年
末永泉『谷崎潤一郎先生覚え書き』中央公論新社、二〇〇四年
瀬戸内晴美『ここ過ぎて——白秋と三人の妻』新潮社、一九八四年

瀬戸内寂聴『つれなかりせばなかなかに――妻をめぐる文豪と詩人の恋の葛藤』中央公論社、一九九七年（中公文庫、一九九九年）
――・渡辺千萬子「京洛の谷崎潤一郎――思い出すことども」『中央公論』二〇〇〇年六月
外岡秀俊「香港物語」『朝日新聞』一九九七年六月一八、一九日夕刊
――「孫文」『朝日新聞』一九九八年四月一九日日曜版
高木治江『谷崎家の思い出』構想社、一九七七年
高橋百百子「祖父の涙」『芦屋市谷崎潤一郎記念館ニュース』26、一九九八年一〇月
高峰秀子「信じられない谷崎先生の死」『婦人公論』一九六五年一〇月
武智鉄二「結婚論」『婦人公論』一九五八年四月
――「シナリオ　白日夢」『シナリオ』一九六四年七月
立澤剛『立澤剛随筆集』立澤剛随筆集刊行会、一九五七年
辰野隆『谷崎潤一郎』イヴニング・スター社、一九四七年
たつみ都志『谷崎潤一郎IN阪神』『倚松庵よ永遠なれ』神戸市、一九九一年a
――「江口章子あて谷崎未公開書簡私見」『武庫川国文』一九九一年b一一月
――「新資料をどう読むか――小田原事件顚末推理」『国文学』一九九三年一二月
――「知られざる古川丁未子」一―四『芦屋市谷崎潤一郎記念館ニュース』6―9、一九九三―九四年
谷崎終平「回想の兄・潤一郎」1―13、没後全集月報2―14、一九六六―六七年
――『懐しき人々――兄潤一郎とその周辺』文藝春秋、一九八九年

谷崎精二「妹」『新潮』一九一七年一月
――「さだ子と彼」『新潮』一九二〇年五月
――「従妹」『新潮』一九二四年四月
――「骨肉」『不同調』一九二五年八月
――「谷崎潤一郎論――二、三の近作に就いて」『早稲田文学』一九三四年六月
――『谷崎精二選集』校倉書房、一九六〇年
――『明治の日本橋・潤一郎の手紙』新樹社、一九六七年
――『葛西善蔵と広津和郎』春秋社、一九七二年
谷崎秀雄「鞆の津」一―三『芦屋市谷崎潤一郎記念館ニュース』28―30、一九九九年六月、一〇月、二〇〇〇年二月
谷崎富士子「谷崎精二年譜」『英文学』（早稲田大学）一九七二年一〇月
谷崎松子『倚松庵の夢』中央公論社、一九六七年（中公文庫、一九七九年）
――『湘竹居追想――潤一郎と『細雪』の世界』中央公論社、一九八三年（中公文庫、一九八六年）
――『蘆辺の夢』中央公論社、一九九八年
玉上琢弥「『谷崎源氏』をめぐる思い出」上中下『大谷女子大国文』一九八六年三月、一二月、一九八八年六月
近松秋江「函嶺浴泉記」（一九二〇）『近松秋江全集　第十巻』八木書店、一九九三年
千葉俊二「谷崎潤一郎年譜考」『日本文藝論集』山梨英和短大日本文学会、一九八〇年

――「所蔵資料紹介　春夫あて潤一郎書簡」『神奈川近代文学館』一九九三年七月
――編『別冊國文學　谷崎潤一郎必携』學燈社　二〇〇一年
――「谷崎潤一郎――えにしありて」関口安義編『国文学解釈と鑑賞別冊　芥川龍之介　その知的空間』二〇〇四年一月
津島寿一『谷崎潤一郎君のこと――芳塘随想集第十三集』芳塘刊行会、一九六五年
綱淵謙錠『斬』河出書房新社、一九七二年
――『血と血糊のあいだ』河出書房新社、一九七四年（文春文庫、一九八八年）
寺田博編『時代を創った編集者101』新書館、二〇〇三年
永井荷風『荷風全集』「書簡集」第二十七巻、「断腸亭日乗」（岩波書店、一九九三―九五年）
永栄啓伸『評伝　谷崎潤一郎』和泉書院、一九九七年
――・山口政幸『谷崎潤一郎書誌研究文献目録』勉誠出版、二〇〇四年
長尾伴七『京の谷崎――潺湲亭訪問記』駸々堂、一九七一年
中河与一『探美の夜』正続完、講談社、一九五七―五九年
中谷元宣「谷崎潤一郎未発表書簡（久米正雄宛）一通紹介」『国文学』（関西大学）二〇〇〇年一一月
楢崎勤「『続蘿洞先生』始末記」没後全集月報12、一九六七年
成瀬正勝「作家の運命」没後全集月報19、一九六八年
南条秀雄・奥村富久子『花のむかし（花の昔）』中央公論事業出版、一九八六年
西口孝四郎「谷崎潤一郎が妻丁未子にあてた三通の手紙」『中央公論文藝特集』一九九四年九月
西原大輔『谷崎潤一郎とオリエンタリズム――大正日本の中国幻想』中公叢書、中央公論新社、二〇

○三年
西村みゆき「武智鉄二よ何処へ行く」『婦人公論』一九五八年二月
野田美鴻『杉山茂丸傳——もぐらの記録』島津書房、一九九二年
野村尚吾『伝記　谷崎潤一郎』六興出版、一九七二年
——『谷崎潤一郎　風土と文学』中央公論社、一九七三年
秦恒平『神と玩具との間——昭和初年の谷崎潤一郎』六興出版、一九七七年
畑中繁雄「『生きている兵隊』と『細雪』をめぐって」『文学』一九六一年一二月
浜本浩「谷崎先生」『サンデー毎日』新秋特別号、一九五二年九月
林伊勢『兄潤一郎と谷崎家の人々』九藝出版、一九七八年
樋口富麻呂「谷崎潤一郎先生のことども」一—三『洛味』一九六八年二—四月
広津和郎「藤村と潤一郎」「『細雪』について」『広津和郎全集』第九巻、中央公論社、一九七四年
舟橋聖一『真贋の記』新潮社、一九六七年
——「谷崎潤一郎」正続『海』一九七五年九・一〇月号
古川丁未子「われ朗らかに世に生きん」『婦人サロン』一九三一年a三月
——「奥様見習の語る——谷崎氏と私との関係」『婦人画報』一九三一年b三月
細江光「谷崎潤一郎全集逸文紹介2」『甲南女子大学研究紀要』一九九〇年
——「谷崎潤一郎全集逸文紹介3」『甲南女子大学研究紀要』一九九一年
——「谷崎潤一郎全集逸文及び関連資料紹介」『甲南国文』一九九五年a
——「『谷崎潤一郎と京都』展資料紹介（2）（3）」『芦屋市谷崎潤一郎記念館ニュース』14—15、

一九九五年b
――「谷崎研究雑録」『甲南国文』一九九八年
――「笹沼源之助・谷崎潤一郎交流年譜」『甲南国文』一九九九年三月
――「上山草人年譜稿」一―四『甲南女子大学研究紀要』二〇〇二―〇四年、『甲南国文』二〇〇二年
――「谷崎全集逸文一点と谷崎関連資料四点紹介」『甲南国文』二〇〇四年a
――『谷崎潤一郎　深層のレトリック』和泉書院、二〇〇四年b
――「資料紹介――谷崎活版所・点灯社をめぐる考証、その他」『甲南国文』二〇〇五年
前田河広一郎「谷崎潤一郎論――ブルジョワ文学批判」（一九二八）（『日本文学研究資料叢書　谷崎潤一郎』有精堂出版、一九七二年）
松本慶子『彼岸花――魅力ある男たちへの鎮魂歌』青娥書房、一九八九年
松本静子編『学長余瀝――故平林治徳先生記念文集』書肆イカロス、一九七一年
三島佑一『谷崎潤一郎と大阪』和泉書院、二〇〇三年
三島由紀夫「大谷崎」『三島由紀夫全集』第二十六巻、新潮社、一九七五年
――・舟橋聖一「大谷崎の芸術」『中央公論』一九六五年一〇月（三島由紀夫『源泉の感情』河出文庫、二〇〇六年）
水上勉「谷崎潤一郎先生のこと」没後全集月報19、一九六八年
――『谷崎先生の書簡――ある出版社社長への手紙を読む』中央公論社、一九九一年
三田純市『道頓堀物語』光風社出版、一九七八年

村嶋歸之『カフエー考現学』(一九三一)『村嶋歸之著作集　第一巻』柏書房、二〇〇四年
矢部彰「後藤末雄論ノート」『文藝と批評』一九七四年一一月
山口廣一「『或る時』のこと」没後全集月報21、一九七四年
山口政幸『谷崎潤一郎——人と文学』勉誠出版、二〇〇四年
山辺健太郎『日韓併合小史』岩波新書、一九六六年
横溝正史「谷崎先生と日本探偵小説」(一九五九)『探偵小説五十年』講談社、一九七七年
淀川長治『淀川長治自伝　上』中央公論社、一九八五年(中公文庫、一九八八年)
劉岸偉『東洋人の悲哀——周作人と日本』河出書房新社、一九九一年
渡辺たをり『祖父　谷崎潤一郎』六興出版、一九八〇年(中公文庫、二〇〇三年)

Chambers, Anthony Hood. *The Secret Window: Ideal Worlds in Tanizaki's Fiction*. Cambridge, MA and London: Harvard UP, 1994.

ほかに『大阪府女子専門学校概要(大正十四年)』、『第三高等学校一覧』、『歌舞伎座百年史』、『全国大学職員録』、『人事興信録』、『物故人名録』、『大正人名辞典2』など。

跋　文〔元本あとがき〕

本書は、谷崎潤一郎の詳細な年表を作ることから始まった。それも、始めからアウトラインを作って細部を埋めていくというやり方ではなく、幼少年時から順番に作っていく方式をとったため、二カ月ほどを経て、谷崎の終焉が近づき、死を迎えた時、私は、近親者が死を迎えたような、あるいは自分自身が死んだような不安と衝撃を受けてしまった。とうの昔に死んでいる作家の死にこんなに感情を揺り動かされることに、我ながら驚いた。そしてもう一度、この本の稿を進めて、終焉が近づいた時、同じ思いに捉えられた。それだけ私は谷崎先生の生に没入し、少なくともその半年、谷崎とともに生きたような感覚を味わっていた。今でも時おり、その時のことを思い出すと、幸福な気持ちになり、谷崎先生の死を思って悲しくつらい気持ちになる。

文学研究を本業としながら、不敏にして、これまで、一人の作家とここまで深くつきあったことはなかった。谷崎先生の、波瀾万丈と言っていいだろう生涯が興味深かったことは言うまでもない。だが、谷崎先生の作品に対して、全面的に高い評価を与えるかというと、それは依然として疑問である。たとえばシェイクスピアやバルザックほどに、広く人の世を描くことができた作家かと言えば、答えは否である。それはおかしかろう、作家の伝記を書く以上、その作品に対する深い愛がなければならないと言う人がいるだろう。それは当然の疑問である。

しかし、夏目漱石や志賀直哉は、作品と人柄とが一体となって一部の尊敬を受けてきた。それなら私は、谷崎先生という人を、やはりそういう風に捉えたいと思う。むしろ谷崎先生は、漱石や志賀のような道徳的高さはなく、情痴的で悪魔派で耽美的でブルジョワ的な作家として、しかし作品は時に優れており、なかんずく、戦争中、ほとんどこれに協力せず、軍部の弾圧に屈せずに『細雪』を書きつづけたことが、谷崎先生の最も偉いところだという見方をされてきたと思う。「谷崎先生」と呼ぶ人がいても、それは水上勉のように、目を掛けられた人々に限られてきた。しかし私は、その全生涯を通して、自分を信じ、数々の失敗を重ね、死の恐怖に襲われながら、堂々たる人生を歩んだ藝術家として、谷崎先生に崇敬の念を抱いている。それは伝記執筆によって、さらに堅固なものとなった。

弟妹に対してできるだけの面倒を見ながら、あまりの負担の大きさから音を上げる谷崎、友人としてつきあっていた者でも、小物だと思えば見捨てる谷崎、好色で神経質で、しかし豪胆で時に思いやりある谷崎、藝術家と実務家の両面を兼ね備えた谷崎先生。初期には自然主義に抗い、中年期にはプロレタリア派の攻撃に逢い、妻譲渡事件と人妻との密通で世間から指弾され、ようやく生活が安定すると今度は一転して軍部の弾圧に逢い、戦後は猥褻文学者として非難を受けながら、自己を信じぬき、時には恐らく何らかの巧妙な策略を用いながら常に第一線の作家として生き抜いた谷崎先生を、文学者の端くれとして、あるいは人として、私は畏敬する。漏れ聞いた話だが、東大教授が学生に読ませたくない本として、谷崎先生の作が上げられることがあるという。それは、死してなお世間を騒がせてやまない、先生の偉大さを却って証しだてることになるだろう。時代に逆行することを承知で、私は谷崎先生は、まことに「男らしい」人物だったと言ってみたい。

＊

残念ながら、いまだに谷崎先生の全集は不完全なものしか出ていないし、注釈は幸いにして新潮文庫に細江光氏のものがあるのが心強いが、やはり作品や書簡の全体にわたる注解が欲しいところだ。さて、その細江光・甲南女子大学教授は、谷崎研究における第一人者であり、私は本書執筆中、分からないことがあると細江氏にメールで問い合わせるのを常としたが、どんな本にも書いていないようなこと、細かなことでも、谷崎に関することならたちどころに返事が返ってくるのには、感嘆させられた。だから本書は半分ほどは細江氏の協力でできたようなものだが、いちいちの解釈については、むろん私の責任である。

将来、細江氏によるもっと精密で本格的な伝記、ないし年表が発表されることを祈るばかりである。また小田原でお目に掛かってお話を伺った渡辺千萬子さん、その仲介をしてくださった早大教授の千葉俊二先生にもお礼申し上げる。三月まで芦屋市谷崎潤一郎記念館の学藝員だった荒川明子さんにも、たびたび電話でご質問さしあげた。秦恒平先生にもいろいろお話を伺うことができた。またメールや電話、手紙であちこちにご質問をしたが、これに答えてくださった稲澤秀夫先生、永栄啓伸先生、丁未子宛書簡の写真を送ってくださったたつみ都志先生（武庫川女子大学）のほか、『武州公秘話』続編のメモについてお教えいただいたアンソニー・チェンバース先生、「浅利君」の正体についてお答えいただいた浅利慶太氏、不審にお答えくださった伊吹和子氏、そのほか、張競（明治大学）、劉岸偉（東京工業大学）、永井敦子（谷崎記念館）といった研究者の諸氏、および新樹社についてご教示いただいた木下ともさんにも、感謝したい。また谷崎の住居跡地もいくつか訪ねたが、インターネット上の「東京紅団」が参考になった。管理人の神田さんに感謝する。編集に当たったのは中央公論新社の山本啓子さんである。

いまだ、谷崎書簡の公表されないものは多数存し、特に記念館にある小瀧穆宛の二百通以上の書簡が日の目を見ていないのは残念である。文学研究が無用のものと考えられつつある今日、本書がいくらかでも谷崎研究に世人の目を向けさせる役にたてば幸いだと思っている。

ところで以前、大学で学生にレポートを提出させていた時、最後に、「私もかくかくのように生きてゆきたいと思った」と終わらせる学生が多く、レポートは作文ではないのだと苦笑したものだが、私はここではあえてそれ式の締めくくりをしたい。谷崎先生は古川丁未子宛の恋文で、自分の仕事は今認められなくとも後世に必ず評価されると書いている。その言や宜し、私もまた同様の心構えで、今後の仕事を続けていきたいと思う。

（肩書きなどは刊行時のまま）

小谷野　敦

二〇〇六年五月

文庫版のためのあとがき

『谷崎潤一郎伝』は二〇〇六年六月に刊行した。実は当初、谷崎の汽車恐怖症を中心として岩波新書で出すつもりで了解もできており、千葉俊二先生のお誘いで岩波書店でお目にかかり、その後二〇〇五年九月十六日に、千葉先生、岩波の編集者と三人で小田急に乗って、小田原の老人ホームにいた渡辺千萬子さんに会いに行った。私と千葉先生は喫煙者なので喫煙席、編集者氏は禁煙席で、小田原の店の座敷でお目にかかった千萬子さんは、七十四歳だったが、さばさばした感じで、いかにも谷崎を魅惑したという感じはあった。

ところが、私は書けた原稿を少しずつまとめて編集者氏に送っていたのだが、ちょうどそのところで「シナ」という語が出て来て、編集者氏が書き換えを求めて来た。私は、英語でチャイナがいいなら日本語でシナがいけない理由はないと思っており、論陣も張っていたのだが、その時の編集者氏の筆致は、強くはないが異論は言わせないという空気であり、私は悩んだ。それまでには編集者氏にいろいろ調べものを頼んでよくやってくれていたが、私は岩波で出すのは断念して、その旨メールで伝え、これまで調べてくれたお礼として封筒に一万円札を入れて、その日そっと渡した。この編集者氏は数年前に定年になった。なお、本文庫版では出版社の要請で近代については中国を使うことにした。

　そして結局中央公論新社で、新書ではなく本格的な伝記として出してもらったのだが、結局それからいくつもの作家伝記を中央公論から出すことになったのだからそれは良かったが、岩波新書を出すチャンスを逃したのは残念だった。

　当時私は『文學界』に連載をしていたので、千萬子さんに、『文學界』にエッセイでも書いてみないかと水を向け、『文學界』編集部にも連絡した。ところが、谷崎のことを書くことを期待していたのに、千萬子さんは、自分が終の住処とした老人ホームを決めた時のことを書いて来たので、私は、しまったと思い、やはり千萬子さんにエッセイを書かせるべきではなかったと思い、電話で話して、いささか乱暴にそれを切ってしまった。

　岩波の編集者氏は、千萬子さんに本を書くように勧めていて、『谷崎潤一郎伝』が出た翌年に、岩波から『落花流水――谷崎潤一郎と祖父関雪の思い出』が出たが、その中に、私と会い、私が谷崎潤一郎の伝記を書いていると伝えた話が出て来るが、その後小谷野氏からは連絡がなく、と書いてあって、ああ恨みに思われたんだなと思った。

　それより前の二〇〇五年七月には、熱海と湯河原へ、谷崎晩年の住居三つを観に行った。ちょうど台風が来ていた時だったが、最後の住居だった湘碧山房の前まで行った時は（ピジョンの寮になっていて中へは入れなかった）、谷崎の死の恐怖がこちらへ乗り移るような気分がしたものだ。

本書刊行後、新しい谷崎全集も出たし、谷崎の対談集を細江光さんと編纂したり、谷崎の書簡集も出た。それらを全部担当してくれたのは山本啓子さんである。私は四年前に煙草をやめたが、千葉先生もやめたそうだ。二〇〇七年に結婚した妻は、坂本葵『食魔　谷崎潤一郎』（新潮新書）という著書を出しており、最近は谷崎関連の調べものは妻に任せている。

谷崎家系図

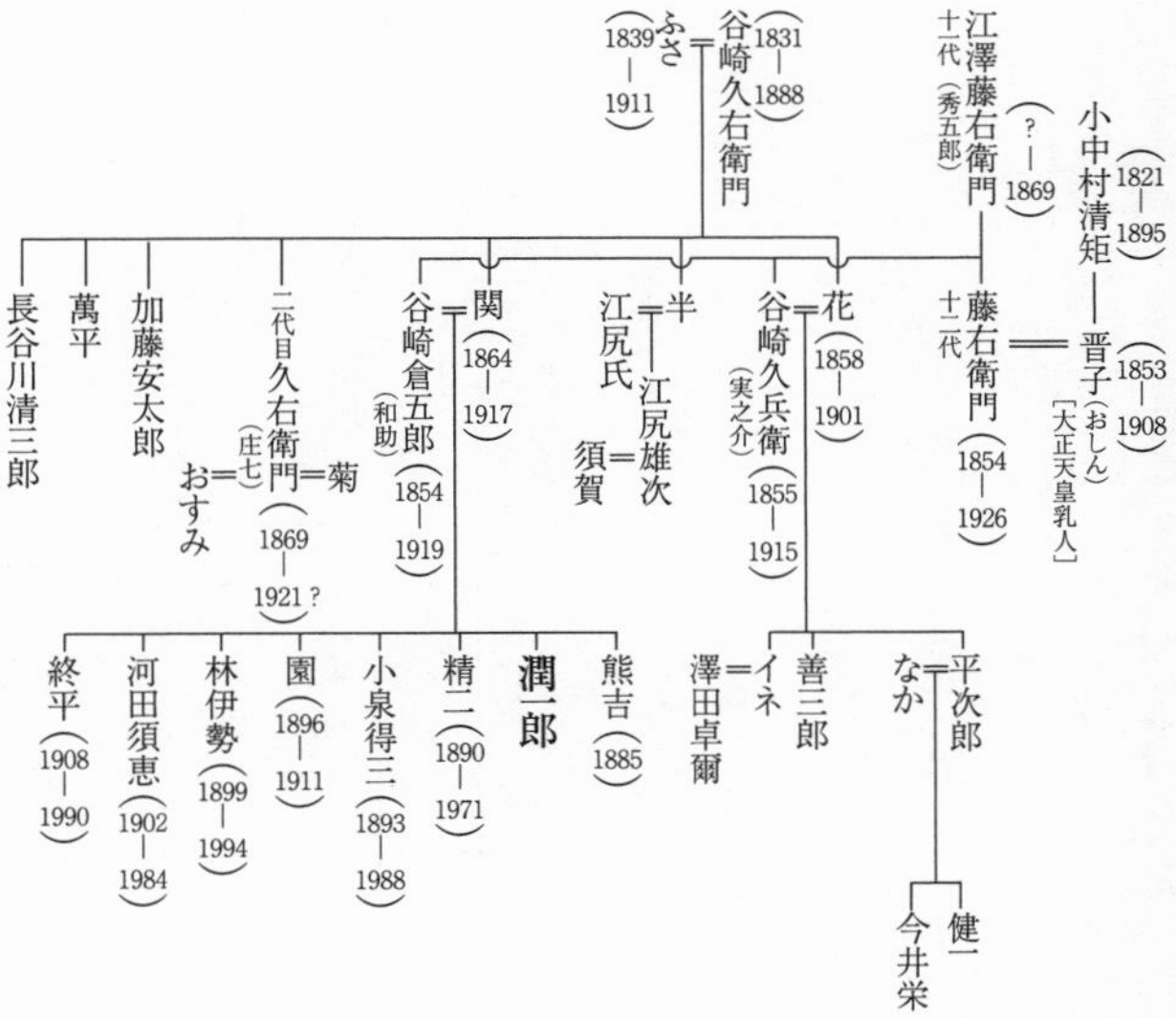
谷崎久右衛門（1831―1888）
ふさ（1839―1911）
江澤藤右衛門（？―1869）
十一代（秀五郎）
小中村清矩（1821―1895）
長谷川清三郎
萬平
加藤安太郎
二代目久右衛門（庄七）（1869―1921？）
菊
おすみ
谷崎倉五郎（和助）（1854―1919）
関（1864―1917）
江尻氏
半
江尻雄次
須賀
谷崎久兵衛（実之介）（1855―1915）
花（1858―1901）
藤右衛門（1854―1926）
十二代
晋子（おしん）（1853―1908）
［大正天皇乳人］
終平（1908―1990）
河田須恵（1902―1984）
林伊勢（1899―1994）
園（1896―1911）
小泉得三（1893―1988）
精二（1890―1971）
潤一郎
熊吉（1885）
澤田卓爾
イネ
善三郎
なか
平次郎
今井栄
健一

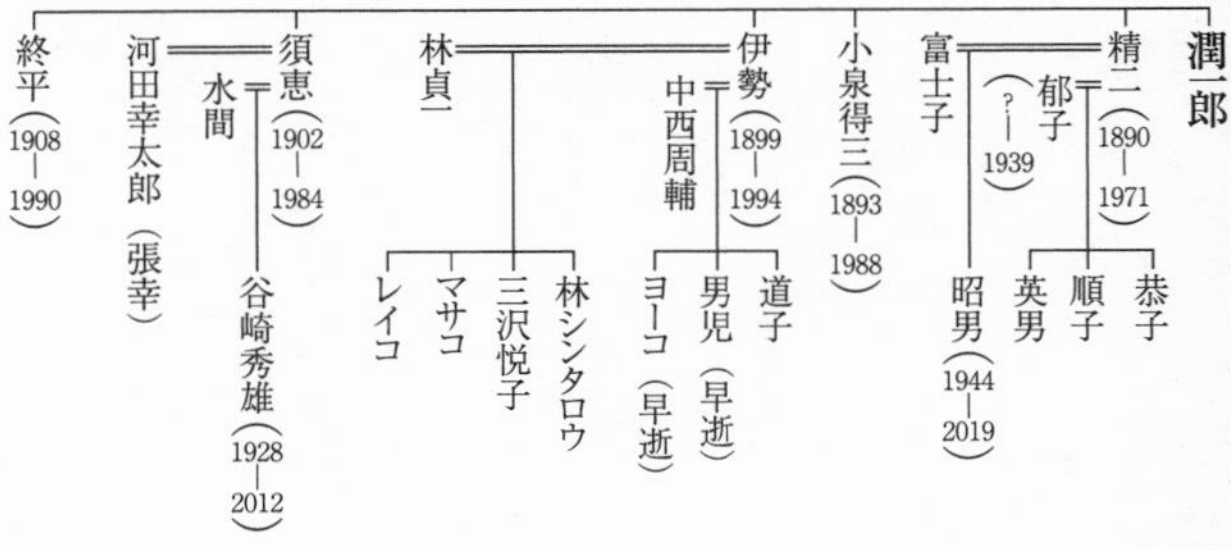
終平（1908―1990）
河田幸太郎（張幸）
須恵（1902―1984）
水間
谷崎秀雄（1928―2012）
林貞一
伊勢（1899―1994）
中西周輔
レイコ
マサコ
三沢悦子
林シンタロウ
ヨーコ（早逝）
男児（早逝）
道子
小泉得三（1893―1988）
富士子
郁子（？―1939）
精二（1890―1971）
潤一郎
昭男（1944―2019）
英男
順子
恭子

石川家系図

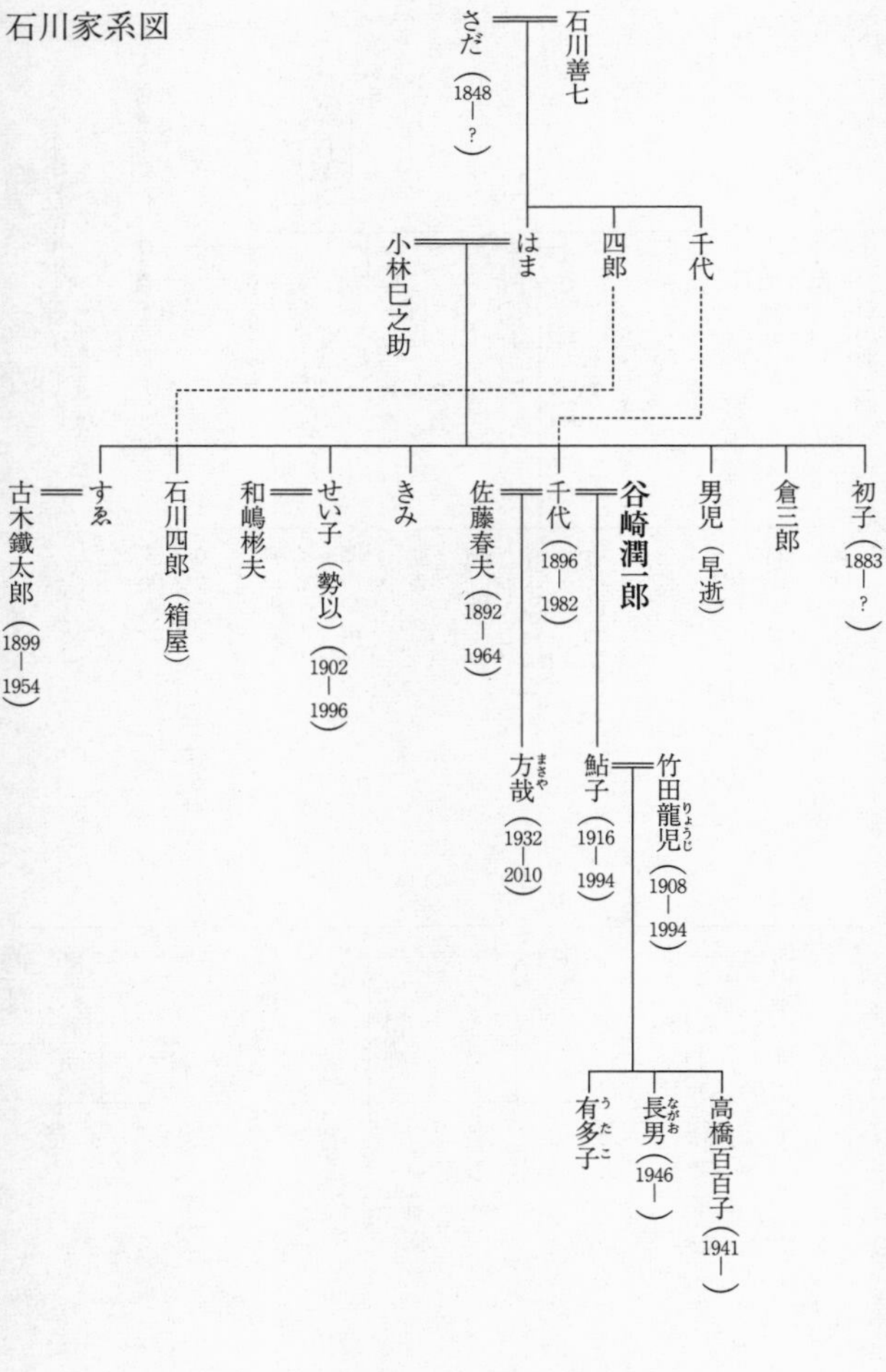
石川善七
さだ（1848―？）
千代
四郎
はま
小林巳之助
初子（1883―？）
倉三郎
男児（早逝）
谷崎潤一郎
千代（1896―1982）
佐藤春夫（1892―1964）
きみ
せい子（勢以）（1902―1996）
和嶋彬夫
石川四郎（箱屋）
すゑ
古木鐵太郎（1899―1954）
方哉《まさや》（1932―2010）
鮎子（1916―1994）
竹田龍児《りょうじ》（1908―1994）
高橋百百子（1941―）
長男《ながお》（1946―）
有多子《うたこ》

渡辺家系図

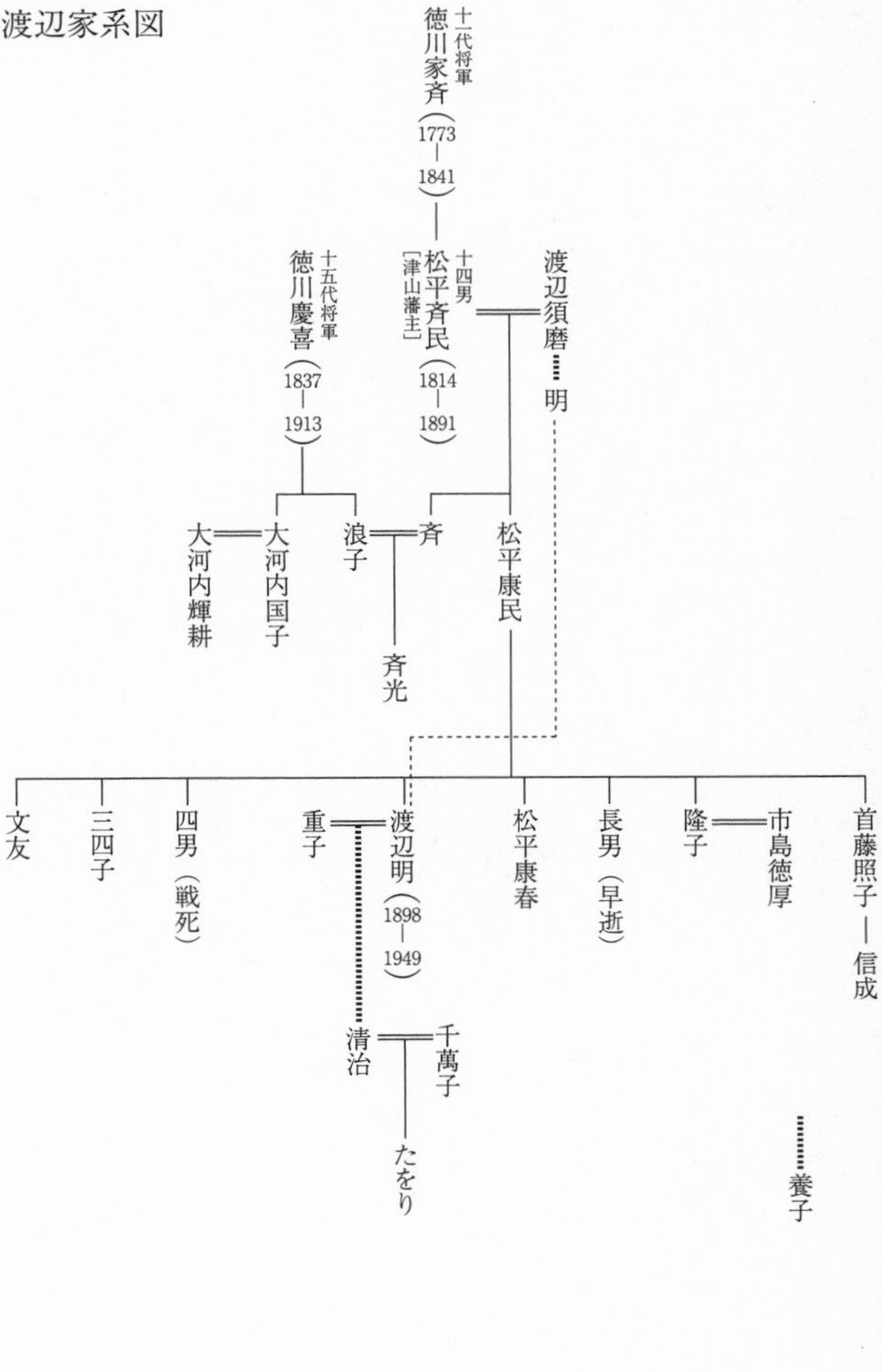
十二代将軍
徳川家斉(1773—1841)
十四男
松平斉民(1814—1891)
[津山藩主]
十五代将軍
徳川慶喜(1837—1913)
渡辺須磨
明
大河内輝耕
大河内国子
浪子
斉
松平康民
斉光
文友
三四子
四男(戦死)
重子
渡辺明(1898—1949)
松平康春
長男(早逝)
隆子
市島徳厚
首藤照子
信成
清治
千萬子
たをり
養子

森田・根津家系図

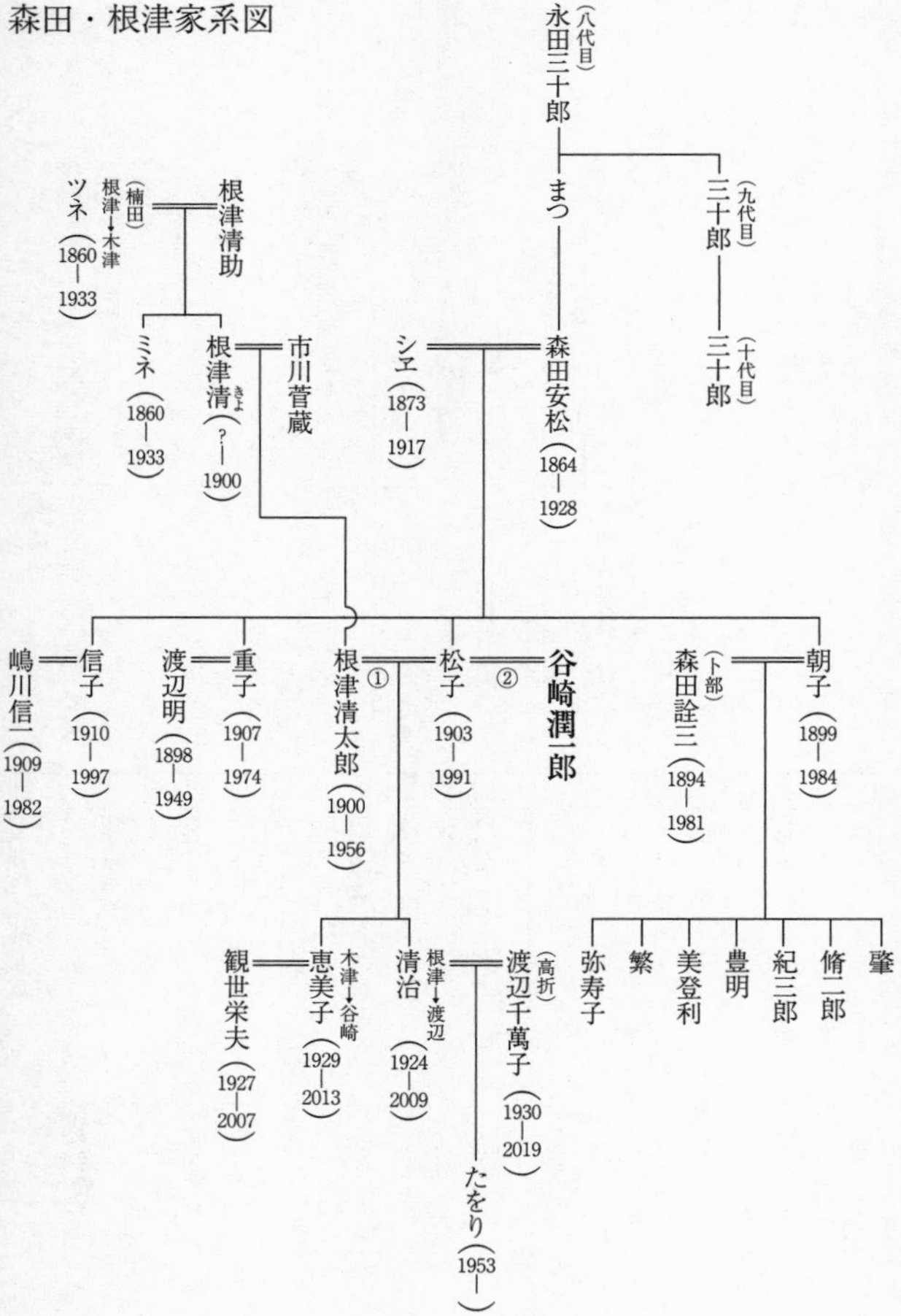
(八代目)永田三十郎
まつ
(九代目)三十郎
(十代目)三十郎
森田安松(1864―1928)
シヱ(1873―1917)
根津清助
(楠田)根津→木津 ツネ(1860―1933)
根津清《きよ》(?―1900)
ミネ(1860―1933)
市川菅蔵
嶋川信一(1909―1982)
信子(1910―1997)
渡辺明(1898―1949)
重子(1907―1974)
根津清太郎(1900―1956)
①
松子(1903―1991)
②
谷崎潤一郎
(卜部)森田詮三(1894―1981)
朝子(1899―1984)
観世栄夫(1927―2007)
木津→谷崎 恵美子(1929―2013)
清治(1924―2009)
根津→渡辺
(高折)渡辺千萬子(1930―2019)
たをり(1953―)
弥寿子
繁
美登利
豊明
紀三郎
脩二郎
肇

わ　行

や　行

ら　行

ま　行

な 行

た　行

さ　行

か　行

人名索引

あ 行

資料提供協力者
観世恵美子
千葉　俊二
渡辺千萬子
芦屋市谷崎潤一郎記念館
神奈川近代文学館
中央公論新社

『谷崎潤一郎伝——堂々たる人生』二〇〇六年六月、中央公論新社刊

中公文庫

谷崎潤一郎伝《たにざきじゅんいちろうでん》
——堂々《どうどう》たる人生《じんせい》

2021年 8 月25日　初版発行

著　者　小《こ》 谷《や》 野《の》 敦《あつし》

発行者　松 田 陽 三

発行所　中央公論新社
〒100-8152　東京都千代田区大手町 1-7-1
電話　販売 03-5299-1730　編集 03-5299-1890
URL http://www.chuko.co.jp/

ＤＴＰ　平面惑星
印　刷　三晃印刷
製　本　小泉製本

Published by CHUOKORON-SHINSHA, INC.
Printed in Japan　ISBN978-4-12-207095-0 C1195